LE BAL DE COTON
est le cent soixante-treizième livre
publié par Les éditions JCL inc.

Données de catalogage avant publication (Canada)

Gagnon-Thibaudeau, Marthe, 1929-
    Le bal de coton
    ISBN 2-89431-173-7
    I. Titre.
PS8563.A337B34 1998   C843'.54   C98-940153-7
PS9563.A337B34 1998
PQ3919.2.G33B34 1998

© Les éditions JCL inc., 1998
Édition originale: mars 1998
Première réimpression: avril 1998
Deuxième réimpression: juillet 1998

LE BAL DE COTON

930, rue Jacques-Cartier Est, CHICOUTIMI (Québec) G7H 7K9 Canada
Tél.: (418) 696-0536 – Téléc.: (418) 696-3132 – C. élec.: jcl@saglac.qc.ca
ISBN 2-89431-146-X

MARTHE GAGNON-THIBAUDEAU

LE BAL DE COTON

LES ÉDITIONS JCL

DE LA MÊME AUTEURE:

Sous la griffe du SIDA
Roman, Chicoutimi, Éditions JCL, 1987, 363 pages

Pure laine, pur coton
Roman, Chicoutimi, Éditions JCL, 1988, 526 pages

Chapputo
Roman, Chicoutimi, Éditions JCL, 1989, 375 pages

Le mouton noir de la famille
Roman, Chicoutimi, Éditions JCL, 1990, 504 pages

Lady Cupidon
Roman, Chicoutimi, Éditions JCL, 1991, 356 pages

Nostalgie
Roman, Chicoutimi, Éditions JCL, 1993, 304 pages

La boiteuse
Roman, Chicoutimi, Éditions JCL, 1994, 652 pages

Au fil des jours
Roman, Chicoutimi, Éditions JCL, 1995, 421 pages

La porte interdite
Roman, Chicoutimi, Éditions JCL, 1996, 351 pages

Le commun des mortels
Roman, Chicoutimi, Éditions JCL, 1997, 328 pages

À Serge et Rémi

Illustration de la page couverture:
DANIELLE RICHARD
Un été s'en va
Acrylique (122 x 92 cm)
Collection particulière

LE CONSEIL DES ARTS | THE CANADA COUNCIL
DU CANADA | FOR THE ARTS
DEPUIS 1957 | SINCE 1957

Notre programme annuel de publications
est rendu possible grâce à l'aide
du ministère du Patrimoine canadien,
du Conseil des Arts du Canada
et de la SODEC.

Chapitre 1

Depuis trois générations, la famille Boisvert habitait une maison de pierres des champs qui trônait en plein centre de leur vaste ferme. Une petite ville s'était sournoisement implantée jusqu'à ses limites, mais avait dû s'y arrêter, car Elzéar Boisvert avait la tête dure. On ne s'accaparerait jamais du domaine familial! Surtout maintenant que l'avenir s'avérait plein de promesses.

Jadis, le désespoir avait été grand: sa femme avait perdu ses deux fils aînés peu après leur naissance et était décédée en couche à son troisième enfant, Léandre. La sœur aînée d'Elzéar, Imelda, avait alors pris les rênes du foyer et joué le rôle de mère auprès du bébé.

La misère, la maudite, semblait alors avoir pris possession de l'univers. Elle couvrait les vieux pays, balayait l'Amérique et écrasait tous ceux qui l'affrontaient.

Elzéar, grâce à sa terre généreuse et à ses animaux auxquels il prodiguait des soins attentifs, avait pu tenir le coup. Que de gens n'avait-il secourus! Alors qu'une grosse famille aurait normalement dû être une bénédiction, c'était désormais une calamité d'avoir trop de bouches à nourrir.

Léandre avait grandi, vigoureux, vaillant, en vrai fils d'habitant qui mesure son royaume au nombre de piquets de clôtures qui ceinturent son bien.

Puis, un dimanche, son regard croisa pour la première fois celui de Réjeanne à la sortie de l'église. Ce fut le coup de foudre suivi des promesses de fidélité et d'amour.

Et tante Imelda sembla avoir attendu jusque-là pour s'éteindre et aller trouver au ciel la récompense promise à ceux qui savent se dévouer et aimer.

***

Un jour, Elzéar se plaignit à son fils:

— Je suis fatigué de n'être qu'un veuf et un père. Je veux le titre de grand-père.
— Patience, pâpâ, patience.
— J'espère que tu es au courant, mon fils, qu'on ne fait pas les enfants avec de la patience.
— Et la confiance en votre fils, vous l'avez?

À quelques semaines de là, en revenant de l'étable, Elzéar trouva son fils seul à la cuisine.

— Réjeanne n'est pas descendue?
— Non, pas encore, pâpâ. C'est quoi, au juste, les menstruations?
— C'est un utérus qui pleure d'ennui.

Léandre sourit, versa le café dans les tasses, regarda son père, une pointe d'ironie dans l'œil.

— C'est ça, le problème.
— Je ne comprends pas.
— Là est le problème! Réjeanne n'est pas indisposée, elle a la nausée.
— Veux-tu dire que...
— À ce qu'il semble.
— Blasphème!
— Je pensais que vous seriez content!
— Et pour cause! Je suis content.
— Qu'elle ait la nausée?
— Dis donc, toi, tu ne me racontes pas d'histoire?
— Non, pâpâ, c'est sérieux.
— Alors il faut voir le docteur et vite!

La joie d'Elzéar était cependant amoindrie par ses mauvais souvenirs. Il pensait à sa femme, à ses fils, à tous ces deuils qu'il aurait été de mauvais goût d'évoquer en la circonstance. Il mangea en silence, prétexta un travail à terminer et retourna aux bâtiments. Il avait besoin d'être seul, il lui fallait assimiler la nouvelle. Cette grossesse lui faisait peur.

Les jours passèrent. Réjeanne, rayonnante de bonheur, gardait sa belle humeur. Elzéar reprenait espoir: la lignée des Boisvert refleurirait!

Il n'oubliait toutefois pas les crises convulsives de sa femme, ses «éclampsies», pour utiliser le mot du docteur. Il gardait un œil rivé sur sa bru, qui n'était pas très docile et n'en faisait qu'à sa tête. Amoureuse de la vie sur la ferme, elle se dévouait et s'acharnait au travail. Et, mois après mois, elle prenait de l'embonpoint, tandis qu'Elzéar priait, espérait.

Un jour, il la trouva à quatre pattes dans le potager.

— Qu'est-ce que vous faites là, ma fille?
— Je cueille des choux!
— A-t-on idée! Et si l'enfant naissait, là, maintenant?
— Alors je croirais ce que me racontait ma mère: qu'elle m'avait trouvée dans un champ de choux. Ah!
— Ah! quoi?
— Je crois que vous avez raison. Oh! aidez-moi à me relever. Oh!

Elzéar hurla:

— Léandre!

Le cri de désespoir se répercuta jusqu'au champ voisin. Léandre prit ses jambes à son cou. Il trouva sa femme à genoux qui gémissait. Il la saisit de ses bras puissants et, en silence, les trois filèrent vers la maison.

Le médecin, appelé en hâte, fut enfin là et le premier des descendants Boisvert, une fille, vint au monde. Elzéar, enfin grand-père pour la première fois, pleura de joie.

***

Par la suite, presque à tous les deux ans, il y eut des naissances... En fait, à tous les vingt-deux mois, un autre bébé prenait la place dans le berceau qui avait vu dormir Elzéar, des décennies plus tôt.

Les peurs du grand-père s'étaient métamorphosées en transports d'allégresse: on prenait la relève, la lignée des Boisvert n'avait jamais été aussi nombreuse! Dans la pauvreté, pour ne pas dire dans la misère, mais dans l'amour. Les produits de la ferme se vendaient mal, l'argent sonnant semblait avoir fondu lors du krach qui avait ébranlé le monde. Par contre, la récolte nourrissait bien la maisonnée; les marmots grandissaient, sinon en sagesse du moins en âge.

***

Un samedi matin, au lever du jour, Léandre avait attelé la jument. Il voulait aller au bout de la ferme, une clôture du pâturage ayant besoin d'être réparée. Le grand-père Elzéar avait souligné qu'une femme «à pleine ceinture» avait besoin de silence et de détente pour lui permettre d'affronter le grand événement. On avait donc préparé un pique-nique: le panier à linge en osier avait été rempli de pots de lait frais, de sandwichs variés et de biscuits faits à la maison.

Réjeanne avait donné ses recommandations depuis le perron, sous l'œil attendri d'Elzéar qui regrettait bien de ne pas être de la fête. Le soleil se levait à peine.

— Gardez un œil sur ma bonne femme, pâpâ. Je vous la laisse en soin.

La grande *waguine* s'était mise en branle, remplie d'outils et de piquets fraîchement effilés. Le papa était heureux entouré de sa marmaille. On donnait à Réjeanne un peu de répit.

Elzéar se rendit au poulailler, fit des ruses aux poules pour subtiliser leurs œufs qu'il déposait dans un panier. À chacune des volailles, il disait des mots tendres et taquinait le coq pour ses prouesses.

— Toi, tu sais prendre soin de tes femelles. Je t'ai toujours envié! faisait-il, un soupçon de tristesse amère dans la voix.

En revenant vers la maison, il entendit un cri perçant, un cri presque inhumain, qui le darda jusqu'au plus profond de la poitrine.

Il trouva Réjeanne, pliée en deux, les mains grandes ouvertes sur la table, qui poussait, poussait et criait.

— Bonne Sainte Vierge Marie! lança-t-il.

Il laissa tomber son précieux panier et s'approcha de sa bru.

— Ça ne va pas, ma fille?
— Il s'en vient... Le petit s'en vient.
— Bonne Sainte Vierge Marie!

Elzéar tira sur le tapis ciré qui recouvrait la table, l'étendit sur le plancher du salon, saisit une nappe dans un tiroir, en recouvrit la toile et, soutenant la brave femme, la dirigea vers la couche improvisée.

— Pas question pour toi de grimper l'escalier. Allonge-toi là et ne t'en fais pas, j'en ai vu d'autres.

Elzéar se voulait courageux. Il marcha vers la cuisine, revint avec des serviettes. Dans son cœur s'élevait une prière: «Toi, Sainte Vierge Marie, tu vas me seconder, viens pas me chercher ce petit-là ni sa mère. Tu as sacrifié le tien, ton fils, ça a donné quoi? Occupe-toi des miens. J'ai assez fourni de saints dans ton ciel! Pense à nous autres!»

Un cri de Réjeanne le ramena sur terre, le cri ultime, le plus déchirant de tous.

Et l'enfant parut, là, sur la couche, tel un fruit mûr qui s'échappe de la branche et va choir sur le sol.

— Il est beau, dodu, chiffonné! cria Elzéar à la mère, les larmes mêlées au sang de vie. Viens, mon petit. Moi, Elzéar Boisvert, je prends possession de cet enfant béni, un autre beau gars, un autre laurier à ma couronne. Blasphème! Oh! Pardon, bonne Vierge Marie. Réjeanne, celui-là, c'est ton plus beau. Écoute-moi ça. Pas besoin de lui taper le derrière. Il entre dans la vie en Jos Connaissant. Il crie. Déjà il s'impose. Attends, mon p'tit vlimeux, que ton père te voie! Pour le moment, garde-toi bien au chaud dans la serviette.

Le bébé fut déposé tout contre sa maman qui pleurait de joie. Elzéar, qui avait assisté à la venue sur terre de tous ses animaux, se comportait en expert.

Puis il souleva le petit, ce qui ne manqua pas de lui rappeler que ses os faisaient aussi parfois très mal, et il se dirigea vers le lavabo de la cuisine faire les ablutions qui s'imposaient. Avec le dernier nouveau-né des Boisvert, il eut une longue conversation amoureuse.

À son retour, il sourit: Réjeanne s'était endormie. Il déposa le bébé, grimpa l'escalier et revint avec une couverture de laine qui assurerait chaleur et repos à ces êtres qu'il regardait avec une joie intense, un bonheur infini.

En fin de journée, quand la porte d'entrée s'ouvrit, ce fut pour laisser s'engouffrer dans la maison la ribambelle d'enfants qui trouvèrent leur mère couchée sur le plancher, avec un bébé à ses côtés et le grand-papa qui ronflait, bien calé dans un fauteuil.

Ginette, l'espiègle, ressortit en trombe prévenir son père. C'est à peine si elle pouvait articuler ses mots tant son excitation était grande. Mais Léandre comprit. Il courut vers la maison, allait foncer dans l'escalier, mais les enfants crièrent en chœur:

— Non, non, papa! Là, là, au salon!

Une véritable cacophonie s'ensuivit.

— Juste ciel!
— Pourquoi que maman est couchée? demanda Luc. La vache, elle, reste debout quand elle met bas.
— Grand fou, dit Ginette. La vache a quatre pattes, maman n'en a que deux!
— Tu as raison, c'est simple comme bonjour! répondit Elzéar.

Léandre voulut expliquer à son fils, mais Elzéar s'objecta et raconta les grandes émotions de la dernière heure.

— Ta belle nappe, sa mère!
— C'est mieux qu'un linceul! s'exclama Elzéar, regrettant aussitôt sa remarque cynique.

Léandre comprit, baissa les yeux.

— Vous avez eu peur, hein, pâpâ?

— Peur, me dis-tu? J'étais pétrifié. J'te dis que je lui ai parlé, à la Vierge Marie.

— C'est samedi, c'est son jour, la Vierge vous a écouté, pâpâ.

— Oui, il faudra faire brûler un lampion sur l'autel.

Et il enchaîna:

— Il est né un samedi, un septième jour, à sept heures du matin. Tous ces sept lui porteront bonheur.

— Vous oubliez le principal, pâpâ, c'est mon septième enfant. Il est sûrement né avec un don.

— Non, non, la lignée n'est pas de sept garçons.

Léandre pouffa de rire.

— Le bon Dieu aurait des préjugés sur le sexe? Non, Il ne calcule pas comme ça. Il m'a donné la famille idéale, des filles, des gars, de l'aide pour le père, de l'aide pour la mère. C'est bien partagé.

Réjeanne, qui s'était jusqu'alors contentée d'écouter, demanda soudainement:

— Pensez-vous que je devrais le consacrer à la Sainte Vierge...

— Tonnerre de Dieu! Jamais! Ça jamais!

Le bébé, dans les bras d'Elzéar, sursauta. Le ton du grand-père, sa réaction vive, son geste impétueux l'avaient réveillé.

— Vous m'étonnez, beau-père...

— Ma femme a eu la même marotte, murmurait-il

16

maintenant, tout en tapotant les fesses du bébé couché sur son épaule.

— Et? questionnait la maman.

— Et... deux de mes fils ont été ainsi volés par le bon Dieu qui me les a pris dans leur tendre enfance. Deux! Oui deux! Les deux qui avaient été consacrés à la Sainte Vierge.

— C'est un blasphème! s'écria Ginette. Dieu n'est ni un voleur ni un traître.

— Non, mais il ne faut pas le provoquer. Il faut laisser la nature poursuivre son œuvre, ne pas braver le destin. Ma pauvre vieille ne s'en est jamais remise. Elle est morte en parlant de ses fils disparus prématurément.

— Des voleurs de ciel.

La réplique de Ginette, l'aînée, fit tourner tous les regards vers elle.

Une foi partagée, sincère et pénétrante remplissait tous les cœurs. Souvent on la discutait, on essayait de l'approfondir, parfois aussi on l'interprétait à sa manière selon ses besoins, on la remettait en question. «Si votre foi est mise à l'épreuve, c'est que Dieu le permet. Ça prouve qu'elle est active», affirmait le curé derrière la grille du confessionnal au paroissien venu se repentir d'avoir douté.

Aujourd'hui, Elzéar se sentait prophète. Cette naissance l'avait ragaillardi. Cet enfant était un peu le sien. Il donnerait dorénavant un sens à sa vie. Il n'avait plus ses vieilles peurs devant la fragilité d'un bébé.

— Mais, pâpâ, ma femme ne peut tout de même pas faire ses quarante jours couchée sur le plancher!

— Non, mais le matelas peut être descendu ici, tu ne crois pas? Il faut savoir être raisonnable. Tu pourras partager le lit d'un des plus vieux, ajouta-t-il avec un regard moqueur. Écoute, fiston, va chercher la plus vieille de Romulus. Il a besoin de ce revenu supplémentaire. Il n'a pas d'argent mais doit nourrir bien des bouches.

Léandre baissa la tête, honteux.

— Je pourrais peut-être m'arranger avec l'aide des enfants puisque le petit est déjà là...
— Pas question, la tâche est ardue, l'aide sera nécessaire. J'ai quelques sous de côté, je vais payer les frais.
— Les animaux sont au pâturage, le temps est beau et les clôtures sont réparées...
— Va quand même chez Romulus. Va, fiston, ce sera le plus beau cadeau que je pourrais jamais faire au petit et à sa vaillante mère. Je me charge aussi du baptême à l'église. Les cloches vont sonner en vlimeux. Le bedeau fait sonner longtemps pour cinquante cents donnés en cachette du curé.
— Vous êtes terrible, pâpa.

Le grand-père souriait. Il l'aimait tant ce bébé! On lui avait donné le prénom de Roméo, car il avait su charmer. Elzéar le choya, le berça, chanta pour lui, et quand il eut un peu plus grandi, il lui raconta, sous forme de récits qu'il disait authentiques, les paraboles de l'histoire sainte qu'il avait apprises, enfant, pendant les leçons préparatoires de catéchisme pour sa première communion. C'était du reste le seul degré d'instruction qu'il eût jamais reçu.

Parce qu'il n'était plus tout jeune, il s'embrouillait. Parfois c'était Moïse qui menait le bal dans l'arche de Noé, Loth qui avait traversé la mer Rouge à pied sec avec son armée. Les plus vieux pouffaient de rire, Léandre leur faisait de gros yeux. L'aïeul se parlait à lui-même, radotait, retombait en enfance.

À chaque printemps, Elzéar faisait du vin de pissen-lit qui servirait à trinquer, les jours de fête et le matin du jour le l'An, à l'occasion de la bénédiction familiale. Un verre de ce nectar jaune serait placé devant l'as-siette de chaque convive, même celle des enfants. C'était maintenant au tour de Léandre de prendre la relève.

Son père l'avait initié à cette tâche.

— Tu extrais la plante de la terre en laissant un peu de racines; elle donne un vin formidable, te permet de faire d'agréables dégustations parfois exagérées...

Après un clin d'œil, il avait ajouté:

— Les oiseaux se gavent de la fleur, le bout de racine laissé assure leur renaissance. Elles ont la vie dure.

Les fillettes suivaient leur grand-père, cueillaient les fleurs jaunes comme le soleil, utilisaient les tiges pour en faire des anneaux qu'elles inséraient l'un dans l'autre pour devenir bracelet ou collier dont elles se paraient avec fierté.

Il en résultait parfois des inconvénients dramati-ques: le terrible dard d'une guêpe qu'on avait déran-gée faisait pleurer un enfant, mais un pansement de lait frais et un bécot de maman sur le bobo faisaient aussitôt disparaître le mal.

Cette année-là, Elzéar n'eut pas le plaisir de goûter la réserve de vin: un soir, il s'est couché pour ne plus jamais se réveiller. Roméo pleura beaucoup ce grand-père qui n'était plus là pour le consoler, ce pépère qui lui prodiguait des surplus d'amour.

Réjeanne, à l'instar de son beau-père, regardait tou-jours avec un amour débordant cet enfant très docile qui possédait un sens peu commun de l'observation.

Elle le gardait auprès d'elle et lui confiait les tâches les plus légères.

***

Vint une époque où les jeunes se mirent à déserter la ferme et à filer vers la ville, attirés par le gain facile.

Voulant retenir sa grande famille, Léandre décida de vendre quelques arpents de terre afin de rendre aux siens la vie plus douce et de les retenir auprès de lui.

Gracien Cormier fit l'acquisition du lopin en question; l'argent passa à l'achat d'instruments aratoires qui viendraient remplacer les araires et les charrues tirées par des animaux. La tâche serait allégée et plus agréable.

Mais Gracien Cormier ne deviendrait jamais un ami. L'obligation de vendre ce bout de terrain avait fait une fissure dans la carapace orgueilleuse du descendant Boisvert qui ne l'oublierait jamais.

La tradition de la culture du sol fleurissait chez les fils devenus des terriens fervents; une famille unie, quelques années à la petite école du rang et tous les efforts conjugués pour mener à bien les devoirs à remplir... C'était ça, le bonheur.

Réjeanne avait rêvé de faire instruire sa plus vieille qui avait réussi avec brio sa septième année; aussi écrivit-elle à sa tante religieuse.

Depuis la maison-mère des sœurs de la Charité sur la rue Saint-Olivier à Québec, la lettre était parvenue à tante Saint-Louis Bertrand à Saint-André de Kamouraska. En réponse, Réjeanne apprit qu'un Desjardins, parent du fondateur de la fameuse Caisse populaire, avait bâti ce pensionnat pour jeunes filles, à condition que trois filles de cultivateurs puissent recevoir, chaque année, l'éducation à ce couvent, et ce, pour le prix dérisoire de douze dollars par mois, nourries, logées, lavées.

Ginette partit donc pour l'internat. Puis, quelques années plus tard, elle traversa de l'autre côté, au noviciat. Elle avait trouvé sa voie, elle prendrait le voile. D'une année à l'autre, elle revint dans sa famille aux vacances d'été puis, un jour, elle fit ses adieux.

Réjeanne frémit, se souvint des mots de son beau-père: Dieu lui volait sa fille! En bonne chrétienne, elle souffrit en silence.

***

Un de ces matins, Anita descendit l'escalier en pleurant. Elle avait mal aux dents.

Réjeanne ouvrit l'armoire, fouilla dans sa provision d'épices, prit un clou de girofle, le plaça délicatement dans la dent malade et dit sagement:

— Croque, ma fille, croque dessus très fort. C'est méchant mais ça enlève le bobo.

Anita grimaça. Oui, c'était mauvais au goût, mais quel soulagement! La dent arrêta d'élancer et la fillette retrouva son sourire.

Puis ce fut Julien qui se brûla sur le poêle de la cuisine. Réjeanne pria Luc d'aller chercher le tube de dentifrice et enduisit la brûlure cuisante. L'enfant se calma peu à peu. La maman, brave infirmière, transmettait son savoir. Les enfants avaient en leur mère une confiance absolue.

***

Il faisait un soleil de plomb. Roméo entra en criant:

— Viens vite, papa! Brutus vient de se sauver de la soue!

— Le verrat! Le gros verrat! Il va me faire mourir. Va-t-il falloir le sacrifier, celui-là, pour avoir la paix?

Roméo fondit en larmes.

— Si j'avais de la broche pour solidifier l'enclos... dit Léandre.

Et il sortit précipitamment. Roméo le suivit et courut vers la grange. Il revint avec quatre grands clous qu'il remit à son père.

— Tu n'as pas de broche, papa. J'ai vu les clous. Mets-les en place pour empêcher Brutus de s'échapper, mais ne le saigne pas...

Il gardait les yeux baissés, se faisait suppliant. Léandre prit l'enfant sur ses genoux, le serra contre son cœur.

— Grand bébé gâté, tu pleurniches tout le temps. Il faut le tuer, le cochon, si on veut manger, protesta Anita.

Il n'en fallait pas plus. Les larmes coulaient, abondantes. Léandre ne pouvait rien promettre. Réjeanne avait souvent passé la remarque à son mari: cet enfant était différent des autres, il avait l'âme délicate, était impressionnable. Il ne pouvait tout de même pas lui mentir! Mais il prenait conscience qu'il devait mesurer ses paroles et ne pas créer de panique dans le cœur de ses enfants.

Roméo avouerait plus tard qu'il avait atrocement souffert quand le cochon avait braillé depuis le ballant où il avait été hissé, alors qu'on lui avait piqué un couteau dans le gosier. Il en avait souvent rêvé... Mais, ce jour-là, il s'était endormi serré contre le sein maternel, réconforté.

— Pâpâ a gâté cet enfant à outrance. Il est, comme tu le dis, très délicat. Mais il raisonne bien, est sérieux, il n'est pas comme ses frères, n'a pas leur endurance, il est trop doux!

— Voyons donc! Léandre. Gâté! Gâté! Chacun de nos enfants a eu son lot d'amour. Roméo a besoin de plus de tendresse. L'âme de chacun diffère, même si tous ont été coulés dans le même moule. Il a été notre bébé plus longtemps, c'est normal qu'il soit plus tendre. François a presque son âge et refuse d'être traité comme un bébé. Julien et Jules ne pensent qu'à lutter et à se battre. Ils jouent les durs mais leurs cœurs sont sensibles. Je n'aime pas les voir vieillir. Ils partiront assez vite, trop vite. J'aurais bien aimé avoir une autre fille...

— Tu n'es pas sérieuse! Encore un peu et il faudrait agrandir la maison. Le coup d'une naissance sur le plancher du salon m'a fait comprendre qu'il me fallait mettre un frein à notre ardeur. Je frissonne à l'idée de ce qui aurait pu arriver si pâpâ n'avait pas été ici ce jour-là!

— C'est un peu tard pour s'inquiéter.

— Moi, perdre ma femme, endurer ce que mon pauvre père a enduré avec tante Imelda qui gueulait tout le temps et à tout propos, je serais devenu fou!

— C'est vrai, ça?

— Elle pleurait sans cesse sur sa jeunesse perdue qu'elle avait dû sacrifier à pâpâ alors qu'elle avait rêvé de la consacrer à Dieu. Pâpâ levait les yeux au ciel, souvent exaspéré.

— Pour le moment, nous sommes en bonne santé, nos enfants sont tous là, Ginette reviendra cet été.

— Le dernier avant le grand départ...

— J'ai si souvent regretté cette lettre à ma tante... Si j'avais pu deviner!

— Ne te fais pas de reproches. Ginette aussi, à sa manière, est différente. Elle n'était pas faite pour élever une famille. C'est bien ainsi, crois-moi. Je comprends que ta tâche n'est pas facile. Son aide te serait précieuse, mais c'est le prix qu'il faut payer, peut-être, pour assurer le bonheur de tous.

Réjeanne sourit.

— Tu deviens un bon chrétien, Léandre. Notre bonheur, tu te l'es mérité.

— Sa mère...

— Tut, tut! Bas les pattes... Les enfants vont bientôt rentrer.

Les deux chaises berçantes qui ornaient la grande cuisine depuis plusieurs générations venaient de s'immobiliser. Léandre avait posé une main sur la cuisse de sa femme; il l'aimait comme au premier jour mais d'un amour épuré, grandi, qui réveillait toujours en lui les mêmes flammes ardentes dont Réjeanne pourrait bien se passer maintenant que les enfants avaient grandi, que l'enfantement n'était plus de son âge.

Elle en avait discuté avec son confesseur:

— Ce n'est plus du devoir familial, ce n'est que du sexe!

— Madame! Croyez-vous que Dieu ait donné à l'homme l'organe viril sans raisons? N'eût été de ses besoins humains, le mâle aurait-il joué volontairement son rôle exigeant de père de famille qui se doit, après avoir participé au rôle de la procréation, de nourrir les siens, de les protéger? C'est à vous, la femme, que Dieu a donné l'âme généreuse. Il est de votre devoir de satisfaire les besoins de votre homme pour l'aider à rester bon chrétien, pour le préserver du péché, car, sans votre entière générosité, il pourrait sombrer dans la déchéance de l'impureté. Ma fille, par égoïsme, par pur égoïsme, choisiriez-vous de perdre son âme pour l'éternité?

Réjeanne avait frémi et était demeurée soumise aux besoins impétueux de son mari: elle lui assurerait la béatitude du ciel en échange de quelques instants d'abnégation. Et à la liste de ses oraisons, elle crut bon d'ajouter les courtisanes, qui devaient terriblement souffrir, car elles jouaient le rôle d'amoureuses sans amour!

Le prétexte évoqué par Réjeanne fut bénéfique. Léandre retira sa main. L'œil rieur, il dit simplement:

— Cré Réjeanne!

Le respect de la pudeur des enfants, ça, c'était sacré.

***

— Où est passé François? Je ne le vois pas.
— Il est dans le salon et ne veut pas qu'on lui parle.
— Est-il malade?
— Il a la gueule, dit Anita.
— Sois polie.

Réjeanne se rendit au salon. Son fils était roulé en boule dans un fauteuil, l'œil mauvais.

— Que se passe-t-il, mon grand?

François fit la moue.

— Allons, dis?

— J'ai mal à l'oreille.

— Laisse-moi regarder.

— Je ne suis plus un bébé.

— Et moi, je suis ta maman. Laisse-moi regarder. Un simple courant d'air peut-être.

— Ça fait mal, ça darde.

— Attends-moi une minute. Luc, allume une cigarette et viens au salon.

— Voyons, maman, je ne fume pas!

— Laisse tomber ton blabla, amène-toi avec une cigarette.

Luc ne savait plus comment réagir. Sa mère savait donc et n'avait rien dit? Il s'était pourtant toujours bien caché pour commettre son péché. Confus, il s'éloigna et revint, cigarette à la main.

— Pour une fois, tu vas le faire utilement. Envoie la fumée dans l'oreille de ton frère.

— Quoi?

— Tu as entendu, exécute-toi!

La fumée chaude calma la douleur de François.

Anita demanda à sa mère qui lui avait dit que les garçons fumaient.

— Mon petit doigt, répondit Réjeanne, contrôlant son envie de rire.

Elle avait tout simplement surpris ses garçonnets aux abords de la grange. Anita était là, en éclaireur, et avait prévenu ses frères de l'arrivée inattendue de leur mère. Le soir, elle avait raconté le stratagème à son mari qui lui avoua avoir fait le même coup à son père, mais que celui-ci s'était contenté de sourire.

Réjeanne rigolait. Elle avait poussé la hardiesse jusqu'à faire fumer trois cigarettes consécutives à Luc, si bien qu'il dut avouer qu'il avait la nausée. Il était sorti de la maison en courant. La mère avait fait d'une pierre deux coups: la douleur dans l'oreille du jeune François s'était atténuée et Luc ne fuma plus jamais.

Léandre, moqueur, avait attendu quelques jours et, un soir, après souper, il porta une main à son oreille.

— Bon, mon oreille qui élance encore. Luc voudrais-tu fumer dans mon oreille?

Anita, qui portait la cuillère à sa bouche, faillit s'étouffer en entendant son père. Luc était sorti précipitamment de table, humilié. Les rires de la famille le suivaient. On ne le revit pas de la soirée.

***

Ce jour-là survint un incident qui viendrait bouleverser la mère.

Julien était monté à sa chambre et était revenu avec, sur une joue, une plaque de pâte dentifrice.

— Pour l'amour, demanda la mère, qu'est-ce que ça signifie?

Julien maugréa quelques mots inintelligibles.

— Julien, qu'est-ce qui t'arrive?

Orgueilleux, le garçon trépignait.

— Allez, raconte!
— Ben! J'ai mal aux dents, bon!

Roméo pouffa de rire.

— Il s'est trompé, maman. La pâte dentifrice, c'est pour les brûlures. Pour le mal de dents, c'est les épices... Il s'est trompé de remède.

Le père et la mère échangèrent un regard. Réprimant un sourire, Réjeanne pria Julien de passer à la cuisine. Consciencieusement, elle lava la joue de l'enfant et vérifia la dent creuse qui faisait mal.

Léandre somma les garçons de ne pas ajouter au malaise de leur frère Julien en le taquinant.

Avant de s'endormir, alors que les parents avaient fini de discuter des événements de la journée, Réjeanne hésita un instant, puis demanda à mi-voix:

— Tu dors, Léandre?
— Non.
— Écoute. Tu as entendu la remarque pertinente de Roméo devant l'erreur de Julien.
— Oui, ça m'a surpris. Il observe, le petit, il a de la mémoire.
— Plus, c'est plus que ça.

Léandre se releva, s'appuya sur les coudes, se pencha vers Réjeanne.

— Dis-moi le fond de ta pensée.
— Roméo, à mon avis, est, tel que ton père l'avait prédit, un enfant doué. Il faut y penser et le considérer. Il aura une vocation bien spéciale.
— Curé? Ça, non!
— Ne jure rien, je ne pensais pas à ça.
— À quoi penses-tu, alors? Ne me fais pas languir.
— Il faudra faire plus d'économies, nous préparer. Nous aurons des études classiques à payer, afin de donner à cet enfant la chance de devenir professionnel.

— T'es pas sérieuse! Un enfant d'habitant, professionnel!

— Il y en a beaucoup pourtant.

— Mais, un de mes gars... à moi? Mon père a étudié
pour faire sa première communion. Moi, j'ai pleuré
jusqu'en cinquième année. Tante Imelda a passé ses
soirées à me montrer à compter... Elle me faisait un jeu
d'horloge avec un paquet de cartes pour me faire apprendre l'heure... Un de mes gars deviendrait professionnel! Notaire? demanda-t-il après une longue réflexion.

— Non. Trouve autre chose.

— Professeur?

— Son amour des bêtes, son respect des bêtes, rappelle-toi l'histoire du verrat, des clous...

— Vétérinaire! Docteur des animaux, comme il s'en
trouve un à Nicolet.

— Peut-être, mais je le vois plutôt médecin.

— T'es pas folle?

Léandre n'avait plus sommeil. Il s'était assis sur le
bord du lit, les pieds posés sur le prélart froid, s'était
pris la tête à deux mains et il répétait:

— Un docteur, un docteur...

Réjeanne s'exclama:

— Je vais écrire à ma tante.

Et elle s'était endormie. Léandre resta là, à ruminer.

***

Une période de grande prospérité s'installa chez

les Boisvert. Le potager fut agrandi, le caveau rempli à capacité.

Réjeanne, qui n'avait jamais trouvé le temps auparavant, se mit à fréquenter le cercle des Fermières et revint avec des idées nouvelles plein la tête. Dans ses loisirs, elle tricotait, crochetait, vendait ces objets de luxe, et les sous s'accumulaient dans la tirelire. Elle devenait de plus en plus habile, exploitait des talents longtemps ignorés, confectionnait de jolies courtepointes.

La conversation à saveur prophétique, qui avait eu lieu un soir, entre Léandre et sa femme, ne fut plus évoquée. Cependant, tout convergeait vers cet idéal suprême: préparer l'avenir de Roméo, l'enfant né sur le plancher, béni par le grand-père, l'enfant à l'âme délicate, le prédestiné.

Les parents l'observaient, tiraient leurs conclusions, se jetaient des regards d'approbation complices devant certains agissements de l'enfant qui confirmaient leurs espoirs.

Les plus vieux ripostaient parfois. Le benjamin de la famille participait moins que les autres aux durs labeurs. Il était le chouchou à l'école, il passait des heures dans ses livres, même son langage était différent. Ses raisonnements épataient la mère, étonnaient le père, homme simple, si peu compliqué, qui développait vis-à-vis de l'enfant une gêne qu'il s'expliquait mal, mais qui était faite d'une espèce de respect inavoué. Oui, Réjeanne avait misé juste et bien.

— Laisse, maman, je vais sortir les déchets.

Réjeanne pouffa de rire, un rire qui éclatait comme de la grenaille de plomb, s'appuya contre la table et lui parla sur un ton devenu subitement sérieux.

— Ce n'est rien, aujourd'hui, s'occuper des déchets. Quelle génération gâtée, mais qui l'ignore et se plaint! Autrefois, nous jetions tout dans un immense baril de métal, qu'il fallait ensuite nettoyer. Rien qu'à soulever le couvercle donnait la nausée. Au printemps surtout, au dégel, des couches superposées de pelures de patates mêlées aux ordures devaient être grattées, et le contenant lavé au savon du pays pour être désinfecté afin de ne pas être infesté par des mouches vertes qui y faisaient leur nid et se gavaient. Quelle corvée!

Elle avait parlé sans amertume, sans regrets. Elle ne dénigrait pas le passé, ne gémissait pas sur son sort d'alors, mais chantait les gâteries de ce présent en lui accordant le mérite de ses vertus. À Roméo, elle pouvait tout raconter, tout dire, il comprenait.

Sa septième année scolaire réussie, Roméo, grâce à la tante religieuse, avait été accepté au séminaire de Trois-Rivières à des conditions avantageuses, comme pour Ginette dans le passé. La bonne religieuse avait eu un sourire bien indulgent pour sa nièce qui disait espérer qu'il devienne médecin. Il choisirait sûrement le sacerdoce quand viendrait, pour l'enfant, l'heure de faire son choix. Par ricochet, l'aînée des Boisvert verrait retomber sur elle la reconnaissance du clergé.

De la paroisse Sainte-Marthe, Roméo Boisvert partait chaque matin vers le séminaire Saint-Joseph où, sous la direction des pères franciscains, il étudiait vaillamment, se nourrissait de latin et de grec, devenait de plus en plus intellectuel et renfermé. La vénération des parents allait grandissante.

Chapitre 2

Ginette avait pris le voile, Léandre s'était incliné, avait lésiné un peu sur la dot de sa fille qui n'avait pas manqué de passer une remarque désobligeante. Réjeanne, offusquée, s'était exclamée:

— Ma fille, ma fille! C'est à croire que le vœu de pauvreté ne prend force que le jour où il est prononcé. Comment oses-tu faire des reproches à ton père? La pauvreté n'est-elle pas une vertu? La pauvreté du cœur et de l'esprit n'est pas, que je sache, méritoire pour le ciel. Tu feras un examen de conscience.

Léandre avait furtivement essuyé une larme.

Luc s'était marié avec la brave fille d'un voisin. Léandre, fier, avait déplacé des clôtures, légué une partie de la terre à ce fils fidèle à ses convictions.

La jeune épouse avait habité chez ses beaux-parents pendant quelques mois, histoire de construire une maisonnette que l'on agrandirait plus tard, quand le besoin s'en ferait sentir.

Mais Rita, l'épouse de Luc, eut beau prier, supplier Dieu, mais, à son grand désespoir, ses prières n'étaient pas exaucées. Réjeanne lui expliquait doucement que le Seigneur avait ses vues, qu'Il attendait sans doute d'elle autre chose, un autre grand rôle à jouer.

— Tu n'as pas le droit de t'attrister. Tu dois garder le sourire et t'en remettre à la divine providence.

Rita s'était soumise, quoique à regret, puis peu à peu

résignée. Et, de façon brutale, ses prières furent entendues: sa sœur Léona et son beau-frère avaient péri dans un terrible accident d'automobile survenu au cœur de la ville de Nicolet. Leurs deux jeunes enfants, gardés par une voisine, avaient été confiés à Rita et à Luc.

Réjeanne acquit d'emblée la réputation de voyante. Léandre lui en parla, un jour:

— Tu n'as pas honte, protesta-t-elle, toi un chrétien, tenir de tels propos?

— Alors, explique-moi comment tu sais toutes ces choses? Parfois j'ai l'impression que Dieu parle par ta bouche.

Réjeanne avait ri aux éclats et s'était exclamée:

— Quel prétentieux tu es, Léandre Boisvert!

***

Et ce fut Anita qui croisa l'amour sur sa route: elle épouserait Isidore Côté qui hériterait de la ferme de son père située à Champlain. Une ferme négligée, car les fils Côté avaient tous pris la direction de la ville après la guerre.

Roméo achevait ses études classiques. Le jour choisi pour la célébration du mariage, il devait passer des examens au séminaire. Anita tempêta: non, elle ne changerait pas la date de son mariage, ça lui porterait malheur; Roméo n'avait plus qu'à se soumettre à ses désirs.

— Le prétentieux, il se prend pour qui?

Léandre tenta d'expliquer, dans ses mots, la peine de Roméo, son embarras. La fiancée pleura, Réjeanne chercha à compenser en faisant de la réception un véritable banquet auquel elle consacra beaucoup d'efforts et d'amour. Lorsqu'elle étendit la nappe blanche qui ne sortait de son tiroir qu'aux grands événements, elle s'arrêta, pensa à ce jour où le grand-père Elzéar l'avait candidement utilisée par esprit de propreté. Il l'avait étendue sur la toile dans le salon, et là était né son dernier enfant, Roméo. La nappe avait passé plusieurs jours à tremper dans de l'eau froide salée, additionnée de jus de citron ou d'ammoniaque. Elle pria Elzéar, lui demanda de veiller au bonheur des siens, de soutenir Roméo dans la voie choisie et de bénir l'union de sa fille Anita.

Le matin du mariage, Roméo se leva tôt, se rendit à la chambre de sa grande sœur lui offrir ses vœux et fit la promesse de compenser au centuple pour la déception qu'il lui causait aujourd'hui. Il était parti, une fois de plus, de son pas toujours hâtif, ses pensées revenues à cet examen final qui ne manquait pas de l'inquiéter.

Réjeanne l'avait rejoint sur le perron, l'avait embrassé:

— Si Dieu se soucie aussi de la joie des siens, aujourd'hui c'est mon bonheur plutôt que mes inquiétudes que je lui offre comme prière. Sois assuré de ton succès.

Elle avait mis une dernière main aux préparatifs, vérifié la cravate de Léandre, revêtu sa robe étrennée au mariage de Luc, et la famille s'était rendue à l'église.

Accompagné de son père, qui tournait la tête vers l'entrée, Isidore était déjà à l'avant de la nef. Lui qui avait bien dix ans de plus que sa fiancée, il s'inquiétait, avait le trac. Elle parut enfin, au bras de Léandre, souriante et belle comme le sont toutes les épouses, ce matin-là. Vêtue de blanc, du bonheur plein les yeux, elle s'appuya plus fortement sur le bras de son père à la vue de son amoureux. Léandre la regarda, lui sourit, posa sa main libre sur la sienne. Anita cilla. Le père se tenait bien droit, se souvenait du jour pourtant pas si lointain où il était venu, au même endroit, jurer fidélité et amour à Réjeanne, et eut une pensée pour ce père adoré qu'avait été Elzéar.

Il souriait, ému. Réjeanne l'observait. «À quoi peut-il bien penser?» se demandait-elle. Il pensait à son vin de pissenlit qui remplirait bientôt les verres, comme autrefois, et se réjouissait à l'idée que sa dernière cuvée était sa meilleure.

Les cloches avaient chanté, annoncé la nouvelle à tout Sainte-Marthe. On avait pris la traditionnelle photo sur le perron de l'église, et familles et amis s'étaient dirigés vers la ferme des Boisvert.

Une surprise attendait la nouvelle madame Côté. Roméo les accueillit, tout sourire, eut un regard bien significatif à l'endroit de sa mère, un sourire réconfortant. Elle comprit qu'il était satisfait de son examen.

Au centre de la grande table, qui attendait les convives, trônait un bouquet de roses blanches que Roméo avait acheté avec ses sous économisés un à un.

La plus vieille de Romulus s'était assurée que le fourneau gardait au chaud les mets préparés, et les verres étaient déjà remplis du bon vin jaunâtre dont la recette était bien gardée dans la famille Boisvert.

Les amies de cœur de Jules et Julien s'étaient offertes pour faire le service. Réjeanne avait le sentiment de trôner auprès de son roi à la table des seigneurs. Elle regrettait l'absence de son aînée, Ginette, qui, du couvent, faisait sans doute des prières en pensant aux siens.

Le père Côté y allait de ses remarques:

— T'es tombé sur une bonne fille, Isidore. Une

bonne famille, mon gars. Ne l'oublie jamais. Reste digne. Tu as toujours su le faire. Ne change jamais.

Il pensait à ses fils partis, qui avaient eu la délicatesse d'offrir des cadeaux inestimables et appréciés. Un rouleau à pâte, orné d'une profusion de rubans blancs, avait aussi été expédié, anonymement, portant la mention «Pour dompter Isidore, au besoin». On avait bien ri.

La soirée s'était prolongée, on avait dansé des rigodons après avoir épandu de l'acide borique sur le plancher, ce qui permettait d'adoucir la surface de la piste et de la rendre propice à la danse.

Réjeanne et Léandre avaient vu partir leur dernière fille d'un œil attendri. Ils étaient montés dormir après avoir mis un semblant d'ordre dans la maison; ils s'étaient blottis l'un contre l'autre, n'avaient pas ressenti le besoin de commenter la merveilleuse journée.

Demain, la vie continuerait, il faudrait reprendre le train-train de tous les jours, se remettre à la tâche, accomplir le devoir d'état.

Jules avait dit à mots couverts qu'il projetait d'épouser bientôt Lucienne.

Réjeanne pensa tout de suite à la robe qu'elle porterait.

Cette fois, elle ne choisirait pas un tissu chiné, ce qu'elle faisait toujours par souci d'économie. La robe serait de couleur claire, gaie; les modèles multicolores qu'elle portait habituellement avaient l'avantage de ne pas trop laisser paraître les taches qui apparaissent malheureusement souvent quand on est en charge de la cuisine. De plus, elle pouvait finir de les user une fois la fête passée, puisqu'elles étaient toujours de mise.

— Eh! sa mère, on devient coquette! l'avait taquinée Léandre.

Bien sûr, Réjeanne avait pris la précaution de s'informer à sa future bru des couleurs que sa mère porterait.

***

L'été était là, exigeant. Le potager généreux devrait bientôt être vidé de ses légumes, les patates seraient une dernière fois renchaussées. Réjeanne avait ramené du cercle des Fermières un renseignement extraordinaire que Léandre avait écouté avec attention et expérimenté: en semant de l'ail le long des plates-bandes de fleurs, on éloignait les insectes qui s'attaquent aux pousses et souvent les endommagent. Il en avait conclu que le résultat pourrait être le même si le principe était appliqué autour des rangées du potager.

En outre, l'ail devenait un aliment nouveau à cultiver, un condiment sain, qui ajoute à la saveur des plats cuisinés, guérit le rhume, voire la grippe, et rapporterait des sous, car la terre riche avait permis à ces jolies boules d'une blancheur immaculée de pousser d'abondance; une autre variété à offrir aux acheteurs éventuels.

Roméo avait été convoqué au séminaire. Il était revenu, le souper était terminé, son assiette l'attendait sur le réchaud du poêle. Réjeanne avait tout rangé, s'était occupée pour tromper sa nervosité.

Les garçons étaient tous sortis, le jeudi soir étant *un bon soir*: on allait visiter sa *blonde*.

Le père et la mère prenaient leur tasse de thé qu'ils sirotaient plus longtemps qu'à l'accoutumée.

Il entra soudain, leur Roméo, le visage épanoui, les yeux pétillants de joie. Il s'approcha de la table, se laissa tomber sur une chaise et s'exclama:

— Papa, maman...

L'émotion l'empêcha de poursuivre. Il cacha sa figure dans ses mains. Quatre yeux anxieux le fixaient.

— Papa, maman, reprit-il enfin, j'ai réussi.

Réjeanne se leva, tourna le dos pour cacher son trouble. Elle revint avec l'assiette qu'elle déposa devant son fils. Le silence planait, on savourait un bonheur intérieur impossible à exprimer, trop vif, trop profond.

— Voilà, papa, maman, où j'en suis. J'ai beaucoup réfléchi, pesé et soupesé la question. Je dois continuer d'étudier. Le cours classique à lui seul ne mène nulle part, sauf à la prêtrise peut-être.

Léandre se cambra. Réjeanne joignit les mains et baissa les yeux.

— Alors, avec votre permission, je vais aller travailler un an à la ville, économiser le plus possible pour ne plus avoir à vous imposer tant de sacrifices, et, avec votre permission, je vais continuer mes études. J'ai consulté, on m'a conseillé. Papa, maman... j'aimerais devenir médecin.
— Roméo! cria Réjeanne. Roméo!

Le nouveau diplômé se leva, contourna la table, passa le bras autour des épaules de sa mère qui pleurait à fendre l'âme.

— Maman... maman...
— Mon petit, murmura-t-elle à travers ses pleurs.
— Roméo Boisvert, mon gars, c'est au tour de ton père de parler. Et, cré bon Dieu, tu vas m'écouter. Oublie la ville, oublie tes sous. Tu vas rester sur la terre, notre terre, comme par le passé. Les sacrifices

sont une chose à partager. Tu as fait les tiens, tu as marché à ton école jour après jour, tu n'as jamais rien demandé, tu t'es débrouillé pour tes livres, tu as porté du vieux butin, tu as eu ton diplôme, tu nous fais honneur. Médecin tu seras. Tu ne nous apprends rien, on le savait, nous autres.

— Hein?

— Dis, sa mère, on le savait, nous autres?

— Depuis toujours. Ton grand-père l'avait prédit. Le séminaire, c'était la porte d'entrée pour l'université. J'ai tout manigancé avec ma tante. Elle a bien espéré que tu choisisses le sacerdoce.

— Et vous deux?

— J'ai jamais pensé devoir donner un curé à l'Église. Elle m'a déjà volé une fille, elle n'aura pas mon docteur! Ça, jamais. Un docteur, sa mère, tu avais deviné juste. Sauver des vies, la plus belle vocation du monde!

— Un fils d'Esculape... Le ruban rouge...

— Maman! Comment savez-vous tout ça? demanda Roméo, étonné.

— Un jour, nous te raconterons tout. Sache seulement que c'est ton grand-père Elzéar qui a présidé à ta naissance, que de là où il est, il veille sur toi, il te protège. Ne manque jamais de l'invoquer. Il y a entre les fidèles et les âmes des trépassés une solidarité; elle forme un immense chaînon, qu'on a tendance à désigner sous le nom de destinée.

— Votre foi est vive, maman.

— Te souviens-tu des enseignements de ton grand-papa qui te racontait des passages de la Bible que son vieil âge embrouillait dans sa tête? Moïse était devenu Noé, dans son souvenir.

— Vaguement.

— Il ne savait pas lire, mais il répétait l'histoire sainte apprise avant de faire sa communion.

— Comme tout change!

— Nos enfants aussi. J'aurai un docteur, soupira Léandre.

Un nouveau grand souffle d'amour venait de remplir les cœurs, de les récompenser, de leur inoculer le courage d'aller de l'avant.

***

À quelques jours de là, Julien revint aux petites heures du matin. Il était ivre.

Léandre, horrifié, soigna son fils, le traîna jusqu'à son lit et, le lendemain, lui fit des remontrances dont il se souviendrait pour le reste de ses jours. Julien avoua à son père avoir passé la soirée avec sa *blonde*. Au retour, il avait rencontré des amis qui l'avaient entraîné à la tournée du village.

— Oublie jusqu'à l'existence du perron de ce débit de boisson ou je te ferai perdre la mémoire de tout le reste.

Réjeanne reprocha à son mari les menaces graves faites à Julien, mais Léandre s'était contenté de sourire. Julien avait adroitement tu une partie de la vérité à son père.

Il cessa de fréquenter sa belle, devint subitement un garçon modèle qui gardait toute son attention et ses capacités physiques à seconder son père. L'harmonie était revenue.

Cette fois encore, Réjeanne s'inquiéta: ce garçon n'était pas devenu aussi vertueux sous le coup d'une réprimande. Les remords le rongeaient. Mais elle ne dit rien à son mari et se contenta d'observer son grand fils. Elle le surprenait parfois, troublé, pensif. Elle tenta, mais en vain, de le forcer aux confidences.

Quant à Jules, il partait, les mardis, jeudis, samedis et dimanches soir, visiter sa belle. Il y aurait une autre noce mais, cette fois, Réjeanne n'aurait pas à s'éreinter. C'est la mère de la future à qui incomberait la tâche de recevoir les invités.

Aussitôt, Réjeanne entreprit de se tailler la robe qu'elle porterait ce jour-là.

Chapitre 3

Léandre était grimpé sur la grange. Il fallait d'urgence remplacer quelques planches. Il perdit pied, tomba, ne put se relever. Il s'était démis une hanche. Calamité!

L'hôpital était le seul recours. Roméo y conduisit son père, malheureux de son impuissance et de son ignorance. Réjeanne pria de toute la ferveur de son âme. Sur les seules épaules de ses fils retombait maintenant toute la charge.

Comme elle avait si longtemps observé et assisté son mari, Réjeanne pouvait y aller de ses recommandations. Elle s'occupa du caveau que, d'abord, elle nettoya. On y entassait les légumes selon leur catégorie. Les moins beaux furent cuits, mis en pot, rangés dans la cave, dans un endroit sec, à la noirceur. On s'attaqua ensuite au foin qu'il fallait faucher.

Léandre rentra enfin, presque un mois plus tard, marchant à l'aide d'une canne. Il était d'humeur aigrie. Réjeanne, tolérante, excusait son mari. Le malheureux avait une grande consolation: les siens avaient été à la hauteur de la situation. Rien n'avait été négligé. Il s'était fait du mauvais sang inutilement.

Un autre mois s'écoula, et ce fut le drame. Un dimanche après-midi, il devait être trois heures trente, quelqu'un frappa à la porte avant. La main sur sa canne, appuyé sur ses trois pattes, Léandre alla ouvrir.

— Dis, Boisvert, ton idiot de Julien est ici? J'ai deux mots à lui dire, à celui-là, en ta présence.

— Tout doux, monsieur Letendre, entrez et calmez-vous.

— Fais-moi pas la morale, Boisvert. Pour entrer, je vais entrer. Et je vais te parler, à toi aussi, mais en présence de ton crétin de fils.

Le ton avait attiré Réjeanne.

— Vous voulez une tasse de thé, monsieur Letendre?
— Rien pantoute, madame. Je veux seulement voir votre salaud de Julien.
— Bon, je vais aller le chercher. Il fait le train, aux bâtiments.

À distance, elle appela:

— Julien, viens, on te demande à la maison.

Elle revint sur ses pas. Ses intuitions refaisaient surface. Julien entra, l'air inquiet.

— Tiens, monsieur Letendre.
— Sur tes genoux, couillon! À genoux!

Léandre se taisait. Pas un homme ne parlerait ainsi sans avoir des raisons sérieuses. Il se tourna vers son épouse et lui dit:

— Réjeanne, monte à ta chambre et ferme bien la porte. On doit se parler entre hommes.

Réjeanne s'éloigna, le cœur brisé. La situation lui paraissait plus terrible que prévue.
Julien avança timidement. Il ne s'agenouillerait pas, c'était un Boisvert. Léandre frémit.

— Parle, garçon. Cet homme a besoin de savoir. De savoir quoi, je l'ignore, mais tu dois parler.

— Je veux épouser votre fille, monsieur Letendre.

— Je n'ai pas entendu.

— J'aime votre fille.

— C'est pourquoi tu l'as engrossée et l'as fait brailler toutes les larmes de son corps! Tu te penses un homme!

— Je vais l'épouser, tonnerre de Dieu! Je veux l'épouser! C'est Yolande qui m'a mis à la porte, a décidé de ne plus me voir. Je ne savais pas qu'elle était enceinte... c'est arrivé une seule fois. Une folie d'un soir. Tant mieux si elle est enceinte. Pardonnez-moi, mais si ça m'assure qu'elle sera ma femme, je m'en réjouis. Dites-le-lui, consolez-la, dites à madame Letendre de me pardonner, fixez la date des épousailles vous-même. Je dois partir, les vaches attendent.

Il tendit la main, Letendre l'accepta, salua et sortit, la tête haute.

Léandre, désemparé, ne savait pas comment réagir. Il marcha vers la rampe de l'escalier et appela:

— Réjeanne, descends ici.

Et Léandre sortit trois tasses.

— Les vaches attendront, Julien.

Le thé fut versé, les tasses déposées sur la table, le péché avoué.

— Une tache dans la famille, murmura la mère. Tu as trompé notre confiance. C'est mal. Il faut réparer. Ça date de quand, cette histoire?

Elle connaissait pourtant la réponse: il s'était saoulé parce que la fille l'avait chassé, après qu'il eut abusé de sa vertu.

— Tu marieras cette fille, tu n'auras jamais le droit de pleurer sur ton sort. Demande pardon à Dieu, et prie, Julien, prie très fort. Le bonheur ne se gagne pas dans le mensonge et dans le péché.

Après avoir réfléchi quelques instants, elle ajouta:

— Par respect pour cette fille et sa famille, ce secret restera entre nous. Une première naissance peut parfois arriver prématurément... Jules devra attendre, remettre son mariage à plus tard. Je lui parlerai.

— Une noce double, ça se voit parfois.

— Tu ne veux pas faire bavasser tout le village, non? Alors Jules attendra. De grâce, Julien, épargne tes frères et sœurs.

Ce soir-là, la hanche blessée de Léandre lui causa de grandes douleurs. Réjeanne refoula sa peine. «Deux malheurs en appellent un troisième. Qu'est-ce que ce sera, cette fois?...» Réjeanne s'adressa à son beau-père, là-haut, le priant de les aider, tous.

Contre toute espérance, ce fut une bonne nouvelle qui devait leur parvenir: Anita attendait aussi un enfant.

— Bientôt? demanda Réjeanne.

— Deux mois, maman.

— Et tu n'as rien dit? Pourquoi?

— Pour être certaine de le garder, pour avoir la certitude qu'il vivrait. Mon docteur est des plus rassurants. Je pensais à mes oncles décédés bien jeunes.

Voilà qui était magnifique. Elle serait grand-mère, et plusieurs mois séparaient les deux naissances. Elle était en droit d'espérer.

Pendant tout le temps que durerait l'attente, ce

n'est que dans l'intimité de leur chambre à coucher que les parents s'entretiendraient de la situation particulière de leurs enfants.

Lucienne eut «l'heureuse malchance» de faire un début de pneumonie. Son médecin déconseilla le mariage hâtif. La jeune femme aurait besoin de repos pour ne pas que le mal dégénère en tuberculose.

— Pourquoi souris-tu devant une si mauvaise nouvelle, Réjeanne? Ce n'est pas dans tes habitudes de te réjouir du malheur des autres.

— Moi, oh! non, jamais. Mais ton père, lui...

— Quoi, mon père? Qu'est-ce que pâpâ vient faire dans tout ça?

— Je me comprends, nous nous sommes parlé. Il a fait ce que devait... Lucienne fait, disons... une sacrée sainte pneumonie; vois-tu, Léandre, j'avais supplié ton père d'intervenir, pour protéger Julien...

Le mariage de Yolande et de Julien fut célébré dans la plus grande intimité. Jules n'eut pas à être prié de se sacrifier au profit de son frère. Les deux familles se réunirent. Les épousés s'absentèrent une bonne quinzaine et se rendirent chez des parents dans le Bas-Saint-Laurent. Leur grand amour n'avait été qu'éprouvé.

Chapitre 4

Roméo étudiait à l'université Laval. Il partageait une chambre avec un autre étudiant qui en était à sa deuxième année de médecine.

Il travaillait comme plongeur les fins de semaine, parfois remplaçait un serveur malade ou absent. Le patron l'aimait bien et ne laissait jamais passer une occasion d'encourager ce jeune homme sérieux à poursuivre ses études.

Ses livres prenaient le reste de son temps. Roméo n'avait pas eu le loisir de se promener dans les rues de la ville. L'aide inattendue de son compagnon de chambre s'avérait fort utile.

On était loin du régime austère du séminaire Saint-Joseph à Trois-Rivières. Les étudiants en médecine avaient leur liberté, une certaine vie mondaine. Roméo faisait exception. Il avait à cœur de réussir, oubliait ou se désintéressait de tout le reste. Il connaissait les sacrifices que s'imposaient les siens pour lui permettre de poursuivre des études supérieures. Dans l'intervalle, à Sainte-Marthe, Léandre demanda à sa femme de faire venir chez eux le notaire Bizaillon.

— Avec ma patte qui me fait souffrir, ce n'est pas de sitôt que je pourrai mettre les pieds dehors.

— Es-tu souffrant? Plus souffrant? Ce n'est pas du notaire que tu as besoin, c'est d'un docteur.

— Écoute, sa mère, les enfants organisent leur vie, chacun selon son destin propre. Nous n'avons plus le choix, il ne nous reste que deux fils à la maison. Tant de terre peut être partagée. Il faut s'occuper de toutes ces choses pendant que je suis en pleine possession de mes moyens. Ça ne fait pas mourir. Il faut penser à demain, je dois te protéger, toi aussi, et Roméo qui trime dur pour préparer son avenir... Comme j'ai présentement tout le temps voulu...

Le notaire entra. Réjeanne quitta la chambre et ferma la porte derrière elle, plus peinée qu'impressionnée.

Léandre avait beaucoup réfléchi. Il dictait ses dernières volontés. Le notaire traduisait en termes légaux, donnait un conseil ici et là, rectifiait, expliquait. Léandre méditait.

Réjeanne avait vidé une pleine théière, nerveusement mangé toutes les galettes qui étaient dans l'assiette devant elle, les yeux souvent tournés vers l'horloge qui égrenait les minutes. Elle n'osait pas invoquer Elzéar. La peur la tenaillait. Devrait-elle ou non prévenir les enfants? Léandre était-il en danger? Sinon pourquoi cette hâte de parler au notaire?

Dès qu'elle entendit s'ouvrir la porte de la chambre, elle grimpa les marches à toute vitesse, croisa le notaire qui tendit la main.

— Ne soyez pas si bouleversée. Faire son testament n'est que prudence et ne nuit à personne.

Réjeanne frissonna. Le mot l'avait figée. Le notaire poursuivit jusqu'au rez-de-chaussée et prit congé.

Le lendemain matin, Léandre s'était traîné jusqu'à la cuisine en se tenant pesamment sur la rampe de l'escalier. La pièce était déserte, mais le gruau était encore chaud, à l'arrière du poêle. Il s'en servit un grand bol.

Réjeanne était allée chercher les œufs au poulailler, histoire d'épargner cette tâche à son mari souffrant. Sa joie fut grande, en entrant, de le voir attablé et de constater qu'il avait bon appétit.

— Bonjour, Léandre, tu as bien dormi? Tard, en tout cas. J'ai fait la cueillette des œufs. Certaines poules sont astucieuses, pondent dans des endroits inattendus. Ça faisait si longtemps je n'avais pas fait cette corvée que j'ai trouvé ça amusant.

Sous ce flot de paroles, Réjeanne cachait son inquiétude. Léandre la comprenait. Ils vivaient ensemble depuis tant d'années dans l'harmonie la plus totale, qu'ils n'auraient pas pu se dissimuler leurs pensées les plus secrètes.

— Tu as déjeuné?
— Non, Léandre, je t'attendais.

Ce disant, elle emplit son bol de *soupane*, se servit du café et prit place près de son mari.

— Les fêtes s'en viennent. Il va falloir se préparer. La famille est grande, maintenant. En plus, deux belles-filles, un gendre et Roméo seront là. Il me manque, mon fils. Sa dernière lettre, quoique trop courte, m'assurait qu'il viendrait passer quelques jours avec nous.
— Je sais, tu m'as déjà dit.
— Tu pourras lui parler de ton mal.

Léandre sourit. Quel détour elle faisait pour aborder le sujet qui la préoccupait!

— Il ne faut pas inquiéter le petit avec ça. Le docteur m'avait prévu que ce serait long, très long, la convalescence.
— Alors? Tu n'es pas plus mal? Tu ne veux pas voir le docteur?
— Je vois: tu as associé la visite du notaire à ma mort prochaine!

49

— Léandre! Je t'interdis...

Il riait de bon cœur.

— Pâpâ est mort vieux. Tu ne seras pas veuve de
sitôt. Fais-en ton deuil si c'est à ça que tu rêvais.

— Sois sérieux, arrête ton humour noir, Léandre
Boisvert.

— Le notaire, sa mère, m'a tout simplement aidé à
arrêter certaines décisions pour protéger ma famille,
toi comprise. Comme je l'ai fait pour Luc, je donne
une partie de la terre à François. Il sera établi ici. La
ferme Boisvert gardera son nom. Roméo et toi, vous
vivrez dans cette maison. Il pourra veiller sur tes biens,
il a l'instruction voulue. Ses frères se partageront le
travail du potager; tu es en mesure, tu l'as prouvé, de
lui faire porter ses fruits.

— Léandre, et toi? Toi, Léandre?

— Moi?

Il rit encore.

— Oui, toi? Parle, Sainte Vierge, toi?

— Je reste, ne t'en fais pas. Mais je ne vais pas
attendre de confondre Moïse avec Noé pour régler les
problèmes qui nous tombent dessus avec la vieillesse.
Cré, sa mère! Tu es aussi ratoureuse que nos poules.

Réconfortée, Réjeanne passa ses mains sur son tablier. Elle faisait parfois ce geste qui équivalait à témoigner de sa paix intérieure.

— Bon! Il ne me reste plus qu'à penser à sortir mes
livres de recettes. Il va se boire plus de vin de pissenlit
que jamais, ici, cette année. La noce a dû faire baisser
la réserve.

— Mais le printemps s'en vient, il y en aura d'autre.

— C'est bien, c'est bien.

— Qu'est-ce qui est bien?

— François aura sa terre, Roméo n'aura pas à nicher en ville. Il pratiquera sa médecine dans la région, pourra s'affilier à l'Hôpital Saint-Joseph de Trois-Rivières pour les cas graves, marier une fille d'ici. Les Boisvert seront regroupés, le beau-père doit sourire, là-haut.

Réjeanne se signa.

Léandre était plus ému qu'il ne le laissait voir. Il avait la certitude que, même si elle avait parlé à voix haute, sa femme résumait ses pensées profondes. Il prit bien garde d'insister. Il ne fallait pas qu'elle se doute qu'il taisait encore quelque chose. La vérité était que sa hanche ne s'améliorait pas, du moins pas autant qu'il l'espérait, car dans sa jambe, il ressentait des picotements qui l'inquiétaient. «Ça fait sans doute partie de l'évolution de la guérison, ça va passer comme c'est venu», pensait-il. Et Léandre endurait son mal.

Le notaire Bizaillon revint, accompagné de son clerc, fit signer le testament à Léandre en présence d'une Réjeanne rassurée; le clerc, d'un geste théâtral, apposa sa signature comme témoin. On prit le thé, dans la cuisine.

***

— François, arrange-toi donc avec un de tes frères. Allez faire une randonnée dans le bois. J'aurais besoin d'un lièvre et de quelques perdrix pour donner bon goût à mon cipaille des fêtes. Ton père n'est pas en condition de faire la chasse. Trouvez un prétexte pour ne pas l'humilier. Il doit drôlement y penser.

— Bien sûr, maman. Je vais y voir. Il ne refusera pas de me prêter son fusil.

Il profita de l'occasion un matin que Léandre se promenait de long en large sur la galerie, histoire de faire circuler le sang dans cette maudite jambe.

Bien sûr qu'il prêterait son fusil. Il donna quelques conseils. N'avaient-ils pas parcouru ensemble les sentiers de la lisière du bois qui couvrait la partie sud de la terre?

— Regarde, François, là, sur ta gauche, à partir de l'orme qui s'y trouve. Marche cent pas, droit devant toi, arrête-toi, plante un piquet et peinture en rouge le bout qui sort du sol. De là, jusqu'à la clôture du voisin, limite de notre ferme, s'étendra ton lopin de terre. Près de la clôture, si tu devais creuser, tu trouverais, enterrée, une assiette de faïence cassée en quatre qui a été enfouie là par mon aïeul quand les arpenteurs du gouvernement sont venus tirer les lignes de la région, tel que désigné au cadastre de la paroisse. L'avoine et le trèfle poussent dans ce coin. Ce sera la tienne, ta ferme! Le royaume d'un Boisvert.

Le ton était solennel, le père fier, le fils ému. Ils se regardaient, en silence, un silence éloquent.

Léandre donna une tape amicale sur l'épaule de son gars et ajouta:

— Va nettoyer le canon de la carabine. Les fusils sont dans la garde-robe de notre chambre. Et ramenez à votre mère le gibier qu'elle réclame. Sinon, son cipaille sera foutu.

François, toujours célibataire, s'étonnait de cette subite décision de son paternel. Pourquoi aujourd'hui? Mais sa joie était si grande qu'il n'approfondit pas la question.

Il se dirigea vers la maison, les yeux larmoyants

d'émotion. Il n'en avait jamais tant espéré. «Sans doute est-ce parce que Roméo va aux études qu'il me fait une telle promesse.» Les parents habiteraient probablement avec leur bébé adoré, Roméo.

L'emplacement de la maison paternelle conserverait un rectangle de terrain tout autour, borné par l'orme. Léandre avait réussi à préserver le bien familial qu'il avait reçu en héritage. Tous les fils Boisvert y seraient rivés.

Chapitre 5

On fêta Noël, le cipaille fut une réussite. Anita se dandinait, la bedaine en évidence, fière d'afficher sa future maternité. Yolande étonna les beaux-frères et belles-sœurs, car, elle aussi, attendait «la visite des sauvages».

— Mais tu es grosse sans bons sens, Yolande, s'exclama Rita, surprise.
— Tu crois? répondit Yolande, souriante.

Anita regarda sa belle-sœur.

— C'est vrai, tu n'es pas inquiète?
— Ah! non, pas le moins du monde.

Julien tapota la main de sa femme. Ils échangèrent un regard entendu.

Réjeanne fit bifurquer la conversation. Elle ne voulait pour rien au monde qu'on tire de vilaines conclusions. S'il fallait qu'on devine qu'elle s'était mariée «obligée»!

— Toi, maman, tu n'as jamais perdu un bébé?
— Oui, dit-elle, une seule fois.
— Hein?
— Je n'ai été enceinte que quelques semaines. Ce sont des choses qui arrivent parfois, mais dont on ne se vante pas.

Les futures mamans baissèrent les yeux. Rita regarda sa belle-mère, remplie d'un amour et d'un respect encore plus profonds.

— Vous êtes extraordinaire, madame Boisvert.

— Tut, tut, soyons modestes.

— Chère maman! s'exclama Roméo. Tu es une sainte.

— Vous allez vous taire, non? J'allais oublier mes tartes qui attendent au four pour être mangées.

On promit de revenir déjeuner le matin du jour de l'An. Roméo reprendrait la direction de Québec à la fin de ce repas.

Le lendemain, à la demande de Luc, Léandre se leva pour donner sa bénédiction. Il était gêné, impressionné comme à chaque année.

— Agenouillez-vous, demanda-t-il.

Il formula ses vœux d'une voix enrouée par l'émotion, leva la main droite, bénit ses enfants, posa deux doigts sur le front des enfants de Rita et de Luc.

Tous s'embrassèrent à la ronde, trinquèrent, remuèrent les chaises et reprirent leur place. Jules annonça alors que Lucienne deviendrait bientôt sa femme. Le médecin s'était prononcé: la pneumonie n'était qu'un mauvais souvenir. Le visage de Lucienne avait rosi. Souriant de bonheur, de sa main droite, elle souleva son bras gauche qu'elle posa sur le rebord de la table.

— Vous deux, les futures mamans, je vous jure aujourd'hui que nous allons vous damer le pion. On va mettre les bouchées doubles, papa et maman. Je le prédis, c'est nous deux qui battrons le record. Nous voulons douze enfants.

— Moi, six grossesses comme celle-ci me suffiront.

Et Julien pinça la joue de sa femme qui rougit jusqu'aux oreilles. Réjeanne plissa le front, confondue et curieuse. Elle ne parvenait pas à déchiffrer le message...

Les tourtières et le ketchup firent le tour de table, les beignes couverts de sucre en poudre fondirent avec la tasse de thé fumant. On s'emmitoufla, on s'embrassa encore, et tous sortirent pour faire face au grand vent qui soufflait par rafales. Le bruit de la porte qui gémit sur ses gonds attrista Réjeanne. Elle se retourna et vit son mari qui portait la main à sa hanche en grimaçant.

— Va, monte te reposer, c'est beaucoup d'émotions, jeta Réjeanne. Il ne manquait que notre fille aînée, Ginette...

— Et toi, tu es seule avec cette montagne de vaisselle à laver.

— Je n'ai fait que préparer le repas. J'ai tout mon temps, qui serait long sans ce travail. Cette magnifique journée valait bien cette peine. Va te reposer, mon Léandre.

Il monta et elle rumina. Roméo l'avait retenue entre ses bras, n'avait fait que plonger son regard dans le sien et était parti, bravement, le cœur lourd, lui semblait-il.

Elle avait surpris une conversation entre son mari et leur futur médecin. Roméo avait posé des questions à son père. Il s'inquiétait de sa démarche incertaine, craignait que la hanche ne se cicatrise mal. Léandre bluffait, le fils consulterait ses livres.

La période des réjouissances s'était achevée. Janvier s'était montré cruel. Les cheminées laissaient échapper en fumée des réserves entières de bois de chauffage. Puis février est venu. Mais la chandeleur passa et le froid persista. Le jour de la Saint-Valentin, la région connut une tempête qu'on n'oublierait pas de sitôt.

Léandre ne se leva pas. Il avait chaud, très chaud, il gémissait. Voyant qu'il ne descendait pas déjeuner, Réjeanne monta à la chambre.

— Doux Seigneur Jésus!

Elle descendit les marches précipitamment, se dirigea vers le téléphone, composa le numéro du médecin, expliqua ce qui arrivait à son mari.

— Venez au plus vite, supplia-t-elle.

C'est alors seulement qu'elle remarqua que la neige tombait, abondante et mouillée. Des tourbillons se formaient, la route serait impraticable.

Elle donna une friction à l'alcool à son mari, espérant faire tomber la fièvre, supplia Elzéar de parler au Dieu tout-puissant, jeta des regards désespérés par la fenêtre, téléphona à ses fils les plus proches. Des heures d'un déchirant désespoir commencèrent.

On pelletait, tentait de tenir tête à la nature. En vain. Le vent faisait ses ravages avec fureur. Le médecin était parti pour Sainte-Marthe dès qu'il avait reçu l'appel, conduit par un voisin qui avait cheval et carriole; mais on n'atteignit la maison des Boisvert qu'à quatre heures de l'après-midi.

La robe du cheval, malgré la couverture qui le protégeait, était tapissée de frimas. La bête fut dételée, mise à l'abri dans la grange. Le docteur se secoua, laissa tomber son manteau, se frotta les mains, s'essuya le visage, les sourcils et la moustache givrés.

— Je vous en supplie, docteur, montez.
— Le temps de me réchauffer un peu. Votre mari a la fièvre, m'avez-vous dit?

Elle parla de la friction à l'alcool qui n'avait rien changé.

— C'est bien, bonne initiative, laissa-t-il simplement tomber.

Et le médecin de se pincer le lobe des oreilles, de frotter ses mains l'une contre l'autre. Il saisit son sac noir et monta à la chambre, suivi de Réjeanne. La porte se ferma. Les fils, silencieux, s'assirent près de la table.

L'examen commença; le savant praticien grimaçait. Auscultations, vérifications, questions, injections... Une évidence semblait confirmer de plus en plus les inquiétudes du docteur. Léandre balbutia avec effort, empourpré par la fièvre:

— Picotements... ma jambe, picotements...

Et il s'évanouit.

Réjeanne poussa un cri déchirant, posa ses mains sur sa bouche, s'appuya contre le mur.

Le médecin la pria de s'éloigner, d'aller s'étendre. Elle fit non de la tête.

Le docteur ouvrit la porte, appela un des fils, l'obligea à s'occuper de sa mère.

Depuis longtemps, Léandre souffrait de problèmes vasculaires sévères. Il ne s'en plaignait pas, croyant que ça passerait. «C'est ça vieillir», pensait-il. Depuis le jour où il s'était démis la hanche, il attribuait son mal à l'accident, mal qui s'était aggravé. Il se reposait sur les siens, disparaissait parfois, s'éloignait quand il se sentait mal en point. C'est pourquoi il avait fait appeler le notaire Bizaillon.

L'antibiotique ne faisait pas effet, le mal – la gangrène – était maître. On ne pourrait plus rien pour le malade.

La tempête retint le médecin impuissant chez les Boisvert jusqu'au lendemain. Il administra un somnifère à l'épouse, parla aux fils, expliqua la maladie de leur père. Même l'amputation était inutile. La nécrose s'était répandue dans ses tissus. Le seul espoir était de pouvoir le conduire vivant à l'hôpital, afin de tenter d'adoucir son agonie.

Le docteur n'eut pas à se donner cette peine. Assis loin du lit, les fils affolés virent glisser leur père dans l'au-delà, alors que le jour pointait.

— Laissez dormir votre mère, son réveil sera déjà assez cruel, suggéra le médecin.

Luc ouvrit la fenêtre. Le vent hurla. De la neige entra en tournoyant, mouilla le plancher au contact de la chaleur. Luc referma. Cette poussière blanche qui tombait du ciel prolongerait de quelques heures le séjour de Léandre dans sa maison, car la tempête, complice, durait. Luc et Julien, assis en retrait, récitaient le chapelet. Ils voyaient cette forme humaine si vivante, hier encore, mais qui reposait inerte, ce matin, sous un drap blanc. Réjeanne, toujours sous sédatif, ne s'était pas réveillée. Et le docteur Demers s'était assis au salon où il s'était endormi après cette longue journée et cette interminable nuit à lutter contre la mort, lui rappelant qu'à Dieu seul appartient le mot de la fin.

Rita, inquiète, ne voyant pas revenir son mari, téléphona chez ses beaux-parents. Luc dégringola l'escalier, saisit le combiné pour faire taire cette sonnerie qui résonnait, si insolente, en cette minute de recueillement.

— Rita, Rita, papa... est décédé.

Le mot, difficile à prononcer, l'étranglait. Il se tut, attendit, fit un effort pour ajouter:

— Préviens la famille. Le docteur est ici prisonnier. Maman dort. Julien est avec moi. Parle à sa femme, doucement. Anita risque de le prendre très mal. N'oublie pas Roméo.

— Et ta mère, comment réagit-elle?

— Elle sait, mais le docteur l'a fait dormir. François est abasourdi. Il semble avoir perdu l'usage de la parole. Il est enfermé dans sa chambre, en état de choc.

De résumer ainsi la pénible situation semblait lui redonner son équilibre. Il fallait agir, maintenant et vite. Dès que le docteur ouvrit les yeux, Luc, qui n'avait jamais vécu une telle situation, s'informa.

Il fallait prévenir l'entrepreneur des pompes funèbres, préparer le salon pour exposer le défunt.

— Pardon, docteur? L'entrepreneur de quoi?

— Le croque-mort.

— Je vois. Et cette maudite neige qui nous coupe du monde!

— Le corbillard n'est pas nécessairement motorisé quand il y a urgence, comme c'est le cas.

Quand, enfin, Léandre quitta la maison en sleigh tirée par deux chevaux, on s'activa afin d'adoucir la peine de Réjeanne.

Le docteur avait ordonné de jeter les draps qu'il ne fallait pas réutiliser; on prépara un coin au salon. Il allait de soi que Réjeanne refuserait de voir son mari exposé ailleurs que dans sa maison. Léandre lui-même en avait exprimé le vœu à la mort de son père, Elzéar.

Réjeanne se leva vers dix heures. Le docteur avait fait quelques appels, s'inquiétait pour ces malades qu'il devait visiter à domicile. L'hospitalisation coûtait cher. Tous n'avaient pas les moyens de faire des séjours prolongés à l'hôpital. Aussi le médecin devait-il se déplacer et faire crédit. Souvent il oubliait d'inscrire ses visites au calepin. Il eut une conversation avec l'épouse éplorée qui l'écoutait, silencieuse, stoïque.

On avait déblayé la voie, de la grange au chemin. Le cheval avait reçu une portion d'avoine. Protégé par sa couverture, il reprendrait la route à peine carrossable.

Le docteur roupilla sur le chemin du retour, s'en remettant à ce généreux voisin qui l'assistait et qui en avait vu de toutes les couleurs. Maintes fois il avait traîné son lunch et s'était contenté de dormir dans le fenil.

Luc prit le commandement de la maison, consultant parfois sa mère qui hochait la tête, incapable de penser.

Les brus et Anita préparèrent des plats appropriés. Trois jours et trois nuits de veille. Des sympathisants viendraient de partout, les Boisvert étant fort connus et aimés. Ce décès dans la fleur de l'âge en étonnerait plusieurs. Roméo, informé, souffrait atrocement. Il se rendit à la gare du Palais. Anita l'avait prévenu: le train serait le plus sûr moyen de transport à cause de la tempête qui sévissait en Mauricie.

Assis dans le wagon, le visage brisé par la peine, il regardait sans le voir le paysage blanc qui scintillait parfois sous les rayons d'un soleil pâle. Puis la course ralentit. Le chasse-neige placé à l'avant déblayait. La neige formait des boudins gracieux et blancs qui roulaient à côté des rails. Ce décor, qui l'aurait charmé dans son enfance, lui paraissait aujourd'hui bien lugubre.

On arriva à Sainte-Marthe. Il faisait sombre, aussi sombre que dans son cœur torturé par les remords.

«J'aurais dû...» La pensée du visage triste de sa mère amplifiait ses regrets et les reproches qu'il se faisait. La tempête s'était calmée, mais ses conséquences persistaient. Il entra enfin chez lui. Réjeanne se précipita dans ses bras et pleura. Elle pleurait, pleurait, et à travers ses larmes, elle répétait:

— Roméo, mon Roméo, mon petit!

Anita grimaça: ainsi sa mère recouvrait la parole... dans les bras de son enfant préféré.
Roméo cherchait ses mots.

— Ginette prie sûrement pour vous. Papa a retrouvé son père. Ils veillent maintenant sur nous tous.

Anita sursauta.

— Grand Dieu! Nous avons oublié de prévenir Ginette.

Roméo s'en chargerait. Ginette avait prononcé ses vœux perpétuels. Elle ne viendrait peut-être pas. Pour elle, le monde des hommes existait-il toujours? Même si Léandre était son père...
Ça non plus, Anita ne le digérait pas. «Il informerait Ginette, ce petit fat de Roméo. Parce qu'il fréquentait l'université, il se donnait tous les droits, s'arrogeait toutes les prérogatives! Sur lui retomberait le mérite!»
Les dames du cercle des Fermières vinrent offrir leurs condoléances et apportèrent, qui une casserole, qui des fleurs de soie tressées en couronne.
Parmi elles se trouvait madame Leblond qu'accompagnait sa fille, Luce, jeune, belle, légère et confiante. Celle-ci tendit la main, s'arrêta longuement devant François, baissa timidement les yeux, visiblement bouleversée.

François, ce bon parti dont parlaient toutes les filles, ce jeune célibataire rangé qui secondait et suivait partout son père, était aujourd'hui encore plus séduisant. Sa peine refoulée lui donnait un air fier, attendrissant.

Jusqu'à maintenant, François ne s'était jamais attardé à fréquenter les filles. «De la graine de vieux garçon, pensait Léandre, une protection pour ma femme et assistance pour Roméo dans le futur.»

***

L'église était pleine, les glas avaient pleuré, le curé avait été éloquent:

— Léandre Boisvert n'a pas reçu les saintes onctions. Dieu en a décidé autrement. Mais cet homme de foi, ce bon chrétien qui, à l'instar de ses aïeux, a pratiqué sa religion par l'exemple, a donné sa fille aînée à Dieu, et la vie à nombre d'enfants qui, à leur tour, sont des êtres de devoir. Aujourd'hui, on pleure avec son épouse et ses enfants, ses enfants fidèles à leur Dieu et à la terre.

Réjeanne n'entendait pas, ne pleurait pas. C'est le mouchoir qu'elle roulait dans le creux de sa main qui absorbait sa peine. Elle gardait les yeux rivés sur ce coffre fermé qui emprisonnait son homme. Elle suivit la bière jusque sur le parvis du temple, la vit disparaître dans l'imposante limousine, poussée par les bras puissants de ses fils Luc, Jules, Julien et François. Elle posa la main sur le bras de Roméo, tourna la tête et supplia:

— Ramène-moi chez nous, je ne peux pas aller plus loin.

Les cloches égrenaient maintenant un chant plus

joyeux qui évoquait l'allégresse de l'âme libérée et retournée à la source de la vie. On s'éloignait silencieusement, en formant le cortège. Réjeanne restait là, le cœur brisé mais le visage serein.

Elle retourna dans l'église, marcha vers l'autel, alluma quelques lampions et revint vers Roméo. Ensemble ils rentrèrent à la maison, une maison vide, silencieuse, où ne s'entassaient que des souvenirs.

— Maman, je vous aime.

Elle monta là-haut, alla s'allonger sur le lit de ses filles également parties. Elle ne dormirait plus jamais dans la chambre où Léandre était décédé.

— Roméo, avait-elle dit, préviens tes frères et sœurs que la lecture du testament se fera ici-même, demain soir, à huit heures, par ton frère Luc.

Ainsi, son père avait fait un testament. Était-ce récemment? Son père savait-il que sa vie était menacée? Comment et pourquoi? Mille questions lui trottaient dans la tête. Il se remémorait leur ultime conversation, le premier de l'an. Son père s'était fait rassurant. Roméo n'avait pas poussé l'interrogatoire assez loin. Léandre avait-il caché quelque chose? Impossible! Il ne soupçonnait pas la gravité de son cas. Il était franc, honnête. S'il avait pu prévoir, il aurait pris le chemin de l'hôpital. Il aimait tant la vie, ne connaissait rien aux maladies, refusait de se croire vulnérable. Il avait l'entêtement de l'homme qui s'en remet uniquement aux forces de la nature.

Il se souviendrait de cette leçon chèrement apprise. Oh! oui, il s'en souviendrait. Ces mots tournaient dans sa tête.

***

Anita mit un fils au monde. Trois semaines plus tard, Yolande accouchait de jumeaux que l'on disait prématurés, mais qui étaient pourtant en excellente santé. Alors Réjeanne comprit: au jour de l'An, le couple savait déjà que la mère portait des jumeaux. Il y en avait dans la famille Letendre. Le très gros ventre de Yolande s'expliquait ainsi. Anita n'y vit que du feu. Le secret serait préservé.

François revit Luce. Ce fut le début de leurs fréquentations. Un jour, Roméo dit à son frère:

— Tu as su dénicher une jolie et gentille fille, François, je te félicite.

Le visage de François se durcit. Il jeta méchamment:

— N'y pense même pas, frérot. Elle est à moi, à moi seul.

Roméo ne répondit pas. Il se contenta de penser que son frère était d'une nature jalouse. Pour le moment, ses seules préoccupations étaient d'assimiler les connaissances nécessaires et de travailler pour subvenir à ses besoins.

Pour respecter la volonté de son père, il s'occupait aussi d'administrer les biens de sa mère. Il connut alors une triste expérience. Pour défrayer le coût des funérailles de son père et les frais d'hospitalisation au moment de son accident – une dette qui n'avait pas encore été réglée – il se vit dans l'obligation de grever la maison familiale d'une hypothèque qu'il se promit de rembourser plus tard à même ses revenus personnels. La suggestion lui était venue du notaire Bizaillon qu'il avait consulté.

Le deuil fini, François avait épousé Luce. Le couple s'établirait sur sa propre ferme, à l'est de l'orme, dès que Roméo viendrait habiter chez sa mère, ses études terminées. Pour le moment, ils habiteraient la vieille maison ancestrale sous le regard triste de Réjeanne, qui avait perdu cette joie de vivre qui l'avait toujours rendue si ardente, si palpitante.

Les naissances se succédaient. Réjeanne tricotait, ourlait des couches, brodait des robes de baptême.

La famille Boisvert vivrait. Même que le vin de pissenlit continuerait de remplir les coupes grâce à François qui, pour avoir si souvent secondé son père, avait assimilé la recette et tous les détails du processus de fabrication. Les traditions familiales seraient aussi respectées.

Chapitre 6

Roméo était enfin rentré chez lui, diplôme en main. Réjeanne pleurait. Son émotion était grande, sa fierté encore plus.

— Jamais, comme à ce jour, mon fils, je n'ai tant regretté l'absence de ton père! Il serait honoré de te voir, de t'entendre, de t'exprimer sa joie, de t'accueillir en formulant des vœux pour l'avenir.

Elle retenait son plus jeune dans ses bras, le serrait sur son cœur. Luc était discrètement sorti, bouleversé par ces effusions de tendresse.

— J'ai fait des projets, Roméo, j'ai beaucoup réfléchi.
— Je vous écoute, maman.
— Tu as l'intention de pratiquer ici, n'est-ce pas?
— Oui, bien sûr.
— Alors suis-moi. Regarde, ce salon, cette pièce qui sert si rarement, conviendrait bien pour un bureau. La grande fenêtre, là, pourrait devenir une porte qui donnerait sur la galerie. Les garde-robes dans la pièce d'à côté seraient démolis et deviendraient une salle d'examen. Tes frères sont adroits, ont l'expérience. Isidore est plus qu'ouvrier, il est presque ébéniste. Il ferait la finition qui s'impose.
— Mais, maman, dit-il enfin, ému par tant d'attention. Et l'argent?
— À ça aussi j'ai pensé. Tout ce temps que tu as fait ton internat, tu t'es suffi à toi-même. J'ai économisé. Les revenus du potager de l'an dernier sont là qui

67

t'attendent. Bientôt, tu gagneras, tu deviendras enfin indépendant. Tu récolteras le fruit de tes nombreux, trop nombreux sacrifices. Comme je suis fière de toi!

— Maman, vous me troublez par votre grande bonté. Je voudrais vous montrer quelque chose dont je suis très fier.

Il sortit de sa valise un paquet bien ficelé, l'ouvrit, exhiba sous les yeux de sa mère une plaque de cuivre, bien polie. Réjeanne pleura, la prit, la posa sur la table, s'éloigna de quelques pas, lut tout haut:

— «Docteur Roméo Boisvert, médecine générale.»

— J'y ai laissé mes derniers sous noirs. Je me suis permis un caprice par anticipation, ce qui m'a aidé à bûcher et à réussir. Cependant, puisque tous les finissants de la faculté ont placé la commande chez le même fournisseur, le prix a été moindre.

— Je suppose que tu l'apposeras sur la maison?

— Si je dois pratiquer ici, oui, mais je ne veux pas que vous vous sentiez...

— Suffit, n'ajoute rien. Toi, pense à aménager les lieux, dors, repose-toi, prends des vacances méritées. En moins de temps qu'il n'en faut pour le dire, tu seras en mesure de recevoir tes clients.

La nouvelle de l'arrivée d'un nouveau docteur se propagea vite et le téléphone résonna pour la première fois en pleine nuit, ce qui fit sursauter Réjeanne. Pleine d'appréhension, elle dégringola l'escalier. Elle fit de la lumière dans la cuisine, regarda l'heure et saisit le combiné. Il était sûrement arrivé quelque chose à l'un de ses enfants.

Il lui fallut quelques moments pour comprendre que c'était chez le docteur qu'on téléphonait.

Roméo fut secoué. Il sortit du lit, vint rassurer le

père apeuré qui appelait à l'aide: sa fille allait bientôt accoucher.

François conduisit le nouveau docteur à sa première urgence. Roméo mettrait au monde, de ses propres mains, le premier de ces nombreux enfants à naître sous ses soins dans ce coin de pays qui était le sien.

Réjeanne avait prié jusqu'à son retour, incrédule: son bébé, son fils, donnerait le premier souffle à un enfant... Léandre et Elzéar furent drôlement dérangés cette nuit-là dans le paradis du bon Dieu...

Roméo entra avec le jour qui, lui aussi, naissait.

— Un beau gros garçon de huit livres, maman...
— Tu as faim? demanda-t-elle pour ne pas avoir à exprimer ce qu'elle ressentait.
— Je crois que je vais aller roupiller un peu.

Il avait faim, mais il irait seul savourer sa joie et cacher l'orgueil légitime qui le tenaillait.

La famille au complet fut convoquée. Il fallait vite passer à l'action, préparer les lieux pour accueillir la clientèle de Roméo. Réjeanne s'était plus d'une fois arrêtée pour mijoter le projet, et aujourd'hui elle élaborait ses pensées. François maugréa un peu. Il perdrait une aide précieuse, lui qui avait encore tant à faire pour compléter sa maison. Et Luce n'avait pas «vu ses mois». On ne dirait rien, pour le moment...

Chose certaine, pensait le futur papa, Roméo ne présiderait pas à cette naissance. Il avait une bonne raison: Luce avait déjà consulté le docteur Demers.

Isidore, l'époux d'Anita, se scandalisa quand il fut question de le rémunérer pour ses services d'ébéniste.

— Jamais, madame. Ce serait m'insulter. Votre gars n'est pas au bout de ses peines, et l'occasion lui sera souvent donnée de nous dédommager par ses soins. Nous lui devrons plus que nous pourrions lui offrir, même si ses frères le croient riche...

Réjeanne le remercia avec chaleur. Lors de la réunion de famille, Anita avait pourtant été ferme à ce sujet: un docteur fait beaucoup d'argent. Il aurait les moyens de payer les frais, surtout qu'il profiterait de la maison familiale.

— J'espère, maman, qu'il nous versera le prix du loyer.

Aucun des fils de Réjeanne n'avait protesté ou même riposté. Une feuille avait été épinglée au mur, chacun y notait ses heures de travail.

Un matin, Roméo dut demander à son frère de le conduire chez un autre patient. Réjeanne s'indigna:

— Il te faut un moyen de transport. Achète-toi une automobile, une bonne, digne de ta profession. Ce sera ta première dette, elle s'épongera vite. On est plus au siècle où le docteur se promène en boggie tiré par un cheval.

Le ton de la mère surprit le fils. Il était d'une fermeté cassante et n'invitait pas à la réplique. Elle jeta un coup d'œil mauvais à la feuille de temps fixée au mur. Roméo comprit la déception de sa mère.

***

Luce était une bonne fille, joyeuse mais gâtée, qui aimait cuisiner, ne lésinait pas sur le beurre et la crème, ne se souciait aucunement d'économiser. Moderne, elle tutoyait Réjeanne qui s'habituait bien mal à cette idée mais n'en laissait rien voir. En bonne belle-mère, elle céda en partie les rênes du pouvoir à sa bru. Elle se consolait à l'idée que c'était temporaire. Mais, elle devait l'admettre, la maison était gaie depuis que Luce y habitait. Elle chantait du matin au soir. Rien ne semblait la rebuter et, en plus, François adorait sa jolie femme. Ils montaient à leur chambre très tôt et leurs rires fusaient, ce qui plaisait à Réjeanne. Ginette et Anita n'avaient pas cette joie de vivre, ce caractère aimable, cette ouverture d'esprit.

Quand Roméo rentrait, le jeune couple se trouvait rarement là.

— Ce que ces tourtereaux s'aiment! s'exclamait parfois Réjeanne.

Roméo voyait les choses d'un autre œil. Il devenait de plus en plus évident que son frère était d'une jalousie maladive. François se méfiait de lui depuis le jour où il l'avait complimenté sur son choix. Il accaparait sa femme, évitait tout tête-à-tête possible.

La maison fut enfin prête à accueillir les propriétaires. Ils emménageraient bientôt, sans trop se presser, car Luce adorait sa belle-maman et appréciait de vivre sous son toit.

***

Luce cuisinait avec sa belle-mère. Elle coupait dans la pâte des galettes de différentes formes qu'on ferait dorer au four.

— J'aimerais te poser une question très indiscrète, belle-maman, mais je n'ose pas.

— Qu'est-ce qu'il ne faut pas entendre! Indiscrète! Demandez, Luce, vous m'avez maintenant intriguée.

— C'est... au sujet de ce teint de pêche; vous n'avez pas de rides, vos joues sont roses. Avez-vous un secret?

— Tiens, on me vouvoie pour me parler de ma beauté...

Réjeanne se mit à rire de bon cœur. Elle s'essuya les yeux avec le coin de son tablier et confia, d'une voix basse, sur le ton digne d'un grand secret:

— Ma chère Luce! À vous je peux bien le dire. Vous aurez toute votre vie, à portée de la main, cet astringent merveilleux qu'est l'eau de riz. Lorsque les bébés souffrent de diarrhée, le remède idéal est obtenu en faisant bouillir le riz et en leur faisant boire l'eau à même le biberon. Alors, moi, sous la recommandation de ma mère, je gardais le surplus, mettais le riz dans ma soupe et, avec la réserve, je me lavais le visage sans l'assécher et laissais faire l'œuvre du plus sûr cosmétique qui soit... Et voilà! Il faut croire que ça m'a réussi!

Luce écoutait, incrédule, tellement surprise qu'elle restait là, l'ustensile à la main, oubliant ses galettes.

— C'est vrai, ce que vous me dites?
— Si vrai, si simple, que vous refusez d'y croire. Pourquoi? Parce que c'est gratuit et que ça ne fait pas souffrir. Plus jeune, j'étais coquette. À toutes les deux semaines je m'appliquais un masque de jaune d'œuf cru, non battu. Ça durcissait, nettoyait les pores de ma peau. Le problème c'est qu'il ne faut pas rire quand on se voit dans le miroir, ce qui a pour effet de faire de fausses rides dans l'œuf séché!

Réjeanne riait encore. Remuer ainsi ses souvenirs de jeunesse l'avait ravie.

— Pas un mot de ça à personne, Luce, j'aurais honte!
— Comptez sur moi pour ne pas vous trahir, mais

soyez assurée que, chez nous, le riz va passer au menu...
Plus tard, je transmettrai le secret à mes filles... J'en
suis à la troisième douzaine de galettes. La pâte est
souple, vous avez un doigté extraordinaire pour tout ce
que vous touchez, belle-maman. Je pense à vous comme
à une mère.

— Que vous êtes gentille!

On dut changer de sujet, quelqu'un s'amenait.

***

— J'espère, Réjeanne, que grâce à tes allées et venues, un sentier se formera sous tes pas, de la porte de
ta cuisine jusqu'à la mienne.

— Quelle chaleureuse invitation, si bien formulée.
Merci, Luce. Vous me manquez déjà.

Ce fut leur dernier tête-à-tête avant que le couple
n'emménage.

Tous furent invités à la pendaison de la crémaillère
chez Luce et François. Il avait été entendu que chaque
famille apporterait son repas. On offrit des cadeaux, la
plupart faits manuellement. Isidore avait fabriqué un
joli bahut en bois d'érable avec ornements sculptés sur
les portes et les côtés. Un vrai petit chef-d'œuvre.

Le cadeau qui étonna le plus fut celui de Réjeanne:
douze couches de *flanellette*, ourlées à la main, et des
chaussons de laine pour bébé, crochetés de ses mains.

— Comment avez-vous deviné? demanda Luce, émerveillée.

— On ne peut cacher ces choses à une femme de
mon âge, répondit-elle avec un grand sourire. J'ai donc
vu juste?

Le mari répliqua:

— Oui, autant que le docteur Demers, que nous avons consulté. Mais il n'est pas question de jumeaux. On laisse ça à Yolande...

Roméo comprit. Il ne verrait pas les fesses de Luce. François y veillerait!

Réjeanne allait riposter. Roméo intervint, félicita son frère. On changea de sujet. Le malaise persista un moment, mais la soirée se termina dans la joie.

Réjeanne quitta au bras de son fils.

— Roméo, quelque chose m'attriste.
— Vous voulez en parler?
— J'aimerais avoir ton impression.
— Je vous écoute, maman.
— J'étais dans les toilettes. J'ai entendu Lucienne dire à Anita qu'elle avait oublié son panier de lunch. «Tu vas donc être obligée de partir: personne ne voudra partager», a répondu Anita. Je n'ai pas osé intervenir. Quelques minutes plus tard, je regardais par la fenêtre. J'ai vu Lucienne s'éloigner. Tu sais comment est son bras gauche. Je crois même que c'est à cause de cette légère déficience qu'elle s'est mise à peindre. Son bras droit vengerait son bras gauche. Elle tenait la menotte de son plus jeune de sa bonne main avait la tête inclinée. Je suis sûre qu'elle pleurait. Ça m'a fait mal au cœur.
— C'est un malentendu, maman.
— Je ne le crois pas. C'est plutôt une méchanceté.
— J'espère que vous vous trompez.
— Moi aussi, je t'assure.
— Et Jules, il n'a rien vu, rien dit?
— Non, cependant il est resté. Je lui ai discrètement préparé une assiette.

Réjeanne s'arrêta devant l'orme qui faisait tache sombre dans un rayon de lune, puis poursuivit sa marche.

— Tu sais, Roméo, une grande famille, ça signifie des caractères différents, des personnalités diverses. Il faut savoir s'ajuster.

— Vous et moi, maman, ç'a toujours été facile. Nous serons heureux, tous les deux.

— Il faudra penser à te marier, toi aussi. Une vie n'est pas complète sans avoir des enfants bien à soi.

— En temps et lieu. Je vais d'abord payer la Chrysler.

— Je vais t'aider.

— Qu'est-ce que vous dites?

— Ne te mêle pas de ça.

Le lendemain après-midi, Réjeanne s'absenta. Elle offrit, à François d'abord, de lui vendre le cheval, les voitures à atteler, et lui proposa d'utiliser l'écurie en attendant que la sienne soit construite.

Elle parla à son gendre, le pria de venir chercher les cochons.

— À quel prix?

— En rabattement sur vos travaux d'ébénisterie, et ce, en toute confidence, qu'on n'en reparle plus.

Le reste des animaux fut vendu aux autres frères. Réjeanne fit le bilan et versa, argent comptant, la balance due pour l'aménagement des locaux de Roméo.

Il restait le potager. Elle s'en chargerait, avec l'aide de son docteur Roméo, qui avait besoin, lui aussi, d'exercice. Elle avait prié Léandre, lui avait demandé son approbation.

— Je serai équitable, avait-elle affirmé à la fin de sa supplique, mais Roméo restera chez nous. Je le veux près de moi, jusqu'à mon dernier jour. Si longtemps j'ai été privée de sa douceur et de sa présence, je le garderai avec moi, à jamais.

Léandre approuvait, elle en était certaine.

Roméo demanda à sa mère où il en était avec la feuille des heures de travail et du montant dû à ses frères.

— Réglé. Tout a été payé, en nature, répondit-elle en souriant.

— Je ne comprends pas.

— Tant mieux. Mystère et boule de gomme...

***

Le nouveau docteur de Sainte-Marthe devint consultant affilié à l'Hôpital Saint-Joseph de Trois-Rivières. Les cas nécessitant hospitalisation y étaient acheminés.

Le docteur Demers était ravi de partager la tâche avec ce jeune médecin dévoué et sérieux.

Roméo partageait son temps entre les visites à ses patients, les heures de bureau, l'hôpital et l'étude.

Le directeur de l'hôpital où il avait fait son internat lui avait dit un jour:

— Tu as le diagnostic juste et facile, tu es déterminé, tu as l'esprit de décision, des doigts agiles, tu as toutes les qualités pour devenir chirurgien, un bon chirurgien.

— Mais je n'ai pas un cent qui m'adore. J'ai gagné mes études sou par sou. Ce ne sera jamais qu'un beau rêve.

Aussi s'était-il procuré des volumes qui traitaient du

sujet et s'y attardait souvent, toujours avide d'en apprendre davantage.

La vie auprès de sa mère, remplie de quiétude, était agrémentée de longues et joyeuses conversations.

Lucienne, l'épouse de Jules, avait un don inné pour la peinture. Roméo l'avait un jour félicitée pour une de ses huiles qui représentait un marais, de l'eau morte sur laquelle flottait un tronc d'arbre torturé, des herbes fanées aux tons chauds, aux bruns dégradés. Il eut un jour la surprise de voir arriver son frère tenant précieusement un gros colis.

— Tu as manifesté de l'admiration pour cette toile, Roméo. Ma femme m'a persuadé qu'elle décorerait bien ton bureau dont les murs sont nus. Il en a été question avec Anita. Elle pense aussi que c'est un bon choix. À propos: le bras de Lucienne, tu crois que tu pourrais faire quelque chose pour améliorer son cas?

Jules parlait, parlait, n'attendait pas les réponses, ne faisait qu'effleurer les sujets les plus disparates. Roméo, étonné de tout ce verbiage, n'y comprenait rien. À un moment, son frère baissa la tête, aspira profondément et jeta nettement:

— Cette peinture, je te la laisserai pour deux cent cinquante dollars, ajouta-t-il, un ton plus bas.
— Remercie bien Lucienne, je lui payerai ça dès que je le pourrai.

Jules s'empressa de sortir les clous de sa poche, et la toile fut aussitôt suspendue derrière le bureau. Roméo remarqua, plus tard, que ses patients la fixaient souvent, histoire d'éviter les questions parfois embarrassantes.

Lorsque Réjeanne vit le tableau, elle se dit émerveillée de la gentillesse de Lucienne et Jules. Roméo ne mentionna rien du prix payé, mais il ne pouvait que frémir à la pensée des versements qui reviendraient à la fin de chaque mois et qui coïncideraient avec ceux de l'hypothèque qu'il avait dû prendre sur la maison pour payer l'hospitalisation et les funérailles de son père.

Roméo n'avait pas encore franchi le pas qui sépare l'âge de raison de celui de l'adolescence et de la jeunesse. Il faisait son apprentissage de la vie adulte et des déceptions qui s'y rattachent.

Chapitre 7

Il arrivait souvent à Réjeanne de partir seule. Les épaules couvertes de son châle, elle prenait la direction de la route et se rendait sur la rive où elle marchait pieds nus dans le sable. Dans le silence des lieux, sans crainte d'être surprise, elle laissait le trop-plein de son cœur déborder. Rendue à un vieux tronc d'arbre, elle s'asseyait et ruminait sa peine. Comme elle aurait souhaité que Léandre fût encore là. Il l'aurait guidée, aidée à comprendre. Ses enfants semblaient devenus différents. Ils avaient perdu leur spontanéité habituelle, devenaient intransigeants, moins rieurs et drôlement avares de leur temps et de leur tendresse. Le père n'avait-il pas été équitable et bon à leur égard? Roméo avait eu de l'aide, bien sûr, mais c'était le père qui avait légué à chacun une terre et un emplacement pour leur maison. «Roméo n'a reçu en héritage que des obligations, dont celle de veiller sur sa mère! Pourquoi sont-ils si amers et mesquins envers lui? C'est à croire que tout s'est terminé le jour de tes funérailles. C'est à peine si on ose prononcer ton nom, mon cher Léandre!»

Les larmes qui glissaient sur les joues de Réjeanne iraient mouiller le sol et seraient emportées par la vague qui les balayerait. Sa solitude pesait lourdement. Elle n'avait personne à qui faire confiance et parler de sa peine. «Roméo ne semble rien voir d'anormal dans leur conduite. Il n'est pas question que je vienne le bouleverser avec mes histoires de bonne femme! Il a besoin de toute son énergie. Il ne m'appartient pas de lui faire perdre ses illusions. Il aime les siens et ça, je dois le respecter. Eh! mais j'y pense: la maison est à moi, c'est mon bien. Léandre me l'a laissée par papier... Ah! Mais, ça alors! Je n'ai qu'à aller chez le notaire Bizaillon. Il va tout m'expliquer. Roméo a beau être docteur, c'est toujours un Boisvert. Il a droit à sa part des biens de son père!

Pourquoi n'y avais-je pas pensé! Dieu du ciel! Léandre, mon cher Léandre, tu avais pensé à tout. Puisque Roméo pratique sa médecine ici, il prendra racine ici. Tout portera ses fruits à nos enfants. La maison doit lui être léguée.»

Réjeanne ferma les yeux. Pour la première fois depuis son veuvage, la paix glissait dans son âme. Elle restait là à méditer, à tout ressasser.

Sur le chemin du retour, elle se sentit plus calme, presque heureuse. Au moment d'arriver chez elle, elle s'arrêta, admira la solide maison de pierre, qui ressemblait à un château fort, entourée des arpents et des arpents de terre que les aïeux avaient déboisés, défrichés, enrichis, labourés et cultivés. «Notre royaume.»

Ces mots, elle les avait prononcés à haute voix. Elle entra dans sa belle grande cuisine, la trouva plus attrayante que jamais. Elle s'approcha de la porte qui la séparait du cabinet de son fils, y colla l'oreille. N'entendant pas de voix, elle frappa.

— Entrez, maman.
— Dis, mon grand, tu as une minute pour un café?
— Oui, mais pas plus. Ce sera l'heure des visites bientôt. Je ferme mes livres et j'y vais.

Réjeanne se mit à fredonner un air connu, ce qui fit sourire Roméo. Il y avait belle lurette qu'il n'avait pas entendu chanter sa mère.

— Vous voilà si joyeuse, tout à coup, maman. Avez-vous fait une conquête lors de votre randonnée?
— Méchant garnement! Tu iras à confesse!
— Toujours aussi croyante?

— Oui, aujourd'hui surtout. Je n'ai même pas eu à prier et le Saint-Esprit m'a éclairée!

— Et ça coûtera... quoi?

— Un gallon de peinture pour retoucher les fenêtres et la galerie, mais cette fois...

— Amen! Cette fois? Oh! N'oubliez surtout pas la réponse. Quelqu'un arrive au bureau. Merci, chère maman. À tantôt.

Roméo disparut derrière la porte.

***

Le lendemain, revenant de ses visites, Roméo vit que l'avant de la maison était le théâtre d'une activité peu commune. Il pensa à sa mère, son cœur se serra. Il gara sa Chrysler et courut vers la cuisine. Réjeanne pleurait. Anita était d'une pâleur extrême. Ses frères étaient tous là, sauf Julien et sa femme Yolande.

— Que se passe-t-il?

Réjeanne, sanglotant toujours, se jeta dans ses bras.

— Quelque chose est arrivé à Julien?

— Oui, répondit Luc. Ou plutôt non, pas à lui, mais à Robert.

— Et?

— Le jumeau s'est noyé. Il était à la pêche, en bordure du fleuve. Sa chaloupe a chaviré. L'épave a été retrouvée deux milles plus bas, emportée par le courant, puis... le corps du jumeau.

— Juste ciel!

Roméo sortit, se rendit chez les Letendre. Yolande était inconsolable.

— L'enfant du péché, répétait sans cesse le grand-père, l'enfant du péché, ramené à Dieu, l'enfant du péché.

— Suffit, le beau-père, ça suffit. Taisez-vous! Pensez à votre fille, à nos autres enfants! Bouclez-la, ou alors nous vous quitterons, tous. Vous finirez seul d'expier la faute. Vous me comprenez?

La rage et le désespoir de Julien se confondaient et il criait sa peine.

Roméo administra un calmant au grand-père, monta à la chambre de Yolande, tenta de la réconforter et l'obligea, elle aussi, à avaler un comprimé.

— Toi, Julien, ça ira?

— Oui, si le vieux ferme sa gueule.

— Je comprends ton chagrin. Les enfants, maman l'a toujours dit, ne nous sont que prêtés. Écoute, je ne peux pas faire grand-chose, mais je vais défrayer le coût du cercueil et des funérailles.

— Tu es trop bon. Je n'avais pas encore envisagé tout ça. Je pense à mon gars que j'ai dû identifier avec peine. Sainte misère... Il avait encore des hameçons accrochés à sa veste. Il a dû avoir une faiblesse; il savait nager.

— Le coroner fera sûrement la lumière sur tout ça. Tu sauras. Pour le moment, il faut dormir, te reposer. Où sont tes autres enfants?

— Ici et là chez des voisins charitables. Maudite misère.

— Aimerais-tu que maman vienne ici?

— Non, c'est trop triste ici. Prends soin d'elle.

— Je retourne à la maison. N'hésite pas à me téléphoner si tu as besoin de moi. Il faut se prendre en main quand une telle épreuve nous frappe.

— Laisse au curé le soin de faire le sermon, Roméo. La résignation n'est pas mon fort.

Roméo revint chez lui. La vue de la grosse maison de pierre lui fit du bien. Sa mère l'attendait. Elle vint se blottir dans ses bras. Il tapotait doucement son dos, essayait de calmer sa peine, mais ne trouvait pas les mots...

Il comprenait que sa mère connaissait le secret que venait de dévoiler le père Letendre... Il se souvenait maintenant des réflexions passées au sujet des jumeaux prématurés et en bonne santé. Son père, Léandre, savait-il? Et tous ces événements se déroulaient pendant que lui, Roméo, était loin, penché sur ses livres à préparer son avenir grâce, justement, à tant de sacrifices que tous s'imposaient.

Il deviendrait meilleur, plus généreux. Il se le promettait.

***

Le jour des funérailles du jeune Robert, Réjeanne avait accueilli chez elle toute la famille. Luce, toujours si pleine d'entrain, avait été magnifique. Sous l'œil approbateur de sa belle-mère, elle égayait la conversation ou faisait diversion quand le propos devenait trop triste.

À un certain moment, elle s'approcha de Roméo, baissa timidement les yeux, fit une moue et, d'une voix enjôleuse, dit candidement:

— Oncle Roméo, même s'il est évident que vous ne serez pas présent à ma naissance, me feriez-vous une faveur?

Roméo se leva, se pencha vers Luce, posa la main sur son ventre et, d'un ton solennel, répondit:

— Demande, cher bébé. Tes désirs sont des ordres.

— Alors, continua Luce d'un ton suave, imitant une voix d'enfant, quand tu iras à Trois-Rivières, rapporterais-tu à ma maman une grande chaise berçante. Elle a le goût de me bercer.

— Bien sûr, mon petit, ça me fait plaisir de vous combler, toi et ta mère.

Il retira sa main, fit un clin d'œil à François qui fronça les sourcils mais n'osa rien dire.

— Comment résister à une prière si chaleureusement exprimée, renchérit Réjeanne. Vous êtes adorable, Luce. Votre enfant doit tressaillir de joie.

Anita se leva. Elle venait de décider que le temps était venu de laver la vaisselle.

***

À quelques jours de là, Roméo appela son frère qui réparait une clôture.

— Hé! François, viens chercher la berceuse. Elle est dans la cuisine.

— Tu es bien généreux, merci.

Et le coût de la chaise serait ajouté aux obligations de Roméo.

Au moment de se séparer, après une soirée passée à jouer aux cartes en famille, Jules s'approcha de Roméo et lui dit:

— Roméo, j'ai contracté une dette dont j'aimerais me libérer. Me prêterais-tu quatre-vingts dollars. Je te rembourserai ça.

«Oui, pensa Roméo, la semaine des quatre jeudis, pour reprendre une expression de maman.» Et vlan! C'en était fait du montant gagné pour huit visites aux malades, sans compter les autres, faites à la même période, mais qui n'avaient pas été réglées et qui étaient inscrites à l'encre rouge dans son grand livre.

***

Le décès du jumeau était venu rompre le charme. À nouveau Réjeanne connaissait l'inquiétude. Était-ce une coïncidence que cet enfant ait péri tout près de l'endroit où elle avait retrouvé espoir? «Pourquoi, Léandre, as-tu permis ça?» se torturait-elle. Cet endroit où il était si doux de se recueillir... Non, elle n'y mettrait plus jamais les pieds! Une autre joie venait de s'envoler.

La semaine qui suivit, Réjeanne eut la surprise de voir ses fils réunis. Ils peignaient fenêtres, portes et galerie. Roméo espérait que sa mère, en voyant son souhait réalisé, retrouverait son sourire et sa joie. Mais quel ne fut pas son étonnement: Réjeanne n'en parla même pas! S'il avait pu connaître les raisons profondes de son silence, il aurait été effrayé.

La délicatesse d'âme de sa mère ne voulait pas remuer les braises de son grand désespoir intime.

Chapitre 8

Luce mit au monde une belle grosse fille, potelée, rougeaude, quelques grenailles de rousseur sur les joues, et, par surcroît, une fossette au menton.

— Un bébé si beau, déclara Réjeanne, qu'on pourrait en illustrer un calendrier.

Le docteur Demers approuva la justesse de ce compliment. François remercia le médecin et lui demanda le prix d'un tel chef-d'œuvre.

— Rien, monsieur Boisvert. Votre frère étant un confrère, vous n'avez rien à payer. Nous nous rendons mutuellement ce genre de services, entre nous, quand il s'agit de la famille immédiate.

Réjeanne refusa d'être dans les honneurs au baptême de la petite Jacinthe. Elle était grand-mère et avait passé l'âge. La famille était grande, c'était au tour des jeunes de jouer ce rôle. Puisqu'il s'agissait d'une fille, il serait de mise qu'Anita soit la marraine, avait-elle dit à son fils Roméo, au repas du soir.

Il avait levé les yeux. Il la regardait, l'écoutait. Pour la première fois il remarqua que ses cheveux blanchissaient. «Elle n'a jamais rien demandé, songeait-il, n'a fait que donner, a toujours vécu selon ses principes: aimer c'est s'oublier. Je ne l'ai jamais gâtée...»

— Eh bien! Quoi? Pourquoi me dévisages-tu? Tu n'es pas d'accord?

— Maman...

— Je t'écoute, qu'est-ce qui te bouleverse ainsi?

— Maman, des bateaux de croisières partent l'été, de Montréal ou de Québec, remontent vers Tadoussac, vont vers Gaspé, jusqu'à Percé, parfois aux îles Saint-Pierre et Miquelon qui appartiennent à la France... C'est un peu la mère-patrie. Vous et moi irons, l'an prochain. Nous nous étendrons au soleil, on préparera nos repas, petit déjeuner dans la cabine, s'il vous plaît! Il vous faudra un maillot de bain...

Elle riait, riait.

— Grand fou! Moi en maillot, assise au soleil, à la vue de tout le monde. Le beau-père et Léandre vont envoyer le diable à ma poursuite. Lucifer et sa fourche pointue...

Roméo riait à son tour. Ils badinèrent ainsi, long-temps. Roméo renchérit:

— Oui, vous et moi, maman, tous deux, en mer, à explorer nos rives.

— Et si je devais avoir le mal de mer comme, autre-fois, l'amiral Nelson, le grand marin?

— Vous oubliez, maman, que je suis médecin, que je serai là, moi aussi.

— Cher petit! Quelle grande et belle âme tu as. Merci, mon cher enfant, de me faire rêver. Moi, en maillot, au soleil, une touriste... dans mon pays. Quelle féerie! Tu vois, Roméo, la joie que peut apporter une naissance?

— Nous partirons, maman.

— D'ici là... pour le moment, je vais marcher vers mon plat à vaisselle, pour me nettoyer les ongles, dit-elle en riant.

***

L'année passa, sans trop de bouleversements. Le cabinet de Roméo était de plus en plus occupé. Le nombre de ses patients augmentait. Il réussit à rembourser une bonne partie de l'hypothèque et à honorer les paiements sur la Chrysler. Il se faisait une joie de faire des prêts – vite oubliés – aux membres de sa famille, ou payait les frais d'une bonne pour aider une belle-sœur dans le besoin.

Il devenait pleinement conscient de la générosité et de l'abnégation de ses parents qui avaient réussi à défrayer le coût de ses études. Souvent il s'était inquiété, demandé si son père s'était indigné de n'avoir pu payer son séjour à l'hôpital après son accident. Était-ce pour économiser qu'il n'avait pas appelé le docteur? Bien sûr, il ne pouvait prévoir que l'infection non contrôlée prendrait possession des parties saines de son corps et les contaminerait.

La vieille maison des Boisvert, grâce à un emprunt vite accordé, avait lavé l'honneur, mais trop tard. Le testament indiquait, par sa seule existence, les tourments de Léandre. L'irréparable s'était produit.

Roméo témoignait d'une patience extraordinaire avec les enfants, examinait les gorges enflées, les oreilles qui faisaient souffrir, auscultait les poitrines des neveux et nièces. Oncle miracle pour les parents, oncle que redoutaient parfois les jeunes.

Au printemps suivant, dès le premier jour de beau temps, Réjeanne s'attaqua aux vitres des fenêtres exposées au soleil. Tout devait briller. Elle avait lavé la galerie, la rampe, les marches. Elle se hâtait. Roméo rentrerait bientôt pour souper et ferait deux heures de consultations à son cabinet.

Elle avait mis le souper au feu, était sortie avec son torchon de *flanellette* usé, qui avait été une couche dans le passé. Elle voulait astiquer la plaque de cuivre. Elle tenait à la main le contenant de Brasso. Soudain elle se sentit prise d'un furieux mal de tête, puis s'affaissa sur la galerie.

C'est là que la trouva Roméo. Elle tenait encore si fermement les objets de nettoyage qu'il les lui laissa et l'examina sur place. La pression artérielle était très haute, trop haute. Toujours consciente, Réjeanne le fixait. Elle marmonna:

— J'ai mal à la tête.

Il soupçonna une hémorragie cérébrale massive. Il ne fallait pas tarder; la présence d'un grand spécialiste s'imposait. Il téléphona à François.

— Viens vite ici! Vite, François! Vite!

Il revint vers sa mère.

— Maman, chère maman, je suis là, près de toi.
— J'ai mal... très mal.
— Ne bouge pas, maman. Aie confiance, je suis là.

Or, dans son âme s'élevait une prière: il souhaitait de tout cœur se tromper. La personne sur cette terre qu'il désirait le plus secourir et sauver était bien sa mère. Mais pour l'instant il se sentait impuissant.

Roméo redoutait que ses appréhensions soient fondées. On transporta Réjeanne dans l'automobile et l'on partit à toute vitesse vers l'hôpital. Un policier de faction les poursuivit, mais Roméo ne ralentit pas. Le «MD» sur la plaque d'immatriculation leur valut d'être précédés par la sirène des policiers qui leur frayèrent la voie jusqu'à l'hôpital de Trois-Rivières. Réjeanne venait de sombrer dans le coma.

On ne put la ranimer. Elle n'eut aucune réaction à l'injection de morphine, ne reprit pas conscience et fut emportée par la rupture d'un anévrisme au cerveau.

Eût-elle survécu qu'elle aurait peut-être été atteinte de paralysie ou, à tout le moins, aurait eu à endurer des séquelles graves.

La famille prévenue se retrouva, plus tard, au département des soins intensifs.

Non, Réjeanne ne verrait jamais d'autres rives du fleuve que celle qui avait un jour rendu le jumeau Robert, là où elle marchait parfois, pieds nus, la robe légèrement relevée. Cette grève, couverte de cailloux, de sable et de varech, lavée par les vagues, qu'elle n'avait plus fréquentée depuis le drame.

Elle aimait s'y promener. Le bruit de l'eau, le ciel pur qui s'y mirait, la paix ambiante faisaient des lieux un endroit où il faisait bon réfléchir loin des regards indiscrets.

Aujourd'hui, Réjeanne avait enjambé la mer, traversé les prairies, fait son ascension jusqu'au royaume des cieux.

Roméo consolait les siens, les assurait qu'elle n'avait pas longtemps souffert, que l'attaque était imprévisible, que son décès était une délivrance douce quand on pensait à la longue et pénible agonie qui aurait pu être la sienne si elle avait survécu.

Lorsqu'il se retrouva seul, qu'il laissa tomber le masque devant l'horreur de cette fatalité, il fut saisi d'un profond et cruel sentiment d'impuissance. «Maman, toi que j'aimais tant, plus que tout au monde, je n'ai pu t'épargner ça, à toi qui as fait de moi un sauveur de vie, comme tu le disais!»

Il avait peine à se concentrer, à clarifier ses pensées. Il confia ses patients aux soins du docteur Demers et fit des efforts surhumains pour parer aux événements pressants. «Quelle leçon d'humilité, que je ne pourrai jamais, au grand jamais, oublier!»

Il s'endormit alors que le soleil se levait.

La maison s'était transformée subitement en véritable ruche. Les nombreux neveux de tous âges furent groupés et confiés à des gardiennes. Afin qu'ils ne se sentent pas abandonnés, les mères se relayaient à tour de rôle.

Seule Anita fut libérée de toute obligation. Elle prit la direction de la maison paternelle, s'occupa des repas, des goûters, des nuits de veille. Elle se faisait distante et froide à l'endroit de Roméo. Elle le boudait, accumulait les factures et les déposait sur son bureau, sans mot dire.

Heureusement, en présence des autres membres de la famille, elle se conduisait de façon plus civilisée.

Suivirent trois jours et trois nuits interminables, une procession de sympathisants. Les enfants de plus de huit ans venaient dire adieu à leur grand-mère.

— Pourquoi, mon oncle, que tu as laissé mourir mémé? demanda un neveu, des larmes plein les yeux, près du cercueil. Tu es un docteur.

Roméo se pencha, prit l'enfant dans ses bras, l'amena à l'écart, dans son bureau, le consola, expliqua dans des mots simples que mémé était allée au ciel rencontrer pépé qui l'y attendait.

L'enfant avait-il compris le langage des adultes ou était-ce le ton qui se voulait toute douceur qui l'avait réconforté?

Personne, toutefois, n'aurait pu déraciner dans le cœur de Roméo la cruelle vérité que son neveu avait si naïvement exprimée.

***

Le décès de Réjeanne remettait en question le testament de Léandre Boisvert. Sa femme avait l'usufruit des biens de son mari, même des nues-propriétés.

Jusque-là, on ne comprenait rien aux explications du notaire Bizaillon. Mais quand il prononça le mot hypothèque qui grevait la maison, les yeux s'arrondirent; des yeux interrogateurs qui se tournèrent vers Roméo, l'administrateur des biens. Il lui faudrait expliquer.

Le notaire Bizaillon fit une pause, parla du séjour de Léandre à l'hôpital au moment de l'accident, des frais onéreux des funérailles, de la situation financière d'alors, d'où la nécessité d'avoir fait cet emprunt. La fierté des Boisvert fit que pas un seul ne répliqua. Ils acceptaient les faits.

Le notaire s'adressa à Roméo, lui dit simplement:

— Passez donc à mon étude quand vous serez en mesure de le faire.

Roméo tendit la main. Le notaire quitta enfin. Sa sœur et ses frères semblaient embarrassés.

— Il serait temps qu'on retourne s'occuper de nos enfants, dit Luc.

La porte se referma; un bruit sec, glacial, suivi d'un silence lourd. Le tic-tac de l'horloge devenait tout à coup un martèlement insupportable.

Roméo prit place dans la berçante préférée de sa mère. Épuisé, il s'endormit.

Dès le lendemain, il lui faudrait reprendre la tâche, retourner à ses obligations, faire face à ses malades, poser des diagnostics, continuer de vivre, quoi!

***

Mais jamais Roméo ne saurait que, après avoir longuement réfléchi, Réjeanne avait décidé que lui et lui seul hériterait de la maison. La fatalité avait voulu qu'un enfant décède accidentellement et freine l'élan de Réjeanne qui avait mis trop de temps à concrétiser ses projets; la superstition aidant, elle avait craint de faire une injustice!

Il se réveilla, un instant dépaysé. Il faisait jour. L'odeur du café était absente, son couvert n'était pas dressé, la soupane ne l'attendait pas, au chaud, sur le derrière du poêle. Seule la fatigue semblait réelle. La solitude emplissait la grande maison, prenait la place de Réjeanne. Finis les rires, les regards d'amour de la mère, les dialogues, les échanges, les confidences. Le silence, rien que le silence brisé par le tic-tac de l'horloge qui mesurait le temps d'un ton monotone et constant.

Soudainement – Réjeanne l'a-t-elle voulu? – il se souvint: il avait rêvé de sa sœur aînée, Ginette, la religieuse que, dans l'énervement, on avait oublié de prévenir. Non, il n'aurait pas le courage de le faire, de réparer cette erreur inexplicable, inexcusable.

Il se rendit chez Anita, la pria de venir au salon, ferma la porte. Avant de pouvoir exprimer la raison de sa venue, il chercha ses mots, fondit en sanglots, laissa éclater sa peine trop longtemps refoulée.

— De grâce, Roméo! Pas un autre drame?

Anita le regarda, effrayée, et répéta:

— De grâce, Roméo...

Et il parla: on avait oublié de prévenir Ginette!

— Doux Jésus, tu as raison, doux Jésus!
— Irais-tu là-bas? Il n'est pas question de lui écrire, ni même de lui téléphoner, ce serait inhumain. Va la voir, prépare-la à sa peine, notre grande sœur saura nous

pardonner, avec l'aide de Dieu, l'époux qu'elle a choisi, tel que l'indique le jonc qu'elle porte à son doigt.

Il mit la main dans sa poche, lui remit vingt dollars.

— Vingt dollars...

Roméo ajouta un billet de dix dollars.

— Ça devrait suffire.
— J'irai, dit-elle enfin.
— Et prie-la de nous pardonner. Tout s'est passé si vite!
— Et ça juste au moment où ma machine à laver a flanché. Je lave à la main, quelle besogne! Essorer les draps, tu sais ce que c'est, toi. Bien non, qu'est-ce que je raconte! Comment pourrais-tu savoir? Ça t'arrive d'aller à Trois-Rivières. Peut-être que tu pourrais voir ce que tu peux faire, dis?
— C'est promis, ma grande sœur.

Une semaine plus tard, on irait livrer chez Isidore une solide machine à laver qui suffirait bien à leurs besoins.

Roméo revint à la maison. Il lui fallait maintenant visiter ses malades, afficher un visage serein, faire fi de sa fatigue, s'oublier et savoir se pencher sur autrui.

Il était étonné de l'adoucissement de sa peine après ces larmes versées en présence d'Anita. Il ne se souvenait pas d'avoir tant pleuré, mais très bien d'avoir intériorisé sa souffrance, surtout lors du décès de son père, étranglé qu'il était par un sentiment de culpabilité. Si on devait un jour le consulter pour un cas de hanche démise, lui, Roméo Boisvert, n'aurait pas à réviser ses notes de cours. La documentation pertinente était à jamais gravée dans sa mémoire.

Chapitre 9

Un fait était clair, une certitude n'avait pas à être étudiée: Réjeanne ne reviendrait pas, son rire ne fuserait plus entre ces murs. Son départ laissait un vide incroyable, la maison, sans elle, devenait invivable.

Roméo arpentait la cuisine de long en large, réfléchissait, cherchait une solution. Il pensait à cette maison familiale, où ils étaient tous nés, avaient grandi, appris à marcher, à aimer, à aimer surtout auprès de ces parents généreux. Il pensait à pépé Elzéar, dont on lui avait tant parlé, qui l'avait tant choyé, lui répétait-on, et les autres avant lui. Pouvait-il prendre la liberté de la sacrifier? Est-ce qu'un de ses frères allait manifester le désir de l'acheter? «Si je croyais un jour me marier, trouver une épouse à l'image de ma mère... Elle aurait sûrement ri de cette idée en ajoutant que ce serait plus difficile que d'essayer de trouver une aiguille dans une botte de foin.»

Il continuait d'approfondir ses pensées. Il en vint à une conclusion. Il en discuterait avec ses frères après en avoir informé Luc, l'aîné, à qui il expliqua son idée: vendre la maison.

On se réunirait, chez Julien. Yolande était si accueillante. Malheureusement, Roméo serait absent, car il reçut un appel de Saint-Louis-de-France: un accouchement imprévu. On le réclamait de toute urgence.

La rencontre eut lieu, car tous se trouvaient déjà rendus au lieu du rendez-vous. La curiosité se lisait sur chaque visage. Luc leur fit part des intentions de leur jeune frère. Il y eut une minute de silence. Jules, le plus brave – ou le plus touché –, prit la parole:

— Ce qui signifie, en d'autres mots, fit-il sur un ton de protestation, que la ferme de la famille Boisvert serait désertée. Finie, la belle tradition.

— Un instant, tonna Luc. De son vivant, notre père avait déjà partagé sa terre, sans qu'on ose même l'espérer.

— Vrai, surenchérit François. Je le vois encore, debout sur le perron, m'indiquant l'orme et m'informant du lieu secret où se trouve l'assiette de faïence enterrée qui marque la limite extrême de son bien. Et vous parlez de ferme désertée! La maison trône maintenant au beau milieu d'un terrain que papa avait réservé pour sa femme. Maman a décidé que Roméo la partagerait. Les volontés du père ont été respectées. Roméo n'a pas à porter sur ses seules épaules tous les problèmes passés et présents. Ce qu'il propose est raisonnable: vendre la maison, partager entre nous l'argent, continuer d'occuper son cabinet, car il a ici sa clientèle. Au futur propriétaire, il payerait un loyer, ce qui est équitable et ne nous enlève rien. Moi, je suis d'accord.

— Après tout, il n'y a pas de manchot dans la famille, jeta Julien. Il est temps que l'on se prenne en main. À nous d'œuvrer, de veiller sur notre progéniture. J'ai déjà perdu un fils... Nos enfants ne nous sont que prêtés... Tout ne peut être toujours réglé selon notre bon vouloir. Il est temps de penser et d'agir comme nos parents le faisaient. Les tantes venaient nous visiter, étaient bien accueillies, mais c'était nous, leurs enfants, qui retenions leur amour, leur attention. C'est là le sens profond d'une famille unie. Nous, la famille Boisvert, arrêtons de nous enfarger sur les détails, nous sommes arrivés à maturité, à notre tour. Nos parents nous ont tout donné, et qu'est-ce qu'on a fait pour eux? Ils sont partis au moment où ils auraient enfin pu se reposer. Laissons-leur au moins l'éternité...

Comment expliquer cette subite prise de conscience de ses obligations et de ses devoirs? Et cette complaisance de François envers Roméo? Anita bouillonnait mais se taisait. Songer aux fruits de la vente de la maison la muselait. Mais trop, c'était trop. Aussi finit-elle par lancer rageusement:

— Parlons-en donc, de la solidarité des Boisvert! Lors du décès de maman, pas un seul d'entre nous n'a pensé à avertir Ginette qui est, elle, bien vivante et pas si loin, après tout!

Yolande n'eut pas à servir de goûter. Chacun, déconfit ou honteux, se dit pressé de retourner chez lui.

— Une minute, les Boisvert! rugit Luc. Et votre réponse à la question de vendre ou pas la maison?
— Tu es l'aîné, Luc, décide.
— Tu oublies encore Ginette...

La porte s'ouvrit de nouveau. Cette fois on quitta, en silence, à la queue leu leu, et l'air accablé.
Jamais encore la famille n'avait connu dissidence si profonde. Ils en étaient remués. «Voilà ce qui arrive quand les parents meurent. Tout change, pensait Yolande. Qu'est-ce que va être le prochain jour de Noël?»
Elzéar, Léandre, le jumeau Robert, Réjeanne: quatre deuils, trois générations. Ils passaient, à leur tour, à la ligne de feu...

***

Roméo se présenta chez son frère Luc. Ses visites surprises étaient plutôt rares. Il était très occupé. Rita l'accueillit avec empressement, fit infuser du thé. Roméo jasait avec les enfants qui avaient tant grandi.

— À notre insu à tous... fit-il en soupirant.

— Tu as raison, Roméo. Ils grandissent vite, trop vite, et nous quittent... Mais qu'est-ce qui t'amène?

— Je suis un peu embarrassé. Mais d'abord, vous devez me promettre que si ma requête est impossible, si elle vous gêne pour quelque raison que ce soit, vous aurez la franchise de me le dire.

— Parle, Roméo, parle, mon frère.

— J'ai pensé, j'aimerais peut-être...

— Assez de bafouillage, parle.

— Si je vendais la maison, me prendriez-vous en pension chez vous? Logé, nourri, à votre prix, bien sûr. Je ferais installer le téléphone dans ma chambre en cas d'appels de nuit, je me ferais discret, je...

— Tu vas commencer par cesser de t'excuser. Qu'en dis-tu, toi, Rita?

— Tout ce qui me traverse présentement l'esprit, dit-elle, c'est la réaction qu'aurait François en apprenant ça. D'après toi, Roméo?

— Luce est, si on peut dire, prolifique, badina Roméo. Leur maison n'est pas si grande. Je ne crois pas qu'ils pourraient m'accueillir chez eux.

— Tu as peut-être raison. Hein, Luc, toi, ça te conviendrait? Moi, ça me ferait grand plaisir.

— C'est près de mon bureau, ça me permettrait de marcher, de faire un peu d'exercice et, surtout, ce serait plus gai chez vous que seul dans cette grande maison.

— Parfait, nous sommes d'accord. Emménage ici quand il te conviendra. Papa et maman seraient contents de ça.

— Et moi, donc!

— Le prix...

— Minute, si tu permets, je vais régler ça avec ma femme. On va calculer. Le prix sera raisonnable.

Roméo revint chez lui, heureux. Pour rien au monde

il ne se serait adressé à François, jaloux comme un tigre. «Qui croit que j'ai un œil sur sa femme.» Il se réjouissait d'avoir su répondre adéquatement à la question soulevée par Rita.

***

— Aouach! s'est exclamée Anita en apprenant que Roméo avait choisi d'aller habiter chez Luc.

La maison fut mise en vente. Il restait une redevance de six cents dollars à payer sur l'hypothèque. Roméo fit une demande d'emprunt à la banque, demande qu'on lui accorda. La dette serait radiée, les titres de la propriété seraient libres de toute redevance.

Depuis que la décision était prise, Roméo s'étonnait des souvenirs qui affluaient dans son esprit.

Un jour, il était descendu déjeuner chaussé de souliers blancs, dont il avait tant rêvé dans son jeune âge et qu'il s'était acheté pendant ses années d'internat à force d'économies. Il avait reçu une leçon qu'il n'oublierait pas de si tôt.

— Qu'est-ce que c'est ça? avait demandé Réjeanne.
— Ils te plaisent? J'ai fait une folie.
— Une folie, dis-tu?
— J'ai toujours souhaité avoir des souliers blancs.
— Excuse-moi, Roméo, mais c'est affreux! Je m'excuse de te décevoir, mais on dirait que tu as les pieds dans le plâtre. C'est affreux, c'est de mauvais goût.
— Tout cet argent!
— Rien n'est perdu, tu n'as qu'à les teindre, utilise la teinture des harnais de chevaux, c'est indélébile. Roméo, mon fils, l'élégance se cultive, se développe. On dit que l'habit ne fait pas le moine, mais je verrais mal un moine en pyjama.

Elle riait, adoucissait la remarque passée. Sa franchise et sa sincérité étaient telles qu'on ne discutait jamais ses opinions. Son unique préoccupation était le bien de ses enfants. Elle n'aurait jamais osé être ironique ou mesquine. Ils le savaient.

Aujourd'hui, il souriait. Il n'aurait jamais les pieds dans le plâtre. «Chère, très chère maman. Papa avait bien raison de dire que ton âme était pure comme de l'eau de roche.»

Certaines de ses maximes lui revenaient en mémoire: «Le temps ne respecte pas ce que l'on fait sans lui.» Elle l'avait si souvent répété! «La familiarité mène parfois à la vulgarité.» «Qui dort dîne.» «Pauvreté n'est pas vice.» «Toute vérité n'est pas bonne à dire.» «La célérité est un échelon qui mène au succès.» «La compétition doit se pratiquer seulement avec soi-même.» «La rancœur est un ver qui ronge le cœur.» «Contentement passe richesse.»

Elle répétait ces vérités à bon escient, au moment opportun. C'était moins brutal qu'un reproche et ça portait fruit. Aussi, le comprenait-il maintenant, c'était une façon douce de réprimander tout en indiquant le comment et le pourquoi. Maman! Il la voyait ouvrir l'armoire, y prendre un bocal de graines de lin, en verser dans le creux de sa main et les manger. «J'aide la nature, disait-elle, pour me faire pardonner mes péchés de gourmandise.»

Jamais elle n'avait demandé l'aide d'un médecin. Ses herbes et ses recettes personnelles lui suffisaient. De ses malaises il n'était pas question, mais elle se penchait avec amour sur ceux des autres.

«Maman, pourquoi nous avoir quittés?» Souvent Réjeanne avait posé la même question en pensant à son mari Léandre, assise au même endroit, dans la même cuisine, dans la même berçante. Pourtant, jamais elle n'avait laissé paraître sa grande peine, sauf peut-être le jour de ses funérailles alors qu'elle avait prié Roméo de la ramener chez elle pour ne pas voir son mari porté en terre.

***

Roméo consulta le notaire Bizaillon. Il lui fallait soumettre un prix, vérifier la valeur de la maison. Et une pancarte fut plantée sur la rampe de la galerie: «Maison à vendre.» Un peu plus haut, tout près, on pouvait lire: «Roméo Boisvert, médecine générale.»

Les deux premiers clients acheteurs étaient des curieux. Mais, un bon matin, se présenta un citadin, un retraité, qui rêvait depuis toujours d'une maison ancestrale propre et en bonne condition. Il payerait comptant, achèterait aussi l'ameublement.

— Ça, monsieur Genest, c'est moins certain.

— Pensez-y. La propriété me plaît. L'idée de vous savoir sur les lieux rend l'achat encore plus alléchant. Quand on se fait vieux, on aime d'emblée le médecin.

Un appel téléphonique mit fin à l'entretien. On réclamait les soins du docteur. Le visiteur griffonna le numéro où on pouvait le joindre.

Dès qu'il fut libre, Roméo se mit à réfléchir à la situation. Il ne pouvait, en toute conscience, vendre les meubles, la vaisselle, les ustensiles. Des trésors de famille.

Il errait d'une pièce à l'autre. Les souvenirs refaisaient surface. Il ne lui appartenait pas de décider seul. Il réunirait de nouveau la famille. Il prendrait note, dans un carnet, des désirs de chacun. Lui, pour le moment, n'exprimerait aucun désir. Il aurait par ailleurs aimé hériter de cette statue de la Vierge devant laquelle tous les ancêtres avaient prié.

On se réunit le dimanche suivant. Ainsi, chacun avait eu le temps de se pencher sur le sujet. Les outils, les armes iraient à l'aîné. Le rouet fut choisi par Anita. Yolande désirait les marmites. On se tirailla un peu pour les photos de famille. Les désirs exprimés étaient inscrits dans un cahier à couverture jaune.

— Et les meubles? demanda Roméo.
— Bah! on en a déjà.
— C'est vieux.
— Démodé.
— Seul Isidore saurait réparer tout ça.
— Et toi, Isidore? s'enquit Roméo.
— Moi, je suis le gendre.
— Ce qu'il ne faut pas entendre! Qu'aimerais-tu avoir? Allons, dis, tu en crèves d'envie.
— Euh...
— Nous n'en avons plus de «euh». Ils ont tous été donnés.

Tout le monde s'esclaffa.

— Ben, j'aimerais, si c'est possible, avoir le vieux bois, les murs des bâtiments, si vous décidez de les démolir.
— Tu es sérieux?
— Certain que je suis sérieux. C'est la mode. Je bâtirais un solarium à mon goût. Un genre de serre pour mes semis.
— Pas bête, l'idée, Isidore, approuvait Anita.

Luce n'avait encore rien dit. Roméo l'avait constaté mais n'osait intervenir.
— Toi, sa mère, lui demanda François.
— Euh...
— On te l'a dit tantôt, ils ont tous été donnés, les «euh».

— Le ber, le ber de bois berçant, François, tu m'en as tant parlé.

«Le berceau à Luce», inscrivit Roméo au cahier.

Tout s'était passé de façon amicale. Chacun prenait les objets choisis. On les entassait dans la cuisine par lots. On eût dit des enfants chez un marchand de jouets. Plus les pièces de la maison se vidaient, plus l'intérêt croissait pour ce qu'on avait plus tôt dédaigné; couvertures et courtepointes piquées par Réjeanne prenaient une valeur soudaine. Roméo rayonnait. Il avait procuré aux siens beaucoup de joie. Il avait eu une idée lumineuse.

— Où est passée Rita, demanda Luc.

La réponse ne tarda pas. La porte s'ouvrit toute grande. Francine et Alexandre s'écriaient joyeusement:

— Les mononcles, les matantes, vous êtes invités chez nous. La table est pleine, pleine de bonnes choses.
— Un dégoûter, a dit maman.
— Non, non, c'est pas un dégoûter, c'est un goûter, corrigea la fillette tout en donnant un coup de coude à son frère.
— Quand vous serez prêts, elle a dit.

Ils disparurent, aussi vite qu'ils étaient arrivés, en claquant la porte.

Anita suggérait maintenant que l'on aille au couvent visiter Ginette pour lui faire part des événements nouveaux.

— Comme personne n'a exprimé le désir de prendre la statue de l'Immaculée Conception, qui est dans la famille depuis tant de générations, on pourrait la lui offrir, ajouta-t-elle. Le fait qu'il s'agit d'un objet de piété n'entraverait pas son vœu de pauvreté. Peut-être qu'on lui permettrait de la garder dans sa cellule.

— Les biens ou héritages d'une religieuse deviennent propriété de toute la communauté, protesta l'un d'eux.

— Es-tu sûr de ça? Si c'est ainsi, nous pourrions partager le prix de vente de la maison en six, plutôt qu'en sept... Les sœurs sont riches à craquer, lança Anita.

— Et Ginette, en plus d'être nonne, est notre sœur, ajouta Roméo. Je vais consulter le notaire Bizaillon, ça m'étonnerait que...

— Pourquoi ne pas passer au vote, ici, entre nous? Ça n'a pas à être publié dans le journal. C'est notre bien. Nos affaires à nous ne concernent que nous.

— Et la volonté de nos parents? Est-ce qu'on doit passer outre? J'en parlerai à Bizaillon. De toute façon, je dois me rendre à son étude, nous avons rendez-vous.

La grande maison avait résonné d'exclamations de joie pendant des heures, et Roméo s'était émerveillé de l'atmosphère de sérénité dans laquelle s'étaient déroulées les choses. Mais voilà que tombait un lourd silence occasionné par ce nouveau malentendu.

La gaieté avait duré le temps du partage de ses biens, mais la pensée de pouvoir empocher la part qui revenait à leur sœur religieuse avait créé une dissidence.

À la décision de Roméo de s'en remettre au jugement du notaire, on n'avait rien répondu. Il les regarda à tour de rôle, tâchant de déceler leur opinion, mais on fuyait son regard. Luc trancha:

— Allons, hâtons-nous. Rita nous attend.

On se dirigeait vers des coins qui n'avaient pas

encore été fouillés. La menace de tempête s'était calmée, les rires fusaient à nouveau.

— Roméo, je pourrais utiliser le téléphone de ton
bureau? demanda Luce.

Surpris, il répondit:

— Oui, bien sûr, Luce. Ferme la porte si tu ne veux
pas... si c'est personnel.

Luce sourit. L'instant d'après, François s'approcha
de Roméo.

— Tiens, regarde ça, ça t'amusera.
— Qu'est-ce que c'est?
— Le cahier dans lequel maman faisait la tenue de
ses livres. Coûts et gains du potager. À la dernière page
se trouvait encore le crayon, usé presque à la limite, la
pointe taillée au couteau, la gomme à effacer devenue
inutilisable. Sur la bague de métal on voit les traces de
ses dents.

Le crayon avait été mordillé par... sa mère.

— Merci, François, j'apprécie ta délicatesse. Je vais
le conserver précieusement.

Roméo jeta un regard à la ronde. Luce était là. Il
soupira de soulagement. Cette histoire de téléphone
l'avait remué. «Après tout, songea-t-il, peut-être que
François a des raisons sérieuses d'être jaloux? Et si ce
n'était pas moi spécifiquement qu'il redoute?...»
Rita avait fini par se joindre à eux. Elle était venue
voir où on en était. On se chamaillait maintenant autour
du sertisseur, de la centrifugeuse, d'un harnais oublié

dans la grange et, pis encore, de la réserve de vin de pissenlit. Cinq gallons pleins.

— Hé! Roméo, tranche toi-même le problème, dit Rita. C'est toi l'exécuteur des biens.

— Luc est l'aîné, après Ginette, répondit-il.

— Ouais, mais les enfants de Luc n'ont pas le sang des Boisvert qui coule dans leurs veines.

Devant la cruauté de cette remarque, Luc sauta sur ses pieds, leva le poing.

— Suffit! Reprends ta chaise, Luc, ordonna Roméo. Vous me demandez mon idée, la voilà.

Rita avait rougi. Ses yeux s'étaient remplis de larmes. Elle faisait pitié à voir. Roméo s'avança, posa une main sur son épaule et prit la parole:

— Celui qui a le plus grand nombre d'enfants choisira en premier, et ainsi de suite.

— Moi, je me contenterai de ta Chrysler et de ton stéthoscope, Roméo, dit François d'un ton badin.

— Beau farceur, mes outils de travail ne sont pas à l'enjeu.

— Ouais! s'exclama Anita.

Roméo n'avait rien compris aux sous-entendus exprimés par cette exclamation.

Lucienne s'approcha de Roméo.

— Tu es triste, cesse de te prendre pour l'ange gardien de la famille, des biens, de la tradition.

Elle fit une courte pause et ajouta:

— À propos, tu ne m'as jamais parlé de ce paysage que je t'ai offert. Pourquoi?

— J'ai pourtant prié Jules de te remercier.

— Il n'a rien dit. Je craignais que le sujet ne convienne pas à ton bureau.

— Non, non, bien au contraire.

Et à Roméo de froncer les sourcils. Bouleversé, il devinait que sa belle-sœur n'avait jamais été au courant de la somme qu'avait exigée Jules pour son tableau.

— Tu es si généreux. J'étais contente de te l'offrir. Tu m'en avais dit tant de bien. Tu sais, c'est plutôt flatteur pour moi de voir mon travail, signé de ma main, suspendu dans le cabinet d'un médecin qui a de plus la vertu d'être mon beau-frère.

On se rendit enfin à la maison de Luc. Effectivement, comme l'avaient annoncé les enfants, la table était bien garnie.

— Et l'odeur de ce café!

— Ce n'est pas de l'eau de vaisselle, pour employer l'expression de ma belle-mère.

Les enfants, un sujet prisé chez les Boisvert, firent encore les frais de la conversation. Anita était agressive.

— C'est à croire que seuls les Anglais et les Américains ont le droit d'avoir des petites familles.

— Qu'est-ce que les Anglais viennent faire là-dedans?

— Ce sont des païens, ça s'explique.

— Le curé a soixante-dix ans, miséricorde! Je ne le crois pas responsable de la naissance de tous les enfants Boisvert.

— Le café de maman n'était pas de l'eau de vaisselle et ses gars ne sont pas non plus du bois sec. De la
sève, en veux-tu, en v'là, hein, ma Luce? disait François
en tapotant la main de sa femme.

Elle sourit. Une pointe de méchanceté fut lancée
par Jules:

— Le docteur Demers pourra acheter un manteau
de vison à sa femme, avec la gang de petits que cette
belle Luce se propose d'avoir. Papa ne t'aurait pas haïe,
Luce. Il avait un faible pour les rougettes.

Roméo rentra chez lui. Il était neuf heures. Il alla
vers son cabinet. Oh! surprise! Sur son bureau se trouvait une nappe blanche, bien pliée et, dessus, divers
objets; entre autres les plats attitrés des parents, de
faïence blanche, garnis d'une bande de rouge ou de
vert, dans lesquels ils mangeaient leur *soupane* tous les
matins. Roméo sourit. C'était ça, le besoin d'utiliser le
téléphone. La délicatesse de la jeune femme l'émut
profondément. «Elle n'est pas que jolie, elle est délicate, ma belle-sœur.»
De bonne humeur, il appela son acheteur éventuel,
monsieur Genest, lui fit part des derniers développe-
ments. Il fut entendu que les bâtiments pouvaient être
démolis et le bois donné pour le prix du travail:

— Tant mieux, ça me donnera de l'espace. Je bâtirai
un garage double, dont un pour vous. De plus, je rêve
de faire un jardin et de me payer le luxe et le caprice de
cultiver des roses.
— Vous avez déjà un potager, engraissé et tourné
depuis des années. Et un caveau pour entreposer vos
récoltes.
— Le poêle à bois?

— En place, tous les meubles de la cuisine – sauf le bahut – et les mobiliers des chambres et du salon.

— Ajoutez au prix, en conséquence.

— Pas question! Il y aura le problème de la partie communicante entre chez vous et mon cabinet. J'ai un beau-frère habile de ses mains. Si vous voulez, je lui confie le travail. Il saura respecter le décor environnant.

— Vous pensez à tout. Je savais que je pouvais vous faire confiance. Dites-moi: la berceuse, la grosse, dans la cuisine, a-t-elle été épargnée?

Il y eut un silence. Roméo la désirait tant. L'homme comprit.

— C'est que j'en ai une semblable. J'apporterai donc la mienne. Le vieux poêle Bélanger, croyez-moi ou pas, docteur, mais je priais le bon Dieu pour qu'il m'appartienne. J'ai hâte de manger des patates tranchées et rôties sur les ronds, souvenir de mon enfance.

— Vous voulez jeter un dernier coup d'œil, avant de passer chez le notaire?

— Non. Prenez rendez-vous avec le vôtre. Je n'aurai pas à faire d'emprunt. J'ai le capital nécessaire.

— La propriété n'est pas grevée.

— C'est bien. C'est plus simple ainsi. Au revoir, docteur, à bientôt.

Roméo déposa le combiné. Il traversa cette porte, si souvent empruntée par sa mère qui venait l'inviter à prendre un café ou lui tenir des propos anodins. Cette porte se fermerait, serait condamnée, ce qui viendrait, une fois de plus, accentuer la rupture d'avec le passé.

«Idiot, j'ai oublié, pensa-t-il en se frappant le front. J'ai oublié de discuter du prix de mon propre loyer! Comme dit Lucienne, je devrais cesser de me prendre pour l'ange gardien de la famille... Il va falloir que je m'occupe un peu plus de mes affaires à moi!»

La chaise berceuse était là, semblait lui tendre les bras. Il s'en approcha, y posa une main, provoqua le mouvement. Il y roupillerait, y trouverait le repos, se bercerait, réfléchirait aux questions inquiétantes que la pratique de la médecine soulevait souvent dans son esprit.

Il ouvrit la porte avant, se pencha, enleva la pancarte «À vendre». La vieille maison de pierres grises – pierres arrachées à même le sol environnant –, la maison familiale avait un nouveau propriétaire: Éphrem Genest, ingénieur retraité du chemin de fer. Et elle avait aussi un locataire: lui, Roméo Boisvert.

Il lui restait à régler l'emprunt à la banque.

**

Un énorme camion recula jusqu'à la galerie. Les déménageurs transportèrent à l'intérieur les biens du nouveau propriétaire qui suivit, peu après, dans sa vénérable Buick essoufflée. Un voisinage tout nouveau commencerait.

Roméo avait déjà déménagé ses pénates chez son frère Luc, ramassé ici et là des bric-à-brac dédaignés mais qui avaient pour lui une certaine valeur, sinon une valeur certaine.

— Tout ce qui vous semble inutile et que vous ne voulez pas utiliser, vous pourrez le jeter, avait-il dit à Éphrem Genest. Je vous souhaite la bienvenue chez vous.

Et Roméo lui remit les clefs de la maison...

**

Ex-commandant d'une équipe importante d'hommes dans ses bonnes années, monsieur Genest présidait aux manœuvres, lançait des ordres, décidait de l'emplacement de chaque meuble.

C'était jour de consultation au cabinet du docteur. Ceux qui ignoraient que la maison avait été mise en vente s'arrêtaient, surpris, faisaient des commentaires à voix basse. «Qui aurait dit ça? Léandre doit se retourner dans sa tombe!»

La vie, pourtant, ne s'arrêterait pas là. L'activité continuait. Isidore démolissait les bâtiments, planche par planche, avec d'infinies précautions. Monsieur Genest lui tenait compagnie, l'aidait même.

— Vous aimez le bois, je suis plus connaissant en machinerie.

On jasait, à chaque pause.

— Vous avez fait quelque chose de bien. C'est à peine si je peux repérer l'endroit où se trouvait la porte. Je dois vous rémunérer pour vos travaux.

— Oubliez ça. Je l'ai fait pour la famille.

— Merci, merci. Je l'avais deviné, je suis entouré de bonnes gens.

Les deux hommes devenaient amis. Roméo ne revint pas visiter monsieur Genest dans la maison de sa mère, mais ils jasaient souvent sur la galerie, le soir après souper.

Il était heureux chez Luc. Rita lui préparait ses plats préférés, Francine et Alexandre apprirent à connaître et à aimer leur oncle. Un soir, Roméo, qui se trouvait seul avec son frère, lui dit tout à coup, comme ça, sans préambule:

— Luc, adopte légalement tes deux enfants. Ils cesseront d'être tes neveux, porteront ton nom, et ça réglera bien des problèmes.

— C'est possible, ça?

— Bien sûr. Consulte le curé, parles-en au notaire. Ce ne sont que formalités. Parle d'abord à Rita. Bon, je vais monter me coucher. La journée a été pénible et longue. Demain je serai à l'hôpital...

Luc n'écoutait plus. Roméo venait de jeter du baume sur une plaie récemment ouverte. Oui, il adopterait légalement ses neveux.

Après un mois, Roméo demanda:

— Et, le prix de ma pension, vous avez eu le temps d'y penser? Trente jours déjà que j'habite chez vous.

— Écoute, frérot, j'ai eu la balance du contenu du caveau, ça compense pour ce mois-ci. Le mois prochain, c'est le nôtre, notre cadeau, de Rita et des petits qui t'aiment bien. On ne te casse pas trop les pieds, j'espère.

Roméo plissa le front, balbutia un merci, gêné. Il n'avait pas l'habitude d'un tel traitement de faveur.

***

Il y aurait un autre problème familial à affronter.

Yolande vint visiter Rita, chose assez normale, mais, ce jour-là, elle demanda à Roméo de sortir sur le perron. Elle avait à lui parler.

— Tu es malade? Ça ne va pas?

— Non.

— Bon, une bonne chose de réglée.

— ...

— Julien?

— Non.

— Prends tout ton temps, ça restera entre nous.

— Anita.

— Anita?

— Je pense que tu devrais savoir, ça m'inquiète. J'ai lu quelque part qu'il est dangereux de...

— De?

— D'avoir un enfant après l'âge de quarante ans, et... elle est comme ça.

— Tu veux dire enceinte, elle est enceinte?

— Oui, qu'est-ce que tu en penses? Peux-tu faire quelque chose? Avec toute sa nichée, c'est beaucoup. Ça ne me regarde pas, mais j'ai cru que je devais te prévenir, vu que tu es docteur.

— Isidore est-il au courant?

— J'espère bien!

— Je vois. Merci, Yolande. Ne t'inquiète pas, Anita est en bonne santé, corpulente. Je l'aurai à l'œil.

— Le docteur Demers n'est plus jeune...

— Tu t'en fais trop. Merci de ta confiance, ça restera entre nous.

Roméo trouva un prétexte quelconque, alla visiter Isidore, qui ne dit rien à ce sujet.

Mais il s'avéra que Yolande avait raison. Anita accoucha d'un autre fils, sous les soins attentifs du docteur Demers, son médecin traitant de toujours. Isidore n'avait pas réussi à faire accepter à Anita l'idée de se faire suivre, examiner et accoucher par son propre frère.

***

Entre temps, l'argent de la vente de la maison avait été partagé entre les membres de la famille. Ginette eut sa part, au même titre que les autres. Toutefois,

Roméo ne réclama pas le montant de l'emprunt qu'il remboursa, de même que tous les autres déboursés qu'il avait dû faire depuis le décès de ses parents. Il refusa l'offre du notaire de le dédommager pour avoir administré les biens tel que l'avait spécifié Léandre dans son testament.

La vieille demeure avait surtout une valeur toute sentimentale, mais sa valeur matérielle ne représentait pas une fortune.

— Prenez au moins la commission sur le prix de la vente. Vous avez trouvé le client, sacrifié certains de vos droits.

— Je peux subvenir à mes besoins, notaire. Je trouve toute ma satisfaction à avoir participé au mieux-être des miens.

— Vos parents sont sûrement fiers de vous, docteur Boisvert.

Après tous ces événements, deux autres années passèrent, sans histoires, sans drames cette fois.

***

En revenant de ses visites à domicile, puisque c'était sur son chemin, Roméo s'arrêta acheter des pommes chez le fournisseur habituel de la famille.

Les branches des pommiers excédaient les limites du terrain clôturé. Les fruits étaient rouges, dodus et appétissants, tels que les aimait sa mère. Quand elle ne les mangeait pas toutes fraîches, elle en faisait des tartes et des poudings. Souvent elle venait s'asseoir sur la galerie, pomme et salière à la main, croquant à pleines dents, riant de bon cœur.

— Ils mentaient, les vieux, avec leur dicton, qu'une

pomme par jour éloigne le médecin, disait-elle. Moi, je suis ici avec mon docteur, à mordre dans le fruit qui a tenté Adam et que j'adore.

— Tu adores qui? Adam ou ton docteur?
— C'est ma pomme, que j'adore, ma pomme.
— Et ton docteur?

Elle avait lancé un jet de sel derrière son dos, le plus sérieusement du monde, et s'était exclamée:

— Dieu te protège, mon fils! Toi, tu es mon idole.

Roméo stationna l'auto et marcha jusqu'à la grange. Il ferait une surprise à son frère Jules qui s'était toujours chargé de la mission d'apporter les pommes à la maison.

— Bonjour, monsieur Barilet. Elles sont belles vos pommes, cette année.
— Oui, docteur, et pas piquées. Juteuses, c'est pas possible!
— Préparez-m'en un bon sac, une dizaine de livres, comme autrefois.
— Votre charmante maman se promène dans les vergers du Seigneur, maintenant, répliqua le pomiculteur.

Roméo tendit les trois dollars, car il versait habituellement à son frère trois dollars cinquante, le demi-dollar pour les frais du service rendu.

— Vous n'êtes pas sérieux, docteur! Trois dollars pour un sac de pommes? À ce prix-là, je serais riche, aujourd'hui. C'est cinquante cents, le prix. À propos, l'otite du petit, vous aviez raison, c'était rien de sérieux. Vous l'avez bien soigné. Ça n'a pas recommencé. Finis les réveils en larmes. Ma femme dit que vous avez des doigts magiques. Merci à vous, docteur Boisvert.

Roméo s'était éloigné, le cœur brisé. Une fois de plus, il avait été le dindon de la farce. C'était donc ça, la raison pour laquelle sa mère avait toujours une bonne provision de pommes, en faisait même des gelées! Eh bien! Tant pis, grand frère n'aurait pas celles-ci. N'importe lequel qui passerait par là, mais pas Jules.

Il pensa au tableau de son cabinet...

Chapitre 10

Roméo avait machinalement déposé son courrier sur le coin de son bureau. Il ne l'ouvrait que le soir, après l'heure des visites.

Le temps venu, il prit une enveloppe, inséra le coupe-papier. L'enveloppe suivante attira son attention. C'était une écriture féminine, connue.

Il l'ouvrit, une croix tracée avant l'en-tête attira son attention. «Ginette», pensa-t-il.

Il déplia le feuillet et lut. «Non, non, ah non, quoi? Grand Dieu! C'est impossible!»

Il lisait, relisait, n'en croyait pas ses yeux. «Toi, mon petit frère que j'ai tant aimé, pour qui nous avons tous fait tant de sacrifices... qui n'a pas l'excuse d'être ignorant ou pauvre... Toi, un médecin qui soigne les corps... demande pardon à Dieu. Je m'agenouille chaque soir devant la statue de l'Immaculée Conception, maintenant dans une niche, à la chapelle. Je pense à notre mère et à notre grand-mère qui lui confiaient leurs peines, leurs inquiétudes, leurs enfants à naître. Je prie qu'elle intervienne auprès de Dieu, de papa, de maman... Comment as-tu pu, Roméo, tromper notre confiance, t'approprier une partie des biens qui ne t'étaient pas dévolus? Toi, un voleur, un traître...»

Les larmes coulaient, souillaient le torchon. Roméo ne parvenait plus à voir les mots cruels. Sa tête faisait mal, était prête à éclater. Il essuya son front en sueur, ne voulait pas croire, relisait pour la énième fois, incrédule, brisé, torturé. Il aurait voulu se lever, courir, fuir, mais il ne le pouvait pas, ses jambes n'obéissaient plus.

D'un geste, il balaya tout ce qui se trouvait sur le bureau, croisa ses bras et y appuya sa tête. Il ne parvenait pas à rassembler ses idées, à comprendre. Il était complètement anéanti. Épuisé, il s'endormit. Les lumières brillaient encore quand Luc vint voir pourquoi Roméo ne rentrait pas. Comme rien ne semblait bouger à l'intérieur, il en conclut que son frère s'était rendu au chevet d'un malade et retourna chez lui.

Le lendemain, Roméo se réveilla, ankylosé, engourdi jusque dans son cerveau.

— Qu'est-ce qui m'arrive?

Depuis tant d'années, il avait étudié, travaillé, bûché, s'était dévoué, avait oublié de se reposer. Cette horrible lettre, c'était trop. Beaucoup trop. Il téléphona à Rita, la pria de demander à Luc de venir à son cabinet. Il prit la monstrueuse lettre, la fourra dans un tiroir qu'il mit sous clef.

Luc était là, devant lui.

— Qu'est-ce qui t'arrive? Tu es blanc comme un linceul.
— Je ne sais pas.
— Mais, tu trembles, as-tu de la fièvre?
— Non, je ne le crois pas. Aide-moi, veux-tu?
— Es-tu en train de paralyser?
— Non.
— Pour l'amour!
— Ça va passer.
— Téléphone au docteur Demers, tu as besoin d'aide.
— Ça va passer. Aide-moi.

Luc passa un bras sous le sien, l'aida à se lever.

— Vas-y doucement, appuie-toi sur moi.
— J'ai le vertige.
— Mauvaise digestion, sans doute. Donne-moi tes clefs, je t'amène à la maison.

De peine et de misère, il atteignit enfin son lit, s'y laissa tomber.

— Laisse-moi seul.
— J'attendrai que tu sois endormi. Veux-tu un verre d'eau avec du soda? Ça t'aidera à digérer.
— Non, laisse-moi seul.

Luc dut se résigner à s'éloigner. Roméo enfouit sa tête sous son oreiller et se mit à sangloter.

Le lendemain, étonné de ne pas croiser Roméo, Éphrem Genest se rendit chez Luc, car il avait un document qui appartenait aux Boisvert.

— J'ai trouvé une enveloppe laissée sur une tablette dans le haut de la garde-robe de la grande chambre. Ça va vous intéresser, docteur.

Roméo la prit, l'ouvrit: une police d'assurance de quatre mille dollars, au nom de Léandre Boisvert avec, comme bénéficiaire, Réjeanne Boisvert. Monsieur Genest ne fut pas sans remarquer les mains tremblantes et le visage défait du médecin.

Roméo éclata en sanglots. Surpris, Éphrem Genest se leva.

— Restez, excusez-moi. Faites-moi une faveur, monsieur Genest. Je ne suis pas bien. Portez ce papier au notaire Bizaillon, que vous connaissez. Dites-lui que je vous ai confié cette mission et demandez-lui de faire le nécessaire. Je le contacterai plus tard.
— Votre frère...
— Je vous en supplie, monsieur Genest, non, faites comme je vous le demande.
— Bien sûr.
— Et pas un mot à... personne.

— J'ai compris.

Monsieur Genest partit. Roméo s'endormit, incapable de réfléchir. Il avait même regretté d'avoir demandé à Luc de venir le secourir. Mais il n'avait pas eu le choix. Au fond de son cœur, il avait perdu toute confiance, toute foi en sa famille, qui avait été sa fierté, sa raison de vivre. Ces êtres qu'il choyait, qu'il s'efforçait de combler de soins, dont il satisfaisait les besoins, pour qui il s'oubliait.

En quelques heures, il avait perdu tout ça. Ginette, dans son lointain couvent, coupée du reste du monde, n'avait sûrement pas inventé cette histoire incroyable et menaçante. Il était confus, ses mains tremblaient sans arrêt, il avait le vertige. C'en était à un point que Roméo se demandait s'il pourrait continuer de pratiquer sa profession.

Il finit par se secouer, sortit de cette chambre où il étouffait, prévint le docteur Demers et lui transmit les dossiers de ses patients. Puis il s'entretint avec le notaire Bizaillon. Les fruits de cette assurance seraient divisés en sept parts égales.

— Pour le moment, notaire, placez la somme pour qu'elle rapporte. Je vous contacterai plus tard. De plus, je vais vous faire parvenir le registre de mes comptes recevables.

Dès qu'il en eut la possibilité, il sauta dans sa Chrysler, se rendit chez Éphrem Genest, émit un chèque pour couvrir les frais du loyer pour six mois.

— Monsieur Genest, si je n'étais pas de retour après ce laps de temps, c'est que je ne reviendrai pas du tout. Vous disposerez de ce que j'ai ici comme bon vous semble.

— Quelle histoire! Vos choses signifient bien peu pour moi. La maison est grande. Je garderai vos effets le temps qu'il faudra. Sans vouloir être indiscret, si vous avez besoin d'aide ou de parler, j'ai une bonne oreille. Je soupçonne bien la gravité de votre épreuve.

Roméo empilait quelques objets sur son bureau, dont ceux laissés par Luce le jour de la distribution des biens. Il avait aussi sorti les registres des comptes dus, quelques livres dont il avait peine à se séparer, la dernière tasse de café que sa mère était venue lui servir pendant ses consultations, quelques paperasses enfouies dans un tiroir. Puis, le cœur brisé, il remit à monsieur Genest les clefs de son cabinet.

— Docteur, vous tremblez!
— Je sais, c'est incontrôlable!
— C'est grave!
— Plus que vous ne pourriez croire!
— Je ne peux rien pour vous?
— Je crains bien que non. Merci, monsieur Genest. Merci pour tout, pour votre amitié.

Il allait sortir lorsqu'il se ravisa. Il retourna à son bureau, ouvrit le tiroir principal, prit la petite boîte dans laquelle il avait placé le bout de crayon que sa mère avait mâchouillé, ce qui eut pour effet d'aggraver le tremblement de ses mains. Puis, sans un mot, Roméo partit. Sa dernière pensée serait allée à sa mère.

Éphrem Genest dit tout haut, en le regardant marcher jusqu'à sa voiture, le dos courbé, l'air accablé:

— Sainte Misère! Qu'est-ce qui a bien pu faire qu'un homme de cet âge, avec un équilibre aussi solide, puisse dépérir ainsi? Quel drame!

C'est avec précaution et respect qu'il ferma la porte et la verrouilla. Il avait le pressentiment bien net qu'il ne reverrait jamais le docteur Roméo Boisvert.

Roméo s'éloigna, la mort dans l'âme. Il prit la direction de l'est et alla se terrer aux abords de Québec, dans un chalet loué à la semaine.

Voyant que sa condition physique ne s'améliorait pas, qu'il avait le vertige, au lever surtout, qu'il maigrissait à vue d'œil, il prit peur. «Je dois faire quelque chose, c'est un vrai suicide.»

Il se rendit dans une clinique spécialisée.

Il dut apprendre à vivre un jour à la fois, sans projets futurs, et à faire des efforts surhumains pour oublier le passé.

Des cauchemars terribles vinrent hanter son sommeil: Brutus, le verrat, s'échappait de sa soue, brisait les barrières, faisait des ravages. Il poussait des cris atroces sous le couteau de Léandre qui lui perçait la gorge. Et le sang giclait, giclait. Roméo se réveillait plus oppressé que jamais, la tête en feu.

Il n'était plus que l'ombre de lui-même. Il avait perdu trente livres. Ses jours devinrent lentement plus vivables, mais ses nuits ramenaient sans cesse des drames.

Parfois, c'était la statue de la Vierge qui se métamorphosait, grimaçait et hurlait, terrifiante. Roméo gémissait. Les calmants administrés semblaient aggraver le mal. Roméo décida de ne plus en prendre. Les nuits blanches étaient loin de l'aider, mais il persistait à se faire violence, à se soumettre à une autodiscipline stricte, sévère. Peu à peu il parvint, non pas à oublier l'offense, mais à ériger un barrage psychologique. Il avait perdu une famille. Sa famille. Parfois, la peine le faisait jurer. «Qu'ils crèvent, pour moi ils n'existent plus.» Parfois, il se promettait de découvrir la vérité, de savoir quoi, pourquoi et qui. Il se surprenait à espérer que tous n'étaient pas des traîtres. Mais qui? Qui avait dit quoi à leur sœur aînée? Lequel ou laquelle d'entre eux? Il ne se souvenait pas avoir commis d'injustice, avoir lésé aucun des siens, bien au contraire. Il n'avait pas choisi d'être l'exécuteur des biens. Son père l'avait fait, et rien n'avait été décidé sans que le notaire n'ait été consulté. Non, en toute conscience, il n'avait rien à se reprocher, même qu'il était allé bien au-delà de ses devoirs réguliers. Il pensait aux enfants qu'il avait peu connus, trop pris qu'il était par ses obligations. Heureusement, il y avait eu Francine et Alexandre. Ses yeux s'emplissaient de larmes. Il s'était épris de ces enfants, les adorait. Il tentait de compter ses neveux et nièces, croyait vraiment que ces familles nombreuses seraient parmi les dernières, car les jeunes d'aujourd'hui avaient de moins en moins le goût et les possibilités d'en avoir plusieurs. Ça, il l'avait souventes fois entendu dire par ses patients. «Ah! Et puis après, moins de traîtres en perspective...»

Ses moindres pensées divergentes le ramenaient inlassablement à son drame. Il ne connaissait plus de répit. L'obsession était enracinée.

Il souffrait de tachycardie, se sentait fébrile. C'étaient les conséquences d'un choc traumatique. Il connaissait ces symptômes pour les avoir étudiés. Mais avoir à les vivre était une tout autre histoire.

Prisonnier de cette basse et injuste accusation, il ne voyait pas plus loin. D'une nature profondément intègre, il ne pouvait pas penser qu'il y avait là manigance. Depuis tant d'années, il s'était penché sur un sujet bien précis, la médecine, et, trop absorbé, il n'avait pas eu le loisir d'analyser ceux qui formaient le commun des mortels. Sa famille et sa lutte formaient un bloc inséparable. L'homme, entier, était trahi par ceux qu'il avait aimés, et sa vie était bouleversée: on en faisait un vulgaire profiteur, un voleur, une fripouille. Un mur infranchissable s'était élevé devant lui. Roméo souffrait dans son âme et dans son corps.

Peu à peu, ses pensées laissèrent naître certains beaux souvenirs amenant avec eux de brefs effets calmants que seul le temps peut offrir. Il en est ainsi des eaux d'un ruisseau qui cheminent à travers les ronces, mélodieuses, enchanteresses, limpides, qui affrontent les roches couvrant leur lit mais continuent de se précipiter, braves, fortes, fières.

C'était l'autre étape, plus prometteuse, celle qu'espérait voir pointer le spécialiste qui se penchait sur le cas de Roméo.

Qu'il était difficile de soigner un confrère! Fermé comme une huître, le patient refusait toute collaboration. L'infirmière attitrée lui transmettait ses observations, lui parlait des nuits angoissées de Roméo, de ses cauchemars qui troublaient son sommeil, de son peu d'appétit, de ses heures passées à regarder fixement le plafond de sa chambre.

Mais jamais Roméo n'avait accepté de déverser le trop-plein de son âme. Pourtant, en parler eût tellement pu alléger sa souffrance. Roméo semblait avoir perdu confiance dans tout le genre humain.

Trop de sacrifices, trop d'abnégation, trop d'oubli de soi, trop d'inquiétudes, trop de travail. La lettre de Ginette n'avait été au fond que l'élément déclencheur qui avait fait basculer Roméo dans une profonde dépression.

Puis, un matin – ô merveille! – il avait souri à l'infirmière et vidé le plateau qu'on lui avait présenté. Il devenait possible d'espérer. La lettre maudite, il l'avait tellement retournée dans sa tête, il avait tant pesé et soupesé tous les termes, toutes les accusations, qu'il lui semblait maintenant voir le vœu de sa sœur se réaliser: «Aie confiance en Dieu, en son infinie miséricorde, il te pardonnera pour tes méfaits.»

À la peine douloureuse et amère avait peu à peu succédé la colère. Il repassait sa vie, aussi loin que remontaient ses souvenirs. Il cherchait ses erreurs, ses faiblesses, ses failles, n'en finissait plus avec son examen de conscience. Une question demeurait sans réponse: «Pourquoi, comment ai-je pu perdre le respect et l'amour de ces êtres qui m'étaient si chers? Je n'ai pas peur, je souffre! Ginette a été informée de quoi? Par qui? Qui me hait à ce point?» Il butait sans cesse sur cette question brutale.

Il ne comprenait pas. Le souvenir de sa mère, des heures vécues auprès d'elle, son seul véritable bonheur goûté et senti refaisait peu à peu surface.

Cette mère pacifique et douce, au cœur débordant d'amour, qui se donnait sans compter, savait faire la part des choses, s'attardait plus au mérite de chacun qu'à ses faiblesses. Sa vie avait été un modèle, un exemple de simplicité et de douceur. Roméo n'avait pas toujours saisi le sens profond de ses paroles mais retenait la générosité de chacun de ses gestes.

Les aînés avaient quitté la maison, un à un, avaient fondé leur propre foyer. Roméo avait consacré à sa mère tout son temps disponible. Il aimait l'entendre évoquer le passé, expliquer, comparer, et si souvent s'extasier. On eût dit parfois qu'elle s'épanchait à profusion, libérait le trop-plein refoulé par un manque de temps ou d'occasions de dialoguer. Elle parlait de son passé, brossait ses tableaux d'anecdotes, flirtant avec les métaphores et les allégories pour traduire ses pensées. Ainsi, la moustache de son père, aux poils drus et rudes, était par exemple comme une brosse à laver les planchers; le crâne dégarni de son oncle, l'homme fort de la région que tous redoutaient, était marqué de veines saillantes et ressemblait à un globe terrestre avec ses cours d'eau et ses frontières. Sa mère évoquait aussi avec plaisir les brelans populaires où les fruits, à défaut d'argent, étaient utilisés comme monnaie et finissaient en compote qu'on dégustait avec fierté et vantardise. Des bonheurs simples.

«Me voilà encore partie dans le passé, répétait sans cesse Réjeanne. Je te fais perdre un temps précieux. Parle-moi de ton travail, Roméo.»

Dans sa tête et dans son cœur, Roméo oubliait Roméo. Être médecin n'était pas un honneur ni un privilège. Sa profession en était une de dévouement, de dévotion à l'autre, aux autres; une obligation de se pencher sur le patient, de ne penser qu'à lui, qu'à son cas. Réfléchir, chercher, approfondir. Sauver la vie n'était pas glorifiant. C'était un devoir moral. Il luttait. Une lutte contre la fatalité ultime qu'impose le terme de la vie; éloigner ce moment pour tout être vivant. Pourtant il savait que la mort était voulue de Dieu. Qui était-il, lui, Roméo? Un simple humain de qui on espérait tant, à qui on demandait des miracles. Et les plus vulnérables, ces enfants qu'il mettait au monde, à qui parfois le premier souffle de vie était refusé... En ces moments, surtout, il était péniblement mis en face de son impuissance, de la faiblesse de sa science. Les remarques de sa mère lui revenaient aussi en mémoire: «Pense donc, mon fils, toi, toi, mon enfant: tu sauveras des vies, donneras l'espoir, vers toi on se tournera au moment des luttes dernières. Dieu seul, alors, décidera. Dieu seul... Dieu seul, alors, décidera...»

Au moment du décès de sa mère, il s'était senti vaincu. Il l'aimait et ne pouvait rien. Il avait gémi, refoulé sa peine, adapté sa conduite à celle du physicien averti et stoïque, mais refusait d'accepter, de se résigner. Ce décès lui semblait précipité, cruel, injuste.

«Sans doute l'usure des maternités répétées», avait expliqué son confrère. Sans doute aussi l'acharnement au travail, l'oubli de soi et son sens profond des responsabilités.

Mais pourquoi, grand Dieu, pourquoi? Après le

décès de son mari, elle lui avait confié sa peine: «Dieu me l'a enlevé, comme un voleur. À toi je peux crier ma douleur.»

Plus tard, elle avait tenté d'atténuer l'effet de ses paroles, de sa révolte. Elle empruntait le langage de la spiritualité, prêchait le respect et l'acceptation de la volonté divine. «Quelle grande âme avait maman.»

Peu à peu, les souvenirs empreints de sa bonté faisaient leur œuvre. Roméo y puisait la force. Mais il n'avait pas gravi l'échelon le plus haut: celui du pardon et de l'oubli. Il s'efforcerait de pardonner, mais oublier, ça, jamais!

Des séquelles le marqueraient en permanence. Ses mains tremblaient, parfois ses yeux lui jouaient de mauvais tours, ses pas étaient incertains.

— Heureusement que je ne suis pas devenu chirurgien, avait-il confié un jour à celui qui se penchait sur son cas depuis cinq ans.

Cinq longues années! Cinq longues années de peine, esseulé, dans une clinique, un interminable séjour dans un long tunnel nébuleux à se débattre avec lui-même et son désespoir!

Petit à petit, mais bien lentement, il traversa le brouillard, s'éloigna de cet état de torpeur, de ce marasme profond; une paix relative se glissa peu à peu en son âme. Il en vint à vouloir se libérer tout à fait de cette léthargie. Il s'efforçait de réagir positivement. Il lui fallait apprendre à cheminer seul, à ne plus avoir à dépendre des soins d'autrui. C'est à ce prix seulement qu'il parvint à surmonter ses folles obsessions; il connut alors un retour progressif à la santé. Mais ses mains continuaient de trembler.

Chapitre 11

Vers la fin de sa convalescence, Roméo avait fait de l'exercice et marché au grand air. Il avait fait retaper sa Chrysler qui, elle, ne l'avait pas trahi. «Elle, au moins, n'a pas vieilli. Elle s'est reposée et m'est restée fidèle.» Comme il l'avait caressée, comme il avait astiqué son chrome, écouté ronronner son moteur! Vint enfin le jour du départ de la clinique.

Il quitta la ville de Québec, traversa le pont. Il n'était pas question qu'il se laisse tenter de retourner sur les lieux de ses souvenirs.

Il irait n'importe où, là où le mènerait son bon plaisir, quelque part sur la rive sud du Saint-Laurent. En aval ou en amont? Peu importait. Le fleuve lui servirait de rempart, un rempart d'une longueur de mille six cents kilomètres. «Ça devrait suffire à me protéger.» L'important était de ne jamais plus traverser un pont. Il souriait. «C'est bête, cette manie que j'ai acquise de tout raisonner, jusqu'au plus petit détail.»

Liberté, liberté chérie.

Il revoyait enfin la campagne, l'activité bourdonnante sur les routes, le ciel redevenu bleu, les bêtes aux pâturages. Tout était merveilleux. Il soupirait d'aise, fredonnait, oubliait que la radio était là, à la portée de ses doigts. Il prenait possession de l'univers, gardait sa droite, avait un regard de pitié pour ces automobilistes qui le dépassaient à grande vitesse.

Pour lui, le temps avait suspendu sa course. Roméo était heureux.

Il quitta la grande route, comptant s'arrêter au premier village. Il avait faim. Une auberge accueillante, toute blanche, se trouvait là, sur la droite. «Repas à toute heure», disait une enseigne.

Il entra, une sonnette retenue par une corde tinta et le propriétaire apparut.

— J'aimerais louer une chambre, vous en avez une de libre?

— Oui, monsieur, face au fleuve. Une vue imprenable, un grand et bon lit large. Pour longtemps?

Roméo reconnaissait bien là le langage concis d'une personne de la campagne.

— Je ne sais pas, je vous ferai savoir. Pour le moment, j'aimerais manger.

— Passez à côté. On peut y manger et y boire. Charles Dumont, pour vous servir.

— Je suis à ?

— Comprends pas...

— Le nom de la paroisse?

— Ben, Saint-Firmin, voyons!

— Je n'avais pas pris note.

— Pas d'offense.

Roméo dévora, comme il ne l'avait pas fait depuis bien longtemps.

— Dites-moi, monsieur Dumont, ma voiture peut-elle dormir là où elle se trouve?

— Et comment! Pour le même prix.

— Y a-t-il un téléphone dans la chambre?

— Euh! non, mais une cabine téléphonique à l'entrée.

— À quelle distance de... Montréal suis-je?

Il s'était repris, il avait failli échapper Sainte-Marthe.

***

Roméo avait décidé de rester à Saint-Firmin pour quelque temps. Il téléphona au notaire Bizaillon, espérant que le cher homme, déjà âgé à son départ, ait toujours son étude là-bas.

Il s'enquit du montant d'argent qu'il lui avait laissé en lui confiant la mission de le faire fructifier.

— J'ai réussi à récupérer une bonne partie des comptes aux livres qui vous étaient dus et que vous m'aviez confiés. Vous nous manquez à tous ici, avait-il pris soin d'ajouter à la fin de la conversation.

Roméo donna l'adresse de l'auberge – qu'il habitait temporairement, prit-il la précaution de spécifier.

Il devrait attendre pour la somme la plus importante placée à long terme afin d'obtenir un meilleur taux, un meilleur rendement, avait expliqué le notaire.

Roméo monta à sa chambre, s'étendit sur le grand lit, s'endormit, tout habillé, les deux bras croisés derrière la tête.

Il se réveilla au beau milieu de la nuit, un instant dépaysé. Il se dévêtit et se recoucha. Le bruit des flots vint le bercer. La marée montante était tapageuse à cet endroit. Le Saint-Laurent y était plus large, sa ligne d'horizon éloignée et floue.

Le lendemain soir, il acheta un journal, puis s'attabla près de la fenêtre du restaurant. Il entreprit sa lecture. Un groupe de jeunes fanfarons s'étaient tus à son entrée. Ils étaient réunis autour d'une table, savouraient une bière. Bientôt la conversation reprit. On tenait les propos habituels des fermiers qui ne pensent que semences et récoltes. Roméo leur jetait de temps à autre un regard, plus impressionné par leurs expressions savoureuses que par leurs discours.

À chaque soir, la même scène se répétait. On s'habituait à l'étranger qui continuait de garder ses distances. On prenait toujours un peu plus de liberté et, parfois en sa présence, on racontait des histoires salées. On riait. Roméo se faisait un cas de conscience de rester de marbre. Il devait pincer les lèvres pour calmer son envie de rire. Pourtant on en racontait des vertes et des pas mûres!

Ce qui devait arriver arriva. Gus, le grand drôle, s'était juré de capter l'attention de Roméo, qu'on avait surnommé le muet. Il demanda à Jos de raconter à Bidou l'histoire de son cousin Jérôme, qui habitait à quelques rangs de là.

— Ça, c'est une vieille histoire.

— Mais moi, je ne la connais pas, dit Bidou avec un coup d'œil complice.

— Ouais, si vous insistez.

— Hé! Dumont, remplis nos verres.

L'aubergiste s'exécuta. Jos se racla la gorge et lança:

— Jérôme bouffait trop au goût de mon oncle. Il avait toujours faim. Mon oncle expliquait qu'il devait avoir le ver solitaire, une drôle de bête, qui reste accrochée dans l'intestin par une espèce de pince. Si tu casses le ver sans passer le crampon, il va se reconstituer et continuer de te faire souffrir. Il a une longueur de douze à quinze pieds... «Passe le crampon, sois sûr de ne pas le casser sans avoir passé le crampon», répétait mon oncle.

L'oreille du médecin s'était dressée. Les grands drôles voyaient bien que la page du journal ne se tournait plus. Il écoutait donc, l'indifférent.

— Le plus drôle s'en vient, mon Bidou, tonna Roland. Écoute bien ça.

Et Jos de poursuivre:

— Un après-midi, Jérôme se rendit à la cacatière...
— La quoi?
— Les chiottes, dehors, en arrière de la maison! Niaiseux! Tu sais bien, une bécosse, comme on dit aux chantiers.

Roméo dut baisser la tête pour dissimuler son fou rire.

— Pis? demanda Bidou.
— Ça s'en vient, ça s'en vient...
— Qu'est-ce qui s'en vient?
— Taisez-vous donc, vous me mêlez dans mon histoire.
— Accouche, Jos, qu'on baptise!
— Non, mais vous devenez tous fous!
— Lâche-la, on écoute. Silence, les gars, Jos va raconter.

Jos se racla encore la gorge, jeta un coup d'œil furtif vers Roméo et s'exécuta:

— Jérôme était assis dans la cacatière. V'là-t'y pas que lui poigne le mal de ventre. Le maudit ver solitaire allait sortir! Il a ôté sa culotte, écarté les jambes, fait un effort, s'est penché et a vu une corde blanche qui plongeait dans le trou. Il s'est levé délicatement et, les fesses à l'air, le voilà qui faisait le tour de la chiotte en courant, une fois, deux fois, trois fois...

Bidou riait comme un fou, se donnait de grandes

claques sur les cuisses. Il voyait Roméo qui grimaçait de rire.

Jos en rajoutait:

— Jérôme comptait les tours, le ver blanc encerclait la cabane. Il a compté jusqu'à dix ou vingt tours. Le cordon sortait toujours et pas de maudit crampon en vue. V'là que Jérôme a une faiblesse. Il voit jaune, il voit noir, il tombe en pleine face, la douleur aux fesses, le zizi à l'air. Mon oncle a dû venir le ramasser...

Ses paroles se perdaient maintenant dans l'hilarité générale. Même Roméo riait aux larmes. Il se leva, s'approcha du groupe et laissa tomber:

— Franchement, les gars! Tu n'exagères pas un peu, Jos?

Et Roméo sortit, riant toujours.

— Il est donc pas muet!
— Vous l'avez entendu rire? J'ai mon voyage! C'est un prétentieux. Peut-être qu'il se cache ici, avec son gros Chrysler, habillé en gars de la ville. Ça pue. Paraît-il qu'autrefois, dans les chantiers, beaucoup de ces énergumènes allaient se cacher pour se faire oublier. Des faiseurs de mauvais coups. Qu'est-ce qu'il fait par icitte? Ça pue.

Le propriétaire du café prit la défense de l'absent. Il ne voulait pas perdre ce client aux pourboires généreux.

Roméo resta invisible pendant quelques jours. On accusait Bidou de l'avoir choqué. Il se débattait comme un diable dans l'eau bénite. Les veillées s'étaient écourtées. Charles Dumont désespérait. Au fond de leurs cœurs, le muet leur manquait. Ils avaient pris un plaisir fou à le narguer.

Quand Roméo reparut, le ton baissa un instant. On fuyait son regard. Le muet déplia son éternel journal, l'ouvrit, cria à monsieur Dumont derrière le comptoir:

— Un sandwich au jambon avec bien de la moutarde et une bière pour toute la gang. Mettez ça sur ma facture, monsieur Dumont.

Et Roméo plongea dans sa lecture. On se regardait, confus.

— Tu dis rien, Jos?
— J'ai jamais voulu blesser personne. Si on ne peut pus rire, c'est bien tant pis.
— Personne t'en veut, Jos. En attendant, voilà votre traite, de la part d'un ami qui est là, dit Dumont.

On applaudit. Le muet sourit. Et l'atmosphère du café redevint ce qu'elle était.

Le ver solitaire de Jérôme avait fait germer dans la tête de Roméo une idée fixe: il resterait ici, à Saint-Firmin, où régnaient l'entrain et la bonne humeur. Il avait arpenté les alentours, parcouru les rangs, cherchant machinalement dans le paysage les lieux du récit de Jérôme. Cette histoire invraisemblable le faisait encore sourire.

Son attention fut retenue par une maison à vendre, une vieille maison qui cadrait bien avec celle de ses souvenirs. Mais elle était plus petite. «À vendre, pour cause de décès», disait la pancarte. Roméo s'y arrêta.

Une dame âgée répondit à la porte. Roméo tendit la main.

— Prenez une chaise, monsieur Boileau.
— Boisvert, rectifia Roméo.
— Pardon.

— Si vous voulez visiter, vous allez devoir monter tout seul là-haut. Mes vieilles jambes ont besoin de ménagement.

Quand il descendit, la théière chauffait et deux tasses attendaient sur la table.

— Allez voir les bâtiments. Tout est ouvert. À votre retour, le thé sera prêt.

Une vache dans un champ, un vieux cheval dans l'écurie, un poulailler et quelques poules, le fenil plein... Le bon ordre régnait.

Roméo revint. Il jeta un coup d'œil vers la cheminée. «Elle se doit d'être double», disait sa mère. Celle-ci l'était.

— La couverture de la maison sera à refaire d'ici deux ans, elle n'est pas jeune.

La dame versait le thé, ses mains tremblaient.

— C'est ainsi depuis la mort de mon défunt mari... s'excusait-elle. Je suis trop vieille pour rester seule plus longtemps. Vous avez une femme, des enfants?

— Non, je suis célibataire.

— Bon... c'est une bonne affaire. Vendre me causerait un problème, presque un cas de conscience. Je m'explique: Théodore, le propriétaire de la terre d'en face, en biais avec celle-ci, est père d'une grosse famille. Grâce à lui, depuis la mort de mon défunt mari, j'ai pu garder la ferme. Il s'occupe de son mieux des animaux, des champs, de l'entretien. Ses deux plus vieux lui prêtent main-forte. Vous comprenez, ça crée des obligations, un tel dévouement. Il pourrait faire la même chose pour vous, vous seconder, quoi. Il tire

certains profits de tout ça. Un cinq cents piastres par
année, ce n'est pas la mer à boire, mais ça l'aide à
joindre les deux bouts.

— Je comprends. Et les meubles?

Roméo ne put s'empêcher de penser à Éphrem
Genest qui lui avait posé la même question.

— Je ne prends rien, je n'ai besoin de rien. Je m'en
vais dans un foyer... de vieux.

— Tiens, votre horloge s'est arrêtée. Voulez-vous que
je la monte pour vous?

— Non! surtout pas, la maudite.

Surpris, Roméo attendait une explication.

— C'est un cadeau de noces, un cadeau maudit.

— Ah?

— Elle n'a jamais sonné, sauf à trois reprises. Pas
qu'elle a sonné mais fait entendre un son. Les deux
premières fois, le jour de la mort de mes enfants de
huit mois, des jumeaux, les seuls enfants que j'ai jamais
eus. Puis le jour du décès de mon mari. Je ne l'ai pas
remontée depuis. N'y touchez pas, elle est maudite. N'y
touchez jamais. Ça vous explique pourquoi elle est couverte d'un pouce de poussière. J'en ai peur. N'y touchez
jamais!

La dame zézayait; de plus elle roulait ses r, ce qui
donnait de la couleur à son langage. Roméo était touché par sa simplicité et sa franchise. Lorsqu'il quitta,
tout avait été discuté: le prix comme les conditions de
paiement. Roméo promit d'aller visiter le voisin, Théodore, et de prendre des arrangements avec lui.

— Je suis bien contente que vous soyez passé sur

cette route, monsieur Boisvert. Dieu vous a mené jusqu'à moi. Ce soir, je vais dormir ma nuit en paix.

— Vous connaissez un notaire, avait-il demandé? Y a-t-il une hypothèque sur la maison?

— Pardon? Une hypothèque, qu'est-ce que c'est? Un notaire, oui, Garon, à côté de la Caisse populaire Desjardins. Mais pas d'hypothèque sur la maison, rien sur la maison, sauf la cheminée et deux paratonnerres, un à chaque coin du toit français.

Roméo s'éloigna, du bonheur plein l'âme. Il fit le transfert de son argent à la caisse, visita le notaire Garon, rencontra Théodore. Il mettait de l'ordre dans sa vie.

Il pensa à ses parents qui, du haut du ciel, le ramenaient à la ferme, le seul endroit qui leur avait donné la paix.

Pour la première fois depuis sa naissance, Roméo avait la vie douce. Il aimait son refuge, se laissait gâter par Charles Dumont qui lui servait ses meilleurs plats.

Dès qu'il reçut la somme d'argent du notaire Bizaillon, il se rendit à la petite ville voisine et s'acheta des vêtements. Chose qu'il n'avait jamais faite sans avoir à s'inquiéter pour les dettes qui s'accumulaient toujours. Lentement, progressivement, il se surprit à analyser les tracas qui avaient précédé sa longue maladie. Il se remémorait les faits, un à un, les exigences de tous, mettant un nom sur chacune: le tableau dans son bureau, les emprunts d'argent, la machine à laver arrachée par la pitié, les pommes... C'est ce qui le bouleversait le plus, l'histoire des pommes, car alors sa mère vivait et avait été, elle aussi, abusée. Hypothèques, emprunts, générosités pratiquement obligées... Il faisait le bilan et en vint à la conviction qu'il avait été la tête de Turc dans toute cette affaire; mais s'il avait établi ses limites, c'eût été différent; il n'avait qu'à faire des mises au point fermes avec chacun et ne pas se laisser ainsi exploiter.

Finalement, il en vint à la conclusion que s'il s'était montré magnanime envers eux tous, c'est qu'il avait développé un sentiment de culpabilité à cause du traitement de faveur qu'on lui avait accordé pour pousser ses études. Sa générosité n'avait qu'un but, celui de conquérir le cœur de ceux qu'il aimait. Ses frères et sœurs, eux, n'avaient jamais cessé de lui en tenir rigueur et avaient abusé de la situation.

Par ailleurs, l'injustice réelle, c'était cette accusation monstrueuse qui l'avait complètement traumatisé. On l'avait relégué au rang des pires renégats! Aujourd'hui, il en subissait encore les conséquences: il réussissait à calmer ses peines, mais ses mains, elles, continuaient de trembler comme celles d'un vieillard que la vie a miné. C'en était fait de sa profession, de son avenir.

Assis devant sa fenêtre, laissant errer son regard sur le fleuve qu'il ne voyait pas, il décida tout à coup spontanément qu'il se ferait justice lui-même, sans consulter, sans expliquer: les biens de son père et de sa mère lui appartenaient aussi. Tout avait été partagé équitablement à la mort de ses parents, ce qui était, de droit, la seule chose honnête à faire. Il avait même refusé d'être dédommagé pour avoir accompli cette lourde et ingrate tâche et n'avait reçu en somme que quelques grenailles n'ayant qu'une valeur sentimentale et qui se trouvaient encore dans le coffre de son automobile. Qui plus est, il avait absorbé de nombreuses dettes et les avait payées une après l'autre.

Mais lui, Roméo, il était le grand perdant. Peu d'héritage, plus de profession, que de l'écœurement et des mains qui ne cessaient de trembler! «Je n'ai même plus de famille, de frères et de sœurs.» Les larmes lui emplirent les yeux et il assena un coup de poing sur le rebord de la fenêtre. La colère bouillait en lui: venait-il de vaincre l'ennemi, le passé? «Ce n'est pas parce que je suis un homme brisé que je vais jouer les victimes le reste de mes jours. J'ai englouti ma part d'héritage pour payer les dettes de papa, satisfaire des caprices, payer des soins et des médicaments. Ça suffit! La police d'assurance de maman que m'a remise monsieur Genest, quel qu'en soit le montant après toutes ces années, je vais en garder les fruits et me rembourser en partie ce qui me revient de droit et de fait.» À ce moment précis lui revint un souvenir auquel il n'avait pas repensé depuis: le notaire Bizaillon, lors de leur dernière rencontre, lui avait mentionné que, quelques jours avant sa mort, sa mère, Réjeanne, lui avait téléphoné pour prendre rendez-vous. «Le Saint-Esprit... ce jour de sa si grande joie... Maman, oh maman! Ça ne peut être que ça, sinon quoi d'autre que de faire ton testament aurait pu t'attirer chez le notaire? Peinturer la galerie... mettre la maison reluisante et belle avant de me la léguer?... Elle se serait vouée à cette cause jusqu'à son dernier soupir? Que voulait-elle me dire, que cherchait-elle à me dire en ce jour ultime?»

Le soleil avait disparu sur la rive opposée, mais la noirceur ne perçait pas son âme. Son cœur vibrait d'allégresse. Un baume d'une grande douceur l'avait envahi. Roméo venait de gravir un autre échelon, celui de la paix intérieure qu'il pouvait maintenant goûter. Il se laissa tomber sur son lit et s'endormit.

Il n'entendit pas, ne vit pas monsieur Dumont qui, inquiet de ne pas le voir descendre manger, était venu frapper à sa porte, l'avait ouverte délicatement. «Pauvre gars qui tente par tous les moyens de se défaire de son péché d'ivrognerie! Ce qu'il a dû en consommer, du whisky, pour être devenu aussi brûlé à son âge. Ça fait peine à voir. Bonguienne que c'est triste!» Et monsieur Dumont était redescendu. Demain, il lui servirait un copieux déjeuner.

Les jeunes, toujours attablés au même endroit, semblaient déçus de ne pas le voir dans le restaurant. «Il dort là-haut», expliqua l'aubergiste.

***

— Ça y est, monsieur Dumont, dit Roméo, j'ai trouvé. Je vous quitterai bientôt, mais vous me reverrez souvent. Je suis devenu résidant de Saint-Firmin. Apportez une traite, il faut fêter.

— C'est sérieux?

— Oui, j'ai acheté une maison.

— Je vous crois, mais... fêter ça... comment?

— Une bière, ça suffit, une bière brune.

— Vous avez réfléchi? Une bière en invite une autre et l'habitude est vite reprise.

— L'habitude, dites-vous? Je ne sais pas si j'en ai bu plus que deux dans toute ma vie! Un peu plus souvent de vin de pissenlit, dans mon jeune âge, sans plus.

Monsieur Dumont plissait les yeux. L'homme n'était donc pas en sevrage?

Ne soupçonnant pas les raisons des propos de l'aubergiste, Roméo se dirigea vers les cinq acolytes, tendit la main à la ronde.

— Roméo Boisvert. Salut, Gus, Ernest, Jos, Roland, Bidou.

— Qu'est-ce qui vous excite tant, monsieur Boisvert?

— Merci, les gars, car grâce à votre belle humeur, me voilà devenu un heureux citoyen de Saint-Firmin.

— Vous semblez avoir la mémoire des noms, ça, c'est certain. Vous faites quoi, dans la vie?

— Gentleman farmer.

— Ça mange quoi, en hiver?

— Les produits de sa ferme.

— Non! J'aurais jamais cru ça de vous, avec vos souliers fins, vos habits de laine et votre grosse bagnole.

— Il ne faut pas juger les crapauds à les voir sauter, dit Gus.

— Et l'habit ne fait pas le curé, dit Ernest, le plus sage de tous, mais aussi celui qui riait avec le plus d'éclat.

— Grand fou, l'habit ne fait pas le moine... pas le curé!

La vie de Roméo prenait un tournant. Il avait sa maison, sa ferme, de bons et simples amis.

Chapitre 12

Le premier soir qu'il dormit dans sa maison, Roméo regretta l'absence du bruit de la mer qu'il avait appris à aimer. Mais voilà qu'il entendait le sifflet d'un train qui filait dans la nuit. Il alluma la lampe de chevet, consulta sa montre. Il était minuit moins quart. Il éteignit et s'endormit.

Lorsqu'il se réveilla, le soleil était là, remplissait sa fenêtre. Il s'étira, regarda autour de lui, rêva d'un matelas plus ferme. Il aurait beaucoup à faire dans les jours à venir. Il soupira d'aise.

Devrait-il aller déjeuner au village? Il descendit à la cuisine, y trouva du pain, un contenant de lait et un thermos de café. Une attention de Théodore, qui était passé très tôt.

Tout en mangeant, il ne put s'empêcher de penser ce que lui dirait cette vieille table si elle pouvait parler...

Il entendit un bruit, leva la tête, puis plus rien. Il marcha vers la porte arrière, l'ouvrit. Sur le perron se trouvaient cinq œufs. Il comprit: Théodore était là, il faisait la traite des vaches. Roméo alla le saluer.

— Merci pour les œufs, monsieur Théodore.

— Laissez tomber le monsieur, je vous en prie. Comme j'ai trouvé la maison verrouillée, j'ai laissé vos œufs sur le pas de la porte... Tôt ce matin, je vous ai laissé quelque chose à grignoter. Vous dormiez sûrement. J'ai utilisé la clef. Maintenant je vais vous la remettre. Cette chère dame se sentait plus en sécurité ainsi.

— Merci, Théodore, de votre délicate attention. Ainsi, c'est cinq œufs chaque matin?

Théodore se retourna, regarda Roméo.

— Vous avez compté les poules et vous croyez qu'il vous manque un œuf? La raison est qu'une des poules couve présentement; mon coq est venu faire son tour... et c'est tout un coq, mon coq.

Roméo sourit.

— Théodore, non, je n'ai pas compté les poules. Vous seul devez connaître la vérité... Je n'ai jamais été fermier, je suis fils de fermier, je ne connais pourtant pas grand-chose à tout ceci. Je vous fais entière confiance.

— La maladie?

— Oui, si on peut s'exprimer ainsi. («La maladie des autres surtout», pensa Roméo.) Cinq œufs chaque jour, c'est beaucoup pour un homme seul. Deux, ça me suffirait. Prenez donc le surplus pour vous et les vôtres.

— Ce n'est pas de refus. Je vous en laisserai deux frais chaque matin alors.

— Les poussins, ils grandissent vite?

— Seront bientôt des poulets. Ça se cuit et ça se mange.

Théodore riait aux larmes.

— Vous apprendrez, vous apprendrez. La terre n'a pas de mystère, elle ne demande qu'à produire. Attendez de voir ça. Vous allez pouvoir en faire de l'exercice sain, en pleine nature. Vous aurez à tourner le sol, le potager fera des miracles sous vos yeux, le caveau sera nettoyé. La veuve ne l'utilisait plus. Je vais ouvrir les panneaux, le faire aérer.

Le père Léandre et la maman Réjeanne semblaient s'être réincarnés. Cette pensée n'attrista pas Roméo.

143

— La porte d'en arrière restera dorénavant débarrée, Théodore.

— À votre goût, mais ici c'est dans les mœurs. Il n'y a pas de bandits dans les rangs, tout au plus quelques écervelés, des jeunes fous, pas méchants. Ça ne ferait pas de mal à une mouche. Et le lait? Votre vache est généreuse, vous en consommez beaucoup?

— On en reparlera... Oh! J'y pense, vous connaissez une ménagère dans le coin?

— Une par maison, pas moins, pourquoi?

— Je veux dire une personne qui ferait le ménage, l'entretien de ma maison.

— Je comprends. Vous la voulez jeune?

— Pas nécessairement, mais propre.

— La femme de Jos Brochu. Ses plus vieux sont aux études. Elle a besoin de gagner. Vous voulez que je lui parle? Même que votre surplus de produits suffirait à payer ses gages.

— Non, ça c'est pour vous. J'aurai tous les autres revenus, ça me suffira. À propos, Théodore, prenez le verrat chez vous.

Un affreux souvenir avait inspiré cette décision impulsive.

— Jamais, au grand jamais! Pas ce verrat-là. C'est le seul bon dans les environs. Il rapporte gros. La veuve le louait pour accoupler les truies. Cinq piastres par pénétration qui donnait immanquablement un résultat positif. Quand il perdra sa vertu, il deviendra boudin, côtelettes, rôti, cretons, tête fromagée... Et pensez au ragoût de pattes à la farine grillée et aux patates jaunes. Yum, yum!

— Bon, alors, de grâce, éloignez l'emplacement de la soue. Je n'aime pas voir les cochons.

— Pourtant, c'est une bête propre. Le cochon garde toujours un coin net pour manger. Vous ne verrez jamais de purin près de l'auge. Et un cochonnet, c'est beau, affectueux, aimable.

— Oui, je sais.

— Bon, vous gardez votre verrat, je déménage la soue.

— Merci pour tout, Théodore.

— Je vais voir à vos affaires, monsieur Boisvert. Personne n'ambitionnera sur vous. Ni moi ni d'autres.

— Théodore, l'ange gardien...

Roméo était content. Les gens de Saint-Firmin se révélaient être d'une générosité qui le troublait. Il ne lui était pas venu à l'idée que, inconsciemment, ses frères et sœurs avaient développé, à son endroit, une jalousie ou une rancune à cause des sacrifices que leur avaient coûtés ses études supérieures. Il n'avait jamais cru nécessaire de mentionner sa part de travail et de renoncement pour épargner des peines à ses parents. Un manque de dialogue et l'orgueil étaient surtout en cause.

***

Une année complète s'était écoulée. Roméo s'était adapté, il apprenait, travaillait, fauchait, rendait à son tour service à Théodore. Il lui avait même conseillé de manger de la graine de lin pour se purger... car la constipation le faisait souffrir.

Madame Brochu nettoyait tout sauf l'horloge qui avait si mauvaise réputation. Et les revenus de la ferme s'accumulaient. Roméo Boisvert avait l'impression d'être devenu un seigneur.

Il se levait tôt, mais, le soir, il ne fermait pas les yeux sans avoir entendu d'abord le train siffler. Il déposait alors sur sa table de chevet son livre sur la médecine et s'endormait.

Et le temps passa.

Chapitre 13

Roméo, fourbu, finissait de dîner. Il en était à sa tasse de thé. On frappa à la porte. Il ouvrit et s'exclama:

— Toi, Isidore!
— Je n'en peux plus, Roméo, il faut que je te parle.
— Mais entre, mon vieux, entre.

Il se pencha vers l'enfant qui l'accompagnait.

— Tu t'appelles comment?

Le garçonnet pencha la tête, gêné, se tassa contre son père, passa son bras autour de sa cuisse, et répondit:

— Félix.
— Tu as faim, Félix?

Pas de réponse.

— Je finissais de dîner. J'en suis à mon dessert. Viens, j'ai de la glace au chocolat et de beaux beignets. Passe à table.
— Tu as mangé, Isidore?
— Non.
— La glace attendra, j'ai un beau pâté.

Félix gardait les yeux baissés, restait collé contre son père, faisait peine à voir.
Des assiettes bien garnies leur furent servies. Félix n'osait manger. Il se tortillait sur sa chaise.

— Ta grand-mère me disait toujours: «Roméo, si tu ne vides pas ton assiette, tu n'auras pas de dessert.»

Mots miracles. En deux temps, trois mouvements, le pâté disparut. Roméo s'efforçait de ne pas regarder le petit qui lui semblait bien mal à l'aise. Isidore se taisait. Roméo parlait de ses bêtes.

Le plat de crème glacée disparut aussi.

— Dis, chaton, tu fais la sieste l'après-midi? Tu te reposes après avoir mangé? Viens avec mononcle, je vais te montrer quelque chose.

L'enfant regarda son père.

— Va, fiston, je veux jaser avec ton oncle.

Roméo souleva l'enfant, le prit dans ses bras, se dirigea vers l'escalier. Le petit se tenait raide comme une barre de fer, visiblement malheureux. En haut de l'escalier, Roméo remit l'enfant sur ses pieds, prit sa main.

— Regarde, ici c'est ma chambre. Il y en a deux autres, viens. Choisis celle que tu aimes. Les toilettes sont là, au bout du passage. Quelle chambre préfères-tu? Moi, je prendrais celle-là. Regarde comme le lit est large. Si ton papa accepte, vous coucherez ici tous les deux, ce soir. Fais un petit somme. Le long voyage a dû te fatiguer. À ton réveil, nous visiterons les bâtiments.

L'enfant s'échappa, courut, grimpa sur le lit. Roméo prit la courtepointe et l'en couvrit.

— Je ferme ta porte, tu dormiras mieux, dit l'oncle en baissant le store. N'oublie pas que les toilettes sont à côté, O.K.?

L'enfant sourit enfin, pour la première fois. «Quelque chose ne tourne pas rond», songea Roméo en redescendant. Isidore avait fait pivoter la berceuse et regardait par la fenêtre. Roméo enleva les couverts, les rinça, s'approcha de son beau-frère qui se taisait toujours.

— Ton horloge est arrêtée, dit-il en se grattant la gorge.

— Je sais, c'est voulu. C'est une longue histoire. Il y a un cadran sur le buffet.

— Roméo, ça ne peut pas durer...

— Je t'écoute, Isidore.

— Ça fait six mois que je te cherche. Je voulais à tout prix te retracer. J'ai finalement décidé d'aller voir Éphrem Genest. Il m'a écouté mais n'a voulu rien dire et m'a référé à ton notaire. Bizaillon aussi était réticent. Il voulait connaître mes raisons. La fierté m'empêchait de m'ouvrir. Finalement, j'ai obtenu l'adresse du café où tu t'es arrêté, au village, en bas, et où tu as séjourné...

C'était Éphrem Genest qui avait convaincu le notaire que, après tant d'années, Roméo devait avoir besoin de savoir, de reprendre contact avec un des siens, et ce, malgré le mystère qui entourait son départ. Mais, de cette intervention de monsieur Genest, Roméo n'en saurait jamais rien.

— Ne t'en fais pas, dit Isidore en levant la main, personne n'est au courant de ma venue ici.

Un autre long silence, et on entendit la porte de la chambre qui venait de s'ouvrir. Le plancher couina sous les pas de l'enfant, la chasse-d'eau fut actionnée, la porte de la chambre se referma. Félix était retourné à son lit.

— Il est adorable, ce petit, Isidore.

— Ma femme le rend fou. Il est maigre à faire peur, elle le martyrise. Ça ne peut pas durer! Je vais tout te dire, tout de suite. Je suis venu te le confier. Je t'en supplie, garde-le, au moins un certain temps. Il faut qu'il sorte de la maison. Anita est après le rendre fou!

— Je te sers une tasse de thé, ça remonte le moral.

Roméo s'éloigna, observa Isidore qui, courbé, cachait sa tête dans ses mains. Théodore apparut dans la porte arrière.

— Monsieur Boisvert, oh! pardon, je ne savais pas que vous aviez un visiteur. Je reviendrai.

— Merci, Théodore. Rien d'urgent?

— Non, ça a attendu, ça peut attendre encore.

Isidore raconta:

— Ça fait longtemps que ça dure. Je ne le savais pas. Le petit était nerveux, toujours couché avant les autres, chétif... Je ne savais pas pourquoi. Un bon matin, ma plus vieille est venue à la grange. Elle était en larmes:

«Papa, a-t-elle bredouillé, j'ai peur mais je vais te le dire.

— Me dire quoi, ma grande? De quoi as-tu peur?

— Félix...

— Qu'est-ce qu'il a, Félix?

— Maman nous a défendu de parler, sinon...

— Sinon?»

— Et elle est partie en courant vers la maison. J'ai réfléchi, attendu, puis un jour je suis entré sans bruit, je me suis dissimulé, j'ai attendu. Les enfants avaient fini de faire leurs devoirs. Anita a dit:

«Vous voulez une beurrée à la mélasse en attendant le souper? Toi, Félix, tu vas aller rentrer le petit bois pour allumer.

— Maman, a protesté Carmen...

— Toi, mêle-toi pas de ça! File, Félix, si tu ne veux pas avoir une claque par la tête.»

— J'ai failli hurler, mais je voulais en savoir plus long. Au souper, elle l'a encore malmené:

«Monte finir tes devoirs.

— Il n'a pas fini de manger, ai-je fait remarquer.

— Il a mangé plus tôt, ça suffit. Il ne finit jamais ses devoirs en même temps que les autres...»

— Carmen était devenue toute rouge. Je me suis tu, j'ai fait mine de rien. Il m'est alors clairement apparu que le stratagème durait depuis longtemps. Félix était toujours chassé de la table et envoyé à sa chambre. Pire: elle lui faisait faire des tâches qui n'étaient pas de son âge.

Isidore échappait des larmes, humilié, honteux.

— Je me retenais pour ne pas jurer. Je devais réfléchir. Devais-je parler au curé? Je ne savais plus où donner de la tête. C'est alors que j'ai pensé à toi...

Et les sanglots reprirent.

— Veux-tu aller dormir? On continuera cette conversation demain. Tu sembles à bout.

Isidore n'avait pas entendu. Il poursuivait:

— Tu es docteur, tu peux comprendre, tu pourrais le soigner, lui faire reprendre confiance. Il est épuisé, malheureux, triste, maigre, effrayé. J'ai peur, Roméo, j'ai peur. Moi, maudit fou, je n'ai rien vu, rien deviné, rien compris. Le petit ne parlait jamais, ne jouait pas avec les autres, était terrorisé. Moi, l'imbécile de merde, je ne voyais rien, toujours occupé que j'étais à gagner de l'argent pour faire vivre ma marmaille. Le petit grandit, il est maigre comme un chicot, il a le cœur et la tête à l'envers, sa santé est pitoyable... Non, il ne m'a jamais rien dit... La peur, les menaces de sa mère? Comment savoir? Je ne peux pas le questionner, lui faire haïr sa mère... Je ne peux que l'éloigner avec l'espoir qu'il oubliera.

— Tes autres enfants, ça va?

— Oui, ça va.

— Pourquoi seulement Félix? C'est bizarre.

— Pourquoi, tu me demandes pourquoi? Sapristi! Tu veux savoir pourquoi. Je me suis creusé la tête, j'ai pensé qu'elle avait sauté la clôture, que je n'étais pas le père. J'ai sacré, juré en cachette. Puis je me suis calmé, pour le petit. J'ai pensé à toi, ma seule planche de salut. Patiemment, pendant les six mois de recherches, j'ai questionné ma femme, adroitement, je lui ai arraché la vérité, un mot à la fois, bribe par bribe, j'ai joué son jeu, j'ai dit comme elle, endormi sa méfiance, gagné sa confiance...

— Et?

— ...

— Confie-toi, Isidore, il ne faut pas intérioriser ses peines, surtout les peines profondes. Tu dois t'épancher, vider le trop-plein de ton cœur, te libérer l'esprit. Fais-moi confiance. Ce que tu me diras restera entre nous. Je ne pratique plus la médecine, mais le secret professionnel existe toujours.

— Non, je ne suis pas capable, je ne peux pas te faire ça! Pas à toi, tu es un trop bon diable, tu ne le mérites pas. Non, Roméo, ne me demande pas ça, je ne peux pas...

La porte d'entrée s'ouvrit. Madame Brochu venait mettre de l'ordre.

— Oh! pardon. Je monte faire votre chambre, le reste ira à demain.

— Non, s'il vous plaît, attardez-vous plutôt à la cuisine. Ma visite reste et quelqu'un dort là-haut.

— Ça va. Avec joie.

Isidore semblait soulagé de cette intervention fortuite et opportune.

«Voilà qui est bien, pensait Roméo, il va reprendre son souffle. Mais qu'est-ce qu'il pourrait bien avoir à me dire de si intolérable?»

— Monsieur Boisvert, il reste un demi-poulet dans le congélateur. Je vous tourne ça en pâté? Vous avez plusieurs invités?

— Non, deux seulement, dont un enfant.

— Le pâté suffira. Je vais ajouter des légumes. Demain, je dois faire des croquignoles à la maison. Les enfants aiment ça. Je vais en mettre de côté et vous les apporter.

Roméo et Isidore se résignèrent à parler des récoltes, de la pluie et du beau temps. Madame Brochu était toujours là quand Félix descendit l'escalier, en rasant le mur.

— Bonjour, garçon, tu as faim? Viens, je vais te préparer un sandwich en attendant le souper.

— Merci, matante.

La dame pouffa de rire. Félix s'approcha de son père, intimidé.

— Grimpe sur mes genoux, fiston. Cette dame n'est pas ta tante, mais elle fait de bonnes croquignoles. Demain, elle va nous en apporter. Il faut d'abord les faire cuire.

— Tu as bien dormi, Félix? demanda Roméo.

— Oui, fit-il en hochant la tête.

— Tu aimes ce grand lit?

— Oui.

— Tant mieux. Je t'ai promis de te faire voir mes animaux. C'est au tour de ton papa d'aller se reposer. Va dormir, Isidore. Je vais sortir avec Félix. Viens, bonhomme, mais d'abord monte avec ton papa, montre-lui ta chambre, vous y dormirez ensemble ce soir.

— C'est vrai, papa?

— Oui, fiston, c'est vrai.

Enfin! L'enfant avait ouvert la bouche. Roméo les regarda monter, la tête pleine de questions, le cœur chagriné. «Comment me mériter l'affection de cet enfant. Serais-je en mesure de lui donner tout ce qu'exige son jeune âge? Ai-je l'étoffe d'un père? S'ennuiera-t-il des siens, de son père, de ses frères et sœurs?»

Félix était redescendu. Il n'osait s'approcher de Roméo, tourné vers la fenêtre. Il s'assit sur la première marche et attendit.

Roméo, se retournant, le vit.

— Tiens, tu es là, allons-y.

Il vint s'accroupir devant l'enfant, lui tourna le dos:

— Assieds-toi sur mes épaules, donne tes mains, et tiens-toi bien, nous partons. Attention à ta tête, tu es très grand et la porte est basse.

Dehors il se mit à trotter, faisant sautiller le garçon qui riait.

Le poulailler d'abord. Il lui montra la poule blanche qui, les yeux mi-clos, était assise sur son nid.

— Elle couve ses œufs.

— Je sais.

153

— Tu sais?

— Oui.

— Tu m'enseigneras tout ce que tu sais. Théodore en sait, lui, des choses.

— Qui?

— Théodore, il travaille ici, c'est un ami.

— Ah!

Des monosyllabes. Roméo ne pouvait pas en tirer plus, mais c'était un pas de fait, c'était mieux que sa gêne, que son désarroi du début. Ils visitèrent l'étable, la grange, allèrent voir la vache dans le pré qui leva la tête tout en continuant à ruminer. L'enfant aperçut le cheval, s'en approcha, le caressa.

— Tu n'as pas peur des animaux, Félix.

— Non.

— Chanceux, moi, oui.

Pour épater l'enfant, Roméo aurait aimé posséder des animaux moins communs, comme des moutons, des oies, des dindons...

Ils revinrent à la maison, main dans la main. À la fenêtre, en haut, Roméo reconnut la silhouette de son beau-frère qui s'éloignait... Il avait tout observé, ne s'était pas couché!

***

Le pâté était délicieux. On se gava. Félix eut un grand plat de glace au chocolat. Ses yeux brillaient.

— Vous êtes allés voir les animaux?

— Oui, mais il n'y en a pas beaucoup. Moins que chez nous, papa.

Le repas terminé, Roméo demanda:

— Tu veux regarder la télévision?
— Je n'ai pas le droit.
— Ah! non? Ici, oui. Viens.

Isidore fronça les sourcils. «Quoi d'autre?» pensa-t-il.

— Tu n'as jamais vu les terriens qui visitent les planètes dans l'espace?
— Non, mais mon frère m'a raconté.
— Explique-moi ça.
— Les terriens sont bons, les autres, laids et méchants, ils ne veulent pas le bonheur des hommes, nous envoient des malheurs sur la terre.

Isidore avait déposé sa tasse sur la table, bruyamment. Roméo intervint:

— Tu ne sais pas tout, va voir par toi-même. Tu me donneras ton idée, après.
— O.K.
— Tu aurais peur de rester seul dans la maison? J'irais prendre une marche avec ton père. Il fait si beau ce soir.
— J'ai pas peur.
— Nous serons devant la maison.

Félix n'écoutait plus. Les images vivantes le fascinaient. Une fois dehors, Isidore s'exclama:

— Sapristi! Roméo, tu as entendu ça? C'est plus grave que je pensais. Sapristi! Si elle n'a pas réussi à le rendre fou...
— Tu as eu raison. Il fallait l'éloigner de sa mère. Le petit m'aimera, je pense. Je crois aussi que nous ferions bon ménage, lui et moi. Je ne comprends pas grand-

chose aux enfants, mais ce petit-là est un rayon de soleil. Il égayera la maison. Si tu veux me le confier, j'accepte volontiers de le garder. Il ira à l'école, je veillerai sur lui. Il faudra lui écrire, lui téléphoner parfois.

— ...
— Un problème?
— Oui, et un gros.
— Raconte.
— Pas ici, sur le chemin. Je vais me mettre à hurler! Tu ne sais pas tout.
— Il y a pis encore?
— Tu jugeras, tu décideras... après.

Ils marchèrent en silence. Soudainement, Isidore demanda:

— C'est à cause de mon arrivée ici, Roméo, que tes mains tremblent. Ma venue t'a énervé?
— Non, non, Isidore. Surtout pas! C'est... depuis cette histoire de merde. J'ai craqué, été hospitalisé, j'étais moralement à plat.
— Sapristi!
— Ne t'inquiète pas. Je suis heureux, ma vie est réorganisée, je suis bien ici.
— Tu ne t'es pas marié, pourquoi?
— Avec qui? Mais Félix, oui, ton gars, je l'aimerai comme un fils.
— Ça, je le sais, je le vois, et il te le rendra.
— Mais tu seras toujours son père, il t'adore.
— Sapristi!
— La vie est cruelle parfois.
— Cruelle, dis-tu? Le mot est faible.
— Si on entrait.

Félix s'était endormi. Isidore le prit dans ses bras, le monta à sa chambre, le déshabilla, le coucha.

— Merci, papa.

— Bonne nuit, fiston. Je descends jaser et je viendrai dormir à tes côtés plus tard. Je ferme ta porte, dors bien.

Isidore entra dans la salle de bains, se lava le visage, soupira et revint à la cuisine. Roméo versa le thé noir.

— Raconte, Isidore. Ne me ménage pas. Plus rien ne peut me faire de mal. Je suis aguerri. L'enfer, je l'ai connu.

— Même si je... comment dire? Tu es de loin mêlé à toute cette merde.

— Moi?

— Oui, toi, indirectement. Je l'ai appris dernièrement. L'histoire de cette lettre de Ginette qui a tout déclenché... Ma femme était derrière ça. Si tu te souviens, elle était enceinte du petit, de Félix à cette époque. Elle a dû commencer à le haïr avant sa naissance...

— Je savais qu'elle était enceinte, on m'avait prévenu.

— Bon, ce que tu ne sais pas, c'est qu'Anita a monté toute l'affaire en épingle. Elle est allée visiter ses frères, un par un, leur a chauffé la tête, a inventé un tas d'histoires, tiré des conclusions malveillantes, fait des réunions de famille. Mon Dieu, ce que je n'ai pas entendu! Ne me doutant pas que ça venait d'elle, j'essayais de la raisonner. Autant essayer de détourner l'eau du fleuve vers la rivière! Elle ne voulait rien comprendre. Elle prétendait que tu les avais volés, que tu avais hypothéqué la maison, flambé des sommes folles, payé ta Chrysler avec l'argent qui aurait dû leur revenir. Elle t'accusait d'avoir tenté de gagner Luc à ta cause en allant y habiter plutôt que chez François qui était plus de ton âge. Elle disait aussi que tu avais su enjôler ta mère et ton père, que Luc, l'aîné, aurait dû être l'exécuteur, pas toi. Luc a à son tour admis t'avoir gardé deux mois gratuitement. Rappelle-toi l'histoire du vote pour garder la part de Ginette... Et le drame des enfants de Luc qui n'avaient pas le sang des Boisvert, que Luc n'avait donc pas à hériter. Tes outils de travail, pour me servir de ton expression, ça aussi on disait que tu les avais payés avec leur héritage...

Roméo baissait la tête, se souvenant du «ouais» lancé par Anita à ce moment-là.

— Jules te traitait de sans-cœur pour être parti en laissant à un étranger la peinture que Lucienne t'avait offerte. Soit dit en passant, Lucienne était de ton bord, je me surprends encore à cette pensée. Tes frères te pensaient riche parce que tu es médecin. Tu te souviens de la maudite feuille de temps affichée dans ton bureau par tes frères. Ta mère avait vendu les animaux pour payer les réparations... Que de merde... J'en oublie, j'en passe. Éphrem Genest t'aurait donné de l'argent sous la table. Le notaire Bizaillon était ton complice. Et écoute ça: il aurait eu mauvaise conscience, après la lettre envoyée par Ginette. Il aurait voulu réparer en envoyant une enveloppe d'argent qui appartenait à ta mère. Des pinottes, disait Anita, deux cents piastres, ou à peu près, à chacun... Elle a compté l'argent dans l'enveloppe, s'est scandalisée en affirmant qu'il lui manquait trente sous pour faire le compte, que tu avais eu le culot d'accepter ta part après tout ce que tu avais reçu depuis ton jeune âge, plus les soins de ta pauvre mère morte sous tes yeux avec le Brasso à la main, occupée à astiquer ta plaque.

Vlan! Isidore, de sa main ouverte, frappa sur la table. Roméo sursauta.

— Chut! Baisse le ton, songe au petit, Isidore. Ce petit qui pense dans sa naïveté que notre malheur est voulu par les extraterrestres.

— Tu n'as pas l'air horrifié, Roméo. Comment peux-tu avaler tout ça?

— C'est digéré, pardonné, mais pas oublié. Mes mains tremblantes me le rappellent. J'ai dû abandonner la pratique de la médecine, mais en ce qui concerne mes frères et sœurs, là, dans mon cœur, il n'y a plus de place pour eux. Ils peuvent crever. Ceux qui ne m'ont pas défendu sont aussi coupables que ceux qui se sont laissés monter la tête. Quand on renie son frère pour quelques piastres, on ne mérite pas son amour. Je me réjouis même de la mort de maman. Elle n'a pas eu à voir et à entendre ça.

— Pire encore, alors que tous les autres ont des noms normaux, pour toi on aurait choisi un prénom de roman: Roméo, le beau, le superbe, l'intelligent.

— C'est du délire!

— Ça dure ainsi depuis ton départ. Quand on s'est aperçu que tu ne revenais pas, les doutes sont devenus des réalités, les langues se sont déliées. Ce qu'on a pu déblatérer à ton sujet, c'est incroyable. Écoute ça...

Isidore se ferma les poings et les posa sur ses hanches; il hurlait presque.

— Tu étais parti avec assez d'argent pour te permettre d'aller vivre ailleurs et probablement sans avoir à travailler. Avec ce que tu m'as appris aujourd'hui, ils ont failli avoir ta peau, mais ça, ils sont loin de s'en douter!

Roméo se leva, prépara deux tasses de café fort et revint s'asseoir. Son beau-frère enchaîna:

— Un détail qui m'achale, Roméo. Peut-être peux-tu m'éclairer. La grande nappe blanche de ta mère a disparu. Anita est allée voir Genest pour savoir si tu l'avais oubliée. Genest a juré ne pas l'avoir vue. Tu sais, la nappe sur laquelle tu es né.

— Qui, moi?

— Tu ne le savais pas? Tu es né des mains de ton grand-père Elzéar sur le plancher du salon, sur le tapis ciré de la table recouvert de la nappe. Même ta naissance suscite des questions, est entourée de mystère. La nappe s'est évaporée. On la cherche encore.

— Maman m'a dit qu'un jour elle me raconterait... Elle ne l'a pas fait, sauf un mot ici et là.

— Paraît-il que l'aïeul disait de toi que tu étais prédestiné. Né un sept, un septième jour, c'est compliqué... Maintenant, quand ils parlent de toi, ils ne prononcent plus ton nom, tu es devenu l'autre, ou le prédestiné... C'est à cause des enfants, tu comprends?

Il se fit un silence lourd à supporter. Roméo s'était bien souvent demandé pourquoi Luce lui avait laissé cette nappe. Il souriait. Luce, cette belle et chère Luce! Tous le savaient alors?

— Tu souris, tu n'es pas horrifié?

— Non.

— Je ne comprends plus rien! À bien y penser, tu as de la chance. Moi, rien qu'à y penser, j'ai envie de les «grémir».

— C'est toi, Isidore, qui es à plaindre. Moi, je m'en con-tre-fouts! Les bonheurs que j'ai connus auprès de mes parents tiennent tout l'espace dans mon cœur. Aujourd'hui, si je comprends bien, Félix et toi, et quelques autres que tu viens de me faire connaître sans le vouloir, venez de les y rejoindre.

— Ça, ça me fait du bien. J'étais effrayé, je ne savais pas si je devais tout te dire.

— Pardonne à Anita. Elle n'est pas entièrement coupable et sûrement pas seule à l'être. La maternité peut parfois laisser des séquelles importantes. Elle n'était plus très jeune lors de la naissance de Félix, tu sais.

— Tu l'excuses! Qu'as-tu eu, toi, lors du partage? Je sais que la statue t'a été refusée.

— Je n'avais qu'un désir, que j'ai exprimé au lendemain de la mort de maman: un plateau de verre contenant des plats à compartiments. Maman en prenait un soin jaloux. Je ne le voulais pas pour sa valeur, mais parce qu'il était dans la famille depuis si longtemps. Un cadeau de noces à une aïeule, disait maman.

— Et?

— On n'a pas daigné considérer ma requête. Je n'ai même pas osé prendre les objets que j'avais offerts à mes parents. Parfois, des babioles, mais des souvenirs.

— Et tu n'as jamais pensé à te marier! Ça m'étonne. Les filles ne manquaient pas.

Après un silence, Roméo expliqua:

— Crois-moi ou pas, Isidore, mais je n'en avais pas les moyens.

— Mais... je ne comprends pas. Ton métier de docteur devait pourtant rapporter... Crégué, Roméo, tu ne dépensais rien!

Roméo baissa la tête. Il n'avait pas envie de s'étendre sur la voracité des siens. La fierté l'en empêchait.

— Merci, Isidore, j'aime mieux tout savoir. Maintenant, il faut oublier.

— La lettre de Ginette, la sainte sœur, tu l'as gardée?

— Sa lettre! Son chiffon, tu veux dire. Non. J'ai rompu avec ce passé. Dis-moi, qu'est-ce qui est advenu de mon bureau, chez monsieur Genest?

— Un autre docteur a pris ta place.

— C'est bien. Je suis content. Tu as faim?

— Maudit, oui. Tu m'as creusé l'estomac. Ça fait deux semaines que je vire en rond, un point entre les côtes. Je me sens soulagé. Tu es un maudit bon gars, Roméo Boisvert!

— Viens m'aider.

On prépara des sandwiches en silence. Roméo alla les déposer sur la table.

— J'ai un petit remontant...

Il apporta une bouteille de vin jaunâtre, du vin de pissenlit.

— Tu connaissais la recette?

— Non, c'est un cadeau de Théodore, mon employé. Je n'ai personne à qui en offrir. Vidons-la.

Les problèmes furent momentanément oubliés. On pouvait enfin parler calmement.

— Es-tu curieux de savoir, Roméo, ce qui est survenu après ton départ de Sainte-Marthe?

— Pas plus que ça.

— Je te comprends. Rita n'a pu s'empêcher de reparler sans cesse de ta disparition. Elle te regrettait. Je crois que c'est ça qui les a le plus marqués. Ton silence prolongé en a remué plusieurs. Les commentaires ont souvent varié, mais j'en suis venu à croire que je suis le seul à savoir la vérité. Tout ça pour te dire que l'air sur le royaume des Boisvert s'est raréfié, que le bonheur n'y règne plus en maître, que le blason s'est terni. Les soirées, les causettes joyeuses, c'est fini. On est poli, on se regarde à la dérobée. Grâce aux enfants toutefois, un certain regain d'harmonie semble se créer.

Après un silence qui l'avait ramené en arrière, il ajouta:

— Tu sais, Roméo, Luc a légalement adopté ses neveux. Ils portent maintenant le nom de Boisvert, c'est assez pour clouer le bec à qui l'on sait...

Bientôt ils eurent la surprise de voir, penché sur la rampe de l'escalier, le jeune Félix qui les avait entendus en allant aux toilettes faire son pipi. Il les regarda, bâilla et remonta se coucher.

— Un ange. Tu m'as fait le plus beau cadeau du monde. Un enfant pour égayer ma maison. Merci encore, Isidore.

La bouteille vide resta sur la table, les assiettes sales aussi. Ce soir-là, Roméo n'ouvrit pas son livre, n'entendit pas siffler le train... Par contre, il fit un rêve bien doux. Dans la cour, derrière la maison, il se promenait. À la main, il avait une laisse qui retenait un beau petit cochon tout rose avec, au cou, un chou de ruban. Derrière une fenêtre, sa mère lui souriait. «Tout va rentrer dans l'ordre, le passé s'estompe, la vie continue.»

Il se vêtit et descendit à la cuisine. Sur la table, dans un plat laissé là à cet usage, Roméo trouva cinq œufs, une assiette pleine de croquignoles, enveloppées dans une serviette de toile de lin, et un bocal supplémentaire de lait. Théodore était venu.

***

Il prépara un plein chaudron de *soupane*, fit bouillir de l'eau pour le café. Il servirait des œufs pochés. Cet appétit féroce le surprenait.

Se pouvait-il que son beau-frère et son fils dorment

163

encore? Il regarda dehors, allant d'une fenêtre à l'autre. Sur la galerie avant, il vit ses invités assis, en pleine conversation. Il pouvait maintenant préparer le café. Il n'aurait qu'à entrouvrir la porte. Isidore devait avoir soif, lui aussi.

La *soupane* fut mangée vite et en silence, les œufs et les rôties plus raisonnablement. On pouvait enfin discuter. Félix resterait avec son oncle, irait à l'école du rang qui se trouvait à quelques centaines de mètres de là. Il serait sage, rendrait service.

— Nous ferons bon ménage, nous deux, promit Roméo. Toi, Isidore, tu as apporté la paix et le bonheur dans cette maison. Il faudra venir nous visiter souvent, garder notre secret.

Félix essuyait le fond de son assiette avec le pain.

— Dis, Isidore: Félix peut-il manger un dessert, même au déjeuner?
— Tout ce qu'il veut, s'il a encore faim.

Trois croquignoles y passèrent.

— Je dois partir, fiston, retourner à la maison. Ma besogne m'attend.
— Dis salut à Carmen, papa.
— J'y manquerai pas. Tu as apporté ta fronde, fiston?
— Oui, papa.
— C'est bien. Veille bien sur mononcle.

L'enfant devint triste, Isidore, inconfortable. Il se leva, tendit la main à son beau-frère et partit en vitesse, laissant la porte ouverte derrière lui.

— Les mouches!

Félix se leva, ferma la porte, assista au départ de son père derrière la vitre.

— Bon, la vaisselle maintenant, dit Roméo. On l'entasse. Madame Brochu va tout nettoyer.
— On est chanceux.

Le moment tant redouté était passé. L'enfant n'avait pas pleuré, n'avait exprimé aucun regret, aucune inquiétude.

— Dimanche, toi et moi irons dîner à l'auberge du village.
— C'est loin?
— Non, j'ai là des amis.
— Grands comme moi?
— Un peu plus. Ils rient fort et racontent des histoires. Dis, bonhomme, tu aimes ta chambre ou tu préfères l'autre, en face?
— Non, j'aime ma chambre. Papa a dormi avec moi.
— Et ces extraterrestres, tu y as pensé?
— Ils ne sont pas méchants. Richard n'a rien compris, ou il voulait me faire peur. C'est vrai qu'ils sont laids, mais ça! Moi aussi, je suis laid et je suis un terrien.
— Toi, tu es laid!

Roméo pouffa de rire.

— Tu es un beau bonhomme et tu es très gentil.

L'enfant baissa les yeux, un instant embarrassé, et vint se blottir contre son oncle. Le geste, si spontané, réconforta Roméo et l'émut. Oui, le bonheur était entré dans la maison.

Chapitre 14

Roméo avait pensé qu'il lui faudrait garder l'enfant occupé, histoire de le distraire et lui permettre de s'adapter à cette nouvelle vie. Il s'était trompé.

Ils finissaient de manger, l'oncle demanda:

— En quelle classe es-tu?
— Quatrième année.
— Alors, tu sais lire?
— Ben, oui!
— Et compter?

Il baissa les yeux et dit timidement:

— Carmen m'expliquait... Tu vas m'aider, toi aussi, mononcle? À l'école, j'étais le premier, toujours le premier. Ma maîtresse était gentille.
— Un premier de classe, hein? Il faut récompenser un premier de classe. Quelle couleur préfères-tu?
— Le vert.
— Bon, je vais m'en souvenir. Je dois aller t'inscrire à l'école. Ensuite je vais au village. Tu veux m'accompagner?
— Non, j'aimerais aller aider Théodore, j'ai promis. Tu sais, mononcle, ton cheval est mon ami...
— Ah bon...
— Aussi, je veux regarder la télé, voir la suite...
— Bien, bonhomme. Si tu sors, ne verrouille pas la porte arrière.
— Verrouille, c'est quoi?
— Barrer.
— O.K., mononcle. Tu peux t'en aller, je vais rincer la vaisselle.

Roméo n'en croyait pas ses oreilles. Quel enfant merveilleux! Il se rendrait à Rivière-du-Loup, achèterait une bicyclette à l'enfant pour l'école. Lui-même en avait tant rêvé, autrefois.

Auparavant, il s'occupa de l'inscription.

— Son prénom?
— Félix.
— Quel âge a-t-il?
— Neuf ans.
— En quelle classe?
— Quatrième. Félix est un premier de classe.
— Bien, monsieur Boisvert.

Roméo ne trouva pas de bicyclette verte. Il revint avec une C.C.M. bleue, l'appuya contre la maison.

Félix entra dans la maison, courut vers les toilettes. Roméo se berçait devant la fenêtre. L'enfant descendit en vitesse. Il semblait pressé.

— Bonhomme, as-tu vu ce qu'il y a à côté de la maison?
— Non.
— Va voir, c'est pour toi.

Il sortit en coup de vent et revint, des larmes plein les yeux.

— Malheureusement, je n'ai pas pu en trouver une verte.
— Cé, cé pas à moi, c'est pas vrai, cé...

La joie l'étranglait. Il restait planté là, bouleversé. Roméo tendit les bras, Félix vint s'y blottir. Pas un mot, que des soupirs. Puis le petit s'élança vers la porte...

Jamais encore on ne lui avait témoigné autant de reconnaissance. Roméo était bouleversé.

***

La rentrée eut enfin lieu. Félix partit à bicyclette, «en C.C.M.», comme il se plaisait à dire. Cartable neuf au dos, de la lumière plein les yeux. Il revint trois heures plus tard, à midi.

— Je suis monté en cinquième. Nous sommes trois garçons avec dix filles. Je ne sais pas pourquoi, la maîtresse m'appelle par ton nom: Félix Boisvert. Je n'ai rien dit, elle a dû se tromper.

Roméo comprit: il n'avait pas pensé de spécifier le nom de famille.

— Ça t'ennuie? J'irai rectifier ça si tu ne veux pas t'en mêler.
— Non, mononcle, c'est bien... comme ça. Mais je ne voudrais pas que papa ait de la peine.
— Je lui expliquerai, il comprendra.
— Oui, papa comprend tout.
— Et la locomotive, ça va?
— Tu parles!

La porte s'était refermée. Il avait mangé, rincé les couverts et filé en vitesse.
Deux jours plus tard, Félix jeta une phrase qui surprit Roméo:

— Papa m'a dit, une fois, en venant ici, que si j'étudiais bien, je pourrais peut-être devenir un docteur.
— Qu'en penses-tu, toi?
— Là, papa se trompe. Moi, je vais devenir un habi-

168

tant, comme toi. On est heureux, avec des bêtes. Je racontais mes peines à Piton, notre cheval à la maison. Il dressait les oreilles, m'écoutait, ne m'engueulait pas, lui. Piton et Carmen me comprenaient. Puis papa, un jour, s'est choqué. On est venus ici. Toi, tu es gentil, mononcle, tu es comme un vrai papi.

Il s'approcha, embrassa son oncle et fila dehors, gêné.

De ce jour, le «mononcle» devint un papi...

***

Une grille d'horaires indiquant les périodes d'école, d'études, de devoirs, de télé et de sommeil avait été établie par Roméo qui prenait son nouveau rôle à cœur. Cette grille était fixée sur le lit de l'enfant.

Dans la vieille maison de Saint-Firmin, le bonheur semblait s'être installé à demeure.

***

Un camion vint faire une livraison. Deux hommes étaient montés à l'arrière. Roméo, attiré par le bruit, regarda par la fenêtre, sortit et demanda:

— Qu'est-ce que c'est?
— Un meuble.
— Il doit y avoir erreur, je n'ai rien acheté.
— La feuille indique bien l'adresse. Vous êtes Roméo Boisvert?
— Oui.
— Aucun doute, c'est pour vous.

La couverture enlevée, apparut un splendide vaisselier, en bois d'érable, aux portes sculptées de couronnes de feuilles de laurier. Roméo comprit: Isidore soulignait sa reconnaissance. Il plaça la magnifique pièce bien en vue, devant la fenêtre.

***

Fin novembre, une tempête de neige, la première de l'hiver, fit des ravages cette année-là. Même si l'école était tout près, Roméo alla chercher Félix à l'école avec sa voiture.

Sur le chemin du retour, un bruit terrible retentit, un bruit de ferraille mêlé à un freinage impuissant, celui d'un train qui dérape. Roméo fit un virage en U, se dirigea vers les lieux. On aurait peut-être besoin de lui.

Roméo sauta en bas de son automobile, se précipita.

— Reste ici, Félix, attends-moi, ne bouge pas.

Les signaux lumineux des barrières du sémaphore clignotaient toujours. L'engin avait freiné si brusquement que les roues étaient sorties des rails. À l'intérieur, un homme faisait des manœuvres. Roméo poursuivit sa course vers une automobile transformée en accordéon. Des victimes y étaient entassées.

Il réussit à libérer la première, l'allongea sur le sol, l'examina. L'homme vivait encore.

Des curieux s'assemblaient. Roméo demanda:

— Quelqu'un ici a une couverture?

On lui en tendit une dont il couvrit le blessé. Il retourna vers la voiture, se pencha sur chacune des victimes. Pour elles, il était trop tard. Le timbre étourdissant de l'alarme s'était tu. Le mécanicien était descendu. Il s'approcha de Roméo:

— Vous avez besoin d'aide?

— Nous ne pouvons plus rien faire pour eux.

Le silence était impressionnant. Roméo entendit quelqu'un prononcer son nom. Il leva la tête. Ses amis de l'auberge étaient là.

— Gus, éloigne la foule. Toi, Ernest, aide-moi. Ce gars-là perd énormément de sang.

Roméo avait enlevé sa chemise, en avait déchiré une manche qu'il utilisait pour comprimer les artères et arrêter l'hémorragie.

— Jos, appelle l'ambulance, préviens la police et l'hôpital de l'accident. Roland, va parler à Félix dans l'auto, rassure-le. Bidou, viens nous prêter main-forte. Il faut donner la respiration artificielle.

Le mécanicien intervint: les autorités avait été prévenues depuis la locomotive qui tirait, en fait, des wagons de marchandises. Il n'y avait donc aucun autre blessé.

On sépara la foule de la victime. Bidou gardait fermement les gens à distance. Ernest soufflait désespérément.

Soudainement, une voix s'éleva:

— Il réagit! Il réagit!

L'ambulance arriva enfin. On allongea le blessé sur une civière qu'on glissa dans le véhicule. Bouleversé, Ernest était pâle comme un fantôme.

— Ça va, Ernest? s'enquit Roméo. Bidou, prends mes clefs, va reconduire le petit à la maison, je rentrerai plus tard.

Puis il sauta dans l'ambulance, à côté du blessé.

— Vous êtes un parent? demanda l'infirmier, car...
— Je suis médecin.
— Ah! pardon, docteur, alors allons-y.

La sirène fendit l'air. Roméo se pencha sur le blessé.
On atteignit enfin l'hôpital. Roméo entra, donna des ordres.

— Nous verrons à faire le nécessaire, lui dit un membre du personnel. C'est un de vos parents?
— Pas même, mais j'aimerais être là.
— À quel titre?
— Je suis médecin et j'étais sur les lieux de l'accident.
— Parfait, docteur. Suivez l'infirmière.

Le ton s'était radouci, était devenu courtois.

***

Lorsque Roméo rentra chez lui, le soleil se levait. Bidou dormait dans la cuisine, assis sur une chaise. Roméo frissonna. Il monta dormir, épuisé.

En se réveillant, il vit Félix, assis contre le mur, qui le regardait.

— Bonjour, bonhomme. Viens près de moi. Il a été gentil, Bidou?
— Moi, j'ai eu peur.
— Je sais. Bidou aussi...
— Toi?
— Non.
— Alors, c'est vrai?
— Quoi?

— Bidou m'a demandé si tu étais docteur.

— Ah! Et qu'as-tu répondu?

— Que je ne le savais pas... C'est vrai, dis?

— Chut, c'est un secret. Vois-tu, Félix, moi aussi je préfère être un habitant.

— Ah! oui! Tu aimes les animaux?

— Les hommes aussi. Et l'école, alors?

— C'est samedi. Théodore est venu me parler, j'avais peur que tu ne reviennes plus.

— Cher petit!

Roméo tira l'enfant vers lui, lui caressa les cheveux.

— Je t'aime trop pour ça, tu le sais bien.

Tout à coup, Roméo leva les mains vers le plafond, s'assit brusquement au bord de son lit, étira encore les bras. Il avait du mal à le croire: ses mains ne tremblaient pas!

— Ça alors!

— Qu'est-ce que tu as, papi? Tu es tout pâle, tu es malade?

— Non, je suis heureux, fiston. Heureux, très heureux.

— Alouette!

— Descendons à la cuisine, j'ai faim.

L'enfant partit en vitesse. Roméo regardait ses mains, bougeait les doigts, souleva un à un des objets sur son bureau. Il était obligé de le croire: ses mains ne tremblaient plus. «Répit temporaire, pensa-t-il. Ou est-ce un effet bienfaisant suite aux événements survenus hier? Un contrechoc...» Il retournait ses mains en tous sens, n'en finissait plus de s'émerveiller.

— Tu viens, papi?

Roméo descendit tout en continuant à faire bouger ses doigts. Mais il mangea à peine, n'avait de regard que pour ses mains. Il prit une cuillère, puisa du café dans sa tasse, la porta à ses lèvres: pas d'éclaboussures, pas une goutte renversée. Il répéta le geste, cherchant à se prouver que ce n'était pas une illusion.

Félix se mit à l'imiter, ce qui le ramena à la réalité, car l'enfant se moquait de lui. Roméo sourit, leva la tasse, la vida d'un trait. Il la posa dans la soucoupe d'un geste lent. Elle ne tinta pas. «Simple répit», se répéta-t-il, incrédule.

À partir de ce jour, il s'intéressa de plus en plus au travail sur la ferme. Progressivement, il acquit la certitude d'avoir recouvré son équilibre, et son bonheur continua de grandir.

Chapitre 15

L'été venu, les classes prirent fin. À la grande joie de l'oncle, Félix s'était classé bon premier. Il avait reçu deux prix.

À sa façon, l'oncle soulignerait aussi le succès de Félix. De connivence avec Théodore, il avait acheté un poulain pas plus haut qu'un poney. L'enfant crut devenir fou de joie. Il avait un poney, «le sien à lui», pour reprendre ses propres mots. Il fallait l'entendre:

— Il est pétant de santé. Il a la plus belle robe pie; le blanc domine, mais les petites taches noires sont également réparties. Une beauté!

Le petit en divaguait!

Roméo souriait, il reconnaissait les propos que Théodore avait employés en lui décrivant l'animal acheté d'un voisin.

Ce soir-là, l'enfant écrivit longuement à son père. Il décrivait la bête, sur les pages de son cahier à feuilles lignées.

— Corrige mes fautes, papi...

Le cœur reconnaissant, la simplicité et la fraîcheur des sentiments de l'enfant ne cessaient d'émerveiller Roméo.

Tard dans la nuit, il fut réveillé par les sanglots du petit, les sanglots horribles des mauvais rêves. Il se précipita vers sa chambre, le réveilla, le prit dans ses bras.

L'enfant continuait de pleurer à chaudes larmes. Roméo se rappelait ses propres cauchemars.

— Pleure, pleure, petit. Il faut pleurer, c'est sain, ça libère, ça calme les craintes, éloigne l'angoisse. Pleure, bonhomme. Les hommes sans larmes ont le cœur dur et froid.

Félix s'était finalement rendormi, rasséréné. Roméo le couvrit et se coucha près de lui. «Pourquoi? Qu'est-ce qui lui arrive? Une trop grande joie? Est-ce possible? Ou la lettre à son père qui aurait ravivé certains souvenirs? Ou c'est son esprit qui veut se libérer du passé?»

À son réveil, il fut surpris de ne pas voir Félix à ses côtés. Il descendit. L'enfant déjeunait.

— Pourquoi, papi, que tu es venu coucher avec moi?
— Je m'ennuyais, bonhomme, mentit Roméo, à qui sa mère avait souvent répété: «On ne peut mentir à un enfant que si c'est pour son bien.»

C'était à propos: puisque Félix ne se souvenait pas d'avoir pleuré, il aurait été maladroit de lui en parler. Il valait mieux ne pas réveiller de vieilles histoires tristes. Roméo avait chèrement payé pour apprendre comment protéger le bonheur.

Il avait longuement réfléchi depuis l'accident du train. Chaque matin, il craignait que le miracle n'ait été qu'un mirage. Mais non, un calme profond s'était glissé dans son âme en secourant ce blessé si mal en point. Il s'était informé depuis. L'homme s'en était sorti sans séquelles importantes, grâce à son intervention, à ses connaissances. Ce soir-là, il pria sa mère, la remercia. «Je n'ai rien pu pour toi, maman chérie, et j'en ai atrocement souffert. Voilà que maintenant j'ai pu sauver un inconnu. Tu en as tout le mérite. Bien que je sois présentement si heureux de cette vie, avec Félix auprès de moi, fais-moi un autre signe si tu souhaites que je me tourne à nouveau vers la médecine.»

Le sifflet du train fendit l'air... strident, prolongé par l'écho de cette soirée sans vent. Il finissait à peine sa supplique à sa mère. Le train continuait sa course, ne s'arrêtait pas, allait loin, plus loin. Il ferma les yeux. Était-ce là le signal demandé? Il s'endormit, le cœur en paix. Il savait maintenant que ses mains ne trembleraient plus, plus jamais.

***

— Viens, bonhomme, nous sortons. Porte tes moins beaux vêtements, les plus usés, on va se salir, mais on va s'amuser.

Roméo s'était souvenu qu'à son arrivée à Saint-Firmin, alors qu'il habitait l'auberge, il s'était rendu au bord du fleuve, avait marché pieds nus dans l'eau. L'aubergiste était là qui pêchait.

— Donnez un coup de ligne, prenez un poisson, je vous le servirai, cuit selon vos bons plaisirs.

Incrédule, Roméo avait pris la perche de bambou. De ses yeux amusés, il avait regardé monsieur Dumont enfiler dans l'hameçon d'horribles et dégoûtants vers de mer, violacés, piquants, menaçants, qui se tortillaient et tenaient tête au pêcheur. Après un interminable quart d'heure, il avait échappé la perche, s'était élancé pour la saisir, avait perdu pied et était tombé de tout son long dans l'eau froide et salée. Mais il avait attrapé la perche et, à son extrémité, avait eu la surprise de voir un gros poisson, un énorme poisson.

Monsieur Dumont avait ri à s'en tenir les côtes, puis avait commenté: «Vous avez d'autres hardes, j'espère. Celles-ci sécheront et vous, vous mangerez le poisson. Pensez donc! Risquer de se noyer pour se gagner un souper!»

— Pourquoi souris-tu, papi? demanda Félix.

— Je te raconterai l'histoire au retour.

— On va où?

— Pas loin, au village, à l'auberge. J'entre deux minutes, tu m'attends dans l'auto.

Roméo était revenu avec deux perches, une boîte de conserve à laquelle une broche servait d'anse. Elle contenait des vers de mer qui s'entortillaient.

— Nous allons à la pêche, bonhomme. Suis-moi.

Ils marchèrent jusqu'à la berge. À Saint-Firmin, l'eau douce du fleuve Saint-Laurent qui coule vers le nord, provenant des grands lacs, rejoint celle, salée, de l'estuaire venue de l'océan Atlantique.

Au moment d'appâter, Félix se détourna. Il avait la nausée. Malicieux, Roméo l'ignora, lui tendit la perche et dit:

— Tiens bien la perche, lance la ligne à l'eau, comme ça. Voilà, attends, un poisson va venir. Si le fil bouge, préviens-moi. Sois patient.

L'attente commença. Félix ne semblait pas apprécier outre mesure. Sa perche s'alourdissait, l'eau agitée ayant le don de donner le vertige à celui qui la fixe longuement.

Tout à coup, un cri retentit. Félix fit un pas vers l'avant. Roméo le saisit par les épaules.

— Tiens bien, fiston, tu as une belle prise.

Une lutte s'ensuivit entre le poisson, un Félix étonné et à la fois effrayé et Roméo qui tendait et relâchait ce fil en tenant l'enfant rivé contre lui. Le poisson fut sorti de la mer, lancé sur la rive. Il sautait, cherchait l'eau, battait de la queue.

Félix fondit en larmes.

— Mononcle, mononcle, tiens-moi fort, serre-moi dans tes bras, vite, mon cœur va s'arrêter... Je vais mourir, ça me fait mal, là!

Roméo le saisit, l'enlaça.

— Tout doux, tout doux, bonhomme.

Entre deux sanglots, il laissa tomber:

— Je suis trop content, papi, trop, trop content, ça me fait mal.

Roméo craignait que la vue du poisson ait effrayé le bambin...

— Va t'asseoir sur l'herbe, je vais essayer d'en prendre un, moi aussi.

Peine perdue. Félix gardait la palme du succès. Sur le chemin du retour, Roméo raconta sa propre aventure en mettant de l'emphase dans son récit, comme tout pêcheur qui se respecte! Félix rit de bon cœur.

***

Félix continuait de donner du bonheur à son oncle. Il lui parlait plutôt comme à un père. Il s'était fait des amis à l'école.

Le jeune poulain avait grandi, tout comme les taches de sa robe qui s'étiraient avec les années pendant que le cerveau de Félix stockait les connaissances apprises à l'école.

La bête, devenue adulte, remplaçait de plus en plus le vieux cheval acheté en même temps que la maison. Roméo et Félix devenaient deux fermiers avertis. Le potager s'enrichissait d'une nouvelle variété de plantes, dont la culture de l'ail aux propriétés infinies, qui apporte soulagement en cas de grippe et de rhumatismes. Sans compter la ciboulette, la menthe poivrée, la civette, le thym et autres plantes odoriférantes qui ont la propriété de rehausser la saveur des mets en plus d'avoir elles aussi des vertus médicinales.

— Faites ici provision des fines herbes dont vous pouvez avoir besoin, Théodore. Nous n'utiliserons jamais tout ça.

— Vous avez de moins en moins besoin de mes services, monsieur Boisvert.

— Qui dit ça, Théodore?

— Je le vois bien.

— Erreur, vous restez, je me repose entièrement sur vous. Rien qu'à penser à devoir faire boucherie, j'ai le frisson.

— Le métier entre, l'endurance suivra.

— Je laisse au petit le soin de l'acquérir.

L'un appuyé sur le manche de la pelle bien ancrée dans le sol, l'autre tenant à deux mains le manche du râteau, les deux hommes jasaient, en amis.

— Cet enfant-là vous en donne de la joie! C'est un vrai bon petit gars. Ses maîtresses d'école l'aiment. Il est toujours respectueux.

Roméo faillit ajouter «ma mère disait toujours qu'on

a le respect qu'on se mérite», mais n'en fit rien par déférence pour cet homme simple.

— En parlant boucherie, monsieur Boisvert, il va falloir se résigner. Le verrat n'est plus aussi vigoureux. Il vieillit. Il a raté ses deux dernières tentatives...
    — Sainte misère...
    — Ne vous en faites pas, je vais le remplacer. Ma truie m'a donné onze cochonnets à sa dernière portée. Ça ne fait pas cher par cochon pour ceux qui payent pour les services d'un verrat de sa qualité.
    — Ce n'est pas à ça que je pensais. Dites-le moi au moins deux jours à l'avance, quand vous aurez décidé de faire boucherie. Je ne veux pas être là... Embauchez quelqu'un pour vous aider.

Théodore sourit. Roméo s'éloigna. Le souvenir de Brutus, le cochon de son enfance, lui causait toujours autant de tristesse.

**

Depuis quelque temps, il avait en tête de changer d'automobile. Sa vieille Chrysler, comme le verrat de la veuve, prenait de l'âge, était moins fiable. Aussi irait-il à la ville voisine, ferait la tournée des garages, se choisirait une auto neuve, au goût de Félix qu'il comptait bien emmener.
    Il lui en glissa un mot au souper. Félix trépignait d'impatience.
    Plus tard, Théodore dit à Félix, venu jaser avec son cheval, de prévenir Roméo qu'il abattrait le verrat le mardi suivant. Ce à quoi l'enfant répondit:

— Alouette! Je vais voir ça.

Il courut vers la maison annoncer la bonne nouvelle à son oncle.

— C'est vrai? Ça semble t'enthousiasmer.
— Je veux voir pour apprendre. Quand j'étais petit, papa ne voulait pas. «Tu es trop jeune», disait-il. Ça me choquait. Mes cousins, eux autres, avaient la permission, même s'ils avaient mon âge.

Roméo ne fit pas de commentaires. Il venait, une fois de plus, de constater à quel point son beau-frère pouvait être délicat.

— Dis, papi, tu vas me permettre de voir? Je suis assez grand maintenant, non?
— Si tu insistes. N'oublie pas, dimanche nous devons aller souper à l'auberge du village.

Roméo souhaitait que les gais lurons soient là.

***

De fait, le groupe occupait la même table. Tous se levèrent et tendirent la main à Roméo et à l'enfant.

— Ça va, Félix? demanda Bidou.
— Oui, monsieur Bidou.

Gus répéta:

— Monsieur Bidou!

On riait aux éclats.

— Avance des chaises, fiston, on va agrandir le cercle.

— Sept bières, monsieur Dumont. Une pour vous, une boisson gazeuse pour fiston.

Habilement, Roméo laissa entendre qu'il désirait s'acheter une auto neuve. Voilà un sujet intéressant qui les fit jaser longtemps.

L'oncle demandait des conseils, parlait de son vieux tacot à donner en échange, s'informait du meilleur garage... Félix écoutait.

— La semaine prochaine, le concessionnaire Chrysler offre justement des rabais. Les nouveaux modèles sont sur le point d'arriver. Il faut leur faire de la place.

— La semaine prochaine, tu en es sûr, Ernest?

— Oui, trois jours pleins. Surtout que la promotion va attirer des acheteurs. Par la même occasion, on vous donnera un meilleur prix pour la vôtre.

— Tu as raison. Je vais y penser. Ça ne va pas, bonhomme?

Il s'était tourné vers Félix qui lui demanda à l'oreille:

— Où sont les toilettes?

— Va demander ça à monsieur Dumont.

L'enfant s'éloigna.

— Ça m'étonne...

— Qu'est-ce qui t'étonne, Jos?

— C'était dans le journal. Une demi-page. Vous qui lisez toujours le journal, vous n'étiez pas au courant?

— Chut! pas un mot.

Et, d'une voix basse, il expliqua:

— Je le savais. J'espérais vous l'entendre dire. Il me

faut éloigner le petit. Théodore fera boucherie mardi. Je ne veux pas qu'il voie ça. Il aime trop les bêtes. C'est cruel pour un enfant.

— Quand ça? demanda Ernest.

— Mardi.

— O.K., attention, il revient.

— Vous avez vu le menu, les jeunes?

— Oui, pain de viande, cuisse de poulet...

— Regarde, papi, c'est écrit là, sur le tableau.

— On va aller manger.

— Pour en revenir à l'histoire de la vente, monsieur Boisvert, n'allez pas vous faire emmerder là lundi, vous allez être mêlés aux curieux qui ne veulent que magasiner ou aller sentir. Mardi, vous aurez plus de chance.

— Merci du tuyau, répondit Roméo le plus sérieusement du monde, l'œil amusé par l'adroite mise au point de l'intervenant. Viens, fiston, j'ai faim, moi.

On s'éloigna. Roméo prit place à sa table habituelle, faisant face aux grands drôles, de sorte que Félix leur tournait le dos.

— Tu as faim, bonhomme?

— Oui.

— Tu sembles de mauvaise humeur.

— Non, je pense.

— Qu'est-ce tu as choisi, sur le tableau?

Dans l'autre coin, on racontait des histoires, pas des histoires salées cette fois, des histoires plates, plus plates les unes que les autres.

L'une d'entre elles fit pouffer Roméo: un grand malade avait sonné la cloche pour qu'on lui apporte le bassin. On a tellement tardé à venir que le vieux s'exclama: «Trop tard, j'irai de l'autre bord...»

— Qu'est-ce qui est si drôle, papi?
— Je t'expliquerai, fiston.

On revint à la maison. Félix semblait perdu dans ses pensées. Roméo comprenait son dilemme: c'était l'auto ou la «boucherie».

Au moment de dire bonsoir, il fit part de sa décision:

— Papi, je vais aller au garage choisir l'auto neuve avec toi. Il y aura encore des occasions de voir faire boucherie.
— C'est bien. Je comptais sur ta présence. Je suis content.

Et Félix d'aller dormir, le cœur léger.

***

Ce mardi matin, «papi» et «bonhomme» quittèrent tôt. On se rendrait à Rivière-du-Loup.

Ernest se trouvait là, en grande conversation avec un vendeur. Roméo ne put s'empêcher de penser qu'il ne s'agissait pas d'un simple hasard. Félix allait d'une automobile à une autre, regardait les roues, les pneus, reculait d'un pas, comparait.

Ernest s'approcha de Roméo.

— C'est à votre goût?
— Je pense surtout à la couleur. Félix aime le vert.
— Félix, oui. C'est de lui dont je veux vous parler.
— Ah!
— Votre garçon, monsieur Boisvert...
— Mon neveu, protesta l'autre.
— Pas besoin de me mentir, monsieur Boisvert... Vous traitez votre fils comme s'il était encore un en-

fant. C'est presque un homme. Vous ne le voyez pas, et c'est mal, bien mal. Vous l'empêchez de s'épanouir, de se former une volonté de mâle.

— Ernest, tu...

— Hé! intervint Ernest. Félix, va à l'intérieur, dans la salle de montre, les plus belles sont là, prêtes pour livraison immédiate.

Félix s'éloigna, la tête haute, le torse bombé.

— Ouf, je l'ai vu venir à temps.

— Ernest...

— Pas d'automobile verte, monsieur Boisvert, choisissez à votre goût. Je ne dis pas de ne pas lui demander son opinion. Prenez pas ce que je vous dis pour des reproches, c'est une simple constatation. Votre histoire de ne pas vouloir qu'il voie abattre et dépecer les animaux m'a fait comprendre ça. Je dois partir. Pas d'auto verte, surtout, monsieur Boisvert.

— Toi, Ernest, j'aimerais te parler, en tête-à-tête.

— Je passerai chez vous, un de ces jours, quand Félix sera à l'école.

Roméo regarda le sage s'éloigner. Ça alors! On venait de lui donner une bonne tape dans le dos et de quoi réfléchir. Il flâna et finit pas aller rejoindre Félix.

— Viens voir, papi, celle-là et celle-là...

Ils revinrent tard, ce soir-là. La nouvelle Chrysler gris métallique s'était d'abord arrêtée à l'auberge. On avait soupé en revivant les événements de la journée.

Roméo commanda une bière. Il en versa un peu dans un verre qu'il présenta à Félix et lui dit:

— Trinquons. À la tienne, Félix.

Il vit Félix cacher son émoi et ses larmes derrière le verre. Roméo comprit qu'il avait, de fait, souhaité secrètement de toute son âme que l'enfant ne grandisse jamais.

Félix n'oublierait pas cette journée, cette sensation forte d'avoir été traité comme un homme. Le goût de la bière était affreux, mais il n'en laisserait rien voir. Il vida le verre.

La Chrysler grise était la plus belle du monde et vivrait éternellement.

De retour à la maison, ils se séparèrent en haut de l'escalier pour aller enfin dormir. Tout à coup, Félix s'arrêta, se retourna, tendit la main à son oncle.

— Bonne nuit, papi, et merci.

Roméo s'assit au bord de son lit, se surprit à réfléchir. Il en vint à faire des rapprochements avec sa propre jeunesse. Sa mère avait tout fait pour lui épargner les écueils de la vie, elle l'avait chouchouté. Les aveux d'Isidore, la rancœur des siens, les cruelles injustices subies, tout lui paraissait explicable sauf un point obscur, crucial: cette fausse accusation, cette affreuse accusation injustifiée, cette confiance qu'on ne lui avait pas donnée, ces réunions de famille dans son dos, alors qu'il eût été si simple de lui demander des explications plutôt que de le trahir, de lui faire perdre l'amour de sa famille, des siens qu'il aimait tant, à qui il avait tant donné, sans compter, souvent au-delà de ses moyens. Non, il ne pouvait oublier! Il se dévêtit, se coucha.

— Ils peuvent tous crever, dit-il à voix haute.

Il pensa à Ernest, à Félix, et s'endormit.
Ce soir-là, il n'avait pas entendu le sifflet du train.

Cette nouvelle vie qui était sienne, son bonheur actuel, il veillerait à les protéger.

Le vaisselier, la Chrysler, Ernest, Félix, Théodore, madame Brochu, le hêtre malade qu'il fallait abattre... Tout se bousculait dans un rêve doux, fait d'un présent heureux.

Chapitre 16

Ce dimanche, à l'auberge, un gai luron manquait au rendez-vous.

— Ernest n'est pas malade? demanda Roméo, intrigué.

— Non, parti en ville, monsieur Boisvert.

— J'aime mieux ça.

La rentrée des écoles aurait lieu le lendemain, lundi. Ernest viendrait sûrement le visiter bientôt. Il se présenta le mercredi après-midi.

— Une tasse de thé, Ernest?

— Ce n'est pas de refus. Content de votre nouvelle acquisition?

— Un charme, un charme en gris.

— J'espère ne pas vous avoir choqué, monsieur Boisvert.

— Non, ouvert les yeux. C'était le temps! Merci.

— Pas besoin de nier l'origine de l'enfant. Ça existe, vous savez, des pères célibataires.

— Qu'est-ce qui te fait croire que c'est le cas?

— Voyons donc! Félix est votre portrait tout craché. Même caractère, même sensibilité, mêmes manières.

— Qu'il aurait appris à copier...

— Qu'il ait le même nom que vous... continuait l'autre. Ça, vous savez...

De la main, Ernest chassa l'air, signalant ainsi son incrédulité. Et lentement, en des mots simples, il se confia à Roméo, expliqua sa vie de célibataire, la peine

d'amour connue avec une femme déjà mariée, la naissance d'un fils qu'il n'avait pu reconnaître mais qu'il
aimait à distance, qu'il voyait grandir. Pendant des
années, il s'était contenté de le croiser sur la route
quand il se rendait à l'école. Il en éprouvait tant de
bonheur! Maintenant c'était un jeune homme. Parfois
des occasions les mettaient en présence l'un de l'autre.

— Et la mère? demanda Roméo.
— Ça, c'est le calvaire de ma vie.
— Tu sais, Ernest, nous avons tous un cadavre dans
le placard.

Ernest baissa la tête et ajouta:

— C'est la première fois que j'en parle. Ça fait du
bien en maudit de se sortir ça du ventre. Le hasard est
maudit!

Ernest échappa sa tasse de thé, s'excusa.

— Mains molles, badina Roméo, comme aurait dit
maman.
— Le hasard est maudit...

D'un chiffon, Roméo essuyait le thé, épongeait. Il
alla tout déposer dans l'évier, ramena une tasse pleine
et fumante.
Ernest, la tête cachée dans ses bras croisés, pleurait
à chaudes larmes. Roméo posa une main sur son épaule.

— Pleure, mon vieux, tout ton soûl. Ça nettoie les
glandes lacrymales.

Il alla s'asseoir dans la berçante, attendit que la
tempête s'apaise.

Ernest se moucha, s'excusa.

— Le hasard est maudit, reprit-il comme un refrain. Vous ne croirez pas ce que je vais vous confier... L'accident, l'accident du train... Le gars que vous avez sauvé... C'est lui, le mari, le maudit, l'infâme, un ivrogne, un pas bon. Et voilà que c'est à moi que vous avez confié la mission de le réanimer. Pendant trois bonnes minutes, j'ai espéré qu'il ne revienne plus jamais à lui. Mais quand j'ai vu le sang, j'ai pensé à elle, à la mère, au petit et j'ai tout donné. J'ai su que vous aviez vu juste, car il s'est rétabli complètement et... il s'est arrêté de boire. J'ai appris tout ça de la bouche de mon gars... Il était heureux, sans doute soulagé d'un grand poids. J'ai failli me mettre à hurler. Alors... j'ai pensé à vous, à ce fils que vous dites être votre neveu... Voilà pourquoi je me suis permis de vous faire des reproches sur votre façon d'agir avec lui. Je vous enviais de l'avoir près de vous, mais je ne pouvais m'expliquer votre attitude. Il grandit, Félix. Il faut le voir et l'admettre.

— Tu es un bon diable, Ernest.

— Ah! oui, vous croyez? Et ce jour-là, le jour de l'accident, pensez donc! S'il avait fallu que je ne me ressaisisse pas à temps... La catastrophe! J'en ai le frisson.

— Ernest, ne sois pas trop sévère avec toi-même.

Le visage de Réjeanne, sa mère, s'imposa un instant. Il ferma les yeux. On en vint à des banalités, histoire de détendre l'atmosphère, d'éviter un silence, de créer diversion.

Ernest quitta très vite, saluant à peine, sans doute surpris lui-même de s'être laissé aller aux confidences.

Chapitre 17

L'année scolaire terminée, la dernière pour Félix, on eut une conversation plutôt animée, un genre de déjeuner-causerie, lors duquel Félix ne se laissa pas impressionner par les arguments de son oncle.

Non, c'était fini, il ne s'éloignerait pas de la maison, n'irait pas au collège.

— J'en sais déjà plus que mon père, que la plupart des habitants. Si tu veux que j'aille gagner ma vie ailleurs, j'irai en forêt couper le bois, n'importe quoi. Mais l'école, j'ai fait un «T» sur le seuil de la porte. «T» pour «terminé».

— Dommage!

— C'est un point de vue. La faux n'a pas besoin qu'on lui tienne des propos rythmés. Pas besoin de connaître l'algèbre pour faire boucherie.

— Tu as peut-être raison. De toute façon, mes biens seront les tiens.

Le téléphone sonna. Félix alla répondre. Roméo débarrassait la table.

— Ah! non, oui, non... Pas question! Penses-y pas... Rien à faire, là, c'est trop tard...

Roméo resta à l'écart, à écouter Félix sans être vu. Les réponses de son neveu le surprenaient. Félix continuait:

— Tu es bien gentille, mais je n'ai rien à faire là, sauf que j'aimerais te voir, toi. Je pense si souvent à toi.

Un autre silence plus long, plus lourd, semblait-il.

— Merci, je t'embrasse. Je te reverrai un de ces jours. Garde notre secret, veux-tu?

Il avait déposé le combiné, restait devant l'appareil, face au mur.

Mauvaise nouvelle. Roméo le pressentait. L'appel venait de Carmen, la sœur adorée de Félix. Il attendit, respecta le silence de l'être prostré qui ne bougeait pas.

— Alors, Félix?
— Papa... Papa est décédé.
— Veux-tu que je te conduise à Sainte-Marthe?
— Non. C'est trop tard, papa n'est plus. Il est décédé, mon père est mort... Je ne peux rien pour lui, plus rien... Mon père, dorénavant, ce sera toi, papi, toi seul. Vous êtes ma famille, toi et Carmen.

Il se retourna brusquement, monta à sa chambre, en ferma la porte. Malgré cette précaution, Roméo l'entendait sangloter. Ce n'est que deux jours plus tard qu'il apprit que son beau-frère Isidore avait donné son numéro de téléphone à Carmen, en cas d'urgence.

Une joie, une peine, une peine et une joie... Ainsi va la vie, donnant à chacun la chance de poursuivre, d'espérer. Aujourd'hui, Roméo héritait du plus beau cadeau du monde: un fils.

Le lendemain, Félix vit, sur le vaisselier sculpté par son père, un bouquet de fleurs sauvages que Roméo y avait placé après avoir pris soin de tout enlever ce qu'on avait pris l'habitude d'y entasser. Tout le temps que dura la belle saison, les fleurs furent remplacées au besoin, rappelant le décès d'Isidore.

***

Oui, Roméo devait l'admettre, Félix devenait un homme, un homme aguerri, sérieux, au cœur tendre. Il pouvait assumer les travaux de la ferme. Théodore ne venait plus qu'en ami, de ses pas hésitants, en faisant sa promenade de santé, et acceptait la tasse de thé qu'on lui offrait. On parlait peu, on tenait des propos décousus, on jouait parfois une partie de politaine à trois en hiver, car, à la belle saison, les bras et les têtes étaient occupés aux champs.

Madame Brochu se faisait vieille, négligeait les coins, qui devenaient «ronds» par manque de soins. Et Félix ne fréquentait pas les filles! Il faudrait bien un jour le voir convoler. La maison avait grand besoin d'une présence féminine. Il faudrait perpétuer la lignée des Boisvert, une autre branche, ici, à Saint-Firmin... dans cette autre maison ancestrale où l'horloge s'était arrêtée, avait cessé de promener ses doigts qui avertissent que le temps passe. Tout ça pour n'avoir pas su se taire à certaines heures cruciales.

Les faits avaient été relatés à Félix. L'horloge était maintenant enfouie sous une telle épaisseur de poussière qu'on eût pu croire qu'elle était recouverte de fourrure!

Héléna, l'aînée de madame Brochu, prendrait la relève, du moins pour un temps. Elle-même avait déjà une famille.

Oui... il faudrait marier Félix. Il ne s'attachait à aucune fille. Il avait pourtant la réputation d'être le coq du village, on lui faisait de l'œil. S'il allait aux danses dans les familles, dont le bal des Morrissette, les mamans l'accueillaient bien. Mais Félix, beau, réservé, charmant, semblait indifférent. Peut-être suivrait-il la trace de son père, veuf depuis longtemps, chuchotait-on parfois dans le dos de Roméo. On n'avait jamais connu sa femme. Il avait dû en avoir une, pourtant, puisqu'il avait un fils.

Chapitre 18

À Saint-Firmin, chez les Morrissette, un rang plus au nord que celui qu'habitaient Roméo et Félix, on préparait la grand fête annuelle. Cette fête coïnciderait avec le retour de la fille de la famille qui faisait des études avancées dans un grand collège de Montréal. Le père Morrissette en avait décidé ainsi: cette année on attendrait le retour de Géralda.

Habituellement, le bal avait lieu plus tôt, entre les semences et les premiers temps doux du printemps. Mais Géralda avait confié à ses parents son désir profond de prendre le voile. Le papa avait piqué une colère qu'il avait souvent regrettée depuis.

Il avait mijoté l'idée de la voir assister au bal avec l'espoir que jaillirait ce soir-là l'étincelle qui ferait vaciller son cœur. Il rêvait de voir sa fille devenir institutrice d'abord et mère de famille plus tard.

Madame Morrissette, effrayée à l'idée de ne pas trouver d'époux à sa kyrielle de filles, avait alors pensé à un bal de coton. Elle l'avait lancé timidement; avec les années, c'était devenu une tradition.

Le curé du village vint faire une visite à la dame. Il voyait d'un mauvais œil que ses paroissiens succombent de plus en plus à ce type de mondanité.

— Ne vous en déplaise, Monsieur le curé, j'ai des filles à marier.

Le saint homme eut une réaction vive.

— A-t-on idée! Se servir de moyens diaboliques pour préparer l'avenir de ses enfants!

Elle s'était contentée de sourire.

— N'était-il pas beau et pur, mon premier petit-fils à qui vous avez donné la grâce du baptême? Et tous les autres, par la suite? Votre rôle est de faire des chrétiens de nos petits démons. Si vous avez un moyen tout aussi simple et respectueux de trouver des maris à mes filles, indiquez-le moi. D'autant plus que, Monsieur le curé, vous êtes toujours respectueusement invité à venir à notre bal annuel. On s'y amuse ferme et sous mes yeux!

Que pourrait-il inventer pour dissuader cette paroissienne si déterminée, cette bonne épouse, mère de nombreux enfants par surcroît, qui avait une foi vive, qui était donc fidèle à son Dieu, qui donnait à l'Église et à l'État de bons sujets, des sujets sains qui continueraient la tradition? Même le Saint-Père prônait la relâche dans les règlements trop rigoureux de l'époque. Lui-même regrettait beaucoup avoir dû renoncer au port de la soutane qui conférait tant de dignité et inspirait tant de respect. L'Église avait même laissé tomber la belle messe en latin...

Il réfléchissait. Inconsciemment, il portait les pouces à sa taille. Il avait l'habitude de les enfiler derrière sa ceinture, ce qui lui permettait de se donner un air digne et important. Mais voilà que ses mains le gênaient! C'était d'autant plus embarrassant que monsieur Morrissette était maire de la paroisse.

Le curé toussotait, gagnait du temps. Patiemment, madame Morrissette attendait, l'œil amusé, sûre de gagner son point.

Le bon religieux, diplomate et habile, laissa enfin entendre qu'il serait tolérant tant et aussi longtemps que des écarts aux bonnes mœurs ne l'obligeraient pas à sévir.

— Alors, Monsieur le curé, si je comprends bien, pour l'instant, j'ai l'absolution.

— Vous connaissez la question du petit catéchisme, les conditions pour obtenir l'absolution?

— Attendez: le regret de ses péchés... Puis le ferme propos... Ensuite la promesse de ne plus recommencer... Il m'en manque deux alors?

Elle se mit à rire. Et d'une voix douce, elle dit en se levant:

— Contentons-nous, en bons détenteurs de l'autorité que nous sommes, contentons-nous de nous en tenir aux ordres du Christ: allez et multipliez-vous. Oh! pardon, Monsieur le curé, je viens de faire, maladroitement, atteinte à votre vœu de célibat. Allons dans la cuisine. Je vous offre une bonne tasse de thé chaud, du bon pain de ménage et mes meilleurs cretons.

La question était réglée, une fois pour toutes. On en vint à un sujet plus terre-à-terre: les récoltes abondantes, les produits de la ferme qui prenaient du prix, permettraient de payer la dîme.

Madame Morrissette raconta la visite surprise du pasteur à son mari.

— Pourquoi ris-tu? demanda-t-elle.

— Il m'assomme avec cette histoire à chaque fois que je passe au confessionnal ou que je le croise sur la route. La dernière fois que c'est arrivé, je lui ai suggéré de venir te voir, de discuter avec toi. Maligne comme tu l'es, je savais que tu l'embobinerais, que tu l'entortillerais autour de ton petit doigt. Sacrée sa mère! Quand il s'agit de tes enfants, tu pourrais affronter Dieu le Père en personne, sans un brin de gêne.

Et on parla de Géralda, leur fille, qui leur manquait tant. Oui, le bal aurait lieu.

***

À Outremont, une banlieue huppée de Montréal, il était aussi question du bal de coton. Géralda, pensionnaire au couvent, s'était liée d'amitié avec Patricia, sa compagne préférée, et l'avait invitée à ce bal dont elle rêvait déjà.

Patricia en avait parlé à sa mère, mais Marie-Ève n'avait pas la tolérance de ce bon curé de Saint-Firmin, et ce pour des raisons bien différentes.

— Quoi, tu quitterais la métropole pour aller «t'émanciper» à la campagne? Cette idée n'est pas convenable, loin de là. Tu as tout, ici, pour te distraire: des amis, des relations, la piscine dans la cour, le meilleur environnement, des gens de notre classe! Que trouverais-tu à la campagne? Qui sait? Sans doute ces gens ont-ils des poules, des vaches... Et pourquoi pas des cochons! Te vois-tu, Patricia Labrecque, te promener dans la boue, au milieu d'animaux, dans le crottin! Pouah! C'est insensé, quitter une ville comme Outremont, que tant de gens aimeraient pouvoir imprimer sur l'en-tête de leur papier à lettre, pour aller t'ennuyer dans un coin perdu, Saint... Saint-en-Arrière, Saint-Éloigné, Saint je ne sais où... Absurde!

Le sujet souleva disputes, arguments, indignations, bouderies de part et d'autre, mais on ne trouva aucun terrain d'entente. Marie-Ève fulminait. Cunégonde, la domestique dévouée, avait tenté de plaider en faveur de Patricia, louangeant la campagne, ses espaces verts, son air pur. Elle n'obtint qu'un dédaigneux regard et un mot d'ordre en mots martelés:

— Vous, Cunégonde, mêlez-vous de vos oignons!

Comment Marie-Ève aurait-elle pu comprendre les liens qui unissaient sa fille à son amie? De longs mois à échanger, bavarder, rêvasser entre les heures de cours, pendant la récréation, à idéaliser la vie, à s'inventer des chimères. Le bal de coton avait été évoqué, enjolivé, avait fait rêver Patricia. C'est le cœur palpitant et l'imagination fertile de son amie qui lui donnaient tant envie d'y assister. Ce jour venait, et vite. Et voilà que sa mère ne voulait rien entendre.

Aussi Patricia porta-t-elle un grand coup. Elle s'enferma dans sa chambre, refusa d'ouvrir. Elle était majeure, libre de faire sa vie. Elle irait à ce bal.

La mère s'effraya, vint à sa porte, cria, frémit, gémit. À sa deuxième intervention, la voix se fit plus douce.

— Tu n'as pas mangé, ma fille. Pense à ta santé, tu vas être malade, et alors... fini le bal de coton.

Patricia sourit. La chère dame ignorait que Cunégonde lui avait apporté un plateau bien garni.

Le ton de la mère permettait enfin à Patricia d'espérer. Elle n'avait plus qu'à rester tapie dans ses quartiers. Et le temps pressait!

Patricia leva les yeux de son livre. La porte d'entrée venait d'être bruyamment fermée. Elle se leva, s'approcha de la fenêtre, vit sa mère qui partait dans sa luxueuse voiture, sourit. Elle avait peut-être gagné.

Après avoir beaucoup hésité par fausse pudeur, Marie-Ève était allée confier ses inquiétudes à Hélène, son amie intime. Mère de deux grandes filles, Hélène était, si on peut dire, une spécialiste sur la question des permissions.

— Tu dramatises. Tu n'as pas confiance en ta fille? C'est ça que tu veux lui faire comprendre? Un bal de coton, je t'avoue que j'ignore tout à fait ce que ça peut vouloir dire, mais ça ne semble pas cacher quelque chose de terrible. Une simple soirée en famille à s'amuser et à danser sans doute. Ça n'a rien de malin. Les parents seront présents. Non, si j'étais toi, je lui permettrais de partir. Après tout, c'est loin, mais ce n'est pas le bout du monde. Tu ne peux tout de même pas la suivre le reste de ses jours.

— J'ai confiance en ton jugement. Je suis fatiguée de la voir enfermée dans cette chambre.

— De grâce! Ne prends pas ça au sérieux. C'est une simple tactique pour te faire fléchir.

— Elle aura réussi.

— Voilà que tu recommences. Ne sois pas amère, ne gâte pas sa joie. Réjouis-toi avec elle. Achète-lui une robe du soir, quelque chose de son âge, de simple, pour qu'elle soit belle. Et donne-lui ta bénédiction.

— Un bal de coton! Qui a des idées pareilles!

Hélène pesa lourd dans la décision de Marie-Ève.

**

Le lendemain, Patricia se réveilla tôt et, le cœur joyeux, elle assembla ce qu'elle avait décidé d'apporter là-bas. Elle descendit, entra dans la salle à manger. À cette heure, sa mère s'y trouvait sûrement.

— Je viens prendre un café...

Marie-Ève actionna la sonnette de service. La bonne apparut.

— Mademoiselle est levée. Préparez son petit-déjeu-

200

ner, Cunégonde, en tenant bien compte qu'elle n'a pas
mangé depuis deux jours.

— Bien, madame.

Patricia baissa les yeux, amusée.

— Ma fille, va voir au boudoir, il y a quelque chose
pour toi.

— Une lettre?

— Va, ma Poupette, va!

Depuis des années, sa mère n'avait plus utilisé ce
surnom d'amour donné par le père à sa fille lorsqu'elle
était enfant. Patricia revint avec une imposante boîte.

— Ouvre.

Marie-Ève, voyant qu'elle ne gagnerait pas son point,
avait fait contre mauvaise fortune bon cœur. Sa fille,
elle se consolait à cette pensée, serait la plus jolie, la
plus élégante en ce soir de bal. La plus dispendieuse
des robes avait été choisie.

— Merci, maman.

— Ouvre!

— Oh! maman!

Patricia souleva le couvercle et vit un ballot de
chiffon blanc, vaporeux, léger comme un rêve flou.

— Regarde de plus près: cette finition, ces brides
de soie, cette lignée de boutons recouverts, cette coupe!
Tu seras la plus élégante, ce qui me console un peu de
te voir partir. J'ai mis un temps fou à trouver ce petit
chef-d'œuvre. C'est du haut de gamme, ma chère, vois
la griffe du couturier.

C'était à croire que l'élégance de Patricia sauvegar-
derait sa vertu et la protégerait des méfaits de la campagne.

Et ce fut la litanie des recommandations.

— Cette fille, cette Géralda, a-t-elle prévenu sa mère
de ta venue? J'espère que cette famille a le téléphone,
que tu pourras appeler chaque jour, que tu pourras
manger à ta faim.

Patricia répondait avec calme et douceur aux questions qui n'attendaient même pas les réponses.

— Nous irons te conduire là-bas, finit-elle par dire.
— Ah! ça, non.
— Comment, non?
— Je prendrai le train ou l'autobus. Pour la pre-
mière fois, j'ai l'occasion de voyager seule, de vraiment
m'évader. Je ne suis plus une enfant.
— Ce n'est pas une raison pour t'exposer...
— Grand Dieu! maman, ce que tu es vieux jeu!
— Sois polie, Patricia, tu parles à ta mère. C'est ça,
les enfants modernes qui tutoient leurs parents.

Peu à peu, aux recommandations succédèrent les
promesses. Viendrait-il enfin, le moment du départ!

— Promets-moi, Patricia, qu'à la moindre inquiétude, tu me téléphoneras. Je veux tout savoir. Ne tarde
pas à me raconter comment les choses se passent, là-
bas.
— Je ne pars pas pour l'Afrique centrale, maman.
Les mœurs et le climat sont les mêmes à Saint-Firmin
qu'ici.
— Peut-être, mais tu vas te rendre compte que partout, en dehors d'Outremont, c'est la jungle.

Patricia pouffa de rire.

— Maman chérie, tu es impayable.

Si seulement Marie-Ève avait prévu l'amertume que lui vaudrait son ouverture d'esprit, jamais elle n'aurait fléchi.

***

Au moment du départ, Marie-Ève, au milieu de ses recommandations, remit une enveloppe à sa fille:

— Tiens, prends ceci. Si ça ne devait pas te suffire, tu me téléphoneras. Laisse-moi l'adresse de ces gens. Je fais confiance à ton amie et à sa mère. Toi, ne me déçois pas.

On s'embrassa, Patricia sauta dans le train, qui prit la direction de l'est et fila vers l'inconnu.

Les soubresauts du wagon, le bruit de ses roues de métal, le charme de son mouvement vers la sortie de la ville, puis le décor champêtre qu'offraient les grandes fenêtres panoramiques conquirent Patricia. Les villages ou les petites villes, l'approche des gares, les passagers qui descendaient et ceux qui montaient, tout lui plaisait. On lui souriait au passage et ça l'émouvait. Décidément, c'était plus captivant qu'une autoroute où on n'a que le temps de fixer l'asphalte qui se déroule devant soi.

Elle restait timidement assise dans le fauteuil de peluche qu'on lui avait assigné, gardait les yeux rivés sur le décor qui défilait devant elle. Elle songeait aux commentaires de sa mère sur les poules et les cochons. Géralda n'en avait jamais parlé. Pourtant ça allait de soi, son père était cultivateur. Comment vivaient ces gens? Pouvaient-ils être si différents? Géralda était une fille charmante, heureuse, souriante, toujours attentive et si chaleureuse. Elle avait un jour admis qu'elle aurait aimé imiter Patricia et étudier le ballet et la musique, mais elle avait ajouté que ses parents ne pouvaient lui offrir un tel luxe. Ce fut dit sans amertume. Une simple réalité, acceptée. Seraient-ils sans fortune aucune? Patricia ruminait tout ça mais se sentait si heureuse qu'elle ne s'attardait pas à de tristes pensées. Une grande aventure commençait, pleine de mystères, remplie de surprises et d'émotions. C'était tout ce qui comptait. Elle n'avait aucune raison de se sentir inquiète, au contraire: à cet âge, le danger a aussi un certain attrait.

Le contrôleur se pencha, prit le carton qu'il avait glissé dans le store au départ de Montréal.

— Vous descendez au prochain arrêt, mademoiselle. Prenez bien tous vos effets personnels.

Patricia sourit. La gare centrale lui paraissait bien loin, à sept heures de là. L'idée que Géralda ne soit pas là pour l'accueillir à son arrivée ne l'avait pas même effleurée.

Le train ralentit, la petite gare de bois rouge lui apparut. Encore quelques soubresauts et l'arrêt. Elle céda le passage à une dame âgée, s'avança vers la portière, vit Géralda, cria «Bonjour!».

On lui tendit une main. Légère et heureuse, elle sauta sur le marchepied. Et ce fut l'étreinte, douce, agréable, tendre, prolongée.

— Une surprise t'attend.
— Raconte.
— Surtout pas. Où sont tes bagages?
— En consigne.

— Viens... Patricia, je te présente mon père, ma sœur Ursule et ses deux enfants, Lucie et Raymonde.

Déjà on l'entourait. Le papa prit les paquets, et tous lui emboîtèrent le pas.

Géralda avait les yeux pleins de rire. Dès qu'elles se furent éloignées, Patricia demanda:

— Et la surprise?
— La voilà!
— Quoi?
— Ça.

Une waguine attelée à un cheval.

— Tu vas faire ta première balade en carrosse tiré par un cheval. Je suis sûre que, pour toi, ce sera du jamais vu... Tu dois vivre au maximum la vie à la campagne afin de la bien goûter. Les enfants étaient ravis et ont insisté pour être du voyage. Le train, ça t'a plu?

Les enfants sautèrent à bord, le père prit les cordeaux, le cheval fit un pas au moment même où Patricia mettait le pied à bord. Elle faillit tomber, on pouffa de rire. Le père cria:

— Ouoooo... ma Noire, ouooo... Laisse d'abord monter mademoiselle.

Assise bien droite sur la banquette dure, Patricia se sentait toute petite.

— Tu t'y feras. La Noire est une bonne bête douce. Nous irons un jour nous promener à califourchon sur son dos, à cru.
— À cru?

— C'est-à-dire sans selle.

— Ça, ce n'est pas aussi sûr...

— Rien n'est plus emballant, s'exclama Ursule.

— Tu as ta belle robe pour le bal? demanda une des fillettes.

— Oui.

— Tu vas me la montrer?

— Voyons, Lucie, tu sais bien que c'est une surprise réservée pour le grand soir!

— Juste à moi, je ne dirai rien, ce sera un secret.

— Elle est charmante, ta nièce, dit Patricia à Géralda.

— Tu vas avoir une petite idée de ce qu'est la grande famille et ce que ça comporte d'agrément et de surprises.

La Noire battait le ruban de la route de son pas saccadé. L'espace qui séparait les maisons émerveillait Patricia. Que de verdure! Les enfants comptaient les poteaux, n'étaient pas toujours d'accord. On s'amusait gentiment. Le premier contact était délicieux.

On quitta la grande route et on plongea en pleine campagne. Le chemin de gravier succédait au pavé. On entra bientôt dans la cour. Sur la droite se trouvait une grande maison à lucarnes, ornée de lierre. Une automobile était garée à l'ombre des bâtiments. Le cheval fit halte, on descendit. Sur le perron, la mère, tout sourire, accueillit l'invitée à bras ouverts.

Patricia détesta ses hauts talons qui n'avaient pas l'habitude de surfaces aussi raboteuses. Mais l'atmosphère enveloppante lui fit oublier cette banalité.

— Venez manger, je vous ai préparé un goûter.

Patricia allait protester. Puis elle eut un sourire en pensant à sa mère qui l'avait obligée à s'empiffrer avant de partir et qui lui avait donné un lunch pour le voyage, de crainte qu'elle ait à souffrir de la faim. «Les mamans sont donc toutes les mêmes», pensa-t-elle.

La pointe de tourtière et les cretons étaient exquis, mais la petite fille d'Outremont n'avait pas encore développé l'appétit féroce que fait naître l'exercice et la vie au grand air.

Patricia s'émerveillait devant toutes ces frimousses, parfois timides, parfois un tantinet arrogantes selon l'âge, qui venaient tour à tour lui faire la bise. Malgré toutes les confidences de Géralda, elle n'aurait pu soupçonner la solidarité et les liens qui unissaient cette grande famille. La maison débordait d'une gaieté folle, d'un amour intense. Sans grand luxe, sans falbalas. Mais quel amour, débordant, confortable!

Le soir, au moment de dormir, elle confia à Géralda qu'elle l'enviait: la grande maison de ses parents lui semblait subitement bien solitaire. Mais on ne tarda pas à faire bifurquer la conversation sur le sujet de première importance: le bal de coton.

— N'anticipe pas, Patricia, laisse-toi guider par les événements, au rythme des émotions. Je suis si heureuse de t'avoir enfin ici, auprès de moi. Tous t'aiment déjà. Demain nous prendrons une longue marche, tu verras les environs. J'ai déjà fait mon travail. Toi et moi aurons tout un après-midi de liberté.

Géralda se tut. Elle s'était endormie. Patricia n'osait bouger. Pour la première fois de sa vie, elle ne dormait pas seule dans un lit. Elle revivait ce qui s'était passé depuis son départ et, tout à coup, elle prit conscience qu'elle avait oublié de téléphoner à sa mère pour la rassurer. Elle se leva. Sans allumer, elle descendit à la cuisine. Madame Morrissette était toujours là.

Patricia se confondit en excuses et téléphona.

Marie-Ève fut réconfortée par le ton émerveillé de sa fille.

***

— Maman...
— Oui, Géralda? Tu as un problème?
— Je crois, oui.
— Tu veux m'en parler?
— C'est que j'ai vu la robe que Patricia veut porter au bal.
— Et alors?
— C'est incroyable! Plus chère qu'une robe de mariée. Une robe de princesse, en soie, perlée, la robe de Blanche-Neige! Elle sera mal à son aise alors que nous serons toutes en robes de coton. C'est sa mère qui l'a choisie. J'aurais dû la prévenir!
— Bon. Je vais voir ce qu'on peut faire. Ne dis rien, je vais régler le problème à ma manière. Ne t'en fais pas, ma fille. Elle est très gentille, ton amie. Et bien élevée. J'espère qu'elle aimera son séjour chez nous.

Patricia parut enfin, vêtue d'une jupe et d'un pull. Elle s'excusa d'avoir tant tardé. Tous avaient déjeuné. Le café lui fut aussitôt servi.

Habilement, madame Morrissette parla des robes qu'elle avait confectionnées pour ses filles.

— J'ai l'habitude, après tant d'années. Je taille sans patron, d'un seul mouvement. Je réalise ces petits chefs-d'œuvre qui épatent mes filles et nos voisins.
— Vous avez donc tous les talents?
— Il le faut, le besoin crée la vertu. Venez, je vais vous montrer la collection. Elles sont toutes cachées dans ma chambre.
— Oh! s'exclama Patricia. Ma robe ne sera pas de

mise. Elle est beaucoup trop élaborée. Les vôtres sont folkloriques. J'aurais dû y penser. Maman m'a fait la surprise de choisir une robe qui siérait plutôt à un bal de finissantes.

Et madame Morrissette, une fois de plus, mettrait à l'épreuve tout son savoir, se pencherait sur une autre de ses créations. Elle fouilla dans sa réserve de tissus, prit les mesures de la jeune fille confuse, confia sa besogne aux autres et, une fois encore, sortit sa machine à coudre.

Pendant ce temps, Patricia et son amie empruntaient la route pour une longue promenade dans les environs.

***

Roméo se berçait devant la fenêtre. Il faisait un temps radieux.

— Viens voir, Félix, le beau brin de fille qui passe. Quelle démarche! Elle a un port de reine, des cheveux de soie. Tu crois qu'elle sera au bal? Elle est avec la jeune Morrissette qui étudie à Montréal. Tu ne dis rien?

Patricia s'était arrêtée, pointait quelque chose du doigt. Elle se pencha, cueillit un bouquet de pâquerettes qu'elle offrit à Géralda. Roméo lorgna du côté de Félix qui avait le front appuyé à la fenêtre. Il sourit.

Voilà que Patricia se penchait encore. Elle cassa quelques fleurs, les huma, leva les bras au ciel et se mit à tournoyer, tournoyer, en riant aux éclats.

— Alouette! s'exclama Félix. La belle fille! Ça promet!

Les jeunes promeneuses s'étaient éloignées en se tenant par la main.

Félix tendit le cou, jusqu'à ce qu'elles disparaissent de son champ de vision. Roméo croisa les mains, fit craquer ses jointures, satisfait de ce qu'il venait de voir et d'entendre. Peut-être que ce beau brin de fille traverserait un jour la rue... Patricia lui avait rappelé Luce, sa belle-sœur, cette autre beauté qui, dans ses souvenirs, aurait toujours vingt ans.

Il sembla à Roméo, ce soir-là, que Félix mettait plus de temps que d'habitude à faire sa toilette. «Ça va coûter cher de savon...»

Lorsque les jeunes filles rentrèrent à la maison, elles trouvèrent celle-ci sens dessus dessous. La cuisine avait été débarrassée de tous ses meubles sauf des chaises qui étaient alignées le long des murs. On souperait debout sur l'évier, à tour de rôle, et chacun laverait son couvert. Les invités arriveraient tôt, les esprits s'échauffaient, la salle de bains ne dérougissait pas.

La robe que porterait Patricia en était aux derniers points de l'aiguille qui finissait le rebord. Elle était bleue, en coton égyptien, parsemée de minuscules fleurs imprimées. Elle était ample. La coupe mettait en relief la taille fine de la jeune fille. Patricia pivotait sur ses talons devant le miroir, muette d'admiration et de joie. Tout à coup, dans un élan, elle s'approcha de la mère de son amie, se jeta dans ses bras.

— Eh! là, ma petite!
— Vous êtes si merveilleuse, finit-elle par s'exclamer. Tout ça pour moi!

Patricia était heureuse! Si heureuse! L'émotion l'enveloppait, la grisait.

Madame Morrissette s'était éloignée sous un prétexte quelconque, laissant les deux amies en tête-à-tête.

210

— Géralda, cette maison est bénie, c'est un nid d'amour. Tes parents sont magnifiques. C'est merveilleux chez toi.

— Nous avons aussi nos épreuves, parfois.

— Mais ce qu'il faut pour les surmonter. Pour moi, tout ici est une révélation. C'est parfumé de bonheur, cette maison. Un bonheur presque palpable.

— Si tu savais comme je m'ennuyais au couvent! Heureusement que tu étais là, que j'avais ton amitié!

Un instant, un bref instant, Patricia eut l'impression de percevoir une grande tristesse dans les yeux de son amie. Mais déjà Géralda se reprenait, bondissant sur ses pieds.

— Le bal de ce soir sera mémorable, prophétisa-t-elle, le plus beau de tous, puisque tu es là. Nous nous amuserons bien. Tu te sens belle? Heureuse? Alors descendons. Pour rien au monde je ne permettrais que tu manques l'arrivée des invités. C'est coloré, tu verras.

Elles descendirent au moment où on mettait la touche finale aux préparations: on saupoudrait le plancher d'acide borique afin de le rendre doux sous les pieds des danseurs.

De fait, la fête commençait. Les femmes en robe longue, les messieurs dans leurs beaux atours, sans veston, mais cravatés. Tit Pit, le joueur d'accordéon, contrastait dans son accoutrement jaune citron. Tous semblaient électrisés. La grande, l'immense cuisine était pleine à craquer.

Tit Pit jouait ses rigodons avec ferveur. On dansait des rondes, des sets carrés, on tapait du pied et des mains. Le bal battait son plein.

Roméo et Félix étaient arrivés avec un peu de retard, s'étaient mêlés aux autres invités. Félix avait repéré la belle grande fille qu'il avait entrevue sur la route. Il s'en approcha, plongea son regard dans le sien, la ravit des bras de son partenaire et l'entraîna dans un tourbillon fou. Tit Pit accentua le rythme. Plus vite, toujours plus vite. Un à un les couples s'arrêtaient. Félix, accroché au regard de Patricia, dansait, dansait, obligeait la jeune fille à le suivre à tire-d'aile. Bientôt le couple occupait seul la piste. Tous battaient la cadence.

Patricia et son partenaire valsaient, les yeux dans les yeux, emportés par la musique. Félix tenait d'une main la taille de Patricia et la guidait de l'autre, en maître. Elle lui emboîtait le pas, souple comme seule une ballerine sait l'être.

Les jeunes enfants suivaient des yeux ce couple merveilleux que rien ne semblait distraire. Puis ce fut une valse douce. La musique s'échappait du violon, magique. Quand elle se tut enfin, il y eut un instant de silence. Le couple s'immobilisa, se regarda encore, puis, tout à coup, des applaudissements d'admiration jaillirent. Patricia rougit. Elle semblait émerger d'un rêve. Félix s'inclina, sourit à la belle étrangère confuse.

Et le violon reprit, invitant tous les danseurs dans une ronde nouvelle. Patricia et Félix se taisaient. Madame Morrissette s'approcha, fit les présentations. Félix n'osait tendre la main. C'eût été superflu. Il lui semblait connaître cette jeune fille avant même de savoir son nom. Les invités faisaient la ronde. Patricia se tourna vers eux, contente de cette distraction qui cachait son émoi.

Roméo passait justement. Il leva le pouce dans la direction du couple. Félix sourit. Ne trouvant rien à dire, il prit la main de la jeune fille et ils se glissèrent au milieu des autres danseurs.

Vint l'heure où les plus jeunes furent priés d'aller dormir. Raymonde se faufila, s'approcha de Patricia, lui fit un beau compliment. Patricia se pencha vers l'enfant et lui donna un baiser sur le front. Émerveillée, Raymonde lui confia à l'oreille:

— Tu vas gagner.

Elle s'éloigna à reculons. Patricia lui lança un baiser du bout des doigts.

Roméo avait vu la scène. La fille, d'ailleurs, était non seulement jolie et charmante danseuse, mais elle donnait aussi l'impression d'avoir le cœur tendre et de bons sentiments. Il était enchanté.

Aux environs de deux heures, il y eut un remue-ménage. La grande table fut ramenée dans la cuisine et, comme par magie, les plateaux furent disposés sur une nappe damassée d'un blanc de neige. Le festin allait commencer. Pendant que les dames s'activaient, les hommes entonnaient des chansons à répondre. Les rires fusaient. Le petit verre de caribou ou de cidre aidant, l'atmosphère ne pouvait être plus agréable.

Géralda taquinait Patricia.

— Tu risques de te faire des ennemies!
— Moi? Pourquoi?
— Félix est le meilleur parti, ici, ce soir. Le plus beau. Et tu te l'es approprié sans trêve...
— Qu'est-ce que tu vas chercher là? Jamais je n'aurais osé!

Géralda éclata de rire et s'éloigna. Patricia, déjà bien embarrassée par les événements de la soirée, se sentit fondre de gêne. Elle n'avait pourtant pas provoqué la situation! Elle se dirigea vers son hôtesse et lui offrit de l'aider à garnir les plateaux. Madame Morrissette arborait un grand sourire. Les yeux moqueurs, elle s'exclama:

— Allez, amusez-vous, j'ai toute l'aide nécessaire. Restez avec les jeunesses de votre âge.

Patricia n'avait plus qu'à retourner se joindre aux invités. C'est alors que Roméo vint à sa rescousse, en engageant la conversation sur les sujets les plus anodins. La jeune fille lui prêtait une attention toute particulière, s'efforçant de faire durer cet entretien qui l'isolait de Félix. Mais voilà que parut Géralda avec, à sa suite, le beau danseur. Inutile de penser s'esquiver! Des assiettes attendaient là, devant eux, bien garnies. C'est à peine si Patricia prenait part à la conversation qui devenait de plus en plus personnelle entre Roméo et Géralda: oui, elle aimait le couvent où elle poursuivait ses études. Patricia était sa meilleure amie, était son invitée. Elle assistait ce soir à son premier bal de coton...

Félix n'arrivait pas à arracher son regard de Patricia.

— Vous aimez la campagne? demanda-t-il. Vraiment? C'est votre premier contact avec les grands espaces...

On dut bientôt s'éloigner pour laisser la place à d'autres convives. Le violoneux reprit son instrument. Une musique plus douce emplit l'air.

Patricia et Félix se retrouvèrent de nouveau en tête-à-tête et s'entretinrent de choses et d'autres, oubliant de danser.

Les premières lueurs du jour naissant mirent fin à cette belle soirée. Lorsque tous les invités furent partis, les deux jeunes filles montèrent à leur chambre, rompues de fatigue.

— Tu as aimé cette soirée, Patricia?
— Vous amusez-vous toujours autant?
— Ça, non, mais nous ne perdons jamais une occasion de rire et de nous distraire. La vie à la campagne

est exigeante, tu sais. Nous sommes bien près les uns des autres, nous formons une grande famille.

— C'est le paradis! À Montréal, c'est à peine si nous connaissons notre voisin. C'est la solitude dans le coude à coude.

— Ça doit te paraître étrange ici?

— Non, mais j'avoue qu'il y a de quoi surprendre. Tous semblent vénérer ton père.

— Pas étonnant, il est le maire de la paroisse...

Géralda, cette fois encore, s'était endormie sans crier gare. Patricia pouvait enfin revivre en pensées ces heures magnifiques qui continuaient de l'enchanter. Félix... Félix... Dans son cœur enflammé pointaient l'émerveillement, l'éveil à l'amour. Cette main chaude qui tenait si fermement sa taille, la soulevait de terre, la guidait. Et, rivé sur elle, ce regard torride...

Tourne, tourne, tourne...

Bientôt, elle sombra elle aussi dans une brume de rêves doux...

***

Les jeunes d'abord, puis les moins jeunes parurent à la table du déjeuner.

Papa et maman Morrissette étaient servis à leur tour par les aînés des enfants. Les commentaires allaient bon train.

— Tu seras de la fête, cet après-midi? demanda Raymonde en s'adressant à Patricia.

— Une autre fête?

— Bien oui, tu sais bien...

— Chut! ordonna Géralda. Il ne faut pas bavasser. C'est une autre surprise.

Patricia regarda l'enfant qui portait l'index à ses lèvres.

Aussitôt le repas terminé, comme on refusait son aide, Patricia grimpa à la chambre de son amie et mit un soin tout particulier à se faire belle. Qui sait? Peut-être croiserait-elle Félix une fois de plus. Cet espoir la transportait de bonheur. Devant le miroir, elle brossait ses cheveux tout en rêvassant. Soudain, elle suspendit son geste. La glace lui renvoyait son image. Sa joie intérieure se reflétait jusque dans son regard. Elle frissonna.

— Tu es amoureuse, suggérait son double.

Patricia frissonna encore. Les allusions de Géralda, la veille, lui revenaient en mémoire.

«Et Félix? pensa-t-elle. Me serais-je aussi stupidement trahie? Il doit me trouver ridicule, aujourd'hui!» Son grand bonheur tout neuf s'assombrissait déjà. Quelle attitude devrait-elle prendre?

**

Dans le village comme dans le rang, les commentaires allaient bon train. Aujourd'hui, dans quelques heures, aurait lieu le couronnement.

Tit Pit, le meneur du bal, le grand maestro, ne manquait jamais, année après année, d'y aller de ses prophéties et d'annoncer, au lendemain du bal, quels seraient les couples qui, dans le cours de l'année à venir, pousseraient jusqu'aux épousailles. Peu de doutes prévalaient quant au premier choix de Tit Pit, d'après ce qu'on avait pu observer la veille. Patricia et Félix remporteraient la palme.

**

Félix demanda:

— Tu as besoin de moi, papi?
— Non, fiston, c'est ton dimanche.
— Je monte là-haut.
— Besoin de réfléchir, hein?

Les mots avaient été prononcés d'une voix tendre, pleine de sous-entendus. C'était plus une affirmation qu'une question. Félix sourit. Son père avait compris. Ce qui le remua profondément. Aurait-il pu en être autrement? Ces deux êtres étaient liés si intimement que les mots devenaient superflus. Un regard suffisait. Tant et si bien qu'ils étaient devenus avares de parole. La vie les avait cimentés l'un à l'autre par la force des choses. Jamais encore ils n'avaient parlé de ce triste passé. Chacun avait sa version des choses sans chercher à approfondir la question. Était-ce par pudeur? Le temps avait peut-être réussi à cicatriser le malheur chez Félix qui n'était qu'un jeune enfant quand Isidore l'avait libéré de son martyre.

Aujourd'hui, c'était son dimanche. Roméo le regardait gravir les marches quatre à quatre, sans même poser la main sur la rampe. C'était une autre de ses manies. Chacune d'elles avait un sens et compensait pour ses discours. Félix était heureux. Roméo souriait à sa joie et la partageait.

«Cré nom d'une pipe! Ce garçon mérite le bonheur! Mais je suis mieux de me mettre au boulot. Rêvasser ne fera pas le travail.»

Roméo cala son chapeau de paille sur sa tête et se dirigea vers les bâtiments. Il laissait la cuisine dans un désordre qui faisait plaisir, car c'était là des traces de joie.

Lorsqu'il eut fini de soigner les bêtes, il revint à la maison. Il fallait se préparer pour le défilé. N'entendant rien, il crut que Félix s'était endormi. Il se dirigea vers sa chambre.

Félix était étendu, nu, les bras croisés derrière la tête et fixait le plafond. Roméo recula de quelques pas et, du passage, lui dit:

— Hé! jeune homme. Il nous faut être prêts pour le défilé. Douche-toi.

Mais Roméo n'avait pas manqué de voir la gaillarde érection de son membre viril, ce qui ne faisait que confirmer ses suppositions. «Il est en amour. Il rêve tout éveillé à sa belle. Elle a gagné son cœur. Ah! cette jeunesse!» Il sourit. «Pas de doutes possibles après ce que j'ai vu tantôt. Je peux rêver de voir et d'entendre bientôt des bébés venir égayer cette maison.»

Il mit de l'ordre dans la cuisine, se prépara pour la fête. Au même moment, les filles le faisaient aussi mais de manière plus fébrile. Elles piquaient des fleurs dans leurs cheveux, n'en finissaient plus de se mirer.

Les *waguines* du voisinage avaient été décorées pour l'occasion. Des rubans de papier multicolore ornaient les roues, les chevaux coiffés d'un chapeau de feutre découpé exprès pour dégager les oreilles. Comme ces bêtes n'endurent pas qu'on leur touche les oreilles, on évitait ainsi de les voir piaffer, devenir mauvaises.

On jouerait des castagnettes, agiterait des crécelles, tambourinerait à qui mieux mieux sur des couvercles de chaudière ou des chaudrons. On jouerait de la *musique à bouche*, de la *bombarde*, on ferait un vacarme sans limites, sans restrictions, une vraie cacophonie!

Le premier véhicule du cortège serait le boggie conduit par un clown. Sur la banquette trônerait le grand juge, le violoneux, coiffé d'un haut-de-forme, portant redingote. Il ferait entendre gigues et rigaudons. Tout un cortège de cœurs en fête!

Déjà les chevaux obéissaient aux guides, non sans oublier de s'ébrouer.

Félix dressa l'oreille. Bien qu'un peu étouffé par la distance, le tintamarre lui parvenait déjà. Il dégringola l'escalier.

— Oh! fiston, quelle élégance! Ça promet, ça promet!

Félix s'approcha de son oncle, posa les mains grandes ouvertes sur la table et demanda:

— Elle te plaît, papi?

Roméo devint sérieux.

— Elle est adorable, mais tu la connais à peine. Tout ça, au fond, n'est qu'un jeu. Cette fille, ça se voit à l'œil nu, appartient à un tout autre monde. Je ne voudrais pas te voir souffrir...

Félix se contenta de sourire. Roméo était un vieux garçon endurci qui ne comprenait probablement pas grand-chose aux histoires de cœur. Lui, Félix, n'avait aucune inquiétude. La belle fille, Patricia, l'aimait! Un jeu, oui bien sûr, mais ce jeu avait permis le plus grand des miracles: il était follement amoureux.

On racontait volontiers que plusieurs mariages avaient bourgeonné à l'occasion de ce fameux bal de coton.

— Que fais-tu?
— Je reviens.

De fait, il revenait, il portait un sac de toile en bandoulière.

— Sortons, ils approchent.

Roméo se taisait, formulait mentalement des vœux: «Maman, tu étais experte, toi, dans ce genre de choses... Alors tourne ton regard vers Saint-Firmin!»

Ils marchèrent jusqu'au chemin. Dans les rangs comme dans le village, sur les perrons et le long des clôtures, les curieux s'entassaient. De la tire faite à la maison et des papillotes étaient lancées par les gais lurons. Les jeunes se précipitaient pour les saisir, les gens âgés souriaient, contents de les voir lâcher leur fou.

Parti de chez les Morrissette, le convoi s'allongeait en cours de route. Les chevaux, bien étrillés, s'énervaient bien un peu à cause du brouhaha inhabituel. Ils hennissaient, il fallait bien tenir les cordeaux. Il ne fallait pas que les bêtes prennent le mors aux dents.

Quand une femme grimpait à bord d'un carrosse, Bidou y allait de son sifflet. Si c'était un homme, le son de la cloche à vaches retentissait. Que de couleurs, que de gaieté! C'est à qui aurait le plus beau char allégorique, le plus vivant, le plus bruyant.

Roméo et Félix avaient toujours regardé défiler le cortège fou. Jamais encore ils n'y avaient pris part. Cette année, c'était différent. Ils signalèrent leur désir de grimper à bord. Tit Pit salua de son haut-de-forme et entreprit la gigue douce: «Tout à coup je marie ma fille, tout à coup je ne la marie pas.» On se mit à applaudir, à reprendre en chœur: «Tout à coup...»

Patricia riait aux éclats. Jamais encore elle n'avait vu ni entendu tant d'enthousiasme et de visages radieux.

Géralda l'observait, était ravie de son enchantement.

Bang! Dès que la musique se tut, quelque chose d'inattendu, d'inhabituel se produisit. Bidou avait caché sa carabine sous son siège. Dès que le rigodon eut été chanté, il sortit l'arme, la pointa en l'air.

On aurait pu croire que le diable avait ouvert les portes de l'enfer et laissait échapper tous les démons.

D'abord surpris, les fêtards, après un instant de silence, recommencèrent leur vacarme assourdissant.

Patricia l'ignorait encore, mais la pièce qu'on venait de chanter indiquait officiellement que Tit Pit, le grand juge, le prophète, le devin, avait arrêté son choix.

Il sauta du boggie, s'approcha de Félix, lui prit solennellement la main, le conduisit auprès de sa belle, Patricia. Une clameur s'éleva. L'élue ne comprenait rien à ce rituel insolite. Elle croyait avoir gagné un concours quelconque. Le violoneux leva la main, le silence se fit. Tit Pit déclara:

— Mademoiselle, je vous présente le héros du jour: Félix Boisvert, votre amoureux. Dussiez-vous l'aimer toujours!

Félix s'inclina devant la jeune fille. Il ouvrit le sac qu'il portait. Il en sortit six magnifiques roses blanches qu'il offrit à sa belle. Les larmes coulaient sur les joues de Patricia et dans les yeux de plusieurs autres jeunes filles, déçues ou jalouses. C'était attendrissant!

Tit Pit reprit l'archet et, avec un sérieux papal, entonna «Le beau Danube bleu».

Patricia et Félix ouvrirent le bal.

Roméo fila à l'intérieur, revint avec des gobelets et trois cruches de vin de pissenlit. Il offrit le premier verre à Patricia. Elle se pencha et lui demanda à l'oreille:

— Ce n'est qu'un jeu, n'est-ce pas?

— Oui, bien souvent, mais je souhaite de tout cœur que, cette fois, les dieux soient avec nous et se fassent nos complices.

Il salua et s'éloigna, mais il avait eu le temps de voir ciller Patricia.

On dansa sur l'herbe qui avait été fauchée et qui

servirait de nourriture aux animaux. Ça n'avait rien de la douceur du gazon. La journée se terminerait dans la joie.

Plusieurs s'étaient dispersés. On jasait maintenant. Roméo reconnaissait chez les retardataires ceux qui avaient le plus prisé son vin: ils avaient le verbe haut.

De temps à autre, il jetait un furtif regard à Patricia. Ses joues empruntaient le rose de la pivoine. Elle avait un petit air gêné, impressionné, qui lui allait à ravir. Félix ne manquait pas une occasion de la prendre par la taille ou de passer son bras autour de ses épaules.

À un moment donné, elle s'approcha de Roméo.

— C'est gentil, ce que vous m'avez dit. Que dois-je comprendre?

— Que vous nous plaisez beaucoup!

Elle s'empourpra, s'éloigna.

***

Pendant ce temps, à Outremont, Marie-Ève pestait. Patricia n'avait pas encore téléphoné. Pourtant il devait avoir eu lieu, la veille, ce bal ridicule! On était dimanche. Que pouvait-il bien se passer? Qu'est-ce qu'il lui arrivait pour qu'elle oublie ainsi sa mère? Elle arpentait la pièce de long en large. Son impatience se métamorphosait peu à peu en colère.

Ne pouvant en supporter plus, elle composa le numéro des Morrissette.

Une fillette était venue chez sa grand-mère, qui était étendue sur son lit et dormait, pour lui remettre un plein sac de beignets. L'enfant déposa le sac sur la table et allait sortir quand l'appareil sonna. Elle grimpa sur une chaise et répondit:

— Allô?

— Bonjour, ta sœur est là?

— Non, elle est chez nous avec maman.

— Quoi? Et Géralda?

— Ah, ma tante. Ben, elle est au party avec Patricia, Félix, pis Roméo, pis je les attends. On va aller à cheval, pas moi, je suis trop petite. Mais Patricia et tante Géralda, oui, elles sont grandes, elles. On va prendre la jument noire.

— Ce n'est pas vrai?

— Oui, oui, papa a permis.

— Où est ta mère?

— Chez nous.

— La mère de ta Géralda de tante?

Énervée de tout ce qu'elle entendait, Marie-Ève s'embrouillait.

— Elle dort, on a dansé toute la nuit. Et on a suivi le défilé aujourd'hui. Patricia a gagné.

Enfin, quelque chose de doux à entendre.

— Elle a gagné quoi, Patricia?

— Le concours d'amoureux, et...

— Le concours d'amoureux?

— Ben... oui.

— Tu es folle, non? C'est quoi, le concours d'amoureux?

— Ben, vous savez, Tit Pit, il est le juge, fait la musique, trouve l'amour par magie, le donne à la fille... Patricia a gagné. Bidou a tiré un coup de fusil...

Le reste des paroles fut couvert par un horrible hurlement.

— Un coup de fusil? Pour tuer qui?

— Personne, voyons.

Et l'enfant de pouffer de rire.

— Un coup de fusil?
— Oui, pour rire, pendant que Tit Pit chantait.

Et l'enfant fredonna:

— Tout à coup je marie ma fille, tout à coup...

Horrifiée, Marie-Ève raccrocha. Elle crut qu'elle allait s'évanouir. Sa fille était tombée dans une maison de fous, une secte peut-être! Une fille de Saint-Lointain, une fille d'habitant, qui étudiait dans un grand couvent de Montréal... Ça puait à plein nez. Il fallait agir, et vite.

Elle regarda l'appareil. Devait-elle rappeler? Faire parler l'enfant pour en apprendre davantage sur la vie de débauche qui se passait là-bas? Non, elle en savait assez. Il lui appartenait d'agir, de se rendre dans ce lieu maudit, sans qu'on soit prévenu de son arrivée. Si sa fille se faisait surprendre grimpée sur le dos d'un cheval, si elle croisait le juge Tit Pit, c'est elle qui utiliserait le fusil de Bidou, elle se le promettait. Sa fille avait complètement perdu la tête, ça se voyait bien. Sa première sortie sans surveillance et elle ne savait pas se conduire, n'avait même pas la décence de rassurer sa mère!

Après toute cette éducation, après avoir grandi en demoiselle dans Outremont! Ah! ma chère! Que sa fille aurait vite fait d'oublier cet endroit de la province dont, dans son excitation, elle ne se rappelait plus le nom! Misère noire! Il fallait agir vite.

— Cunégonde! hurlait-elle. Cunégonde!

***

À Saint-Firmin, la noirceur venue, le groupe se dispersa.

— Entrez, Patricia et Géralda, j'ai de bons pâtés. On n'aura qu'à réchauffer. Ça met en appétit, une telle fête.
— Il faudrait d'abord nettoyer tout ceci.
— Non, non, à demain la tâche de ramasser les souvenirs à la pelle. La fête dure encore. Entrez, insistait Roméo. C'est à la cuisine que vous m'aiderez. Géralda, les héros de ce jour ne doivent pas se salir les mains.

Il monta les quelques marches, ouvrit la porte.

— Bienvenue chez vous, mademoiselle Patricia. Filez au salon, vous deux... Et vous, avec moi, ici à la cuisine, mademoiselle Morrissette.

Il lui fit un clin d'œil complice.

— Prévenez votre mère de votre retard, Géralda.

C'est ainsi qu'on apprit que maman Labrecque avait téléphoné, avait été gentille, que Lucie lui avait chanté une chanson. Elle prévint Patricia qui s'exclama:

— Juste ciel! J'ai oublié de téléphoner à maman. Vous permettez, monsieur Boisvert?
— Je vous en prie, Patricia.

Elle tourna le dos vivement, embarrassée, surtout que Félix se faisait entreprenant. Au moment de l'entrée de Géralda dans le salon, il lui parlait d'amour.
Mais à Outremont, on ne répondait pas. «Maman est sortie, sans doute.»

— Le goûter est prêt. Viens, Félix.

Roméo se lança dans un interrogatoire à n'en plus finir:

— La campagne, Patricia, ça vous plaît? Et la vie qu'on y mène, pas celle de cette fin de semaine-ci, ça s'entend, ce n'est pas la normalité des choses... Et, mon Félix, il a su gagner votre cœur?

— Monsieur Boisvert, souligna Géralda, vous êtes plus vindicatif que Tit Pit!

Félix intervint:

— J'aurais pourtant aimé que Patricia réponde elle-même à ces questions, parce que, voyez-vous, Géralda, j'ai l'intention de la demander en mariage... Tu n'as fait que provoquer et précipiter le moment, papi.

Il y eut un long et lourd silence. On n'osait plus se regarder ni badiner. L'heure était grave.

Géralda réagit la première.

— Je crois, monsieur Roméo, que vous et moi serions gentils si nous laissions les amoureux en tête-à-tête, même si je sais que c'est rompre avec la tradition et trahir le protocole du bal de coton. À condition, bien sûr, que vous ayez entière confiance en votre fils. Qu'en dites-vous? Si nous allions marcher?

— Hum, je vais y réfléchir, en montant chercher mon chapeau.

Patricia souriait, gênée. Elle posa la main sur le bras de Félix et hasarda:

— J'attends aussi le verdict de mon beau-père en puissance...

Géralda et Roméo avaient à peine terminé la descente des marches que Félix embrassait sa belle pour la deuxième fois.

Personne pour pleurer, pas d'attendrissement comme au premier baiser, mais cette fois, le cœur de Roméo battit un peu plus vite: il était fou de bonheur pour son Félix.

***

— Demain, dit Géralda à son amie, nous irons visiter ton amoureux à dos de cheval.

«Si c'est à ce prix que je peux le voir, j'aurai le courage d'affronter l'affreuse monture.» Géralda s'était endormie. Patricia laissait vagabonder son cœur, s'émerveillait de ce qui lui arrivait. Ce soir encore sa mère était absente de la maison. Demain elle ne devrait pas négliger d'appeler tôt, avant qu'elle ne sorte. La pensée des lèvres brûlantes de Félix sur les siennes lui fit fermer les yeux.

***

Marie-Ève, accompagnée de sa fidèle Cunégonde, était en route. On avait passé Drummondville. Elle décida qu'on s'arrêterait pour la nuit. Sa nervosité lui rendait la tâche difficile. Cunégonde pestait. Elle gardait son petit-fils l'après-midi, quand il revenait de la maternelle, car sa fille travaillait. Une bonne amie avait promis de s'en occuper. De plus, Cunégonde ne pouvait conduire le soir venu. Décidément, cette Patricia, elle en causait des tourments!

— Non, mademoiselle. Deux chambres, je ne couche pas avec ma bonne, moi! dit-elle à la réceptionniste.

Le prix monta. Ouf! cette misérable chambre, sans tapis douillet. Cet éclairage médiocre. Elle examina le lit, très propre, il fallait l'admettre. Et le siège de la toilette! Elle le souleva avec dédain à l'aide d'une serviette, le bras tendu, la tête tournée, et le couvrit de papier hygiénique, utilisant plus que la demie du rouleau. Et encore, elle n'osa s'y asseoir. Il lui semblait voir surgir des bestioles de partout.

La lumière brilla toute la nuit. Elle repassait dans sa tête les propos de l'enfant. Un coup de fusil, le cheval, et ce rigodon! La nature l'emporta enfin, mais les rêves ne furent pas plus joyeux.

Cunégonde dut réveiller sa patronne. Madame voulait manger au premier chic restaurant, en profiter pour se gaver, au cas où...

Le jour, c'était plus facile pour Cunégonde qui consultait la carte routière. Et dès qu'un village était passé, elle indiquait celui à venir. Dieu que c'était loin! Charny... Tiens! on avait oublié les saints. Lévis, Lauzon. Québec, la capitale, était sur l'autre rive. Puis les saints surgirent à nouveau: Saint-Michel-de-Bellechasse, Saint-Jean-Port-Joli. Des saints dans les rangs, des saints partout.

— Les diables sont sans doute tous réunis à Saint-Firmin... Saint-Firmin, c'est ça, c'est ça! hurla-t-elle. Je me souviens!

— Quoi? cria Cunégonde, oubliant le respect qu'exigeait sa patronne. Vous ne saviez pas où on allait? Bonne sainte Anne!

— Tiens, vous aussi, vous connaissez la litanie!

Et elle pouffa de rire.

Enfin, sur un petit panneau, on indiquait Saint-Firmin.

— Suivez la flèche, là, là.

Saint-Firmin, une église modeste, la croix du chemin, le presbytère, là, enfin, l'auberge.

On s'arrêta. Cunégonde entra s'informer:

— La famille Morrissette, oui, oui, une grosse famille. Montez à droite, passé le premier coin de rue. Filez. Vous allez traverser la traque des chars. Continuez droit deux rangs plus haut, tournez à droite. On vous informera. Morrissette est le maire. Tout le monde le connaît.

Cunégonde baissa la tête, répétant tout bas «au premier coin...»

Marie-Ève martelait le volant de ses doigts, impatiente. Cunégonde parut enfin, marmottant toujours la leçon apprise.

— Nous arrivons. Il a parlé de la traque des chars.
— La quoi?
— Un passage à niveau.

Enfin la maison, celle du maire. Un remontant pour le moral de Marie-Ève que sa Patricia soit l'invitée du maire. Jusqu'à maintenant, Cunégonde n'avait entendu que «diable, cheval et rigodons» à travers le verbiage de sa patronne.

Marie-Ève se lissa les cheveux, secoua sa robe, prit son sac à main, se mira, rafraîchit son maquillage et fut enfin prête à sonner à la porte du maire. Madame Morrissette parut, défaisant les nœuds de son tablier.

— Bonjour, madame.
— Madame la mairesse?
— Oui, entrez, madame.

Marie-Ève tendit la main, un sourire des plus diplomatiques aux lèvres.

— Marie-Ève Labrecque. Je suis la mère de Patricia.

— Soyez la bienvenue, chère madame. Venez vous asseoir. Vous aussi, madame...

— Cunégonde est ma bonne.

— Venez, Cunégonde, joignez-vous à nous.

— Patricia est ici?

— Non. Ce sont les plus jeunes qui s'amusent dans la cuisine. Votre fille fait une promenade. J'aurais aimé que vous soyez présente lors de leur départ...

— Leur départ?

— Oui, Patricia affirmait n'être jamais montée à cheval et...

Marie-Ève était debout, les yeux tournés vers le ciel.

— Vous avez dit à cheval? Ainsi l'enfant ne mentait pas... Tout le reste est vrai? Vous, vous avez permis ça! Je vais me plaindre au maire, je...

— Allez les rejoindre, madame. Suivez le chemin vers l'est, deux rangs plus bas, vous y rencontrerez probablement nos filles et monsieur mon mari. Il est de la fête.

— Venez, Cunégonde!

Marie-Ève oublia de saluer, de remercier. Elle sortit, en furie. À ce que crut comprendre madame Morrissette, sa fierté et ses bonnes manières avaient fichu le camp avant elle.

— Prenez le volant, Cunégonde. Je suis si énervée que je doute pouvoir conduire.

***

Cunégonde ralentit. Trois chevaux sellés se trouvaient dans une cour, retenus par les rênes à des piquets de clôture. Marie-Ève cherchait dans sa tête. Quels noms avait prononcés l'enfant? Seul monsieur Tit Pit lui revenait à la mémoire. Tant pis.

— Stationnez derrière cette automobile qui date du temps de Noé. Suivez-moi.

La porte était ouverte, les rires leur parvenaient à travers la contre-porte. Des rires éclatants dont celui de Patricia.

Marie-Ève, les yeux exorbités, frappa, entra sans y être invitée, et ce fut l'ouragan, la tornade, le tonnerre. Patricia s'éloigna de Félix qui la tenait par la taille.

Tout un bafouillage s'ensuivit. Marie-Ève pestait. On put discerner certains mots: cheval, Tit Pit, mère et maire, concours, coup de fusil, secte...

Cunégonde était ressortie, s'était appuyée au mur de la maison, et attendait la fin de la tempête. Patricia surmonta enfin sa surprise. Elle se leva, embarrassée.

— Messieurs, Géralda... Je vous présente ma mère.

Les hommes se levèrent. Monsieur Morrissette tendit la main.

— Vous, bas les pattes! Toi, Patricia Labrecque, puisque cette partie du pays t'a rendue cinglée, monte dans l'auto, nous partons.
— Non!
— Quoi? Ai-je bien entendu?
— Oui.
— Oui, quoi?
— C'est non, je ne pars pas.

Devant la tournure grotesque que prenait la situation, monsieur Morrissette fit un signe discret à sa fille et ils s'esquivèrent. Le maire, à califourchon sur son cheval, attrapa les rênes de la monture de Patricia, et on reprit la route vers la maison.

— Elle a du tempérament, la mère de ton amie. Quelle furie!
— Patricia est confondue.
— Mais sait tenir tête. Elle a de qui tenir. Compte sur Félix Boisvert pour contrôler la situation. Il a du cran lui aussi. Quand le plus fort de la tempête se sera calmé, on s'occupera de ton amie.

Mais la tourmente ne faisait que commencer.

— C'est ce qu'on va voir! poursuivait Marie-Ève. Je vais me plaindre au maire, non, je veux dire à Tit Pit, non, non, à la police! Vous me rendez folle, vous tous. Toi, suis-moi!
— Non.
— Votre fille ne peut vous suivre, madame. Je l'épouse, déclara Félix.

Vlan! La future belle-maman glissa de tout son long sur le sol. Roméo se pencha sur elle, fit un clin d'œil à Patricia.

— Maman!
— C'est l'émotion. Madame votre mère est parfaitement consciente. C'est l'émotion... Voyez, elle ouvre déjà les yeux. Permettez, madame, que je vous aide.

Cunégonde était accourue.

— Petit Jésus de Prague, madame, que vous m'avez fait peur!

— Vous, taisez-vous, ne vous mêlez pas de nos histoires de famille, je veux dire...

Elle était assise sur le sol, les mains bien à plat sur le plancher. Honteuse à vouloir pleurer.

— Vous êtes sans pitié. Des mufles!
— Maman, de grâce.
— Alors suis-moi.
— Non.
— Tu vas me suivre.
— Je suis majeure, maman, libre.
— Bon. Je vais retourner à Outremont et consulter mon avocat. Cunégonde, venez m'aider, nous partons. Toi, ma fille, tu choisis ce clan, tu es majeure, tu préfères ces... personnages grossiers à ta mère, on verra bien. Je te préviens, jamais je ne condescendrai à ça. Si tu gagnes la partie, car je n'ai pas encore dit mon dernier mot, je te jure que tu ne me reverras jamais plus. Je ne remettrai jamais plus les pieds dans cette maison. J-A-M-A-I-S. Cunégonde, qu'est-ce que vous attendez pour m'aider! hurla-t-elle.

Elle sortit en secouant sa jupe. Félix voulut la suivre. Patricia l'en empêcha. Marie-Ève releva la tête, redevint hautaine.

— Venez, Cunégonde.

Une fois éloignée, elle dit à sa domestique, sur un ton plus modéré:

— Faites-moi la faveur de conduire, le temps de me calmer un peu...

Autour de la table, on se taisait. On entendit le

bruit du moteur, le gravier jaillit de sous les pneus. La mise en marche fut trop brusque. Roméo n'eut que le temps de dire:

— Trouvez-vous que c'est pru...

Bang!

La luxueuse voiture avait plongé dans le fossé. Son joli derrière, si on peut dire, était retroussé. Une roue avant, arrachée sous le choc, traversa le chemin, bondit par-dessus la clôture et dévala en sautillant la pente abrupte qu'était le champ de trèfle. Le bruit sourd attira l'attention du voisin Florent qui en échappa son râteau en disant:

— Que diable?

Il mit le pied sur les dents de l'outil pour le retenir, et le manche lui frappa le front.

— Aouch! hurla-t-il.

Sous ses yeux horrifiés, le bolide filait toujours, roulant grande allure; la roue frappa un mouton en plein flanc, la bête bêla, s'allongea de tout son long sur le côté, gigota un peu, se tendit. La chatte, qui voyait arriver le mastodonte, s'arrêta, arrondit le dos, poil hérissé, fila sous la galerie. La roue lui écrasa la queue, la bête miaula, disparut enfin, effrayée. L'incontrôlable roue filait toujours, fracassa le soupirail du sous-sol, les vitres volèrent en miettes et, enfin, s'immobilisa, coincée dans le cadrage.

Florent, une main sur le front, les yeux écarquillés, l'air horrifié par tant de malheurs, lança son râteau, s'approcha de son mouton dont les pattes avaient raidi.

— On m'a tué mon mouton!

Il lança son vieux chapeau, gesticula, ragea. Il entreprit en sens inverse le trajet de l'objet de malheur, grimpa le coteau et, debout sur le bord de la route, se mit à hurler:

— Encore des maudits touristes qui ne savent pas qu'en bordure des chemins de campagne il y a des fossés! Une femme! J'aurais dû y penser. Le diable m'emporte! Aussi vrai que mon nom est Florent Trottier, elle va me les payer, mon mouton, mon front, mon châssis, la queue de ma chatte. Sainte Gertrude! Oui, qu'elle va payer, tout payer!

Félix transporta dans ses bras sa future belle-mère, chez qui Roméo venait de diagnostiquer une entorse légère. Marie-Ève hurla tout en tirant sur sa jupe. Cunégonde pleurait à chaudes larmes, appuyée contre l'auto dont l'arrière était enfoncé dans le trou, une roue qui tournait au ralenti tandis que l'autre extrémité de l'essieu était piquée dans le gravier.

Roméo riait aux larmes. Florent Trottier, un instant muet, reprit son refrain:

— Elle va me le payer, mon mouton, la queue de mon râteau, la chatte de mon front!...

Cunégonde se surprit à rire. Roméo prit aussi la direction de la maison pendant que Florent Trottier, au beau milieu de la route, reprenait son discours incohérent.

— Hé! Félix, ne dépose pas cette dame sur le sol. Elle a juré de ne plus jamais remettre les pieds dans cette maison. Étends-la au salon, sur le divan.

Félix lui jeta un regard en coin. Roméo ne riait pas, mais il devait en crever d'envie.

Cunégonde, assise près de la table, piteuse, pleurait doucement.

— C'en est trop. On ne m'y reprendra plus jamais!
— Prends mes clefs, Félix. Reconduis tes invités. Moi, je dois m'occuper de madame Labrecque.
— Ils ont filé en douce, fit remarquer Félix.

Roméo avait repris son sérieux. Marie-Ève devenait une anonyme patiente qui méritait respect et bons soins. «Pour combien de temps? Elle est maligne comme une gripette. Courage, mon Roméo.»

D'abord l'application de glaçons à cause de l'enflure. Il ne semblait pas y avoir de muscle déchiré; tout au plus un muscle tendu. On fixerait le tout avec un bandage de support. Entorse légère, pas de doute.

Roméo n'écoutait pas les récriminations de la dame. Il se parlait à lui-même, à voix haute:

— Un bon bouillon chaud, un bouillon de soupe.

«Aux propriétés particulières, pensa-t-il. Il faut la calmer, les mots ne suffiront pas.»

Elle refusa l'excipient. Seule Cunégonde réussit à la convaincre de boire. Le pied dans la glace, elle finit par s'endormir.

— Prenez le reste de ce bouillon, Cunégonde, ça donne des forces.
— J'en ai besoin, merci, monsieur.
— Vous devez être épuisée, après un tel voyage. Il y a une chambre de libre, en haut, à droite de l'escalier. Je veillerai sur votre patronne. Allez vous reposer.

Cunégonde se mit très vite à bâiller. Elle se dirigea vers l'escalier.

Roméo ramena la couverture sur Marie-Ève, s'assit dans la berceuse, prit la liberté de s'offrir un roupillon.

Le maire, rentré chez lui, riait sous cape. Depuis bien longtemps il ne s'était produit d'événements aussi excitants dans la paroisse. Il se colla contre la mairesse qui dormait, fit gémir le sommier.

Marie-Ève s'était assoupie. Félix soupçonna Roméo d'avoir ajouté un sédatif au bouillon de ces dames. La lumière brilla tard. Patricia, embarrassée, se taisait et observait sa mère qui dormait profondément. Félix se faisait discret. Un mot par-ci par-là venait réconforter Patricia qui avait confessé tout haut l'amour vif que contenait son cœur. Il ne pouvait que s'inquiéter que cette mère vindicative ait gain de cause et vienne briser la ferveur de cette fille qu'il aimait tant. Il ne se consolerait jamais s'il devait la perdre.

— Patricia.
— Oui, Félix.
— Voulez-vous aller dormir auprès de Cunégonde ou retourner chez votre amie? Je vous y conduirais. Votre mère est en sécurité et vous avez besoin de vous reposer. Vous reviendrez tôt, demain.

Patricia se leva. Félix la ramena chez les Morrissette. Il se contenta de tenir sa main.

— Maman s'est emportée. Il faut l'excuser, elle est très possessive et me voit toujours comme une fillette.
— Oubliez ça. Ce sont les sentiments de cette fillette qui me tiennent à cœur.

Patricia posa la tête sur l'épaule de son amoureux. Il prit ses lèvres, ils échangèrent un baiser et, sans un mot, elle descendit de l'automobile. Félix attendit qu'elle soit entrée et qu'une lumière brille dans une des fenêtres du deuxième étage où se trouvaient les chambres. Il rentra chez lui, plus confiant. Il entra sans bruit, jeta un coup d'œil au salon: on dormait toujours. Il monta à sa chambre et se prit à penser à ce que serait le lendemain. Comment s'attirer les bonnes grâces de cette Marie-Ève, femme-enfant qui ne savait ni discuter ni écouter, qui venait d'un monde si différent, comme l'avait fait remarquer Roméo? Il mettait tout son espoir en Patricia qui l'aimait profondément, il en était convaincu. Il s'endormit, la lumière de sa chambre brillait toujours.

***

Patricia revint tôt le lendemain. Héléna, la bonne, était déjà en train de préparer le déjeuner. Elle l'accueillit, l'index sur les lèvres:

— Chut! Il y a ici des visiteurs.
— Je sais. Que dois-je faire? Partir ou quoi?
— Non, aidez-moi. Préparons le déjeuner. Tout le monde dort.

Un «bal de flanellette» cette fois – il n'y avait pas d'expression plus appropriée – commencerait avec le réveil de Marie-Ève.

Elle voulut partir sur-le-champ.

— À pied? demanda Roméo. C'est loin, Outremont.
— En train ou autrement, mais je pars. Dites donc, vous, que savez-vous d'Outremont?

Il plongea son regard dans le sien.

— Vous devez rester, du moins le temps que l'on remette votre bagnole sur ses roues et que vous soyez debout sur vos deux pieds.

Les jérémiades reprenaient. Patricia, stoïque, ne disait rien. Marie-Ève lançait ses flèches et Roméo parait les coups.

Le déjeuner fut servi au salon, pour assurer l'immobilité de la femme. «C'est ironique, pensait Roméo. Même à Outremont, cette dame ne doit pas prendre son petit-déjeuner au salon.» Son sens de l'humour l'aidait à supporter les attaques.

Un silence désapprobateur et prolongé avait invité Marie-Ève à se taire, car elle déblatérait dans le vide. Cunégonde et Héléna remplissaient les tasses et beurraient les rôties.

— Sucre? demanda Roméo en s'adressant à Félix.
— Merci, papi.
— Papi... répéta Marie-Ève. Mot bizarre. Pourquoi pas simplement papa?
— C'est un mot d'amour.
— Et moi, si vous deviez marier ma fille, puisqu'elle l'affirme, comment choisiriez-vous de m'appeler?
— Madame Labrecque, toujours.
— Parce que je suis de la ville, je suppose!
— Non, par respect, pour ma femme et pour vous. Parce que vous serez toujours la mère de mon épouse; le discernement, ça existe.

Marie-Ève leva la tête, pinça le bec. Roméo faillit crier «bravo». Félix reprit:

— Marie-Ève, joli prénom. Si Patricia ne s'appelait pas Patricia, c'est Marie-Ève que je choisirais. C'est féminin, doux, autant que votre fille.

Patricia posa sa main sur celle de Félix et dit:

— Merci, chéri.

La mégère ne répliqua pas. La première manche avait été gagnée!

***

La dépanneuse était venue chercher la voiture de Marie-Ève, qui acceptait maintenant son bouillon chaque soir, rechignant bien un peu, mais moins rudement. Cunégonde s'amusait presque de ce changement d'attitude. Madame s'adoucissait lentement. Elle en vint même à vanter la qualité de l'air pur de la campagne.

Chaque soir, Félix allait reconduire Patricia chez les Morrissette. Il passait un dernier bout de soirée avec sa belle; deux maisons: une famille.

Après le caractère, ce fut au tour du pied de se ramollir, mais, hélas! le garagiste ne trouvait pas les pièces pour le «carrosse».

Marie-Ève grognonnait bien un peu, mais si mollement que c'était aussi bien dire pas du tout. Félix s'efforçait de meubler la conversation.

— Voyez-vous, madame Labrecque, ici, ce sont les saisons qui règlent notre vie: oublie de semer au printemps, tu ne récolteras rien à l'automne. En hiver, on répare les bâtiments; l'été, les clôtures pour garder les animaux à l'intérieur des pâturages. Tout ça à notre rythme, sans précipitation, mais avec vigilance. La terre nous nourrit, le bon Dieu arrose et fournit le soleil. Que pouvons-nous demander de plus, dites-moi, madame Labrecque?

C'est Patricia qui répondit.

— C'est un univers dans l'univers!

— Voilà qui est bien dit, Patricia, acquiesça Roméo. Parler ainsi de la terre et du fermier, c'est savoir aimer, apprécier à sa juste valeur. Moi, ça m'a pris vingt-cinq ans pour le comprendre... Votre fille, madame, sera heureuse ici.

— Papi! s'exclama Félix.

— Ah! non! Vous aussi, vous les encouragez!

— Et comment! Mademoiselle votre fille est un rayon de soleil. J'aimerais bien l'avoir toujours dans mon sillon.

— Au fond, ma fille, tu as de la chance...

Patricia se leva précipitamment, renversa sa chaise, se pendit au cou de sa mère, la serra au point de l'étrangler.

— Maman, maman.

— Doux, tout doux, ma fille. J'allais tout simplement dire que tu as de la chance d'avoir croisé du si bon monde sur ta route, rien de plus...

Ce qu'il en fallait de la patience et du doigté pour distraire cette dame, pour éviter d'échapper un mot de trop qui mènerait à la controverse, déclencherait une autre tornade!

Marie-Ève, cependant, gagnait du temps. Elle faisait contre mauvaise fortune bon cœur. Elle finirait bien par amadouer sa fille et la ramener au bon sens.

***

Le garagiste annonça qu'on avait enfin reçu les pièces de l'automobile et que les réparations allaient bon train.

— Voilà, madame Labrecque, une bonne nouvelle, une nouvelle qui doit vous réjouir.

— Ce n'est pas trop tôt! Et vous, Cunégonde, vous êtes reposée? Nous allons partir incessamment.

— Attention à ce pied gauche. Bien remis mais qui a besoin de délicatesse, je vous ai expliqué, dit Roméo.

Elle ne répondit pas. À quoi pouvait-elle penser? Aux mots à choisir pour exprimer sa reconnaissance? L'homme en doutait. Elle leva les yeux vers l'horloge.

— Et cette vieillerie qui ne bouge pas!

— Ça, c'est une longue histoire, je...

— Écoutez, vous devrez me laisser seule avec Patricia. J'ai à lui parler, en tête-à-tête.

— Demain, ça vous convient? Nous irons nous balader, nous trois, histoire de montrer les environs à Cunégonde.

Patricia venait de gagner une soirée de grâce. Félix s'inquiétait. L'atmosphère était à la tempête. Patricia prenait ses résolutions. La jeune fille savait pertinemment que sa chère maman ne s'était apparemment assouplie que pour gagner du temps. L'accalmie était plus intéressée que sincère.

Ce soir-là, au moment de quitter son don Juan venu la reconduire, elle posa une main sur son bras et, sous un ciel parsemé d'étoiles, déclara:

— Félix, je sais maintenant. Je t'aime, je n'aimerai jamais que toi, Félix. Nous nous marierons samedi en huit, pour utiliser une expression d'ici. J'ai déjà ma toilette de mariée. Je ne retournerai pas chez moi avec maman demain. Tu peux dormir en paix. Non, ne m'embrasse pas, je vais offrir ce sacrifice au petit Jésus. Qu'Il me donne le courage nécessaire! À demain, va, Félix. Bonsoir.

Elle le regarda s'éloigner et entra. Géralda l'attendait. Patricia lui confia son secret. Son amie s'émut.

— Es-tu pleinement heureuse, Patricia? Ne crois-tu pas que ta décision d'épouser Félix soit trop hâtive? Vous vous connaissez à peine; ta mère a un peu raison de s'inquiéter.

— Maman est tout simplement profondément désappointée. Ses intentions à mon endroit étaient tout autres. Son agressivité n'a fait qu'aggraver les choses. Que j'aime Félix ou un autre, elle trouvera toujours à redire. Je n'écouterai que mon cœur.

— J'admire ton courage et ta détermination... Il m'en faudrait autant...

— Que racontes-tu? Tu sembles triste.

— Mon rêve, le mien, était de devenir sœur missionnaire. Mon père ne veut pas en entendre parler. J'attendrai. Qu'est-ce que je raconte? Je ne veux pas assombrir ton bonheur.

Les deux amies échangèrent leurs confidences. Elles s'endormirent plus unies que jamais.

***

Roméo et Félix étaient partis. Ils laisseraient la mère et la fille en tête-à-tête.

Félix se taisait. Il s'inquiétait. Et si Patricia retournait chez elle avec sa mère, c'en serait fait de son bonheur! Roméo respectait son mutisme, mais il avait la profonde conviction que la jeune femme tiendrait son bout.

Pendant ce temps, à la maison, Marie-Ève, assise près de la table, dévisageait sa fille.

— Tu rentres avec moi?

— Non, maman.

— Pourquoi, mon bébé?

— Parce que j'ai trouvé l'amour, grand, pur, véritable, celui que je souhaitais.

— Patricia...

— Oui, maman.

— Pourquoi?

— Je t'ai déjà répondu. J'épouserai Félix bientôt. Tu sais, cette jolie robe que tu m'as offerte, je la porterai ce jour-là. Les noces auront lieu ici. Je solliciterai l'honneur d'être conduite à l'autel par monsieur Morrissette, si tu refuses l'invitation.

— Tu... tu me mets à l'épreuve, dis?

— Non, maman.

— Tu ne m'aimes pas, c'est ça?

— Te souviens-tu, maman, de la raison pour laquelle tu m'as mise en pension?

— Comment veux-tu que je me rappelle?

— Sois sincère, maman. J'aimais tante Hélène.

— Je t'arrête. Elle n'est pas ta tante.

— Je sais, je sais. Je l'aimais beaucoup. Trop à ton goût. Je l'ai appelée tante, tu n'as pas pu le digérer, alors tu m'as éloignée d'elle. Ce n'est pas un reproche, non, ne te fâche pas, ne pleure pas.

Marie-Ève essuya une larme et expliqua:

— J'ai grandi sous la garde et les soins d'une bonne chargée de mon éducation, alors que maman était partagée entre les obligations politiques de mon père et celles de sa vie mondaine. Je n'ai jamais reçu l'amour tendre, vif et fort que seule une maman sait donner, mais toi, Patricia, dès ta naissance, sans relâche j'ai cherché à te combler. Pourtant, c'est Hélène qui recevait tes témoignages d'amour spontanés. C'est vers elle

qu'allait ton cœur et ses élans; et vers ton père, décédé...

— Tu ne l'as pas digéré. Tu m'as placée au couvent,
parce que j'avais créé des remous dans ton âme.

— Oui, puis il y a eu cette Géralda, ce maudit bal de
coton. Cette fois encore Hélène m'a encouragée à te
laisser venir et voilà où nous en sommes.

Patricia était tentée de demander à sa mère: «Cette
fois, que ferais-tu de moi, maman? Je suis trop grande
pour le pensionnat. Me ferais-tu interner?» Mais Marie-
Ève était dans un état si misérable qu'elle ne se permit
pas cette méchanceté. Ce fut le déluge. Patricia, impas-
sible, avait mal, là, en dedans. Elle ne devait pas fléchir, à aucun prix. Après les larmes, ce fut la colère.

Saint-Firmin devint Saint-Éloigné, Saint-Reculé; son
maire était un vaurien, Roméo un faux curé prétentieux
aux manières empruntées et aux sermons roucoulants.
Sa maison? Une horreur, un musée de vieilleries entouré de crottin, de bâtiments délabrés, de voisins fous
furieux, de Tit Pit magiciens, d'amis qui tiraient du fusil,
de danseurs à claquettes... Bref un coin de l'enfer. Et,
pire que tout, sa fille, idiote, aimait ce monde sordide...

«Où diable maman a donc appris tout ça? se demandait Patricia, qui remarquait qu'adroitement elle
ne mentionnait pas le nom de son amoureux. Elle est
habile. M'aurait-elle toujours aussi bien manipulée? C'est
incroyable!»

Sa mère faisait maintenant miroiter les vertus
d'Outremont, la ville qu'il faut habiter si on veut aller
de l'avant, réussir, être reconnu.

— À Outremont, ma chère, tu as tout ça et plus. Il
ne serait pas question d'oser penser que Félix puisse y
vivre avec nous. Les convenances...

Patricia se leva, regarda sa mère qui baissa les yeux. Marie-Ève venait de commettre une terrible maladresse. Elle qui s'était pourtant juré de ne pas mentionner le nom de Félix dans ses discours. Non, elle ne se le pardonnerait pas.

Marie-Ève s'était subitement sentie menacée: sa fille se cramponnait à ses décisions. Et si, en plus, elle allait perdre son amour et son respect? En s'éloignant maintenant, elle espérait que sa fille réfléchirait, qu'elle réaliserait que cet amour était impossible. C'était l'illusion d'un moment. Elle reviendrait à la réalité. Ce Félix n'était pas sans défauts. Elle les découvrirait. À temps, souhaitait-elle, avant qu'il ne soit trop tard.

Sur cette pensée optimiste, elle allait abdiquer, mais, d'une voix suave, elle se hasarda une fois de plus:

— Tu ne crains pas, ma fille, de finir par te lasser de cette vie qui menace de devenir monotone, seule dans ce coin perdu?

— Seule? Et mon futur mari, tu n'en tiens pas compte? Papi, les Morrissette, mes grandes amies?

— Félix a ses amours: son bétail, ses récoltes. Mais toi? Cette maison est si peu fréquentée!

— Je l'aime ainsi. Je suis plus près de Félix, j'aime cette demeure pleine de paix, de compréhension.

— À peine plus qu'une mansarde...

— Je préfère être reine dans ma mansarde, qu'esclave dans un château!

— C'est à n'y rien comprendre!

— Quand tu auras accepté les faits, que tu verras mes petits agrippés à moi, joufflus et rieurs, bons et heureux, tu m'envieras. Le bonheur, je l'ai compris ici, il est dans les petites choses. Je l'ai trouvé sur le bord de cette route poussiéreuse où la générosité et la bonté se croisent.

— Tu parles comme une nonne! Tu oublies le monde.

— Mon univers est ici, maman.

— Tu rêves tout haut!

— Alors, que je ne me réveille jamais!

— Ton mari peut ajouter une mule à son cheptel!

— Ça, maman, c'est pas gentil!

— Tu me fais perdre toute notion de décence avec tes sornettes!

— Surtout qu'une mule est presque toujours stérile!

— Excuse-moi, tu me fais perdre la tête!

— À quelle heure partirez-vous?

— On... on est à... à vérifier l'auto. C'est monsieur Roméo et ton Félix...

— Ton pied, ça va?

— Oui, il est assez docile, lui.

— Maman! Allons, marchons ensemble, lentement, sur la galerie. Vous serez longtemps assise. L'exercice vous fera du bien.

— Tu me vouvoies, maintenant?

— Je suis triste à l'idée de vous voir partir.

— Alors, suis-moi, je t'en supplie.

— Non, maman, j'ai trouvé le bonheur, je ne lui tournerai pas le dos.

Elles marchaient, bras dessus, bras dessous, en silence. Le temps était doux, au beau fixe.

Les automobiles arrivaient, entraient dans la cour.

— Patricia, voilà, c'est ce qui me reste d'argent. Je t'en ferai parvenir dès mon arrivée là-bas. Si tu changes d'idée, si tu ressens le besoin de me parler, tu sais où je suis.

— Merci, maman, tu as pensé à tout. Merci, maman. Soyez prudente, avec ce pied.

— Cunégonde conduira. Nous coucherons en chemin.

Marie-Ève descendit les marches, la tête haute, les

yeux secs. Elle pleurerait quand on aurait tourné le coin. Elle tendit la main à Roméo, serra celle de Félix, mais n'eut pas le courage de regarder sa fille.

— Allons, Cunégonde. Nous partons.

Après le départ de sa mère, Patricia, attristée, dit:

— Je te reverrai demain, Félix. J'ai besoin d'être seule. Je marcherai jusque là-bas.

Et, se tournant vers Roméo:

— Merci pour tout. Vous avez été extraordinaire. Maman n'est pas facile. Vous l'avez si bien soignée... On pourrait croire que vous êtes médecin.
— Félix ne vous a pas tout raconté!
— J'espère bien que non! Nous sommes trop occupés à découvrir notre amour.

Elle s'éloigna de son pas empressé. Elle irait cacher son bouleversement intérieur.

***

Hélène Marchand était l'amie intime de Marie-Ève. Il n'y avait pas de secrets entre ces deux femmes. Veuves toutes les deux, du même milieu social, elles avaient étudié ensemble. Les liens étaient donc très forts.

Hélène, qui ne pouvait prévoir les conséquences que pourrait avoir cette décision, avait donc, comme on l'a vu, conseillé à Marie-Ève de permettre à sa fille ce voyage chez son amie Géralda.

Hélène s'inquiétait. Marie-Ève ne répondait pas à ses appels. Ça lui semblait anormal que Cunégonde ne soit pas chez son amie, surtout le matin.

Dans son agitation, Marie-Ève avait tout simplement oublié de la prévenir de son départ précipité. Plus de huit jours plus tard, c'est une Marie-Ève en larmes et en détresse qui vint se jeter dans ses bras. Le drame! Marie-Ève avait le don d'amplifier les choses. Hélène en était venue à la conclusion que cette chère Patricia était amoureuse folle d'un renégat de la pire espèce. Après quelques jours de mélodrame et de questions, Hélène commença à soupçonner des failles dans le récit de son amie. On l'avait si bien soignée, on lui avait servi ses repas au salon, on avait fait réparer sa voiture... Bref, on l'avait traitée aux petits oignons. Le monstre reprenait peu à peu le visage d'un être humain qui n'avait pour tout vice que d'être follement amoureux de la fille de son amie. Le malheur était tout autre: il était le fils d'un habitant qui semblait gentil, qui était ami du maire, père de Géralda, mais n'avait pas de particule devant son nom, donc aucune lettre de créance à offrir à Marie-Ève. Des zones grises s'établissaient de plus en plus.

Hélène commençait à se lasser de ce coq-à-l'âne mille fois repris. Alors elle suggéra à son amie de ne pas intervenir, de laisser sa fille découvrir par elle-même l'erreur qu'elle s'apprêtait à commettre, car ce Félix finirait bien par se montrer sous son vrai jour. Il perdrait vite son beau plumage et Patricia recouvrerait la raison.

— Tu crois?

— Souviens-toi, nous deux, jeunes, combien de fois n'avons-nous pas pleuré dans les bras l'une de l'autre à cause, justement, de nos folles amours.

— Tu crois?

— Patricia est sage, sérieuse, c'est un amour passager.

Et ces dames d'évoquer ces vieux souvenirs, d'en

rire, ce qui apporta un peu de détente à cette chère Marie-Ève.

— Tu m'as fait peur, tu sais. Je craignais que tu ne sombres dans la neurasthénie.

— Tout de même, pas à ce point-là. Après tout, ce Félix de malheur...

Hélène apprenait à connaître le beau côté du fripon.

Là-bas, loin de perdre son beau plumage, Félix avait de plus en plus l'allure fière d'un paon.

***

Roméo alla chercher le râteau. L'avant de la maison devait être nettoyé. Quelques souvenirs du bal de coton traînaient çà et là. Il ne pouvait s'empêcher de sourire. «La fille aux pâquerettes» restait. C'était inouï. Le bonheur de Félix était assuré.

Il avait aussi visité son voisin, payé les dommages causés par la roue de la voiture. L'incident avait fini par faire rire tout le monde, favoriser des liens d'amitié entre les deux familles.

Le calme était revenu, enfin.

Pendant que Roméo était absorbé dans ses pensées, un homme passa. Il avait l'air hésitant. «Tiens, encore un visiteur», se dit Roméo. L'homme vint vers lui. Roméo le reconnut.

Il se rappela le soir du bal. Assis avec monsieur Morrissette, il avait parlé de choses et d'autres, mais n'avait pu s'empêcher de remarquer qu'un homme le regardait avec insistance. Il lui semblait avoir vu ce visage quelque part, mais où? À l'auberge, peut-être.

Deux semaines avaient passé. Roméo l'avait oublié. Puis, voilà qu'il apparaissait de nouveau:

— Bonjour, monsieur, dit l'homme. Monsieur Boisvert, n'est-ce pas?

— Monsieur? dit Roméo en tendant la main.

— Germain Ross. Je suis venu plus tôt, mais vous aviez des visiteurs. Peut-être que je me trompe, mais je crois vous connaître. Je n'oublie jamais un visage. Êtes-vous de la Mauricie? Étiez-vous de la Mauricie, autrefois, je veux dire?

Roméo plissa le front mais ne répondit pas. L'autre enchaîna:

— On m'a dit que vous avez sauvé un blessé. Que dernièrement vous avez aidé à sauver la jument de Théodore...

— Et alors?

— Ben, si vous êtes le docteur Boisvert de Sainte-Marthe, que vous ayez changé de vie pour devenir habitant, ça ne me regarde pas, c'est pas moi qui va ébruiter l'affaire. Mais, si c'est vous, le docteur de Sainte-Marthe...

— Et si c'était moi?

— Alors, là! C'est sérieux. Vous souvenez-vous que je me suis un jour présenté à votre bureau, dans la maison de votre mère, pour vous supplier d'accepter d'accoucher ma femme en mon absence. Je partais pour le bois... Vous m'avez parlé d'un autre docteur, j'avais protesté...

L'homme passa sa main sur son front, baissa les yeux et poursuivit:

— Je ne pouvais pas aller vers lui parce que je lui devais déjà quatre visites et que je n'avais pas d'argent pour le payer. Ce que je me sentais couillon! J'avais promis de vous payer à mon retour, mais vous étiez déjà parti. Ma femme m'a raconté. Elle devait vous téléphoner au besoin. Le bon Dieu a permis, je dis bien le bon Dieu, qu'avant même son appel, vous soyez arrêté à la maison en passant dans le rang et que vous soyez arrivé juste à temps. Elle était dans ses douleurs, sur le point d'accoucher. Vous l'avez sauvée, elle et la petite, peut-être. Vous vous souvenez. J'habitais à Champlain, la dernière terre... C'est vous, je le vois à votre expression. Aujourd'hui, j'ai l'argent pour vous payer.

L'homme mit la main dans sa poche et en sortit des billets.

— De grâce, monsieur Ross, oubliez ça.
— Ça, jamais. C'est pas tant l'argent que je vous dois. C'est l'occasion de vous remercier, de vous dire notre reconnaissance. On a prié pour vous tous les jours. Quand je vous ai aperçu au bal de coton, j'étais tout remué, je ne pouvais le croire. La misère, docteur, la maudite misère, c'était terrible. Et j'avais quatre enfants. Une blessure grave m'avait empêché de travailler pendant plus d'un an. C'était la misère noire. Je m'en suis sorti. Si jamais vous avez besoin de moi, pour le travail du bois ou de n'importe quoi, un coup de téléphone et je serai là, à n'importe quelle heure.

Il tendit la main.

— Pour ce qui est de votre secret, il va mourir avec moi. Merci encore.

Germain Ross déposa les dollars sur la clôture et s'éloigna d'un pas rapide.

Roméo restait là, abasourdi. Bien sûr qu'il se souvenait. Il avait répété ses visites et, à chaque fois, apporté des victuailles, des ragoûts que sa mère préparait pour cette famille. C'était loin, si loin, tout ça!

Et voilà qu'après tout ce temps, cette reconnaissance qu'on venait lui témoigner versait un baume sur ses vieilles plaies. «On a prié pour vous tous les jours...» Pensif, Roméo prit l'argent, le glissa dans sa poche. Il irait le déposer dans un tronc, à l'église.

Ce soir-là, il se retira tôt dans sa chambre. Il avait besoin de solitude, de recueillement. Un rêve doux émergea de ses souvenirs: il gardait les jeunes enfants, chez Luc, s'était endormi. Francine et Alexandre avaient fouillé partout pour trouver la cachette des bonbons réservés pour la fête de Noël. Un sac, suspendu par les poignées à un crochet derrière la porte de la chambre des parents, avait attiré leur attention. Les petits chenapans avaient grimpé sur une chaise, pris et vidé le sac sur le sol. Quand le père et la mère étaient revenus, ils avaient trouvé un gardien qui ronflait et les deux petits qui se gavaient; mains collées, becs sucrés.

Au réveil, Roméo repensa à ce rêve. Était-ce dû à l'intervention de monsieur Ross, ce retour dans le passé? «Tout de même étonnante, la mémoire. On lui fait souvent des reproches non mérités. Elle enregistre tout, reléguant certaines choses à l'arrière-plan, afin de pouvoir assimiler dans l'immédiat. Elle fait son ménage, case les souvenirs. On dit qu'elle est une faculté qui oublie, pourtant, quand on prend de l'âge, elle nous ramène certains faits, goutte à goutte, sous forme de rêves, doux ou cruels selon notre état d'âme, fournissant ainsi l'équilibre qui donne à l'humain la force d'aller de l'avant.

Chapitre 19

Félix avait été invité à souper chez les Morrissette.
Les enfants étaient épatés, car les gagnants du concours étaient à leur table; on y allait de mille commentaires, on faisait revivre la fête. L'hôtesse rayonnait.
Seule Géralda laissait percevoir une certaine mélancolie. Monsieur Morrissette tentait bien de la divertir,
mais sans grand succès. Patricia comprenait, à cause,
évidemment, des confidences reçues. Exclamations et
rires créaient diversion.

Félix rentra tôt. Sur le chemin du retour qu'il fit
seul, cette fois, il continuait de se réjouir. Celle qui
avait conquis son cœur avait su également se mériter
l'amour de ces jeunes enfants qu'elle semblait chérir.
La joie de Félix était grande.

Il arriva chez lui. Le couvert de son père était encore sur la table. Il devait être aux bâtiments. Félix
rinça la vaisselle et monta à sa chambre.

Marie-Ève l'ignorait toujours, mais son indignation
avait allumé dans l'âme de Félix le besoin de s'attarder
sérieusement à toutes les objections qu'elle avait appor-
tées à leur union. Lui qui ne connaissait que Saint-
Firmin et les environs se demandait ce qu'était le reste
du monde, à quoi ressemblait Outremont, plus précisément. Par contre, Patricia semblait heureuse. Elle s'était
bien adaptée à cette vie d'ici. Sa conduite, ce soir, en
témoignait.

Serait-elle heureuse comme il l'avait lui-même été
depuis le jour où il avait franchi le seuil de cette maison avec son père?

***

Félix n'était plus un garçonnet craintif et timide qui s'accrochait à son père et n'osait lever les yeux. Il était un homme fait, fringant, sûr de lui, grâce à l'amour de Roméo. Le sien, son amour pour Patricia, aurait-il la même emprise sur son cœur?

Il l'avait conquise; formeraient-ils un couple uni? Jamais plus «les extraterrestres» ne l'atteindraient. Ce qui le fit sourire. L'avenir leur appartenait.

Roméo, de son côté, admirait aussi Patricia: «Si, à l'instar de cette jeune fille, j'avais su faire la part de choses et lutté pour me protéger, je n'aurais pas eu à surmonter tant d'épreuves. Je me serais épargné bien des souffrances. Par contre, le bonheur que je goûte maintenant, l'aurais-je trouvé sur ma route? La vie fait décidément bien les choses.» Il se souvenait de la requête à mots couverts que lui avait faite Yolande. Elle s'inquiétait pour l'enfant qu'Anita portait en son sein. Le mot n'avait pas été prononcé, mais il était évident que sa belle-sœur suggérait l'avortement. «Félix ne serait pas, n'existerait pas! Déjà il est un homme, qui pense au mariage.»

C'est vers ce prochain mariage que ses pensées se tournaient maintenant. Il souhaitait de tout cœur que rien ne vienne entraver ce beau roman d'amour. Il fallait prendre des décisions concernant la famille. Qui inviter? Anita, c'est certain. Après tout, elle était sa mère. Il ne fallait surtout pas ressasser le passé, ouvrir de vieilles plaies: l'heure du pardon avait sonné.

Il souriait. À en juger par ce qu'il avait vu et entendu, cette union se ferait vite. Patricia ne donnerait pas à sa mère le loisir de gangrener leurs décisions. Félix y avait mis le temps, mais à la minute où il avait jeté les yeux sur sa belle et qu'elle avait répondu à l'appel de son cœur, personne au monde, même la dame d'Outremont avec tous ses trucs machiavéliques, n'aurait pu freiner son élan. «Cocasse, la dame...» Il riait tout haut.

— On peut savoir?

Roméo sursauta. Félix était à ses côtés.

— Où a-t-elle dit que nous habitons, cette chère dame?

— Euh... Saint-Reculé, non, Saint-Éloigné, non... Saint-en-Arrière. Oui, c'est ça.

— Saint-en-Arrière, mon cher. Mais toi, que fais-tu, debout à cette heure?

— Je voulais dresser une liste des gens à inviter. Je n'avais pas de papier là-haut, je suis descendu...

— Étrange!

— Pourquoi?

— Je pensais à la même chose. Vous avez fixé une date?

— Douze jours.

— Pas étonnant que tu ne puisses pas dormir.

— Je pensais à maman.

— Patricia sait-elle que je ne suis pas ton père?

— Non, puisque tu l'es devenu. L'idée ne m'est même pas venue d'en parler... On a eu si peu de temps pour se conter fleurette.

— Écoute, fiston. Le mariage est une chose sérieuse. Vous vous êtes rencontrés et aimés dans des circonstances un peu spéciales, c'est vrai, mais l'heure a sonné. Le moment est venu d'être sérieux et de mettre un peu d'ordre dans tout ça. Un certain recul serait nécessaire. Ta promise doit savoir.

— Je voulais t'en parler d'abord. Il y a tant de mystères dans toute cette histoire.

— Cette jeune fille a droit à la vérité. Il lui appartiendra de choisir. Il ne faut pas faire miroiter que le beau côté des choses. Engager sa vie, c'est grave. Il ne faut pas que conter fleurette. Avant de prendre toute décision majeure, ayez ensemble une conversation qui mettrait les pendules à l'heure juste. Il faut dissocier la romance de la réalité. Je n'ai pas de doute, vous connaîtrez ensemble une vie de bonheur, mais, de grâce, fondez-la sur une base solide. Dans le moment, fiston, tu as le sang en ébullition, tu as rencontré le grand amour. Chez un jeune homme de ta trempe, la passion est forte. Elle provoque des pulsions profondes. Regarde plus loin au dedans de ton âme.

Après un long silence, Roméo ajouta:

— Pourquoi ne pas partir faire une longue randonnée ensemble, discuter de la situation telle qu'elle se présente? Cette fille connaît présentement, elle aussi, le tumulte intérieur. Elle est prête à tout pour vivre le grand amour. Aide-la à faire la lumière dans ses pensées, afin qu'elle n'ait jamais à regretter son choix.

— Papi...

— Je t'ai blessé?

— Non, tu m'as remis les pieds sur terre. Tu as raison, je l'aime tellement que j'en perds la tête. Je vais suivre tes conseils. Patricia est jeune, idéalise tout. J'ai l'impression qu'elle a toujours été surprotégée et soupçonne peu les problèmes éventuels qui peuvent surgir.

— Il faudrait aussi parler au maire qui doit avoir une bien piètre opinion de ta future belle-mère. Peut-être sent-il peser présentement sur ses épaules certaines responsabilités qui ne sont pas les siennes...

— Non, mais à quoi est-ce que je pense? J'agis en parfait idiot.

— Disons plutôt en jeune amoureux!

La conversation s'arrêta là. Le lendemain, Félix disparut tôt. Il avait demandé les clefs de l'automobile. Quand il rentra, Roméo dormait. Le lendemain, sans plus de commentaires, il lui apprit que rien n'était changé à leur programme. Le mariage aurait lieu à la date prévue. Roméo ne questionna pas. Il dit simplement:

— Bon, alors sors ton papier.

— Ce sera un bien petit mariage, intime, à la bonne franquette, dit Félix.

— Demain matin, nous irons à Rivière-du-Loup avec ta belle. Si tu as l'occasion de lui parler, glisse-lui en un mot.

— Notons le nom des gens à inviter.

— Madame Marie-Ève Labrecque, d'Outremont, dit Roméo. En début de liste, ça fait assez imposant.

— Tu connais l'endroit?

— Oui, mon cher! Pour en avoir parcouru les rues, à vitesse réduite, comme le veut la «loua»!

— Oh! Pardon. Tant que ça, papi?

— Eh! Oui. On s'y perd, on tourne en rond. C'est beau, luxueux, ombragé, des dames chic, des grosses bagnoles, l'ex-royaume des gens qui avaient réussi. Ils ont des chauffeurs, des piscines dans la cour, des jardiniers...

— Qui ne tolèrent pas les pissenlits et ne connaissent pas le goût de son bon vin.

On rigola un instant.

— Un peu de sérieux, fiston. Procédons par ordre. Mets ta mère sur la liste, puis monsieur le maire. N'oublie pas de prévenir le curé, puis monsieur le juge...

— Qui?

— Tit Pit, voyons!

Le rire reprit.

— Tu as la manie des grandeurs, papi. Sais-tu, ça ne serait pas si bête...

— Tu es sérieux?

— Pourquoi pas? La réception, à l'auberge, chez Charles Dumont?

— Adultes seulement. Au retour de votre voyage de noces, on ferait un autre party pour les enfants.

— Parce que nous irons en voyage de noces?

— Et comment! En Chrysler, faire le tour de la Gaspésie, pourquoi pas?

— Il va falloir que je parle à Patricia. C'est terrible, se marier!

— Toi, tu as la trouille!

— Alouette, oui!

On dressa des plans, tard dans la nuit. En montant l'escalier, Roméo ajouta:

— Toute ma famille est invitée. Ils feront ce qu'ils veulent de l'invitation.

Félix s'arrêta pile. Pour la première fois, en sa présence, son oncle évoquait ce passé dont il ignorait tout en dehors de son drame personnel. Il eut une pensée pour son père et son cœur palpita.

Roméo était déjà dans sa chambre.

Chapitre 20

Patricia se présenta chez les Boisvert. Elle portait une jolie robe blanche à pois. Ses cheveux, tirés vers l'arrière, étaient piqués d'un chrysanthème que madame Morrissette lui avait offert.

— Vous êtes ravissante, Patricia.
— Merci. Félix est là?
— Il se fait beau.
— Alors, il ne tardera pas, dit-elle, mielleuse.
— Profitons de son absence. Je veux vous offrir, Patricia, un premier présent. Vous irez seule, comme il se doit, choisir votre toilette de mariée, à mes frais.

Patricia ouvrit de grands yeux, pensa à sa robe de bal inutilisée. Prise d'une soudaine crise de rire, elle s'exclama:

— Non, pas ça!

Se laissant tomber sur une chaise, elle tambourinait la table de ses deux mains. Non! non! Elle se cacha le visage dans son bras. Ses épaules sautaient, les larmes coulaient. Une véritable crise d'hystérie.

Félix descendit.

— Qu'est-ce que tu as bien pu dire, papi, pour amuser ainsi Patricia? Qu'est-ce qui se passe?
— Je ne sais pas, répondit Roméo, victime lui-même du rire contagieux de la jeune femme.

Patricia leva la tête. Les larmes inondaient son visage. Roméo lui tendit son mouchoir. La crise reprit.

— Ton père, Félix.

Elle ne put continuer. Elle s'épongeait les yeux et ses épaules sautaient.

— Raconte, Patricia.
— Je ne peux pas...
— Alors, toi, papi.
— Je te le donne en mille.
— Vous manigancez dans mon dos. C'est du joli.
— Moi? Pas coupable! Mais tout ça ne nous mènera pas à Rivière-du-Loup. Allez, ouste, les enfants!

Et le trio quitta, de fort bonne humeur.

— Patricia, choisissez du joli papier à correspondance, ou des cartons simples, pour les invitations. Vous êtes plus douée que nous pour ce genre de chose. Toi, Félix, exige un complet bien taillé, pour aller de paire avec la toilette de ta promise. Il faudra la consulter.

Voilà que Patricia se remettait à rire. Elle raconta que sa mère, toujours outrancière, lui avait acheté une robe somptueuse pour assister au bal de coton et que madame Morrissette avait réparé cet impair en lui confectionnant une toilette plus simple.

— Ce qui m'amuse tant aujourd'hui est l'idée de penser que ma mère s'était inconsciemment faite complice des événements qui se déroulent actuellement. Elle était sûrement loin de se douter qu'elle choisissait, ce jour-là, ma robe de mariée.

Félix posa la main sur celle de sa bien-aimée et enchaîna:

— Tu vois bien que notre destinée était toute tracée dans le ciel.

Patricia avait recouvré son sérieux. Elle pensait sans doute à la déception de sa mère. Roméo intervint:

— J'irai faire le plein. Je vous laisserai au magasin de votre choix.

Roméo se rendit au garage qu'il connaissait, vit une Chrysler verte. Il l'acheta, la fit enregistrer au nom de Félix qui avait tant désiré cette couleur d'auto autrefois. Roméo désignerait plus tard où et quand la livrer.

Sur le chemin du retour, on s'arrêta devant le presbytère.

— Allez donner l'ordre de votre pendaison. Je vous attends ici. Ou plutôt non. Venez me rejoindre à l'auberge où je vous attendrai.

Roméo annonça la nouvelle à Charles Dumont qui se dit enchanté. Il suggéra des menus – cipaille, dinde –, posa des questions, voulut connaître le nombre de convives, histoire de ne pas manquer de champagne.

— Monsieur Boisvert, c'est tout un honneur que vous me faites. Je serai à la hauteur. La première fois que je vous ai vu, je savais que j'avais affaire à un monsieur. Moi, je vais ruminer tout ça. Quand vous aurez vos réponses, téléphonez-moi. Le petit est devenu bien vite un homme!

— Il a pris sa première bière chez vous, ici-même.

— Ça ne me rajeunit pas. Quand ça, déjà?

— Douze ou treize ans. Tiens, vous allez connaître sa flamme, ils arrivent.

— C'est la demoiselle du bal... Beau brin de fille!

— Et comment!

Félix fit les présentations et, s'avançant devant le tableau noir, lut à haute voix:

— Pâté chinois, pain de viande, tourtière de veau, «patates à l'éplure», frites, Jell-O, pouding au riz.

Et Charles Dumont d'offrir la bière. On aurait congé ce soir. Pas de vaisselle à laver. Par contre, que de décisions à prendre.

***

Roméo, de sa plus belle main, écrivit les invitations qui iraient à chacun de ses frères et à ses deux sœurs. Quand vint le temps de formuler l'annonce du mariage de Félix à sa sœur aînée, Ginette, les mots s'alignèrent péniblement. Le cœur de Roméo se serra.

Il en rédigea une à l'intention de Marie-Ève. Patricia insérerait la carte dans la longue lettre qu'elle avait tant méditée. «Maman, tu logeras chez les Morrissette. Ils insistent. Tu seras donc là pour vérifier les plis de ma robe. Je ne te parlerai pas de la réception, ce sera une surprise. Je te préviens, maman, en dehors de la cérémonie religieuse, rien ne cadrera avec ce que tu pourrais avoir rêvé pour ta fille. Ce sera plutôt rigolo. Je te fais une prière: sois gentille, ce jour-là, pour moi, pour tous ceux que j'aime et qui m'aiment, avec qui je vivrai dorénavant. Ce serait le plus beau cadeau que tu pourrais me faire.»

Et ce post-scriptum: «Pour notre voyage de noces, nous ferons le tour de la Gaspésie.»

Marie-Ève reçut la lettre, reconnut l'écriture de sa fille, alla s'asseoir et s'empressa d'ouvrir. Elle lut à deux reprises, n'osant le croire. Elle espéra encore qu'il s'agissait d'une lubie qui passerait. Patricia, une fille si docile, qui ne faisait rien sans demander la permission. Tout avait commencé avec ce maudit bal de coton. Elle avait fléchi, donné son autorisation. «Moi, idiote, j'étais loin d'imaginer que je lui achetais sa robe de noces. Se marier avec une vieille robe, une robe déjà portée, c'est d'un ridicule.» En lisant le post-scriptum, elle s'était écriée: «Les sans cœur! N'auraient-ils pas pu avoir la décence de venir ici, dormir sous mon toit? J'aurais été à même de voir de quel bois il se chauffe, ce campagnard!»

Elle s'était levée, arpentait la pièce. Elle s'arrêta, se rendit au téléphone, aspira et expira à quelques reprises pour se calmer, puis, prête à faire une dernière tentative, elle composa le numéro. D'un ton doucereux, elle suggéra à sa fille d'écouter la voix de l'expérience: souvent, pour ne pas dire invariablement, des ménages se brisaient à cause des différences entre les conjoints, que ce soient la religion, l'éducation ou le milieu. Elle rappela à Patricia les beautés de sa ville, le luxe de son foyer, la fragilité de cet amour illusoire. Elle parlait à un mur de pierre. Elle dut s'en rendre compte. Résignée, elle passa aux questions, voulut des explications. Finalement, elle baissa pavillon. Oui, elle irait. Oui, elle serait gentille et mignonne. Elle promit. «Pour le moment, j'ai beaucoup à faire.»

Elle raccrocha. «Ma fille a complètement perdu la tête! Mais.. que ce doit être doux et bon de pouvoir ainsi aimer! Et être aimée! Si tout ça m'était arrivé, à son âge. Même encore aujourd'hui... Ce Roméo, il n'est pas bête, pas du tout! L'idiot! Pourquoi être un habitant. S'il s'était instruit au lieu de traire les vaches, mon futur gendre aurait une profession! Comment ces gens-là peuvent-ils être aussi heureux, si pleins de joie de vivre, s'amuser avec des riens et se complaire dans leur ignorance? Patricia, ma petite, que je vais m'ennuyer sans elle! Au fond, elle est peut-être là, ma peur: vieillir seule, oubliée. Elle a raison. Je vais me montrer stoïque, gagner leur amitié. Ils ont été corrects avec moi. Saint, Saint quoi? C'est si loin!»

Et Marie-Ève de passer à l'action. Elle relut la lettre, prit mentalement des notes.

Depuis qu'elle avait donné sa parole d'être présente à la noce, elle n'avait plus téléphoné à son amie Hélène. Patricia avait parlé de réception intime. On ne l'avait pas consultée, elle, la mère de la mariée, sur son désir de faire ses propres invitations. Cela l'humiliait de devoir l'expliquer à sa grande amie. Par contre, c'était mieux ainsi. Qui sait? Si c'était dans le style du bal de coton, il valait mieux qu'Hélène ne voie pas ça. Ce serait une honte. Et s'il fallait qu'on tire du fusil!

Elle, Marie-Ève Labrecque, se conduirait en grande dame jusqu'au bout. Quant à Hélène, elle saurait bien trouver de bonnes raisons pour tout lui expliquer, plus tard.

Pour le moment, elle irait se consoler dans les grands magasins, achèterait un trousseau à sa fille, se ferait plaisir à elle-même. «Ils veulent tout décider seuls, tant pis! Je suis bien la première mère de la mariée qui ne règle pas les frais des noces de sa fille! Paye, toi, papa Roméo.»

Elle voyait déjà fèves au lard et ragoût de pattes de cochon au menu du banquet. Par contre, elle serait jolie dans sa toilette nouveau cri que sa boutique avait importée de Paris.

Elle donnerait congé à Cunégonde. Pas question que sa bonne aille s'éreinter à servir ces gens. «Ma pauvre Patricia! Si tu savais ce qui t'attend! J'espère qu'elle n'aura pas à soigner les poules!» Ce maudit coq qui l'avait réveillée tous les matins pour lui dire que le soleil se levait! «C'est peut-être pour ça que l'horloge est arrêtée. Ils se guident avec le soleil, comme au temps des pharaons. Tiens, j'y pense. Le fameux château Frontenac, qu'on voit partout sur les réclames, je devrais aller y dormir. Il me faut une carte de la province pour me renseigner sur la route à prendre. Étrange, tout de même, que je ne l'aie pas vu en passant! C'est, il me semble, dans cette direction-là. Oui, je partirai tôt, la veille. J'aurai donc toujours su joindre l'utile à l'agréable!»

Marie-Ève agissait crânement. Elle déguisait sa peine et son désespoir. Sa fille lui tenait tête? Tant pis. Qu'elle la vive, son expérience folle. Elle pourrait toujours divorcer... Elle comprendrait un jour que sa mère avait raison. Pour le moment, Marie-Ève serait à la hauteur, étalerait son savoir-faire, délierait les cordons de sa bourse, ferait une démonstration de générosité à sa fille butée.

L'élégante mais si solitaire Marie-Ève Labrecque vivait de fortes émotions.

«Le pince-sans-rire qu'est Roméo va voir ce que je peux faire. D'abord, une nappe de dentelle, des verres à vin... et à champagne. Un mariage sans champagne, ça ne se voit pas!»

Si bien que, deux jours plus tard, un camion venait livrer chez Roméo douze cartons moyens et trois énormes boîtes.

— Pour débarquer au bâtiment, monsieur?
— Euh... non, ce n'est pas pour nous, il y a erreur.
— Ça indique «urgent» sur la feuille de livraison. C'est bien votre nom et votre adresse.

Roméo y pensa soudainement: des cadeaux de mariage.

— Je devine d'où ça provient. Placez ça ici.

— Héléna. Félix est au poulailler. Allez lui dire de venir.

Félix, étonné, s'empressa de téléphoner à Patricia: «Ta mère nous a fait parvenir le contenu du catalogue du magasin Eaton!»

— Géralda, peux-tu t'absenter? demanda Patricia. Viens avec moi, Félix veut me voir et j'aimerais que tu viennes avec moi. Maman s'est manifestée...

Conséquemment, on lava des verres, «à pattes et sans pattes». Héléna n'arrêtait pas de s'extasier.

— Tant de verres... Qu'allons-nous en faire?

— Je sais, moi.

Félix ouvrit les portes du vaisselier, le débarrassa de son contenu, resta un instant recueilli, pensa au vase de fleurs, passa sa main sur le bois que son père avait autrefois lui-même poli. Il ferma les yeux. Il percevait là un présage de bonheur. Voyant son émotion, Roméo s'approcha de Félix, mit une main sur son épaule et lui dit:

— Suis-moi.

Les deux hommes se regardèrent. Ils se comprenaient.

Les dames plaçaient, bavardaient, avaient hâte de fouiller dans les gros paquets.

Géralda lisait la joie au fond des yeux de son amie. Pourtant tout cela ne lui disait rien!

***

«La poste, j'ai oublié la poste. Grand Dieu! s'écria Félix. Et l'aubergiste qui veut sa réponse. J'y vais et je reviens.»

Roméo redoutait cette minute de vérité. Après un si long silence, à quoi devait-il s'attendre? Félix tardait, Roméo s'impatientait. Il regrettait parfois ne rien avoir confié à Félix au sujet de cette rupture familiale. Ce soir, il se le reprochait amèrement. Il lui faudrait s'expliquer si personne ne répondait à l'invitation.

Enfin, on montait les marches. Un pas d'homme. Roméo alla vers la porte. Ernest était là.

— Je vous dérange, monsieur Boisvert? J'ai à vous parler.

Roméo sortit.

— Justement, Ernest, j'ai un service à te demander.
— Ah! Moi, je venais en éclaireur. Nous autres, les cinq, on a pensé qu'un gros cadeau était mieux que cinq petits. On vous doit bien ça, avec ces bonnes années de franche amitié. Moi surtout. Vous avez déjà tout ce qu'il faut dans cette maison, donnez-moi une idée.
— C'est plutôt gênant.
— Quelque chose d'utile, qui va chercher dans les deux cents dollars.
— Hé! C'est une fortune, ça.
— À cheval donné on ne regarde pas la bride...
— Tout de même, Ernest.
— Ma mère a toujours regardé avec envie ces machins à laver la vaisselle qu'on voit à la télévision. Qu'est-ce que vous en pensez?
— Bien, très bien, surtout que ma bru, une fille de la ville, a de beaux ongles longs et vernis...
— Et ce service?

Roméo jeta un coup d'œil sur la route, puis en direction de la porte. Il se pencha et, sur un ton de confidence, lui parla d'une Chrysler verte...

— Oui, verte, comme tu m'as empêché d'acheter, dans le temps. Il faudrait qu'elle soit devant la porte de l'auberge, après la réception. Offre aux mariés de les reconduire ici pour qu'ils puissent se changer en promettant de les ramener à l'auberge. Félix s'attend de partir avec la mienne, mon auto. Je verrai à ce qu'elle ne lui soit pas accessible.
— Sapristi, c'est tout un cadeau, ça!
— Tiens, le voilà qui arrive. File.

Ernest s'éloigna en sens inverse. «Quel brave gars», pensa Roméo. Il arpentait encore la galerie quand la Chrysler entra dans la cour.

— Hé, papi, viens m'aider.
— Tu as dévalisé un magasin?
— Ça dormait à la poste, paquets et lettres.

On entra. Patricia tourna la tête.

— Encore!

On se remit à vider les caisses de Marie-Ève. Il y en avait partout. Patricia confessa:

— J'ai pris la liberté d'utiliser votre nappe, monsieur Boisvert, pour y étaler les cadeaux comme le veut la tradition. Nous les exposons au salon.

Roméo plissa les yeux.

— Vous êtes fâché?

— Qui, moi? Jamais dans cent ans! Bien au contraire, ça me rappelle un souvenir, rien de plus.

— Je vois. Elle a dû appartenir à votre femme.

Il pouffa de rire.

— Non, ma fille, non. C'est autre chose. Je vous raconterai ça, un jour.

Roméo s'assit sur la dernière marche de l'escalier, car la table était très encombrée, et regarda les enveloppes. Il cherchait l'écriture de sa sœur aînée, Ginette. Celle-là, il la redoutait. De fait, il y en avait une, trop épaisse à son goût. Il la dissimula, même si elle était adressée à Félix.

Rien, aucune lettre ne lui était adressée. «Après tout, c'est normal. Les invitations n'étaient pas de ma part. Ce n'est pas mon mariage.»

La vue des paquets le réjouissait pourtant, même plus que ne l'aurait fait une lettre. Les mariés seraient gâtés.

— Hé, Félix, viens sur le perron. Laisse ces dames s'amuser.

— Profitez bien de votre fils, papi. Il sera bientôt à moi seule.

— Elle est adorable, cette Patricia. La douceur et la pureté de ses sentiments sont touchants. Aussi je m'inquiète. Il faudrait prendre connaissance de ce courrier en son absence.

— J'y ai pensé, mais... a-t-on besoin d'étaler toute la cruelle vérité?

— Ça te regarde, fiston. La mesquinerie et le manque de bonté sont une sorte de pauvreté. Ne sois pas triste surtout.

— Moi, triste? Non, tu as su me sortir de mes peurs, effacer ce passé. Auprès de toi, papi, j'ai trouvé le bonheur, depuis le jour où, avec mon père, j'ai traversé le seuil de ta porte. Ça, je le dois à mon père. Il m'a sorti de l'enfer et m'a mené dans ton paradis, où j'ai goûté ma première glace au chocolat.

— Bon, c'est réglé, assez d'attendrissement. Rentrons. Retournons aux réjouissances.

— Non, papi. Reste encore un peu...

Roméo tourna le dos. Il comprenait que Félix avait à se composer un visage. Il venait, en quelques mots, de faire une mise au point en ce qui concernait sa petite enfance. Combien de fois n'avait-il pas dû tourner et retourner dans sa tête les mots qu'il venait de prononcer?

— Attends-moi une minute.

Il revint avec les enveloppes, les remit à Félix.

— Jetons-y un coup d'œil maintenant. Il y en a une, si tu veux, que j'aimerais censurer.

— Oh! La plus intéressante, je suppose.

Félix souriait maintenant. Il avait recouvré sa joie. D'un côté, il plaçait les réponses positives, de l'autre les négatives. Des bons vœux, que des bons vœux. Luce se faisait plus explicite, exprimait ses regrets. Elle ne pourrait être de la fête, car elle était alitée. Tous logeraient à l'hôtel et priaient Félix de réserver des chambres à leur intention.

— Bon, une autre question de réglée. Il faut téléphoner à l'auberge. Les Morrissette ont offert l'hébergement.

— On n'aura qu'à les prévenir. Déjà ta future et sa mère y logeront. C'est beaucoup.

Ils revinrent dans la cuisine dont le sol était couvert de cartons vides, de papier, de rubans.

— Venez au salon, venez admirer. C'est extraordinaire. Votre famille, monsieur Boisvert, a dû se consulter. Voyez tous ces petits appareils ménagers, du grille-pain au malaxeur. Même un superbe livre de recettes illustré de madame Benoît. Il ne me reste plus qu'à être à la hauteur!

— De qui est le livre de recettes? demanda Roméo.

— Attendez.

Patricia regarda la carte.

— Tante Luce et oncle François.

Roméo baissa les yeux. Il avait deviné. Il se dirigea vers le téléphone, parla à l'aubergiste.

— Trente-cinq convives confirmés. Soyez prêt pour en accueillir quarante.

— Et à la table d'honneur?

— Attendez que je pense... Monsieur le curé, la mère de la mariée, le maire et la mairesse, le notaire Garon et son épouse, le couple de mariés, bien sûr. C'est complet.

— Et le père du marié, il sera absent?

Roméo pouffa de rire.

— Je suis bête!

— Donc, neuf à la grande table. C'est un bon chiffre.

— J'oubliais: gardez les chambres libres, je les réserve toutes pour la famille. Ajoutez ça à ma note. Je payerai tout, vous avez bien compris? Tout, et moi seul, le déjeuner du lendemain aussi.

— Compris, monsieur Boisvert. Vous allez être fier de l'auberge de Saint-Firmin. Un détail, la musique.

— Je m'en occupe. La musique sera là. Je m'en occupe.

Charles Dumont raccrocha, se cracha dans les mains. «Le maire, le curé, le notaire! Tout Saint-Firmin va le savoir. Un honneur! Fait par un étranger, un pur étranger, un monsieur, oui, ça oui. Ils iront encore fêter leurs noces à Rivière-du-Loup! Moi, je vais leur montrer de quoi je suis capable! J'ai pas frotté et peinturé pour rien. Youpi, la vie est belle!»

Et Charles Dumont de retourner à sa cuisine en chantant.

Roméo avait pris des arrangements avec Tit Pit, le juge. Il lui avait ordonné de ne pas toucher à un verre avant la fin du banquet, de ne jouer que des valses douces. Ce serait lui, Roméo, qui indiquerait, si l'atmosphère s'y prêtait, quand jouer des rigodons et des gigues. Malicieux, il n'avait rien dit quant à son accoutrement. Il souhaitait presque le voir arriver dans son complet à couleurs vives, ne serait-ce que pour voir la tête que ferait Marie-Ève. Mais il serait déçu. Tit Pit s'était loué un habit de cérémonie à Rivière-du-Loup. Pour une fois qu'on l'invitait à jouer à un banquet! Strauss, le pauvre Johann, verrait ses valses se faire massacrer.

***

Roméo monta à sa chambre, décacheta l'enveloppe. Il épargnerait des peines à Félix si le message était trop cruel.

Un papier de soie contenait un agnus-Dei: «Qui te protégera du mal, mon cher neveu, que je n'ai pas eu l'honneur de connaître. Sois bon, pas bonasse; empathique, mais pas victime... Les cruautés de la vie ne sont pas la volonté de Dieu mais des hommes. Ici je suis protégée contre les mesquineries de toutes sortes. Dieu est mon bouclier. Je prierai pour toi et celle que tu as choisie. Que le ciel vous comble en vous permettant de bien remplir la mission des époux qui est d'avoir de nombreux enfants; enfants qu'il t'appartiendra d'aimer, de protéger, contre les ambitieux, les vilains.» C'était signé: «Ton humble tante, en Jésus-Christ.»

Roméo faillit chiffonner le torchon. Sa sainte grande sœur n'avait pas pardonné, pas compris. «Que peuvent bien valoir ses prières si elle ne pratique pas la charité?»

À la colère succéda la peine. Roméo relut la lettre. Il la remettrait à Félix qui n'y verrait que du feu: une sainte tante religieuse qui lui faisait un sermon.

Et tel fut le cas, sauf que Félix crut que la bonne religieuse pensait à sa mère Anita en parlant des vilains et qu'elle l'incitait à pardonner.

— Ta sœur sait donc, papi? Maman a dû se confier à elle...

— Non, Félix, non. L'ambitieux, le vilain, c'est moi, pas toi.

— Tu veux me consoler, c'est ça?

— Non, Ginette me déteste.

— Ah!

— Oublie ça. C'est la raison pour laquelle j'ai lu avant de te remettre cette lettre que je redoutais.

Félix s'approcha de son oncle, lui fit une longue accolade, ce qui réconforta Roméo.

Il prit la lettre, l'agnus-Dei et jeta le tout à la poubelle.

— J'espère qu'on n'a rien oublié, papi.

L'incident était clos.

***

Marie-Ève eut peine à dénicher le château Frontenac. Avoir tant tricoté dans les rues étroites et les culs-de-sac pour enfin traverser la petite voûte en berceau. Mais quelle récompense! Elle fut accueillie par un portier empressé qui prit ses clefs et la libéra des vils tracas habituels du stationnement.

Il ne fallait pas avoir l'attitude d'une femme perdue, ignorante des lieux. Elle jeta un coup d'œil à sa gauche, vit le superbe escalier, s'avança vers la réception. Puis elle suivit le chasseur qui eut l'infinie délicatesse de demander l'ascenseur. Marie-Ève se félicitait de s'être vêtue de son plus beau tailleur. Elle touchait dans sa poche le billet plié, prêt pour le pourboire.

Quelle propreté! Des cuivres bien astiqués, des tapis moelleux. Cette chambre spacieuse aux meubles de bois précieux, cette vue sur le fleuve. Enfin, la vraie vie, la seule qui méritait d'être vécue.

Ses bagages étaient déjà là. Elle brosserait ses cheveux et irait fureter plus loin. Marie-Ève entra au bar, avec toute la désinvolture dont elle était capable. En femme du grand monde, elle choisit le meilleur cognac, y porta toute son attention. Elle ne manqua pas de se faire remarquer.

Un homme s'approcha, lui sourit, désigna la chaise libre de la main. Elle approuva d'un joli sourire.

— De Sillery?
— D'Outremont.
— De passage alors?
— Un arrêt, en passant, comme ça. Un caprice.
— Vous logez ici?

Le petit doigt tendu, le ballon gardé bien au chaud dans le creux de sa main, elle porta le verre à ses lèvres. Il l'observait.

Une conversation habituelle qu'on tient dans ces lieux, un deuxième verre, des rires retenus, des questions de part et d'autre, un sourire entendu, le garçon qui apporte la note, un galant homme qui s'en approprie, est généreux à l'égard du serveur qui semble avoir tout le mérite de cette rencontre fortuite, le retour vers la chambre sur les tapis moelleux où s'échange une conversation subitement devenue passionnante comme en ont des amis de longue date qui viennent de se retrouver, des excuses pour le désordre et ces valises qu'on n'a pas eu le temps d'ouvrir, un certain sourire gêné, un regard prolongé, des souliers de femme devenus embarrassants qui sont enlevés sous la pression d'un long et brûlant baiser...

Il s'en fallut de peu pour que Marie-Ève ne respecte pas la promesse faite à sa fille d'être présente à son mariage. On prit cependant rendez-vous. Coïncidence, les prénoms du charmeur étaient Paul-Roméo.

C'est dans les meilleures dispositions morales que Marie-Ève atteignit le village de Saint-Firmin, nommé ainsi, songeait la femme, en l'honneur du saint patron, faiseur de miracles, où fleurit l'amour pour tous ceux qui y passent...

Après une longue étreinte, Patricia et Félix s'étaient séparés sous l'œil attendri de Roméo. Demain, ils ne se verraient pas.

— Dernier répit, badinaient-ils.

Ils se retrouveraient au pied de l'autel.

***

Marie-Ève arriva tôt, douce, résignée. Elle avait oublié la longue route, était tout sourire. Madame la mairesse l'avait accueillie au salon.

— Votre fille vous attend. Je vais la prévenir de votre arrivée. Donnez-moi les clefs de votre voiture, on s'occupera de vos bagages. Votre chambre est prête. Vous aimeriez prendre un café?

Patricia s'avança vers sa mère dont l'air enjoué la dérouta. Son agressivité s'était volatilisée. À la voir, aussi désinvolte, c'était à croire que les événements des dernières semaines n'avaient pas réellement eu lieu. Marie-Ève était subitement devenue une maman toute simple, affectueuse, ravie du bonheur de sa fille qui épousait l'homme qu'elle aimait. Elle était attendrissante, ce qui réjouit Patricia, trop heureuse pour tenter d'approfondir les raisons d'un tel état d'âme.

À vrai dire, Marie-Ève ne grimaça qu'au moment où elle revit la jolie robe signée d'un grand nom, qui était en grande partie responsable de tout son malheur. Si seulement elle n'avait pas fléchi, ce jour-là! Mais Patricia était trop heureuse pour remarquer la moue de sa mère. Elle ne parlait que de son beau Félix.

Madame Morrissette aussi oublia les affronts, passa l'éponge. Elle appréciait que Patricia ne soit pas snob comme cette chipie et n'ait pas son mauvais caractère.

Lucie avait gagné le cœur de cette dame; dans sa grande puérilité, elle la suivait partout, la complimentait sur ses bijoux, ses beaux atours, les boucles d'argent qui ornaient ses superbes souliers vernis. Elle en aurait de pareils quand elle serait grande.

— Mets tes pieds sur cette feuille, Lucie.

Marie-Ève avait tracé les contours. Quand elle retournerait à Montréal, elle lui en ferait parvenir une paire qui lui siérait bien.

Vers neuf heures, l'aubergiste prévint Roméo que les membres de sa famille étaient arrivés.

Non, il n'irait pas les accueillir. Il garderait ses distances. On se reverrait à l'église, dans le temple du Seigneur. Peut-être que la grâce permettrait un miracle. Même cette prière, il ne la ferait pas.

Chapitre 21

Félix se tenait debout, près de Roméo, son témoin. Nerveux, il joignait et disjoignait les mains. Si Marie-Ève...

Les chandelles allumées sur l'autel, l'enfant de chœur s'éloigna.

Félix n'osait consulter sa montre.

Enfin, l'orgue annonça l'arrivée de la reine du jour. Félix se tourna pour l'accueillir. Ce qu'il vit! Sa bien-aimée qui émergeait d'une bouffée de soie et de tulle derrière laquelle disparaissait presque Marie-Ève, émue. Elle se laissait guider plutôt que de guider sa fille dont elle était le témoin. Elle était effrayée à la pensée de marcher sur la robe.

La nef était remplie à craquer. Tout le va-et-vient et les nouvelles qui circulaient à Saint-Firmin au sujet de cette union avaient attiré les curieux, qui poussaient des ah! et des oh! d'admiration pour l'élégante mariée.

Marie-Ève en avait le cœur chaviré. Si seulement ça se passait dans son opulente église d'Outremont!

Patricia regardait Félix. Il fit deux pas, lui tendit la main. Elle y glissa le bout de ses doigts et remit son bouquet de roses blanches à la bouquetière.

On échangea les serments. Du haut de la chaire, l'officiant reprit le thème de sœur Ginette... les obligations du mariage. Roméo ne put résister à la tentation. Il donna un coup de coude à Félix qui sourit.

Le saint sacrifice terminé, sous une pluie de confettis, on quitta le lieu bénit.

— Tonnerre! dit tout haut Roméo.

Il avait oublié le photographe. Pensez donc! L'aubergiste avait pris la précaution d'inviter un journaliste: ces noces feraient la une.

Jamais mariée n'avait eu sourire si épanoui, même l'aubergiste n'aurait pas voulu manquer ça pour tout l'or du monde. Il s'était fait remplacer à l'auberge.

Les cloches sonnaient, le cortège se formait. En tête de ligne, les épousés se bécotaient, indifférents aux regards des curieux, sourds au bruit ahurissant des klaxons déchaînés. Oui, Saint-Firmin était en fête.

Assise près de Roméo, Marie-Ève pleurait.

Volontairement, Roméo stationna sa voiture de façon à ne pas pouvoir facilement la dégager. De fait, bientôt, Ernest se plaçait juste derrière, lui barrant le chemin. Les deux hommes échangèrent un regard pendant que Roméo tendait la main à Marie-Ève qui avait repris son aplomb et son allure de dame du grand monde.

La mariée avait mis pied à terre. Elle entra dans l'auberge, saluée bien bas par le maître de céans. Une pancarte sur la porte disait: «Fermé au public pour cause de banquet.»

Madame Dumont en personne, dans sa jolie robe neuve, faisait les honneurs. Elle avait confié sa marmaille à une gardienne.

On s'embrassa, alignés en rangs d'oignons; présentations, félicitations, bons vœux.

Rita demanda à Marie-Ève, histoire de faire la conversation:

— Vous êtes de Saint-Firmin, madame?

— Moi, de Saint-Firmin? Que non! Je suis d'Outremont, ma chère. À qui ai-je l'honneur?

Marie-Ève avait porté la main à sa poitrine, monté le ton d'un double dièse, si bien que tous avaient entendu. Rita répondit simplement:

— Une tante de Sainte-Marthe.

Elle alla rejoindre Luc, son mari. Francine et Alexandre, ses enfants, étaient déjà attablés.

Ce fut ensuite le bruit des chaises. Les mariés et les dignitaires se dirigeaient vers la grande table, les autres invités aux plus petites et, enfin, le clou de la cérémonie: Tit Pit entra, guindé, poudré, archet à la main. Il s'inclina devant les mariés, étira le cou, à cause sans doute de sa chemise empesée, fit pleurer le violon et entonna une valse.

La tournée de champagne continuait.

— Frappé à point, commenta Marie-Ève, et de qualité supérieure.

Roméo sourit.

Voilà qu'un bien intentionné frappait le rebord de son verre avec une cuillère. On l'imita. Tous se taisaient, regardaient les mariés.

Patricia demanda:

— Que se passe-t-il?
— Lève-toi, chérie.

Il lui parla à l'oreille, l'embrassa.

Tit Pit accentua le rythme de son jeu, le temps que dura le baiser.

— Tch! s'exclama Marie-Ève.

Patricia leva son verre:

— À toi, monsieur mon mari.

On applaudit. Le champagne moussait, Marie-Ève s'émoussait. Roméo fit un clin d'œil à la serveuse qui avait compris. Les assiettes furent distribuées.

— Si c'est aussi bon que beau, mon cher Roméo... Tiens, ça rime, Roméo et beau! s'exclama Marie-Ève.

Elle éclata d'un rire sonore. Sa pensée venait de faire un bond du côté de Québec.

— Dites-moi, monsieur Boisvert, certains membres de la famille de votre femme sont présents?
— Non, ils sont tous religieux ou religieuses.
— Des *pisseuses*, alors, dit-elle en riant de plus belle.
— Madame Labrecque, un peu de respect, tout de même...

Patricia se tourna, regarda sa mère.

— Mon chou, mon chou, dit Félix...
— Tiens! J'ai entendu. Ma fille est devenue un légume. Hi! Mon chou.

Patricia rougit. Félix posa sa main sur la sienne.

— Voyons, ma chouette, ta mère s'amuse.

Une fois encore, Marie-Ève pouffa de rire.

— Tiens, maintenant elle est un oiseau, un oiseau nocturne. Attention à la cigogne, elle transporte de jolis bébés dans son gros bec!

Le rire fut général. À ceux qui n'avaient pas entendu, on répétait la remarque. Patricia riait aussi.
La mère frappa son verre de sa cuillère.

— Ne craignez rien, monsieur Boisvert, je ne veux pas de baiser, seulement que l'on remplisse ma coupe.

— Apportez aussi un café bien corsé à madame, dit-il à la serveuse.

— Mais, mon cher, les corsets ne se portent plus de nos jours, c'est démodé.

On riait tellement à la table d'honneur que Tit Pit cessa de faire courir son archet.

Le bon curé, le maire et le notaire avaient bien essayé de garder leur sérieux, mais la gaieté générale l'emportait. Roméo crut bon de confier à Tit Pit le rôle de créer diversion. Il lui fit un signe de la main. Strauss fut relégué aux oubliettes et Tit Pit entonna le morceau qui le rendait si populaire: «Tout à coup je marie ma fille, tout à coup je ne la marie pas...»

On reprit en chœur.

— C'est lui, le juge Tit Pit! s'écria Marie-Ève en le pointant du doigt.

Son rire démoniaque la faisait hoqueter.

Roméo la prit par les épaules, l'attira à lui. Il capta le regard de son frère François... «Luce ne manquera pas d'être informée de ma conduite», pensa-t-il en riant aussi. Julien passa une remarque à Yolande qui sourit.

Le café bu, Bidou donna le signal. Les tables furent rangées, on allait danser.

Aux mariés revenait l'honneur d'ouvrir le bal. Tit Pit, raisonnable, joua «Le beau Danube bleu». S'avancèrent alors monsieur le maire et madame la mairesse, le notaire Garon et son épouse. Marie-Ève refusa l'invitation de Roméo.

— Ma tête tourne, se plaignit-elle.

— Monsieur le curé, dit Roméo, je vous confie cette dame.

— Avec joie.

— Lucienne...

Roméo avait tendu la main. Un éclair de joie illumina le regard de sa belle-sœur. Bidou entraîna la jeune bouquetière, pâmée de bonheur.

C'est alors que monsieur Dumont s'approcha de Roméo et lui dit à l'oreille:

— Quelqu'un veut vous parler.

— Je reviens, Lucienne.

Il alla à la porte. Un inconnu lui tendit une enveloppe et expliqua:

— Ma mère a insisté pour que je vienne ici vous remettre ceci.

— Votre mère?

— Vous vous souvenez de l'accident de train? Je suis le fils de cet homme à qui vous avez sauvé la vie...

— Je vois. Suivez-moi, jeune homme. Il est certain que vous trouverez ici des connaissances. Je vous invite, je n'accepte pas de refus, suivez-moi. Et remerciez bien votre mère.

Il glissa l'enveloppe dans sa poche. Roméo regarda dans l'assistance, repéra Ernest, marcha dans sa direction. Il soutint son regard et dit:

— J'ai un visiteur. Je vous le confie, il sera en bonne compagnie.

Ernest vit son fils. Il crut au miracle, lui approcha une chaise.

— Mademoiselle, apportez une coupe de champagne à notre visiteur. Amusez-vous bien, jeune homme.

Il évita le regard de son ami. Roméo retourna auprès de Lucienne, l'entraîna dans la danse et fit de même avec chacune des dames de sa famille, profitant de l'occasion pour adresser un mot à chacun de ses frères. Quand vint le tour d'Anita, elle hésita mais se leva. Elle était aussi droite et raide qu'un vieux chêne. Elle ne leur pardonnait pas, c'était évident, de ne pas avoir été invitée à la table d'honneur; elle, la mère du marié! Heureusement, les Morrissette étaient sur la piste de danse et firent les frais de la conversation. Roméo capta le regard triste de Félix qui les observait et lui confierait plus tard que, malgré le grand bonheur qu'il ressentait, il n'avait pas trouvé le courage de lui témoigner le moindre geste de tendresse. À Francine revint l'honneur de fermer le bal. Francine, cette nièce que Roméo adorait.

— Tu es devenue une très belle jeune fille, tel que je te l'avais prédit.

Les nouveaux époux partiraient. Ils iraient à la maison changer de toilette. Patricia lança son bouquet. Francine le saisit au vol. On applaudit.

Roméo fit un signe à Ernest qui dit à son fils Simon:

— Suis-moi.

Il alla s'appuyer sur son automobile avec désinvolture, attendant que se présentent les mariés.

Tit Pit sortit le premier, suivi du jeune couple. «La mer», chantait le violon, en hommage au fleuve, là, devant.

— Hé! la voiture de papi, s'exclama Félix. Je ne pourrai jamais sortir de là!

— Félix, madame, vous devez revenir ici, n'est-ce pas?

— Saluer, oui.

— Alors, montez avec nous, je vous ramènerai.

Roméo, à la fenêtre, observait. Tout s'était déroulé tel que souhaité.

Pendant qu'à l'étage les nouveaux mariés se préparaient, Ernest demanda à son fils, avec le plus de détachement possible, comment il se faisait qu'il ait été invité à la noce. Simon expliqua que sa mère, ayant jugé que l'occasion était propice, avait voulu transmettre ses remerciements à monsieur Boisvert, car elle avait entendu parler de ce mariage.

— Elle m'a prié de venir porter un cadeau.

L'homme était ému aux larmes. C'était sa façon à elle, cette femme qu'il aimait tant, de lui indiquer qu'elle l'avait toujours dans son cœur. Le message était clair. Qui plus est, elle avait donné à Ernest l'occasion d'un tête-à-tête prolongé avec son fils. C'était un beau jour.

***

Les mariés allaient partir. Félix vint vers Roméo, lui expliqua que la Chrysler était coincée et que ses bagages étaient dans l'auto d'Ernest.

— Ah! bon. J'y vais, jeta-t-il, désinvolte.

Devant la porte, juste en bordure de la route, se trouvait maintenant une Chrysler verte. «Jeunes mariés», annonçait une pancarte. On avait décoré l'auto avec des guirlandes de fleurs. Et l'impayable Bidou avait fixé deux rouleaux de papier de toilette à l'essieu arrière.

— Alors, prends cette voiture qui est là, la verte, dont voici les clefs.

— Papi! s'exclama Patricia.

— C'est mon cadeau de noces. Aimez-vous bien, mes enfants. Allez, allez...

Monsieur Morrissette prit charge de Marie-Ève qui n'avait rien vu, car elle avait les pieds plus légers que la tête. On se dispersait, lentement.

Roméo donna la main à chacun des membres de sa famille et, dans sa Chrysler grise, il prit seul la direction des rangs.

***

Le parfum de la mariée embaumait encore la maison, silencieuse, mais si pleine d'ondes joyeuses. Les cadeaux étalés sur la nappe de sa naissance lui rappelèrent l'amour de sa mère. Il s'assit dans sa berçante, ferma les yeux, laissant sa mémoire lui faire revivre les heures heureuses de ces derniers jours. Son bonheur était grand, mais surtout très profond.

À l'auberge, Charles Dumont nettoyait en sifflant un air de fête.

Ernest rêvait de sa belle.

Et les mariés...

Chapitre 22

Le téléphone fit sursauter Roméo. Pendant toutes les années qu'il avait pratiqué la médecine, le réveil brutal causé par un appel téléphonique l'avait toujours bouleversé. Il ne s'y habituait pas. Le plus souvent, il s'agissait de cas urgents ou difficiles.

Ce matin encore, le cœur cognant contre ses côtes, il marcha vers l'appareil. C'était l'aubergiste qui lui annonçait que sa nièce Carmen et son mari n'étaient pas partis et souhaitaient le voir.

— Pouvez-vous leur indiquer la route à suivre jusqu'ici? Je les attendrai pour déjeuner.

Il raccrocha. Il croyait que Carmen voulait lui parler de sa grossesse. Elle lui en avait glissé quelques mots pendant la danse.

Il fit couler l'eau, s'aspergea le visage, prépara le café. Il avait faim.

Il dressa le couvert et attendit. Ils furent bientôt là. On jasa de choses et d'autres tout en déjeunant.

Après le repas, Roméo invita le couple à passer au salon.

Héléna entreprit de faire la vaisselle et alluma la radio.

— Ça va, cette grossesse, Carmen?
— Oui, mon oncle. Si nous sommes ici aujourd'hui, c'est que j'avais un désir fou de voir l'endroit où a grandi mon jeune frère. Il m'a tellement manqué, je me suis si souvent inquiétée à son sujet. Par contre, avec ce que m'avait dit papa, je me réjouissais. Lorsque

papa est décédé et que Félix a refusé de venir aux funérailles, maman l'a pris plus mal que j'aurais pu le croire. «Il faut pardonner devant la mort», disait-elle. J'ai répliqué que mon père n'avait rien à se faire pardonner. Alors, elle a boudé, ne m'a plus parlé. J'ai rencontré Éric, nous nous sommes mariés. Et voilà que j'attends mon premier enfant.

Elle fit une pause, puis ajouta:

— J'avais reçu une invitation personnelle à son mariage. Maman me l'a remise, humiliée. Heureusement, la sienne est arrivée par le même courrier. Puisqu'il s'agissait du mariage de mon frère, c'est chez maman que s'est tenue la réunion de famille. Tantes Lucienne et Rita ont été extraordinaires. Elles ont parlé de vous avec éloge. Ce jour-là, on a décidé d'accepter l'invitation. On a choisi les cadeaux appropriés. Vous connaissez la suite. Tante Rita a reproché à maman de ne pas se réjouir du fait que son fils, son Félix, bénéficiait de votre générosité. Ce à quoi elle a répondu encore: «Avec l'argent de nos parents.»

Elle se tut un instant et ajouta:

— Oncle Roméo, j'étais peut-être jeune, j'ignorais beaucoup de choses, mais je comprenais. J'ai souffert pour Félix. Je vous ai aimé pour l'avoir délivré de son martyre.

— Ta mère faisait une grave dépression, sans doute beaucoup d'angoisse à ce moment-là.

— Non, non. Ne l'excusez pas. Elle s'acharne toujours sur quelqu'un. Certains êtres ne sont heureux que quand ils ont une personne à faire souffrir. C'est une maladie. Ce genre de chose me dégoûte. Aussi, Éric et moi allons partir, nous éloigner, nous protéger.

Je ne veux pas que mes enfants soient malheureux autour d'êtres qui s'entre-déchirent. Jeune, je ne savais pas où vous étiez, j'étais inquiète, je priais pour vous. Avec le temps, ça s'est calmé. Je crois que, au fond, tous étaient effrayés.

— Pourquoi me dire tout ça, Carmen?

— Pour ne pas que vous faiblissiez, que vous les laissiez abuser de vous. Soyez honnête. Qui a payé la machine à laver de ma mère? Le petit Jésus peut-être? Et le tableau de Lucienne? Répondez. Vous vous taisez. J'ai compris, ça et des tas d'autres choses. J'étais là quand on a fait le partage. Vous n'avez rien pris, rien demandé. On vous accuse d'avoir volé la nappe de votre mère. Une nappe... Non, mais ce n'est pas monstrueux, ça!

— Tout doux, Carmen. Ton bébé ne doit pas aimer ça quand tu te mets en colère.

— Je lui apprendrai, à cet enfant, ce qu'est la justice et le respect, croyez-moi.

— Tu veux le fond de ma pensée? Alors écoute-moi bien. Tous ont été invités selon le désir de Félix. Il avait droit à sa famille le jour de son mariage. Je suis content, pour lui, qu'ils soient venus. Leur absence n'aurait pas manqué de le chagriner. Ils ont été corrects autant qu'ils le pouvaient. Leurs cadeaux lui ont fait chaud au cœur. Il aime Patricia et elle l'aime. Félix ne fait plus de cauchemar, ne redoute plus les extraterrestres. Tu me comprends? Quant à moi, Carmen, ils ne peuvent plus m'atteindre. Tu vois ici ma demeure, tu as vu le bonheur de Félix, c'est tout ce qui compte. Je les ai oubliés, tous.

— Alors, pourquoi avoir payé la note d'hôtel? Vous ne changerez donc jamais!

— Je préfère être la poire plutôt que le couteau. J'ai souffert, oui, j'ai dû sacrifier ma grande passion qu'était la médecine, mais ils n'ont pas tué mon cœur, mon amour de la vie, ma paix intérieure. Je les plains plus que je ne les hais. Crois-moi, Carmen, raye tout ça de ton cœur. La rancune ne ronge que celui qui la porte. Protège-toi. L'autre génération va tout ignorer, les liens vont se resserrer à nouveau. La paix succède toujours à la guerre. Compétition et ambition sont de mauvais maîtres. Tu n'appartiens pas à cette catégorie, tu es humaine et droite. Tu seras heureuse.

Se tournant vers son mari, il ajouta:

— Tu es discret et conscient de ce qui arrive. Carmen a de belles chances de connaître un grand bonheur. Et, ne serait-ce que pour vous avoir mieux connus, je me réjouis de votre visite.

— Nous nous inquiétions pour vous, dit Carmen. Vous devez vous sentir si seul aujourd'hui, après une telle fête.

— J'ai de bien doux souvenirs. Nous connaîtrons une étape nouvelle. Les reproches et la rancune sont des ennemis. Ils nous aveuglent. Vaut mieux se rappeler les bonnes choses.

— Que papa a été sage de vous confier Félix!

— Il était si heureux aujourd'hui.

— Quelle belle réception, semblable à aucune autre noce. Gaie, colorée. Et Patricia, la jolie fille! Élégante, avec une mère originale qui a failli s'endormir dans les bras du curé. Il ne semblait pas détester ça du tout...

— Elle n'a pas l'habitude de la boisson.

— Si on parlait de Bidou! Quel numéro!

— Carmen, dès lundi, les photos vont paraître dans le journal local. Je t'en enverrai une copie. À moins que vous acceptiez de passer quelques jours ici.

— Mon mari a son travail qui l'attend.

— Est-il toujours aussi sage, ton homme?

Le mari de Carmen eut un rire franc. On parla des gens de Sainte-Marthe, de la vieille maison familiale, du médecin qui avait pris la place de Roméo.

— Qui est mon médecin traitant, soit dit en passant, dit Carmen.

— Vous viendrez parfois nous visiter? Tu représentes, Carmen, à toi seule, la jeunesse de Félix. Garde contact avec lui.

— Je vous le promets, oncle Roméo.

— Et cette maternité?

Le sujet était doux, d'une douceur enveloppante. Carmen exprima le désir de monter à la chambre de Félix. La jolie robe de mariée était là, ajoutant au charme de la grande chambre pleine de soleil. Et, suspendue à la tête du lit de Félix, la fronde qu'avait fabriquée Isidore pour son fils. Le seul jouet qu'il n'avait jamais eu. Cela émut Carmen. Félix n'avait pas oublié son père.

Carmen s'attarda un instant puis descendit. Son mari et l'oncle Roméo parlaient récoltes. En descendant l'escalier, elle remarqua le bahut qui lui faisait face. Elle s'en approcha, passa la main sur le bois lisse que le temps avait patiné. Ses yeux s'embuaient.

«Je vois encore papa sculpter et polir ce meuble. Pas étonnant que je ne l'aie jamais vu achevé. Il l'avait fait pour son fils. Cher papa!»

Elle se rendit au salon et s'attarda aux cadeaux encore étalés. En plein centre trônait un bouquet de roses blanches. Sur une carte posée tout près, elle lut: «À toi, Patricia, la plus belle de toutes.» C'était signé «Ton Félix».

Le couple prit congé de Roméo. La future maman était rassérénée. Ils retournaient en Mauricie.

***

Après leur départ, Roméo se dirigea vers les bâtiments, nourrit les animaux et revint vers la maison. Le téléphone sonnait.

«Décidément, pensa Roméo, c'est mon jour.»
C'était Félix.

— Bonjour, papi. Je te dérange?
— J'arrive du poulailler. Pourquoi cet appel? Ça ne va pas?
— Eh! Comment, si ça va! Je voulais te parler un peu, te remercier pour le cadeau royal. Hier, je n'ai pas eu l'occasion. Ce qui m'a le plus touché, c'est que tu te sois souvenu de ma couleur préférée. Je t'aime, papi.
— Garde ces mots doux pour ta belle. À propos, comment va-t-elle?
— Elle dort. Mais habituellement, à cette heure-ci, je suis levé depuis belle lurette. J'ai bien pensé que tu serais debout.
— Où vous êtes-vous arrêtés?
— ...
— Tu es à?
— À Rivière-du-Loup.
— Non! Dis donc, bonhomme, ça pressait! Rivière-du-Loup! Au moins vous auriez pu patienter jusqu'à Rimouski! badina Roméo.
— Toi, ça va? Et belle-maman?
— Je suis sans nouvelles.
— Crois-moi, hier, elle était pompette. Elle doit cuver son vin ce matin avant de reprendre la route. Vous avez aimé la journée?
— La plus belle de ma vie. Merci, papi.
— Cache ces belles choses au plus profond de ton cœur. Ça servira de fondement à d'autres grandes joies.
— Papi, tu es merveilleux.

— Comment as-tu aimé le costume de Tit Pit?

— J'évitais de te regarder pour ne pas pouffer de rire. Tiens, ma belle ouvre les yeux. Tu sais, papi, elle est belle même quand elle dort.

Félix éclata de rire, la ligne s'était tue... Roméo sourit. «Rivière-du-Loup... Ah! ces jeunes...»

Puis, soudain mélancolique, il se versa un autre café.

Il pensait à la veille, se souvint tout à coup de cette enveloppe que lui avait remise Simon. Il alla la chercher, la décacheta. Elle en contenait une autre adressée à Ernest, plus un feuillet qui disait simplement «Merci».

Il se présenta à l'auberge à quatre heures. Habituellement, les rigolos s'y trouvaient. Dès qu'il ouvrit la porte, il les entendit rire à gorge déployée. Il s'avança. Monsieur Dumont cria:

— Bidou!

Bidou s'arrêta net, tourna la tête, figea sur place. Les rires cessèrent. Roméo comprit qu'il était concerné.

— Bonjour, on s'amuse toujours à ce que je vois. Bidou, continue ton spectacle. Ça a l'air bien drôle. Bon... il ne me reste plus qu'à partir.

— Voyons, monsieur Boisvert, on n'a pas voulu vous offenser.

— Mais je vous ai gelés.

— Bidou se moquait de quelqu'un.

— De moi, alors.

— Non, pas de vous.

Et les rires de reprendre de plus belle. Roméo s'approcha du bar, commanda une bière et vint se joindre au groupe.

Bidou hésita un instant, puis se mit à marcher, à petits pas, en se dandinant comme un canard, les fesses en mouvement, la tête renvoyée en arrière, les yeux au loin. On eût dit une poupée mécanique.

— Qui êtes-vous? demanda Roland.
— Je suis du comté du Mont, mon cher.
— Outremont, rectifia Roméo.

On tapait sur la table, les verres dansaient. C'était l'hilarité complète.

— Non, mais, monsieur Boisvert, vous n'avez pas tout vu, vous, à l'église. La dame allait, trotte-menu, vous jetait des regards chauds, a pleuré un peu au moment des serments, et lorsqu'elle s'est retrouvée à votre bras, oh! mes vieux, tenez-vous bien, la reine elle-même n'aurait pas été plus précieuse. L'histoire du café corsé a fait le tour de la salle. Et celle du juge! Puis elle a noyé son chagrin dans les bras du curé. Le pauvre! Je suis sûr qu'il n'a pas dormi de la nuit.
— Minute, les gars, minute. Soyez respectueux, tout de même!
— C'était pas dans l'intention de vous offenser, monsieur Boisvert.
— Cette dame, car c'en est une, n'a sûrement pas l'habitude de boire. C'est son seul péché. De plus, sa fille est ma bru, donc la dame est de ma famille.

Pour faire diversion, Roméo commanda de la bière. Et on parla de la Chrysler verte. Ernest se taisait, lui, le complice.

— Je dois retourner à la maison, Ernest. Viens donc me voir, après souper, si tu as une minute.
— J'y serai, monsieur Boisvert.

— Je m'en vais, mais soyez délicats dans vos paroles, les jeunes.

Il s'arrêta au bar.

— Vous avez préparé vos factures, monsieur Dumont? Je passerai demain. Mes bêtes m'attendent. Elles ont été négligées récemment.
— Vous êtes content? Les vôtres aussi?

Roméo leva le pouce en signe de satisfaction.

***

Ernest arriva, heureux de pouvoir exprimer sa reconnaissance. Mais Roméo ne lui en laissa pas le temps. Il prit l'enveloppe et la lui tendit.

— À propos, Ernest, Théodore n'est pas venu aux noces. Tu as de ses nouvelles?
— J'ai entendu dire qu'il n'était plus là.
— Hein! Il a déménagé?
— Non, il est soudain retourné en enfance.
— En enfance? Mais je n'étais pas au courant! C'est grave?
— On ne le sait pas encore.
— Bon sang... Ça m'inquiète...
— Moi aussi...
— Il est à l'hôpital?
— Oui.
— Aussitôt que possible, je vais aller le voir...

Ernest partit. À peine rendu dehors, il avait ouvert l'enveloppe. Roméo le voyait de dos. Ernest lisait, là, immobile, en bordure du chemin. Puis il plia la missive et la glissa dans sa poche. Il s'éloigna enfin, la tête basse.

Roméo ne voulait pas savoir, ne voulait pas être mêlé à ces histoires de cœur et surtout se voir dans l'obligation de jouer les entremetteurs.

Le lendemain, Héléna demanda:

— Votre bru, monsieur Boisvert, prendra-t-elle charge de la maison?

— Je suppose, pourquoi?

Elle mit les mains sur son ventre, sans plus d'explications.

— Je vois.

— Ma sœur pourrait me remplacer. Surtout au début, pour le gros travail. Elle s'y connaît.

— Nous en reparlerons. Vous, ça va, la santé?

— Quand je suis comme ça, je suis dans mon meilleur. Je suis bien, vous ne pouvez pas savoir comment, jusqu'au huitième mois!

Une ombre de mélancolie troubla l'âme du médecin. «Elles sont gaillardes, ces femmes. Empressées, dévouées, elles sont au devoir. Des Réjeanne en puissance. Ah! Maman, si tu étais là, comme je te gâterais! Tu m'as tant donné, ton grand cœur surtout. Tu me manques, maman.»

Héléna vint déposer une tasse de thé fumant devant Roméo. Il sursauta.

— Vous vous sentez bien seul, hein! sans votre monsieur Félix?

— Pour le moment, oui, mais j'ai gagné une fille.

— Bientôt, elle aura aussi un gros bedon. Vous aurez donc des petits-fils à aimer qui viendront vous égayer et meubler votre vieillesse.

Roméo faillit s'étouffer. «Meubler votre vieillesse... Ah! ces jeunes, ils nous classent bien vite. La vie leur appartient, toute, à eux seuls.»

Ce soir-là, la dame avait raison, il se sentait vieux, la maison était trop calme, trop grande. Étrangement, il n'avait pas ruminé les événements des derniers jours, rien regretté du départ des siens, ni été ébranlé par les gaucheries de Marie-Ève. Les blessures s'étaient cicatrisées, il avait mûri.

La vie de Roméo s'était parfaite le jour où, sur le bord de la route, une jeune fille s'était penchée pour cueillir des pâquerettes.

Chapitre 23

Après un long bain très chaud dans de l'eau additionnée de sels qui revigorent et embaument l'air, Marie-Ève s'était vêtue, avait plié bagages et repris la route vers Québec. Elle serait en avance pour le rendez-vous.

— Combien de nuits? demanda le réceptionniste.
— Je ne sais pas, tout dépendra des affaires à conclure.
— Bien, madame. De fait, nous avons un pli à vous remettre.
— Un pli?
— Un message qui vous est adressé.

Marie-Ève, enchantée, ne croyait pas qu'un ascenseur pût être si lent. Elle brûlait d'envie de lire le message: son Roméo serait en retard d'une heure, un contrat urgent à signer le retenait.

«Vice-président de la compagnie des transports maritimes», disait l'en-tête de la missive. Marie-Ève s'extasiait. Elle pourrait revivre un souvenir récent qui lui donnait des picotements dans les reins. «Pourvu que la table où il m'a vue et est venu me conquérir soit libre et toujours au même endroit!»

À la voir, on aurait cru que, de la vitesse de ses pas, dépendait la réalisation de ses espoirs.

Le vice-président se présenta à la réception.

— Est-ce que madame?... fit-il.

Il tira une carte d'affaires de sa poche, la consulta:

— ...madame Labrecque est arrivée?

— Oui, monsieur, madame est au bar.

— Merci.

Il pivota sur ses talons sous l'œil averti de l'employé et prit la direction du bar.

Marie-Ève, à cet instant, priait le ciel pour que ce beau mâle soit célibataire. «Ah! et après? Aujourd'hui ce n'est plus une raison de se priver de plaisir. Le présent seul compte. Le diable emporte les vieilles convenances.»

— Vous semblez heureuse, chère madame, vous êtes tout sourire. Je peux savoir?

Et Marie-Ève ne répondit pas, charmée qu'elle était de paraître mystérieuse. Le vice-président jeta un regard à la ronde.

— Vous cherchez quelqu'un? demanda-t-elle.

— Un compétiteur possible qui aurait eu l'occasion de vous regarder. Trop tard, j'y suis, j'y reste. Vous êtes à moi. Libre? Pour longtemps? Quelques jours, au moins, dites-le moi, ne me laissez pas languir. Je me suis libéré, j'ai maintenant tout mon temps pour gagner votre cœur. Où donc est passé le... Tiens, le voilà qui vient.

— Laissez tomber, je commanderai en haut, à la chambre...

Le vice-président régla la consommation de Marie-Ève qui se composa un visage pour traverser le luxueux et magnifique hall.

— Ce soir, nous dînerons là-haut. Vous voyez ce superbe escalier? Là se trouve la salle à manger.

— Je sais, madame.

«Merveilleux! Ce galant homme est un habitué des lieux», pensa Marie-Ève. Le garçon connaissait même l'étage qu'occupait madame. L'ascenseur s'arrêta, la porte s'ouvrit. Le meilleur cognac fut commandé. On trinqua.

— Ce n'est pas du vin de pissenlit! s'exclama Marie-Ève.
— Pardon, je ne crois pas avoir bien compris.

Elle rit.

— Il ne faut pas m'en vouloir, je reviens d'un bal de coton.
— Un bal de coton? Où ça?
— À Saint-en-Arrière.
— Ce que vous êtes ingénue et charmante!

***

Pendant ce temps, à Outremont, le téléphone sonnait. À Rimouski, dans une cabine téléphonique, une fille attendait, en vain.

— Maman n'est pas de retour...
— Nous appellerons demain, chérie. Ne t'inquiète pas.

La Chrysler verte reprit la route. On longerait le fleuve, on suivrait sa lente ascension vers le nord, comme le font ses eaux, parfois grises, parfois bleues, souvent roses sous les couchers de soleil. L'air salin était pur, l'horizon n'en finissait plus de s'éloigner, l'estuaire y gagnait en ampleur.

— Un jour, Patricia, nous visiterons l'autre rive.
— Tu la connais?

Un mot ici et là, des confidences échangées, certaines allusions, des rêves exprimés... On apprenait à se mieux connaître, à se mieux aimer, tout en admirant le paysage. Mont Saint-Pierre, mont Saint-Louis, ces montagnes gigantesques sur les flancs desquelles on avait collé des rubans de routes tortueuses, pour ensuite redescendre au niveau de la mer. Ces pittoresques villages, ces bateaux de pêcheurs, ces mouettes qui se disputaient les restes des poissons que l'on nettoyait sur la grève et qu'on leur lançait. C'était beau, c'était même souvent grandiose!

À Outremont, le téléphone restait implacablement muet.

— Cette bonne, cette dame Cunégonde qui accompagnait ta mère, tu peux la rejoindre?
— Je ne sais pas son numéro.
— Veux-tu que l'on retourne sur nos pas?

La jeune femme n'avait pas entendu.

— Pourtant, madame Morrissette m'a bien dit que... Grand Dieu! Quelle idiote!
— De qui parles-tu?
— De moi.
— De toi! Je te défends bien de parler de ma femme sur ce ton, vilaine.

Et tante Hélène, enfin rejointe, écarquilla les yeux.

— Quoi? Tu es mariée? Quand? Je l'ignorais. Ta mère? Je ne sais pas, je n'ai pas de ses nouvelles depuis plusieurs jours. Elle était présente à ton mariage, alors?

Bon, rappelle-moi plus tard, je vais voir ce que je peux faire. Mais tu connais ta mère et ses lubies. Ne t'en fais pas inutilement.

Félix écoutait. Ainsi, tante Hélène ne savait pas que Patricia était mariée. Bizarre. Il décida de téléphoner à Roméo. Peut-être aurait-il des nouvelles.

Roméo, devant l'inquiétude de Félix, demanda:

— Dis, bonhomme, aurais-tu proposé à ta femme de rebrousser chemin?
— Oui, pourquoi?

Roméo éclata de rire.

— Voilà, fiston, c'est la clef de l'énigme. Madame Marie-Ève fait encore des siennes. Elle sème l'inquiétude. Tombe dans son filet et il en sera fait de la paix de votre ménage.
— Tu crois, papi, sincèrement?

La conversation bifurqua; Félix parlait maintenant de la beauté du paysage, de leur bonheur.

— Alors, petit, manges-en de ce bonheur, prends-le à pleines poignées, gave-toi. Pendant ce temps, ici, moi, j'enquêterai.

Patricia s'était apaisée. Félix semblait si confiant que son épouse cessa de se culpabiliser.

Plus tard, ils apprirent de tante Hélène que madame Labrecque avait donné congé à Cunégonde, car elle partait en voyage. Elle la rappellerait à son retour.

Le lendemain, Roméo les informa que Marie-Ève avait envoyé une énorme gerbe de fleurs à madame Morrissette et, à Lucie, sa petite fille, de jolis souliers en cuir verni, qui lui allaient comme un gant. Ces gentillesses avaient été expédiées de la ville de Québec. Ainsi, maman Marie-Ève s'amusait.

Les amoureux reprirent la route.

— Je m'excuse, Félix, pour ces vaines inquiétudes. Maman est si imprévisible!

— Chérie, je préfère avoir une épouse tendre et attentive, malgré ce que ça comporte d'inconvénients. Ne change jamais, je serai toujours à tes côtés. Faisons-nous mutuellement confiance.

Gaspé, le rocher Percé et ses milliers de fous de Bassan, le village de Coin-du-banc, la baie des Chaleurs, la vallée de la Matapédia... Ils découvraient des sites plus enchanteurs les uns que les autres.

Aux charmes et à la beauté des lieux s'ajoutait l'harmonie. Ils s'épataient des mêmes choses, se découvraient mille affinités.

Ils faisaient de longues promenades, la main dans la main, sans qu'il soit nécessaire d'exprimer leurs pensées autrement que par un regard, une pression des doigts, une halte, une étreinte, un baiser discret.

Les résidants, qui savaient différencier les couples en lune de miel des touristes (plus souvent portés à prendre des photos), leur souriaient gentiment.

— Félix, arrête, écoute, c'est beau!

— J'entends ce roucoulement tous les soirs.

— Le soir? C'est impossible. Le soir, seuls les oiseaux nocturnes sortent et n'ont pas ce joli gazouillement.

— Je parle du mien, mon oiseau: toi, ma belle.

— Félix!

***

Ils étaient arrivés une heure plus tôt, avaient choisi une petite auberge à cause de la variété des fleurs qui l'entouraient, des sentiers tortueux de pierre plate qui serpentaient dans le jardin: un paradis miniature pour amoureux. Attablés dans la salle à manger, ils dégustaient des fruits de mer délicieux. Félix racontait l'aventure de sa première expérience de pêche, de sa joie d'alors.

Le fils du propriétaire s'approcha, un instant gêné de les déranger, car leurs rires fusaient.

— Je vous demande pardon, docteur, madame. Nous avons un problème.

— De quoi s'agit-il?

— Le docteur Lévesque est absent, et nous avons besoin d'un docteur.

— Je ne suis pas docteur, je regrette, je suis fermier.

— Ah! Je m'excuse, je croyais...

Et il s'éloigna, embarrassé.

— Pourquoi diable m'a-t-il appelé docteur?

— À cause de ton automobile, probablement.

— Mais, pourquoi? Qu'est-ce que mon auto a à voir avec ça?

— La Chrysler a longtemps été la marque préférée des médecins. Ils en conduisaient presque tous, autrefois. La croyance persiste à ce que je vois.

Félix pensa à Roméo. Une bobine de souvenirs heureux et moins heureux défilèrent dans son esprit.

Ils jasèrent tard, ce soir-là, dans les bras l'un de l'autre, échangèrent leurs confidences, leurs secrets les plus profonds, parfois coupés de larmes, de soupirs. Les derniers mots furent prononcés par Félix.

— Tu sais, Patricia, tu as marié un homme pur. Jusqu'au jour où je t'ai vue cueillir des fleurs en bordure de la route, que je t'ai tenue dans mes bras, le soir du bal de coton, j'avais une peur morbide des femmes, de toutes les femmes, même si maman, qui ne m'aimait pas, était bonne et affectueuse avec ses autres enfants.

Patricia l'interrompit...
Le lendemain, ils prirent le chemin du retour.

Chapitre 24

Marie-Ève était heureuse, si heureuse. Paul, qu'elle se plaisait silencieusement à appeler Roméo, continuait de la charmer. Ils connurent des nuits magnifiques. Puis, un bon matin, il lui téléphona. Il se confondait en excuses. Il lui fallait sauter dans l'avion qui partait à l'instant pour Sept-Îles où une urgence le réclamait. Et cette note d'hôtel à régler...

— Paul! Je vous en prie, ne vous en faites pas pour si peu.

— Vous avez assez d'argent sur vous?

— Mais, mon cher Paul, j'ai ma carte de crédit. Partez sans inquiétudes.

— Je suis vraiment désolé.

— Oubliez tout ça. Promettez de venir me visiter, à Outremont.

— C'est juré. Je vous donnerai un coup de fil d'abord. Pardon, je dois filer, les passagers sont appelés.

Marie-Ève soupira, fit ses valises. Elle reprendrait la route le cœur léger. Elle régla la note. Une somme très élevée.

Marie-Ève, en arrivant à Outremont, n'eut que le temps de poser ses valises sur le sol. Elle fila en vitesse annoncer son extraordinaire aventure à Hélène.

Son amie l'accueillit plutôt froidement, mais Marie-Ève ne le remarqua même pas.

Elle parlait, parlait. Un prince, la belle vie, dans un château, vieillot, mais d'un luxe! Aucun hôtel de Montréal ne pouvait s'y comparer: cuisine fine, caviar et vins, nuits d'enchantement, passion. Un rêve!

— Tu sais, Hélène, je me suis éprise de lui aussi vivement que je me suis attachée à toi. Tu te souviens comme on s'aimait, toutes deux, autrefois.

— Autrefois? Tu es plutôt vexante, Marie-Ève.

— Vexante, voyons donc! Tu es ma seule grande amie, la seule à qui je peux confier ce genre de choses. J'avais si hâte de tout te dire que je n'ai pas pris le temps de me changer de toilette avant de venir.

— Et tu es partie vite aussi, si vite que tu ne m'as pas prévenue du mariage de ta fille!

— C'est vrai, j'ai oublié... Il s'agissait d'une toute petite noce, tu sais, entre les familles, sans invités...

— Et ta fille t'a cherchée, s'est inquiétée, m'a téléphoné...

— Écoute, Hélène, je me suis sacrifiée pour ma fille. Après la mort de mon mari, j'ai eu plusieurs prétendants intéressants que j'ai refusés pour elle. Elle a choisi, s'est mariée contre ma volonté, c'est bien. Je n'allais pas rester à la maison à attendre ses appels, sans savoir si elle daignerait me téléphoner. Ma rencontre avec Paul change tout. Je suis une femme libérée et toutes les obligations concernant Patricia reposent maintenant sur les épaules de son mari.

— Je vois. Et toi, tu files le parfait amour.

— Peux-tu me comprendre?

— Oui, même que je t'envie.

— Je savais! Je savais! Tu es une véritable amie, comme il ne s'en trouve plus. Je dois filer. Peut-être que Patricia va me téléphoner.

— Ou Paul.

— Oh! ça, c'est certain. Bon, je me sauve. Je te donnerai des nouvelles de mon beau roman d'amour.

Hélène la regardait s'éloigner, souple, légère, pleine de l'enthousiasme qui enflamme et guide les femmes amoureuses.

«Voilà, pensa-t-elle, Patricia est absoute de tous ses crimes. Son fermier de mari est devenu subitement un gendre extraordinaire, je suppose.»

**

Dix jours s'étaient écoulés. La Chrysler verte fut stationnée près de la grise.

Patricia entra en coup de vent, se précipita dans les bras de Roméo:

— Bonjour, docteur! Vilain cachottier, permettez que je vous embrasse. Merci, merci pour tout et surtout, oh! oui, surtout de ce que vous avez fait pour Félix, mon homme.

Roméo ressentit une joie profonde. Patricia avait sûrement conquis le cœur et la confiance de Félix pour qu'il se soit ainsi confié à elle. Jamais encore, sauf à l'occasion de son mariage, il n'avait abordé ce sujet.

Ainsi qu'il en avait rêvé, l'amour était entré dans la maison. Il marcha à la rencontre de Félix. Ils se firent une longue et affectueuse accolade.

— Heureux, bonhomme?
— Alouette, papi!
— J'aurai à te parler, bonhomme.
— Tu peux le faire. Tu peux tout dire en présence de ma femme. Je lui ai tout raconté.
— Je sais, bonhomme.

Les bagages furent transportés à l'intérieur. Patricia sortit, revint, tenant précieusement un paquet dans ses mains. Elle le déposa sur la table, le développa et l'offrit à Roméo.

— Voilà, c'est pour vous.

Il s'agissait de la réplique d'une goélette à l'intérieur d'une bouteille. Travail d'artisan, accompli avec mille précautions. Couché sur le côté, le bâtiment miniature reposait sur une base de bois piqué par l'eau et le sel, que la mer rejette souvent sur ses rives.

— Pensez donc! s'exclama Roméo, ravi. Quelle patience, quelle ingéniosité a-t-il fallu pour accomplir ce chef-d'œuvre! Merci, mes enfants.

Roméo enleva les journaux qui se trouvaient sur le vaisselier et déposa délicatement le présent. Le geste l'avait touché. On avait pensé à lui. Il toussota et dit, pour cacher son émotion:

— Vous avez faim? Détendez-vous, montez vos valises, je prépare le souper – ou plutôt je le réchauffe. Madame Morrissette m'a fait envoyer une pleine casserole de cipaille à servir le jour de votre retour.

Patricia et Félix montèrent. Oh! Surprise! La chambre du célibataire avait été repeinte. Une jolie douillette fleurie recouvrait le lit, jetant une note de gaieté dans la pièce, délicatesse de papi Roméo.

— Quel homme attentif et délicat est ton oncle, Félix!

Roméo avait dressé le couvert. Devant chacun d'eux se trouvait une coupe de vin de pissenlit.

— Un mot au sujet de la promesse faite aux enfants avant votre mariage. J'ai parlé à monsieur Dumont. Samedi aura lieu le banquet pour les jeunes. Il y aura beaucoup, beaucoup de ballons et de crème glacée.

— Ce sera charmant. Je devrais leur faire une surprise, porter ma robe de noces.

— Inviter Tit Pit à jouer des rigaudons.

— Bien pensé, papi. Et si on invitait monsieur le curé, on pourrait renouveler nos vœux, badinait Félix.

— Peut-être que ça te rassurerait, toi. Mais la présence du prêtre pourrait intimider les enfants...

— De grâce, que Tit Pit n'arrive pas là en habit de cérémonie. Les petits ne comprendraient plus rien. C'est l'autre personnage qu'ils connaissent et aiment.

— Ouais...

— Et qui sait? Peut-être qu'au milieu de ces marmots, il s'en trouverait un qui soit invisible...

Félix passa les doigts dans ses cheveux.

— Je ne comprends pas.

— Que vous êtes pressé, monsieur Boisvert! Patience, patience, le temps des couches viendra bien assez vite.

Patricia avait compris le sous-entendu. Puis on parla de la Gaspésie, de ses charmes. L'histoire du docteur Boisvert là-bas, à l'auberge, fut racontée.

Ce n'est qu'avant d'aller dormir que Patricia téléphona à sa mère. Jamais encore Marie-Ève ne lui parut aussi exaltée et heureuse. Patricia ne savait pas pourquoi, mais elle s'en réjouissait. Ça lui semblait presque impossible, un tel revirement. Marie-Ève la questionna sur son voyage, son nouveau bonheur et, pour la première fois, sut l'écouter sans la contredire.

Le lendemain, lors d'une conversation, on parla de Marie-Ève. Patricia leur fit part de ses étonnantes bonnes dispositions. Roméo plissa le front, ne pouvant s'empêcher de la calomnier mentalement. «Elle fait un pas en arrière pour sauter plus loin», songeait-il.

Tout haut, il annonça:

— Mes enfants, puisque vous voilà unis, heureux, le temps est venu pour moi de prendre aussi des décisions.
— Nous vous écoutons, papi.
— Je vais partir.
— Partir, pour aller où?
— C'est la décision à prendre. Il y a de bons endroits. J'ai atteint l'âge, ou presque, de la retraite...
— Tonnerre!

Vlan! Félix, de sa main grande ouverte, venait de frapper sur la table. Il se leva debout sous le coup de la colère.

— Jamais! Je ne veux plus jamais entendre pareille...

Il cherchait ses mots tant sa furie était grande. Il finit par dire:

— Sornette, jamais!

Calmement, Roméo demanda:

— Et vous, Patricia?
— Vous avez entendu mon mari, monsieur Boisvert. Vous resterez avec nous, ou plutôt nous resterons avec vous.
— Jusqu'à la fin de tes jours, papi, dit Félix, subitement calme. Qu'on n'en parle plus. Moi, je laisserais partir mon père sous prétexte qu'il se dit vieux? Vieux ou pas, Roméo Boisvert restera ici chez lui.
— Monsieur Boisvert, vous venez de me donner l'occasion d'apprendre qu'il me faudra être docile et soumise. J'ai épousé un homme qui peut être violent à ses heures...

Roméo hocha la tête et dit:

— Merci, mes enfants.

Il sortit se promener sur la grande galerie pour cacher la joie qui l'étreignait, lui de qui on s'était si peu préoccupé. «Peut-être qu'il serait temps que j'installe ici une balançoire à trois ou quatre places, afin de pouvoir fuir gracieusement devant ce genre de circonstances. Cette Patricia est en or.»

***

Patricia prenait à cœur son rôle de maîtresse de maison. Elle consultait madame Benoît. Ce fameux livre de recettes lui apprenait lentement les rudiments du métier.

Sur ces entrefaites, comme prévu, la jeune sœur d'Héléna prit la relève. Simone était gaie, vaillante, boute-en-train, chantait en travaillant. Patricia avait protesté pour la forme, mais elle n'avait pas l'habitude de l'entretien d'une maison. Sa mère lui avait appris les bonnes manières, payé des leçons de ballet, parlé d'étiquette et de bonne tenue. Mais Cunégonde, et Cunégonde seule, touchait à la pâte comme au linge à épousseter.

— Ne t'en plains pas, Patricia, tu apprendras vite et en auras bien assez à faire quand les enfants arriveront un à la suite de l'autre, pendant cent huit mois.

— Cent huit mois?

— Neuf par enfant, à ce qu'on m'a dit.

La jeune femme éclata de rire, après un rapide calcul mental.

— Toi, Félix Boisvert, je vais parler à ton père. Ça manque de sérieux.

313

— Ne compte pas le voir se rallier derrière toi. Les Boisvert se tiennent. Les enfants sont la raison de l'institution du mariage. C'est ce que veut l'Église.

Roméo rentrait. À brûle-pourpoint, Patricia demanda:

— Combien voulez-vous de petits-enfants?

Du tac au tac, il répondit:

— Trois.

Les rires reprirent.

— Je vois que la gaieté règne, ici. J'aime ça.
— C'est contre les principes de la religion, papi. On accepte les enfants que le bon Dieu nous donne.

Patricia pinça le bec:

— Dieu seulement? Alors je n'en aurai pas, car moi je dors avec Félix, et seulement Félix. J'en ai fait le serment au pied de l'autel...

***

À Outremont, le bonheur durait. Paul fréquentait assidûment sa belle. Il avait adroitement esquivé les questions sur son état matrimonial, si bien que Marie-Ève continuait d'espérer et se faisait gentille.

Il était retenu à Montréal, à cause de ce contrat signé à Sept-Îles. Si Marie-Ève avait bien compris, c'était quelque chose qui concernait le transport maritime, dont plusieurs bureaux se trouvaient dans la métropole.

— Pourquoi payer des frais d'hôtel, Paul? Cette grande maison est vide. Acceptez de loger chez moi.

Il y penserait... Il y pensa si bien qu'il partagea la chambre de son hôtesse. Il allait, venait, partait, revenait. Les week-ends, il s'absentait. Ce qui éveilla des doutes. Peut-être avait-il une femme, peut-être des enfants...

Cunégonde ne l'aimait pas, ce monsieur trop empressé. Mais madame était si heureuse et tellement moins détestable! Alors, elle se taisait. «Je ne lui donnerai plus l'occasion de me dire de me mêler de mes oignons.»

Tous les samedis matin, Patricia téléphonait à sa mère, qui semblait si heureuse que la jeune femme apprit à s'y faire.

— Moi qui craignais, Félix, que maman meure d'ennui en mon absence.

Et, le dimanche, si Hélène était libre, c'est chez elle que Marie-Ève chantait sa joie.

— J'aurai le plaisir de le rencontrer, ce phénomène?
— Oui, un jour, un jour...

«Pas avant qu'elle lui ait mis le grappin dessus, songeait Hélène. Elle ne veut pas de compétition!»

Chapitre 25

Roméo peignait sa fameuse balançoire, sur la véranda.

— Papi, je reviens du village, lui dit Félix. Les glas ont sonné. Un coup répété, ça désigne la mort d'un homme, si je me souviens bien. C'est bizarre.

— Qu'est-ce qui est bizarre?

— J'ai un mauvais pressentiment.

— D'après toi, qui ce pourrait bien être qui nous toucherait à ce point?

— Je ne sais pas, mais je n'aime pas ça.

Voilà que, dans le rang, il y avait une activité anormale.

Deux automobiles passèrent. Pas loin derrière suivait le maire Morrissette, à une vitesse excessive.

— Tiens, habituellement il salue et parfois s'arrête. Mais là, il est sûrement pressé.

Patricia sortit, vint se joindre à eux.

— Qu'est-ce qui se passe?

— Un homme est mort.

— Ça arrive tous les jours.

— Ici, c'est différent. Nous sommes tous très liés et solidaires. Alors, on s'inquiète. Pourquoi Morrissette?...

— Le père de Géralda?

— Oui, le maire.

— Et?

Félix haussa les épaules et entra, suivi de sa femme. Roméo déposa son pinceau. «Logiquement, puisque les glas ont sonné, la personne est morte. Je ne pourrais rien faire pour aider.»

Il pensa à sa mère. À l'époque, elle était, comme lui maintenant, sur la galerie quand le mal l'avait terrassée. Il alla s'asseoir sur la première marche et s'épongea le front. La chaleur était intense. Pas une brise pour l'atténuer.

Il vit quelqu'un qui venait vers sa maison à travers le champ d'en face. L'homme hâtait le pas, semblait venir directement vers lui. C'était Ernest.

Roméo marcha dans sa direction, attendit qu'il traverse le chemin.

— J'ai à vous parler.
— Suis-moi, Ernest.
— Vous savez?
— Non. Rien, suis-moi.

Il le conduisit à l'arrière de la maison, à l'abri de la vue des gens.

— Allons dans la grange.

Il y avait du mystère dans l'air. Ernest se laissa tomber sur une botte de foin, se cacha la tête dans les mains. Puis il pleura. Roméo attendait. «Son fils, pensa-t-il, le jeune Simon...»

— C'est fini.
— Qu'est-ce qui est fini?
— Il l'a tuée.
— Qui a tué qui?
— Lui, elle, la mère de Simon.

— Je ne comprends pas.

— Il l'a poignardée et s'est pendu.

— Morts tous les deux?

— Je ne sais pas. C'est Simon qui les a trouvés. Elle d'abord, lui ensuite, au sous-sol. C'est à devenir fou!

— Où est-elle?

— À l'hôpital. Ils sont venus la chercher.

— Elle n'est pas morte.

— Qu'en savez-vous?

— Les glas n'ont sonné qu'une fois. Elle vit, Ernest, crois-moi. Où est Simon?

— À l'hôpital. Moi, ici, je ne peux rien faire. Mais il fallait que je parle. Je vais exploser!

Il s'étendit sur le sol, se mit à sangloter. Cet homme que lui, Roméo, avait sauvé, avait commis ce meurtre!

— Tu as été courageux, Ernest. Tu n'as rien à te reprocher. Avait-il bu?

— Je ne sais pas. Et Simon, dans tout ça! Pauvre Simon.

— Écoute, mon vieux. Reste ici. Je vais aller me renseigner et revenir. Ne bouge pas d'ici. Je vais parler à Simon. Je reviens.

Roméo ferma les portes à battants et rentra chez lui.

— Félix, je vais te demander de ne pas aller dans la grange, de ne laisser personne s'en approcher. Personne. Je reviens. Patricia, préparez un café bien fort et un sandwich, s'il vous plaît.

Roméo monta rapidement à sa chambre, se changea en vitesse, porta le café à son ami qui pleurait toujours, jeta près de lui deux mouchoirs, redit encore:

— Ne bouge pas d'ici, je pars.

Félix vint vers son père.

— Que se passe-t-il, papi?
— Rien qui nous concerne. Souviens-toi de ce que je t'ai demandé. Je reviendrai au plus tôt.
— Et, là-dedans?
— Un ami.
— C'est grave?
— Oui.

Roméo prit la direction de Rivière-du-Loup.

— Tu es troublé, Félix, que se passe-t-il? demanda Patricia.
— Je l'ignore. Viens dehors avec moi.
— Mais ton père sait, n'est-ce pas?
— Oui.

Félix alla s'appuyer contre la clôture, désemparé. Patricia imita son geste, resta près de son mari, silencieuse. Et l'attente commença.

Ernest s'était assis. «Les glas n'ont sonné qu'un coup. Elle vit.» Un peu d'espoir, un faible espoir. Ernest tendait les oreilles, se demandant si on pouvait entendre sonner les glas de si loin. «Elle vit.» Ernest priait.

***

À l'hôpital, Roméo s'informa.

— Une femme blessée, oui. Elle est dans la salle d'opération.
— Le médecin est auprès d'elle?

L'infirmière le regarda. La sotte question!

— Bien sûr, puisqu'elle est dans la salle d'opération. Vous êtes un parent?
— Non, un médecin.
— Oh! Pardon, docteur.
— Son fils, vous savez où il se trouve?
— Je m'informe. Je reviens dans un instant.
— Suivez-moi, docteur.

Simon était assis dans un fauteuil, les épaules affaissées, le regard fixe.

Roméo dit à l'infirmière que ce garçon avait besoin d'un calmant, qu'il était sous l'effet d'un grand choc. La blessée était sa mère.

Il s'approcha, prit place près de Simon, qui ne le voyait pas, ne bougeait pas. Après le départ de l'infirmière, il lui parla doucement:

— Simon, votre mère est entre les mains d'un bon médecin. Elle vivra. Dieu y verra.

Le jeune homme se tourna. L'air absent, il regarda Roméo.

— Simon, priez pour que votre mère vive. Dieu seul peut corriger les erreurs humaines. Lui seul tient entre ses mains...

Il se tut. Il venait de se remémorer les confidences d'Ernest qui s'était penché sur l'homme blessé après l'accident et avait lutté à ce moment-là avec sa conscience! «Cet homme que vous avez sauvé», avait dit Ernest.

— Écoutez, Simon.

— Je le hais! Je hais mon père!

Que répondre à ça? L'enfant avait déjà tant souffert des larmes versées par sa mère à cause de l'alcool.

Cinq heures plus tard, une infirmière vint avertir Simon que l'opération était terminée, que la patiente dormait toujours et ne pourrait avoir de visiteurs avant plusieurs heures.

— Je veux la voir.
— À travers une fenêtre seulement, ça irait, Simon?
— Oui.
— Suivez-moi.

Et ils emboîtèrent le pas à l'infirmière. Simon vit sa mère, entourée de nombreuses machines, de tubes, de pansements. Ces choses font peur aux non initiés. Roméo le savait.

— Tu vois, elle vit, c'est tout ce qui compte. Pour le moment, elle a besoin de repos. Suis-moi. Je t'amène avec moi.

Simon obéit en somnambule. Roméo posa sa main sur son bras et le guida.

Rendu chez lui, il pria Félix de le conduire là-haut, dans une chambre, où il pourrait passer la nuit.

— Veille sur lui jusqu'à mon retour, lui dit-il en douce.

Et il se dirigea vers la grange, entra. Ernest était déjà debout.

— Elle vit. Elle a été opérée.
— Vous ne mentez pas, monsieur Boisvert?

— Non. Simon est couché, chez moi.

— Comment prend-il la chose, le pauvre enfant?

— Il ne la prend pas, comme toi, il la subit. Veux-tu rentrer chez toi ou dormir ici? Ton fils étant déjà chez nous... Je n'ai plus de place à t'offrir.

— Je rentre chez moi.

— Je vais t'y conduire.

«Elle vit! répétait-il sans cesse. Elle vit!»

Le café avait refroidi, le sandwich était intact.

Lorsque Roméo revint chez lui, Félix veillait toujours.

— Tu es fatigué, hein, papi?

— Oui, fiston, oui. Et Simon?

— Il dort.

— Tu veux parler?

— Non, va dormir. Je veillerai. Va rejoindre ta femme. Merci, fiston. Bonne nuit. Oh! Laisse la lumière du passage allumée.

Félix hésita puis monta.

— Bonne nuit, papa.

Ce mot lui fit un bien immense. Roméo s'appuya, ferma les yeux. «Un drame beaucoup moins grave a failli me faire perdre la tête. Le pauvre enfant, sa mère est cruellement blessée et ensuite il découvre le corps de son père dans de telles conditions!»

Il éprouvait une grande commisération pour ces êtres que l'amour avait unis pour les déchirer ensuite.

Roméo sursauta. Il avait dû sommeiller. Il tendit l'oreille. La chasse d'eau se fit entendre. Il attendit. Des pas venaient. C'était Simon. Il descendit l'escalier, apparut enfin. Il semblait perdu.

— Viens, Simon, viens t'asseoir. Tu dois avoir faim.

Non, fit-il de la tête. Roméo plaça des galettes et un grand verre de lait devant lui.

— Raconte-moi ce qui s'est passé, Simon.

L'enfant, les yeux secs, la tête baissée, narra les faits.

— J'arrivais du village, j'allais entrer à la maison. Il m'a barré le chemin et m'a demandé d'aller à la grange, de faire le train, de réparer une porte qui avait besoin d'ajustement. «Je veux parler à ta mère, seul à seul», m'a-t-il dit. Surpris, je l'ai regardé. Je me suis demandé s'il avait bu. Il semblait à jeun. Je me suis éloigné. Il a pris les paquets que je ramenais, les a entrés, a fermé la porte. Je suis revenu, peut-être une heure plus tard. J'avais besoin du bidon pour le lait frais. N'entendant rien, je me suis avancé vers la cuisine. C'est alors que j'ai vu maman, couchée par terre, couverte de sang. Ils ont dû se battre. Il y avait une chaise renversée. J'ai relevé la chaise, je me suis penché, j'ai pris la main de maman, pour vérifier son pouls. Elle tenait une feuille chiffonnée à la main. Maman vivait. C'est alors que j'ai vu le manche du couteau dont la lame était... J'ai hurlé, je criais à mon père, je courais partout, je ne le voyais pas. J'ai compris: c'est lui qui avait fait ça! Je suis devenu fou furieux. Je l'ai cherché, partout. J'ai vu la porte de la cave ouverte... J'y suis descendu. C'est là que je l'ai trouvé...

Il cessa de parler, éclata en sanglots.
Roméo le laissa pleurer, fit bouillir de l'eau, infusa un thé dans lequel il mit un calmant.

— Bois ça, Simon. Mange un peu. Tu finiras de me

raconter ça plus tard. Va, tu dois prendre des forces. Ta mère aura besoin de toi.

— J'ai peur, j'ai peur.

— Je sais, c'est bien normal. Bois ça. Si tu le peux, mange au moins quelques bouchées. Pense à ta mère, Simon.

Entre ses soupirs, le garçon sirota la boisson chaude. Roméo l'observait. Lorsque Simon eut fini de boire, Roméo le dirigea à nouveau vers sa chambre. Simon n'opposa pas de résistance.

— Tu dois dormir. Il est trop tôt pour aller à l'hôpital. Je te réveillerai.

Roméo, dans sa chaise, repensait à tout ça. Il regarda sa montre. Il était sept heures trente.

Félix descendit.

— Tu es toujours là, papi?

— J'ai sommeillé.

— Et déjeuné?

— Je n'ai pas faim pour le moment. Patricia dort?

— Comme un ange. Et Simon?

— Il dort aussi.

Félix sortit pour vaquer à ses obligations. Roméo téléphona au maire Morrissette. Lui seul pourrait lui donner quelques informations. À la première question, il répondit que tout allait de mal en pis.

— On recherche le jeune Simon. Il a disparu. Un policier de la brigade des homicides le recherche. Il est nulle part. Il a quitté l'hôpital avec un étranger qui se disait médecin. Ça sent le mystère à plein nez. Je dois vous laisser, me rendre au village.

— Et moi, je dois vous parler, monsieur Morrissette, de toute urgence. Arrêtez me prendre en passant. Je sais que je peux vous aider à solutionner tout ça.

— Ce serait un miracle. J'arrive.

Roméo se lava le visage, but le verre de lait qui était resté sur la table et sortit rejoindre le maire qui arrivait.

— Je vous écoute.

— Je sais où est Simon.

— Non! Où?

— Ce policier dont vous m'avez parlé, où pourrais-je le rejoindre?

— Je l'ai convoqué à mon bureau.

— Parfait, alors tout va s'arranger.

— Expliquez-vous, monsieur Boisvert. Ne répondez pas à mes questions par des questions. Où est le jeune et qu'avez-vous à voir dans cette histoire?

Le maire avait freiné.

— Le faux médecin, c'est moi.

— Hein?

— Oui, monsieur le maire, je suis médecin.

— Hein?

— Je parlerai maintenant en présence du policier.

— Hein?

Le maire redémarra. «La mère serait-elle morte?» se demandait Roméo.

Mis en présence du policier, Roméo commença ainsi sa déclaration.

— Ayant entendu parler de ce qui s'était passé, j'ai cru de mon devoir de me présenter à l'hôpital pour offrir mes services. Je connaissais déjà une des victimes. Je ne sais pas si vous êtes au courant de l'accident qui est survenu ici il y a quelque temps. Une collision à un passage à niveau. Arrivé le premier sur les lieux, j'ai sauvé un blessé. J'ai réussi à le sortir de l'automobile dans laquelle il se trouvait coincé. Il y avait trois autres victimes pour qui il était trop tard.

Et Roméo raconta ce qui s'était passé à l'hôpital. Il n'avait pas mentionné le nom d'Ernest. Il en vint aux déclarations faites par Simon et pria le policier de vérifier si, de fait, la mère tenait à la main une feuille chiffonnée.

— Là doit se trouver l'explication de ce drame. Simon ne mentait pas. Il n'était pas en état d'inventer quoi que ce soit.

— Je vais parler à mes supérieurs. Entre temps, je vais aller à l'hôpital. Le jeune homme? Où est-il présentement?

— Chez moi, sous bonne garde. Il dort. Je lui ai fait avaler un somnifère. Je me tiens garant de lui jusqu'à nouvel ordre. Je peux partir?

— Merci, docteur Boisvert.

— À propos, je ne voudrais pas que cette information fasse la manchette. J'ai abandonné la pratique de la médecine et je suis devenu fermier. Dites-moi: la dame serait-elle décédée?

— Pas aux dernières nouvelles.

— Pourquoi, alors, cette enquête?

— Routine. Chose courante dans les circonstances. Mais la disparition du jeune semblait plutôt louche.

— Ça m'intrigue, cette histoire de papier chiffonné. L'enfant se creuse la tête pour comprendre et il s'accroche à ce détail.

— Il sera remis à la dame si on l'a trouvé dans ses mains. Si, par malheur, elle ne survivait pas, ses possessions iront au fils.

— Je vois. Merci.

— Hélas! Ce ne sont que des si.

— Je comprends. Vous avez mon numéro de téléphone si vous avez besoin de me rejoindre?

Roméo quitta le bureau et croisa le maire.

— Et alors, docteur?

— Je regrette, monsieur le maire. Le secret professionnel m'empêche de divulguer quoi que ce soit. Je vous en prie, ne me donnez plus le titre de docteur. Ça c'est le mien, mon secret.

— Je vais vous faire reconduire, doc... pardon, monsieur Boisvert.

— Merci, monsieur Morrissette.

Roméo rentra chez lui, épuisé. Il craignait que la maudite lettre qu'il avait remise à Ernest soit la cause de tout ce malheur. Si oui, que contenait-elle? Ernest aurait-il pris des initiatives qui auraient mal tourné? Comment pourrait-il se sortir d'une telle impasse?

Roméo s'endormit mais fut réveillé une heure plus tard. Simon était près de lui.

— Je veux aller à l'hôpital.

— Pourquoi pas. Évidemment, ta mère ne sera pas en mesure de parler.

— Je sais, mais je veux la voir.

Roméo demanda à Félix de conduire le jeune homme là-bas, de l'attendre et de le ramener. Patricia, silencieuse, lui servit un goûter.

— Beaucoup de mystères, hein, ma fille? Quel drame!

— Si vous saviez à quel point je vous admire! Auprès d'un homme de votre trempe, Félix ne pouvait devenir autrement que ce qu'il est, c'est-à-dire logique et bon.

— Merci, ma fille.

Les pensées de Roméo revenaient toujours à Simon et, par ricochet, à Ernest. Il prit une décision, se leva, lui téléphona et le pria de venir le voir.

— Mauvaise nouvelle?

— Non.

— J'y vais.

Roméo sortit, attendit son ami.

Ils se regardaient, appuyés sur la clôture.

— Dis-moi, Ernest, cette lettre que je t'ai remise, tu l'as toujours?

Ernest ouvrit son portefeuille, sortit une enveloppe pliée en quatre. La lettre s'y trouvait.

— C'est tout ce qu'il me reste d'elle.

— Et ton fils? Tu oublies ton fils.

— Il partira. Il ne pourra rester ici, pas après ce drame. Comment le retenir?

Roméo plissa les yeux. Une idée germait dans son cerveau.

— C'était son habitude de t'écrire?

— Non, c'était la première fois. Elle savait que j'étais invité au mariage. Son but était de me mettre en présence de notre fils. Lisez, elle le dit.

Trois lignes d'une écriture tremblante, sans nom, sans date: «J'ai saisi l'occasion de te mettre en présence de ton fils. Je t'aime toujours.»

Il remit le mot d'amour à Ernest qui le plia, le plaça dans l'enveloppe et glissa le tout dans sa poche.

— Ernest...
— Oui, monsieur Boisvert.
— Si je te demandais...
— Ce que vous voulez, tout ce que vous voulez.
— Je peux difficilement garder Simon chez moi. Si je te le confiais, à toi, mon ami?

Ernest baissa la tête, s'appuya pesamment contre la clôture, muet. Roméo poursuivit:

— Il serait bien, chez toi. Tu as une bonne oreille, tu sais te taire et choisir tes mots... Il te connaît. La transition serait douce pour lui. Je dis pour lui. Tu n'aurais qu'à écouter et à te taire, lui donner la chance de s'épancher... Lui donner du travail, l'embaucher... Ça le retiendrait ici. Qui sait? Peut-être qu'il s'attacherait à toi...

Roméo regardait à l'horizon, laissait à Ernest le temps d'assimiler ce qu'il venait de suggérer. Le silence se prolongeait. Quand il jugea que l'homme était en mesure de l'entendre, il ajouta:

— Ce garçon que je veux te confier a une mère malade, très. Il pourrait la perdre. Il serait alors seul au monde. Il aurait besoin d'un ami qui deviendrait pour lui presque un père... avec le temps. Un fils, ce n'est pas à dédaigner. Et, si la mère devait survivre, qui sait...

Après une pause, il ajouta:

— Quand serais-tu prêt à le prendre chez toi?

Ernest se retourna. Les larmes inondaient son visage.

— Hé! Ce n'est pas l'attitude d'un homme, ça! Reprends tes sens. Je pense bien que dès ce soir tu en auras besoin. Demain au plus tard. Parce que, vois-tu, Ernest, il me serait difficile de garder ce garçon...

Roméo n'eut pas le temps de finir sa phrase, Ernest s'éloignait.

— Hé! Un instant.

L'homme s'immobilisa:

— Ernest, autre chose. Si tu acceptes, je te confierai une autre mission. Attends mon appel. Je te dirai quand, mais il te faudrait peut-être aller chez ce garçon pour lui épargner de retourner sur les lieux du drame. Tu devras ramener ses choses et celles qui ont appartenu à sa mère... Va, mon vieux, va.

Chancelant, Ernest s'éloigna à travers les champs. Roméo restait là, se souvenait: la clinique, ses mains qui avaient si longtemps tremblé.

— Monsieur Boisvert, monsieur Boisvert, on vous demande au téléphone.

Patricia avait dû répéter son nom à quelques reprises. Roméo était plongé profondément dans ses pensées.
Le policier enquêteur était à l'appareil. De fait, la victime tenait un papier où on pouvait à peine déchif-

frer les mots «ton fils» et «occasion». Le reste était illisible à cause de l'état du papier. Tout au plus un chiffon qui avait été malmené.

— Vos supérieurs sont satisfaits?
— À moins d'éléments nouveaux, il n'y aura pas d'accusations de portées. Au criminel, comme vous le savez, un dossier n'est jamais fermé. Il s'agit sans doute d'un drame familial comme, hélas! il y en a trop. Souvent, c'est le cri de désespoir de gens dépressifs. Cette fois on n'a pas à juger le coupable: il s'est lui-même chargé de la sentence.
— Alors, et Simon?
— Pour le moment, tout est légalement en ordre.
— Je vais m'occuper de lui, essayer de l'aider.
— Il me paraît sans malice.
— Vous l'avez donc rencontré?
— Oui, je le quitte à l'instant.

On raccrocha après les salutations d'usage. Roméo restait là, la main sur le combiné.
Patricia s'approcha.

— Allez vous reposer.

Dans un élan de tendresse, elle l'enlaça, le tenant bien serré contre elle. Il la retenait, il entendait son cœur palpiter.

— Félix est sur le chemin du retour, Patricia, lui dit-il avec douceur. Merci, ma fille.

Dieu qu'il aurait aimé dormir! Mais il y avait encore à faire.

***

Félix entra, suivi de Simon.

— Simon, votre mère, elle va bien? demanda Roméo.

— Pas tellement bien, mais elle vit toujours.

— Tant qu'il y a de la vie, il y a de l'espoir.

— Je vais devoir retourner chez moi...

— À propos, quelqu'un est venu me voir aujourd'hui, Simon. Un ami à moi. Il cherche de l'aide. Tu as dû le rencontrer à la réception du mariage de mes enfants. Ernest Ross?

— Oui, je le connais, c'est notre voisin. Il ne s'entendait pas avec mes parents. Il veut que je travaille pour lui?

— Oui. On n'a pas discuté salaire, mais je crois que, dans le moment, ce serait bien que tu aies du travail. Ça t'aiderait à traverser ces mauvaises heures. De plus, le trajet se fait bien entre Saint-Firmin et l'hôpital. Tant et aussi longtemps que ta mère sera hospitalisée, c'est important.

— Je n'aurais pas osé tant espérer... Votre ami sait-il qui je suis?

— J'ai mentionné ton nom.

— Il connaît... mon drame, alors!

— Il n'en a pas été question. Pourquoi?

— J'ai honte!

— Tu as honte! Tu n'as pas à avoir honte, tu n'es responsable de rien. Ton père a perdu la tête tout simplement! Ça arrive parfois, même dans les meilleures familles. Alors, et l'offre de monsieur Ross? Évidemment, je ne peux pas décider à ta place. Si ça ne te va pas, tu me le dis, on pensera à autre chose.

— Comment vous remercier?

— En te mettant à table et en prenant un bon repas. Ça retape et ça, tu en as besoin.

Les Boisvert jasaient de choses et d'autres. Simon, silencieux, mangeait, perdu dans ses pensées. Mais l'appétit ne venait pas. Ce soir, pour la première fois après le drame, une porte nouvelle s'ouvrait pour lui. Enfin, un rayon d'espoir.

Roméo déposa sa serviette sur la table et se leva.

— Bon, à l'action. Je téléphone à Ernest.

Félix leva la tête, l'œil interrogateur.

— Ernest, ici Boisvert. Au sujet de notre conversation plus tôt aujourd'hui, l'offre tient toujours? Oui? Simon, à propos, tu peux le loger? Vrai, ça serait parfait. Oui, bien sûr, c'est normal, le salaire tiendra compte de la pension. Ça, Ernest, c'est d'accord. Comme tu dis. C'est un gars de ferme, il connaît ce genre de travail. Tu veux qu'il aille te voir? Non, pas ce soir. Il arrive de visiter sa mère et est bien ébranlé. Demain serait mieux. Bonne idée, tu prépares une chambre. Maudit vieux garçon, va. Tu me fais rire. Oui, ça doit être encombré! Bon, écoute, pour le salaire, vous vous arrangerez ensemble. Veux-tu lui parler? C'est ça, vieux garçon, cours vers ta soupe qui renverse. Demain je t'envoie Simon. Salut, Ernest.

Pauvre Ernest. Avait-il seulement entendu le monologue de Roméo? Il n'avait pas prononcé un traître mot. Il pleurait à fendre l'âme. Et à Simon, Roméo déclara:

— Voilà! C'est réglé, jeune homme. On t'offre travail et pension, lavé, nourri, logé. Maintenant, un bon bain chaud, une bonne nuit de repos et la vie continue!

Il aurait aimé pouvoir faire la même recommandation à Ernest.

***

Simon se présenta chez Ernest. Ils se connaissaient, mais jamais encore il n'était venu chez lui.

Ernest l'avait vu venir. Depuis le matin, il était derrière la fenêtre, un peu en retrait, le cœur battant. Il reconnut sa silhouette, se précipita vers la cuisine, vérifia la théière qui attendait aussi.

Il s'installa au bout de la table, un cahier ouvert, un bout de crayon posé dessus.

On frappa à la porte.

— Entrez, cria-t-il, c'est ouvert.
— C'est moi, Simon.
— Viens t'asseoir, jeune homme.

Ernest bourrait sa pipe avec un soin des plus méticuleux, sans lever les yeux.

— Tu veux le job, m'a dit Boisvert. O.K. On va en parler.

Il gratta l'allumette de bois. Elle résistait. Il en prit une autre, avait peine à contrôler sa nervosité, lui, Ernest, le solide gaillard!

— Mes maudites mains... Fais donc ça pour moi.

Simon posa la flamme au-dessus de la pipe. Ernest aspira.

— Qu'est-ce qu'elles ont, vos mains?
— Des crises de rhumatisme. Ça vient, ça va. Là, c'est pire. J'suis content que tu sois là. Va jeter un œil sur la chambre d'en avant. C'est pas chic mais c'est chaud, bien éclairé et confortable. Ce serait ta chambre, entre le salon et la mienne, ma chambre.

«Chère pipe, cher faux rhumatisme. Ça commence par un mensonge! Dire que je n'ai pas dormi pour trouver quels mots prononcer en premier.»

— Ta mère, ça va, petit? Non, je ne vais pas commencer à t'appeler comme ça. Tu es un homme, un homme à gages en tout cas.

Et la pipe échappait des spirales de fumée tant Ernest pompait.

— Bon, j'ai calculé. Si tu es comme je pense, à deux on va réussir à faire plus d'argent. T'as un bon poignet, tu es solide, on va commencer doucement. Tu as fréquenté l'école, tu vas tenir mon cahier. Tu fais oui de la tête. Il me semble que tu n'étais pas muet dans le passé, tant pis. D'abord, les animaux. Toi, le soir, moi, le matin. Je suis un lève tôt, j'aime voir le jour pointer. Le soir, c'est ma pipe. Des caprices de vieux garçon...

Il se tut, conscient soudain d'être tout à fait ridicule. Il pensa aux recommandations de Roméo: «Tu te tais, tu l'écoutes.»

— Maman, vous pensez qu'elle va vivre, monsieur Ernest?
— J'espère bien, oui, j'espère bien. Une femme si fine, une si bonne personne...
— Vous la connaissez?
— Je l'ai croisée une couple de fois, pas plus.

Ernest s'était rendu compte de son erreur. Il n'allait pas laisser Simon imaginer des choses. «Boisvert avait raison, je suis trop troublé, ça me joue des tours.» Il venait d'échapper une bonne occasion de permettre à

Simon de parler de sa mère avec une de ses connaissances.

— En parlant de ta mère, j'ai pas une Chrysler mais un bon vieux tacot. On va aller à l'hôpital.
— Elle n'est pas bien, elle ne parle pas, elle dort.
— Ça ne fait rien, seulement pouvoir la voir vivante, pour toi, c'est quelque chose.

**

Ils se taisaient, ce n'était pas facile de voir ce visage anxieux, ce garçon désespéré pour qui Ernest pouvait si peu alors qu'il aurait aimé le prendre dans ses bras.

Ils restaient là, derrière la vitre, regardant cette femme qui respirait artificiellement. Une infirmière lisait à son chevet tout en observant la malade et toutes ces machines qui ne disaient vraiment rien de bon à Ernest. Une fois dehors, il demanda, au comble de la nervosité:

— Tu sais conduire, fiston?
— Oui, monsieur Ernest.
— Prends mes clefs... Si seulement j'avais ma pipe...
— On dirait qu'elle est morte.
— Tu es fou? Si elle était morte, saperlipopette, l'infirmière ne serait pas là. Tu n'as pas vu tous les cadrans en action? Elle vit, ça, c'est certain.

Roméo vit son voisin d'en face revenir. Personne n'avait le droit de toucher à son auto et voilà que Simon, lui... «Tiens, j'irai ce soir les visiter.»

Roméo se présenta après le souper, avec l'excuse des excuses: il donnait à ses amoureux d'enfants la chance d'être seuls. Il avait apporté un jeu de cartes. On jouerait à la politaine à trois.

Simon était à la grange. Ernest, ravi de voir arriver Roméo, put enfin parler de sa peine.

— Je sens qu'elle ne vivra pas, qu'elle ne reprendra pas conscience. Je me demande comment je tiens le coup. J'ai bien plus besoin de la présence de mon gars que lui de moi. Il me croit généreux, bon à son endroit; j'ai le cœur qui me bat, là! Je me pose mille questions, j'ai la tête en feu. Je me reproche continuellement de ne pas les avoir éloignés de cet ivrogne, de ne pas les avoir protégés. Qu'est-ce qui a bien pu faire éclater ce drame? Monsieur Boisvert, il y a là quelque chose à devenir fou. Parfois, je souhaite qu'elle meure. Oui, là, au fond de ma tête, afin qu'elle n'ait plus jamais à souffrir. Ah! le maudit drame. Il ne serait pas mort, se serait raté que... je pense que ce serait moi...

Roméo, debout devant la fenêtre, observait le retour possible de Simon et écoutait Ernest déverser le trop-plein de ses souffrances. Quand il vit Simon revenir en direction de la maison, il prévint Ernest et lui conseilla de s'éloigner un moment, d'aller reprendre ses esprits, de se calmer. En attendant, il bavarderait avec Simon.

Ernest disparut vers sa chambre...

Chapitre 26

Hélène en était venue à trouver un certain plaisir à suivre le roman-feuilleton de son amie Marie-Ève. Humeurs, visites, absences, attentes, espoirs et désespoirs... Une vraie montagne russe. Si monsieur annonçait sa visite, Marie-Ève l'informait de son absence. «Ne t'ennuie pas pendant que je serai loin. Sors, divertis-toi.»

Aujourd'hui, elle avait même ajouté:

— Tu sais, Hélène, je ne serai pas toujours là... Fais-toi une beauté et flirte un peu. C'est si merveilleux, l'amour!

C'est que, ce soir, elle attendait Paul. Il était arrivé en coup de vent. Quel bonheur! Il passerait trois jours avec sa belle. Avant de se rendre à Toronto, il avait réussi à se libérer plus tôt, pour elle.

— Tu as sur moi l'effet magnétique de l'aimant, disait-il.

— Et je saurai te retenir.

— J'en ai peur, moi, le vieux célibataire endurci.

Elle se mit à chanter:

— Mon Paul, prends garde, mon Paul, prends garde de te laisser abattre.

— Chère Marie-Ève, tu es délicieuse!

Qu'il en avait pris du temps avant d'en venir au tutoiement!

— Toronto, m'as-tu dit, ce n'est pas si loin. Si je t'accompagnais?

— Au prochain voyage. Cette fois-ci, c'est impossible. Le programme est très chargé. C'est le Congrès international du marché maritime. Nous attendons des délégués d'aussi loin que Hong Kong et Londres, colloque après colloque. C'est infernal, et la compétition, n'en parlons pas. Aussi il faut être constamment en alerte, trouver réponses à toutes les questions. Non, ce ne serait pas possible: la nuit avec toi, le jour avec ces messieurs, non. Plus j'y pense, moins c'est possible.

Ils montèrent à la chambre. Les draps de satin attendaient les amoureux. Ces draps qui faisaient le désespoir de Cunégonde, car il fallait les repasser, ne pas les plier et faire le lit. Tout devait être impeccable! En cinq minutes disparaissait une heure de travail. Par contre repasser les draps de satin signifiait jour de congé. Alors Cunégonde se résignait, même si elle savait qu'au retour la cuisine serait sens dessus dessous, les éviers déborderaient de vaisselle sale, les bons petits plats préparés seraient à refaire. «Monsieur a bon appétit.»

La veille du départ, Paul eut un caprice soudain.

— Va me chercher un verre de cognac, chérie. Ça me tiendra réveillé. Je ne veux pas dormir.

Marie-Ève enfila son peignoir et descendit. À son retour, oh! malheur, Paul pestait. Ses vêtements, ses complets, ses chemises, ses cravates étaient éparpillés à terre.

— Qu'est-ce qui se passe, Paul?
— Je n'ai pas fait ça, non, c'est impossible!
— Paul, explique-moi.

Il se laissa tomber sur le joli fauteuil Louis XV, se prit la tête à deux mains.

— Paul!
— Je n'ai pas fait ça! Pas moi!
— Qu'est-ce que tu cherches?
— J'ai oublié l'enveloppe.
— Des documents?
— Non, ils sont là, les documents... L'enveloppe.
— Qui contient quoi, au juste?
— L'argent.
— L'argent? Et le plastique, alors, les cartes de crédit?
— Ce n'est pas de ça qu'il est question, pas des dépenses.
— Mais, alors?
— À la fermeture de certains contrats, il y a une coutume qui veut qu'on remette aux délégués un, disons, un ou des cadeaux dissimulés dans des enveloppes; de l'argent comptant, bien sûr. Il faut comprendre que chaque dollar ainsi dépensé nous revient au centuple. Je l'avais, dans ma main... L'aurais-je par mégarde laissé sur mon lit ou serait-il tombé sur le sol sans que je m'en rende compte? Donne-moi ce satané cognac! Quelle heure est-il? Je n'ai pas le temps d'aller à Québec et de revenir, non, c'est impossible.
— Combien d'argent ça représente?
— Beaucoup.
— Et encore?

Il la regarda, lissa ses cheveux, soupira.

— Combien, Paul?
— Quinze mille bâtons!
— FICHTRE! C'est toute une somme.
— Oui, mais il faut penser aux retombées... Je vais

rater toutes mes chances. Et Saindon qui sera là, surtout lui! L'affaire était conclue. Il m'a confié l'enveloppe!

— Écoute, Paul, je n'ai pas cette somme ici, mais demain, à la première heure, je peux passer à la banque, encaisser ton chèque, je m'en porterai garante. À quelle heure part ton avion?

— L'avion décolle à midi trente mais, tu n'as pas compris. Ces choses-là ne doivent pas figurer dans les livres.

— Je ne comprends pas. Un chèque dans les livres?

— Dire que je suis en train de gâcher notre dernière nuit... Par ma stupidité. J'ai la nausée.

— Paul, si je comprends bien, il te faut de l'argent liquide.

— C'est ça, oui... Notre dernière nuit!

— Écoute, je débourse, tu me rendras la somme. C'est aussi simple que ça.

— Marie-Ève, tu comprends vite et bien, malgré que tu ne sois pas une femme d'affaires. Tu n'es pas seulement belle mais aussi intelligente. C'est beaucoup pour une seule femme.

— Trop pour se faire pardonner par ses amies, jeta-t-elle, candidement.

— C'est vrai, ça?

— J'ai une amie, Hélène. Elle prend tous les moyens pour te rencontrer. Par contre, moi, elle m'éloigne. Peur de la compétition.

— C'est la même chose chez les hommes. Dès que tu as du succès, la rivalité commence, cruelle parfois. C'est pourquoi tu me tires une épine du pied, si tu savais! Si tu pouvais imaginer à quel point.

Cette nuit-là, Paul se montra plus passionné que jamais.

***

Marie-Ève, souriante, lui montrait une liasse de billets qu'elle tenait à la main.

— Vite, lève-toi. Tu n'as que le temps de t'habiller.
— Tu es un ange, je cours vers la douche.

Sous le jet d'eau, il chantait. Souriante, elle descendit préparer un café bien fort, des rôties presque brûlées, comme il les aimait, des cubes de fromage et du miel.

— L'aéroport, c'est loin d'ici?
— Quinze à vingt minutes, selon le trafic.

Ce fut la course vers Dorval.

— Ne te donne pas la peine de stationner la voiture, dit-il tout en consultant sa montre. Conduis-moi directement à la porte d'embarquement d'Air Canada. Je te téléphonerai en arrivant là-bas. Il lui vola un baiser et la chassa.
— Va vite, mon ange, envole-toi.

Il prit ses bagages et entra dans l'aérogare, s'arrêta, s'assura qu'elle était partie et se dirigea vers le guichet d'une ligne américaine qui le mènerait à Atlantic City, aux États-Unis.

Marie-Ève retourna chez elle, alla s'étendre sur son nid d'amour, s'étira, soupira, se roula sur ses draps de satin, pensa à Hélène, à la tête qu'elle ferait quand elle recevrait l'invitation à un dîner intime pour fêter l'événement de ses fiançailles... Ou de son mariage précipité... Ou... Elle s'endormit. Et ne fut pas réveillée par le téléphone.

***

Les dix jours qui suivirent furent interminables. De l'espoir à l'angoisse pour dégénérer lentement vers le désespoir.

Marie-Ève restait assise près du téléphone, oubliait de manger, répondait aux appels de Patricia avec ennui, s'efforçait de camoufler sa peine. Une simple grippe, disait-elle pour expliquer sa voix enrouée par les pleurs.

— Madame, madame Labrecque...? demanda Cunégonde. Ces draps de soie, que dois-je en faire? Les rouler, les plier ou quoi?

Cunégonde les tenait du bout des doigts, tendus à leur largeur.
La goutte d'eau qui fait déborder le verre!

— Vous pouvez les brûler, les jeter, les déchirer, me les voler, je m'en fous, je m'en contrefous!
— Madame Hélène est venue, ce matin. Vous dormiez...
— Que le diable emporte madame Hélène, toutes les mesdames Hélène de la terre. Je m'en contrefous!

Plus tôt, Hélène était repartie en souriant. Le long silence de son amie était explicable: Paul était chez elle; voilà pourquoi elle dormait à onze heures du matin! Le beau Paul était là!

— Cunégonde, rentrez chez vous! cria Marie-Ève.
— Merci, madame.
— Allez, allez, à demain. Qu'est-ce que vous avez, à me regarder bêtement comme ça? Fichez le camp! Je veux être seule, seule, seule, seule!

Elle prit la lettre de son amoureux, repéra le numéro de téléphone. Elle saurait enfin si le congrès était terminé. «Quel était le nom de celui qui devait aussi se trouver là-bas? Saint, Saint quoi? Saint-Clos... Enfin je verrai bien, la standardiste de la compagnie saura.»

Marie-Ève composa le code régional et retrouva tout de suite son calme.

On répondit enfin.

— Allô? Ici le presbytère de la paroisse de Sainte-Marie-du-Cœur-de-Jésus, j'écoute.

— Qu'avez-vous dit?

— Ici le presbytère de la paroisse de Sainte-Marie-du-Cœur-de-Jésus, j'écoute.

Rageuse, Marie-Ève raccrocha. «J'ai dû me tromper.» Elle composa de nouveau.

— Allô? Ici...

— Connaissez-vous les transports maritimes? demanda-t-elle.

— Vous dites? Les transports légitimes? Je suis dure d'oreille, parlez plus fort, je suis la ménagère du presbytère de...

On avait raccroché, la dame s'offusqua:

— Quelle malapprise!

Le vicaire entrait.

— Que dites-vous? Vous semblez d'humeur maussade.

— C'est cette femme. Elle veut des informations sur les transports légitimes. C'est dégoûtant.

— J'espère que vous ne l'avez pas conseillée?

— Moi! Je n'ai eu que le temps de répéter le nom de la paroisse...

Le vicaire pouffa de rire. Le téléphone résonnait.

— Laissez, je vais répondre.

La ménagère sortit en secouant la tête.

— Allô!
— Enfin, un homme.
— Oui, madame. Que puis-je faire pour vous?
— Dites-moi, cher monsieur, Saint-Clos, ça vous dit quelque chose?
— Non...
— Saint-Don, alors?
— Je connais beaucoup de saints, mais saint Don, non, je ne crois pas qu'il soit dans notre répertoire.
— Alors, c'est Saint-Doux.
— Ah! Je vois. Saindoux... Vous auriez plus de chance d'en trouver en vous adressant à une épicerie. C'est de la graisse de porc fondue...

La ménagère entra et demanda:

— Qui a les seins doux, monsieur le vicaire?

Marie-Ève, furieuse, raccrocha. «Mais c'est une bande de fous! Des fous furieux! Attends donc, toi, mon drôle!»
Elle recomposa, mais, par erreur, au lieu du code régional 418, elle fit le 814. On lui répondit en anglais.

— Saint Petersburg traffic information.
— An english saint!
— Yes, madam. Saint Petersburg.
— Where the hell is Saint Petersburg?
— What? In Florida, madam. What can we...

345

Marie-Ève en avait assez. Elle prit l'appareil et le lança au bout de ses bras.

Paf! Dans la porte-fenêtre. Une étoile de verre brisé se forma. Paf! Le téléphone atterrit sur le plancher.

Marie-Ève se laissa tomber dans un fauteuil, blanche de colère. Tout à coup, faiblement d'abord, puis avec plus d'intensité, l'étoile dans la vitre fit entendre un crépitement.

— Si c'était Paul?

Elle sauta sur ses pieds, chercha des yeux la provenance des bruits. C'était la vitre de sa belle porte qui se fendillait.

— Un autre mille dollars!

Ce n'est qu'à ce moment qu'elle comprit: il l'avait eue, le beau Paul. Il l'avait bien eue. À qui se confier, à qui demander de l'aide?

La police, les voisins... Une preuve? Son retrait à la banque. Oui, mais à qui avait-elle donné la somme? À la paroisse du Saint-Cœur... «Hélène, je dois parler à Hélène... Non! non! non! à mon gendre. Oh! ma fille. À ma fille, non, je ne peux pas, je n'irai pas là-bas. Elle viendra ici, c'est ça. J'attends encore quelques jours, je me calme, je me calme, je réfléchis, pas de panique, Marie-Ève, pas de panique. Et cette maudite porte!»

Marie-Ève se versa un double cognac, qui lui rappela son Roméo, le maudit Paul! Elle se mit à pleurer. Elle était seule, si seule. Personne pour la conseiller, la protéger. «C'est à croire que les saints sont tous occupés à veiller sur les paroissiens des villages dont ils sont les patrons. Ici, à Outremont, nous n'en avons pas de saint patron.» Le cognac avait dilué sa rage qui se changeait en apitoiement sur son propre sort.

Chapitre 27

Tous les jours, Ernest et Simon faisaient leur pèlerinage. Ils allaient se coller contre la vitre et regardaient cette femme immobile que l'on nourrissait par intraveineuse. Comme Ernest aimerait s'approcher de sa belle, lui glisser deux mots à l'oreille, lui dire qu'il l'aimait toujours et que leur fils était sous son entière protection! Une minute, rien qu'un instant, pour qu'elle parte en paix, rassurée.

— Viens, fiston, allons, ça va être l'heure de faire le train.

Il s'éloigna, incapable de supporter cette vue plus longtemps. Il s'assit dans l'auto et attendit Simon. Il sortit son mouchoir à carreaux, s'épongea les yeux, se moucha.

— Si tu veux, on va passer par le magasin. J'ai besoin de tabac.

Ernest entra, s'acheta quelques blagues de marques variées pour en faire un mélange et paya. Ses yeux tombèrent sur l'étagère des journaux. Un gros titre retint son attention: «Drame familial à Saint-Firmin.» En sous-titre: «La victime est entre la vie et la mort, à l'hôpital.» Il s'appuya contre le comptoir, ferma les yeux.

Il regarda à l'extérieur. Simon n'avait pas bougé. Il acheta le journal, le roula, le cacha dans son sac et sortit en vitesse. Il ne fallait pas qu'on traîne en ville. Si le petit voyait ça!

Le voyage de retour se fit en silence.

— Il faudrait aller prendre de l'essence. L'aiguille est basse, dit Simon. Eh! Monsieur Ernest...

Celui-ci sortit de sa torpeur.

— Oui, oui, fais donc.

On arrivait enfin. Simon se rendit à la grange et Ernest se précipita chez Roméo avec son journal.

— Monsieur Boisvert est ici?
— Dans le potager, monsieur Ernest. Ça va bien chez vous?

Sans répondre, Ernest courut vers le jardin. S'entendant interpeller, Roméo se retourna.

— Monsieur Boisvert, vous êtes plus instruit que moi. Lisez ça.

Il sortit le journal et le lui tendit.
Roméo lut l'article: «En l'absence de leur fils, le père...» Déjà, Ernest n'entendait plus.

— La crapule, il en a de la chance de s'être zigouillé lui-même. Je m'en serais chargé!

Le journal à potins ne faisait que ressasser les grandes lignes d'un drame qui avait déjà trop largement fait les manchettes. Et cela signifiait en quelque sorte que la victime était à son plus mal.

— Où est Simon?
— À faire le train. On arrive de l'hôpital. Ça va mal, très mal pour elle, je le sens, là.

Il se frappait la poitrine. Roméo réfléchissait.

— Demain, j'irai à l'hôpital avec ton fils. Nous partirons tôt. Préviens Simon. Pendant que nous serons là-bas, rends-toi chez lui, ramène tout ce qui lui appartient et place-le dans sa chambre, chez toi. Aussi les choses précieuses que sa mère pourrait avoir – les bijoux et tout ce qui te semble avoir de la valeur ou qu'il plairait à Simon de posséder. Ne rapporte rien qui ait appartenu au père. Le bétail a déjà été vendu. Personne ne voulait s'approcher des lieux maudits pour s'en occuper. L'argent a été remis au maire. C'est pour le gosse. Jette un bon coup d'œil partout. Si la dame meurt, il faudra condamner la maison avant que des vandales n'y mettent les pieds. Hé! Ernest, relève la tête, c'est pas le temps de flancher. Tu auras tout le temps voulu pour pleurer.

— Vous voulez dire que... elle...

— J'en ai bien peur. Je vais m'informer au médecin traitant. Dix heures, demain, n'oublie pas. Trouve un prétexte pour ne pas nous accompagner.

— Le pauvre enfant!

— Il a quel âge, ton fils?

— Il aura vingt et un ans le douze du mois prochain.

— Ce n'est plus un bébé. Ce sera long, mais sa plaie cicatrisera. C'est étonnant ce que le temps peut faire, il efface tout.

— Le temps, le temps, qu'en savez-vous?

— L'injustice, la trahison des profiteurs et des insatisfaits... Il y a de tout sur terre. L'important, vois-tu, Ernest, c'est d'être entouré d'amour, de s'y accrocher et d'oublier le reste. On ne peut changer le monde. Ainsi, bientôt, tu retrouveras ce fils. Pourrais-tu souhaiter plus? Dis?

***

Il était onze heures. Il y avait beaucoup de va-et-vient autour de la porte vers laquelle ils se dirigeaient. Simon s'avança, se fraya un chemin, entra dans la chambre en criant:

— Maman!

Simon se pencha vers sa mère.

— Maman, ma belle et douce maman, lui murmurait-il à l'oreille. Ma maman.

Un silence subit lui fit lever la tête. Les appareils s'étaient tus en même temps que le cœur de la mère avait cessé de battre. Un médecin s'approcha de Simon, lui dit ce qu'il savait déjà.

— C'est fini.
— Je peux rester auprès d'elle un moment?
— Oui, bien sûr.

Elle reposait maintenant. Elle était libérée et s'élevait haut, très haut, dans une autre sphère.
Tenant toujours cette main froide, Simon pleura. Roméo vint vers lui, le toucha à l'épaule, lui dit à voix basse:

— Viens, Simon.

Le garçon se leva, fit quelques pas, s'arrêta, posa les mains sur les barreaux du pied du lit, les serra si intensément que ses jointures blanchirent. Il sortit à reculons.

— Viens. Assieds-toi ici et attends-moi.

Roméo parla avec les autorités, régla quelques points. On lui remit un sac contenant les objets qui avaient appartenu à la femme décédée. Roméo dissimula le tout sous son veston. Il ne voulait pas brusquer ce jeune homme qui avait déjà une si grande peine à surmonter.

Simon faisait pitié à voir.

— Allons, maintenant, Simon. Tu as été courageux. Peut-être que ta mère a senti ta présence auprès d'elle. Va, monte derrière, tu y seras plus confortable.

Plutôt que de reprendre la route qui mène à Saint-Firmin, il tourna vers l'est. Jamais encore il ne s'y était aventuré. Il se rendrait jusqu'à Rimouski, ce qui laisserait à Ernest le temps d'accomplir sa mission et d'épargner au jeune homme quelques heures d'un noir chagrin.

Recroquevillé sur lui-même, Simon pleurait.

***

À Saint-Firmin, Ernest s'affairait. La pensée que la seule femme qu'il avait aimée avait vécu entre ces murs qu'il voyait pour la première fois le troublait. Là, devant la fenêtre, cette chaise berceuse d'où parfois elle lui faisait discrètement un geste de la main... C'était ce genre de choses précieuses dont avait parlé Roméo.

Plus tard, beaucoup plus tard, Simon lui demanderait:

— Vous ne l'aimez pas, Ernest, la chaise de maman?
— Pourquoi cette question?
— Vous ne vous y êtes jamais assis.

Une fois dans la cave, il eut la nausée. Là, l'agresseur s'était puni de son crime. Ernest prit le boyau d'arrosage et lava les murs, l'escalier, le plancher, le plafond, espérant purifier les lieux.

La chambre de sa belle fut l'endroit le plus pénible à visiter. Dans ce lit, elle avait pleuré quand son ivrogne de mari ne rentrait pas. Dans ce lit, elle avait donné naissance à leur enfant, le seul qu'elle ait jamais porté, après une nuit d'amour dans les bras d'Ernest qui l'avait trouvée en larmes un soir d'été, assise au milieu d'un immense champ tapissé de fleurs bleues – un champ de lin.

Dans un tiroir se trouvait un objet enveloppé de papier cellophane retenu par un ruban. Il délia la boucle. Il lui apparut, ce même peigne d'écailles qu'il lui avait ôté ce soir-là afin que tombent sur ses frêles épaules les longs cheveux blonds qu'il retenait. «Vous êtes belle, lui avait-il dit, si belle!» Elle avait ri, gênée. Elle était si jeune! Et ils s'étaient aimés sous le soleil couchant.

Il trouva un livre de prières dans lequel était insérée une image représentant une fillette agenouillée devant l'Immaculée Conception avec, comme mention: «Souvenir de première communion.» Puis, enfin, un chapelet usé pour avoir tant été égrené. C'était la richesse, toute la richesse de sa belle. Quelques vêtements usés à la corde, car l'argent passait dans la bouteille, et, sur une tablette de sa garde-robe, une boîte de métal qui contenait des papiers: les titres de la ferme dont elle avait héritée de ses parents, les certificats de décès de ceux-ci, une copie du baptistaire de son fils. Il avait été baptisé sous les prénoms de Joseph Ernest Pierre Simon. Ses mains tremblaient quand il le replia. Il ne l'avait jamais su.

Simon lui en parlerait, plus tard, comme ça, sans raison, au beau milieu d'une conversation.

— Maman riait de tous mes prénoms. Parfois elle m'appelait Pierre, ou Ernest. Pierre, m'a-t-elle raconté, était le nom de son père; et Ernest, celui de son grand-père à qui elle avait promis, encore enfant, de donner le prénom à son premier fils.

Pourtant, dans les titres de la propriété que possédait la famille depuis quatre générations, nulle part ne se trouvait le prénom d'Ernest.

Secouant sa peine, Ernest continuait de scruter les lieux. Il en vint aux objets de toilette sur son bureau, un rouge à lèvres vide, un peigne, sa brosse à cheveux... Il sortit son mouchoir, doucement. À l'aide du peigne, il recueillit les cheveux, les plaça sur le carré de coton qu'il roula et glissa dans sa poche. Ce serait ça, le sien, son trésor.

Dans le cabanon se trouvait une poche de graines de lin. Il l'apporta, en souvenir de cette femme. Avec ces graines, il ensemencerait un champ.

***

Sur le chemin du retour, Roméo prévint Simon de la mission qu'il avait confiée à Ernest.

— C'est bien, jamais je n'aurais remis les pieds dans cette maison maudite. Il faut la brûler.

Les larmes s'étaient taries. Simon avait vieilli. Il relevait la tête. En quittant cette chambre où il avait vu s'éteindre sa mère, il avait vaincu les méfaits du drame. Le nom de son père ne serait jamais plus prononcé. Il prendrait ses responsabilités, s'occuperait des funérailles.

Il marcha bravement derrière le cercueil qui irait rejoindre ceux de ses aïeux. Dans ce petit lopin de terre fraîchement remuée se perdirent vite les gouttelettes d'eau échappées du goupillon tenu par le prêtre. Plus loin, dans un coin éloigné, reposait son père avec tous ceux qui, pour quelque raison que ce soit, n'avaient pas droit à la sépulture en terre bénite. Il ne détourna pas les yeux.

Le lendemain matin, Ernest décida de faire lui-même la traite des vaches à la même heure qu'à l'accoutumée. Il fut surpris de voir que Simon était déjà levé. Il occupait la salle de bains.

La tâche terminée, Ernest revint chez lui. Simon ne s'y trouvait pas. Ernest prépara le café et le gruau. Tout à coup, la fenêtre de la cuisine s'illumina de façon anormale. Il leva les yeux. Une flamme d'un rouge bleuté s'élevait dans le ciel alors que le jour naissait à peine.

Simon avait répandu de l'essence autour de la maison maudite, un mince filet, pour avoir la certitude que rien ne serait épargné. Il revint chez Ernest, prit place dans la berçante de sa mère et regarda, sans broncher, la maison presque centenaire qui se consumait.

Ernest se signa.

Quelques petites explosions se produisirent. C'est ce que Simon attendait: sous l'escalier de la cave, depuis qu'il était enfant, il avait empilé les flacons d'alcool frelaté qu'il dérobait à son père. L'homme remuait tout, cherchait en vain ses bouteilles qui étaient pourtant là, sous ses yeux, simplement cachées par la noirceur opaque.

— J'ai faim, dit-il laconiquement.

Il remplit deux tasses, servit le gruau.

Roméo revenait de l'étable. Il vit les flammes qui s'élevaient de l'autre côté du chemin. Le rang eut de nombreux visiteurs. Les gens des alentours accouraient malgré l'heure matinale.

Les clôtures étaient fermées. Personne n'osait avancer. Le silence régnait. La maison des fantômes n'était plus.

«Ce garçon, pensa Roméo, semble avoir la sagesse et la placidité d'Ernest, son père.»

Au printemps suivant, Ernest et son fils laboureraient, étendraient de l'engrais, sèmeraient la graine de lin. Et, au cœur de l'été, des milliers de petites fleurs d'un bleu tendre rendraient hommage au souvenir d'une belle jeune fille qui avait couru, joué, grandi et aimé dans ces lieux.

Roméo se faisait un devoir de visiter occasionnellement ses amis d'en face. Simon était de plus en plus détendu. La destruction de la maison de malheur semblait avoir calmé son anxiété, atténué son désarroi.

On parlait surtout des travaux à accomplir avant la saison froide. Bientôt le bétail devrait réintégrer les bâtiments. Il fallait les préparer à recevoir les bêtes. Il n'était plus question de longues soirées de causeries. On aurait tout l'hiver pour ce genre de distractions.

— Je me donne jusqu'au douze courant, le douze du mois pour avoir complété les travaux, disait Ernest. Un homme qui est seul sur une ferme ne peut pas en faire beaucoup. Il y a trop de tâches diversifiées qui prennent son temps. Mais, à deux, on peut abattre la besogne de trois hommes. Grâce à la présence de Simon, tout est sous contrôle. Je suis bien content. Oui, le douze du mois.

Roméo revint chez lui sur le coup de neuf heures. «Le douze du mois... Pourquoi Ernest m'a-t-il regardé avec autant d'insistance en prononçant ces mots? Le douze du mois... De fait, ne m'a-t-il pas dit que Simon aura vingt et un ans le douze?... Il n'est pas censé savoir, c'est pourquoi il ne l'a pas mentionné en sa présence. Ce doit être pénible de vivre avec son fils et de ne pouvoir tout partager avec lui. Il leur manque ces liens affectueux qui m'attachaient à maman.»

Roméo admirait Ernest d'avoir fait à son fils des compliments déguisés, de lui avoir ainsi exprimé sa reconnaissance. «Les liens se tisseront fermement entre ces deux hommes. La vie arrangera les choses, à sa façon.»

En arrivant chez lui, il demanda à Félix de lui rendre service. À sa façon, il soulignerait l'anniversaire de Simon.

— Téléphone à Ernest demain, sur le coup de midi. Dis-lui que j'aimerais le rencontrer avec Simon à trois heures, à l'auberge.

Il ne restait plus qu'à souhaiter que les autres gais lurons soient là.

Roméo s'endormit en se remémorant ses plus beaux souvenirs, les plus doux. Il pensait à Patricia, toujours aussi agréable et douce, à la joie qu'elle lui ferait lorsqu'elle lui annoncerait une prochaine grossesse.

Les amoureux, dans leur grand lit, s'entretenaient du même sujet.

— Puisqu'il est médecin, il devinera peut-être avant que je le lui apprenne, tu ne crois pas?
— Dans un cas comme dans l'autre, il sera sûrement très heureux, pour ne pas mentionner la mienne, ma joie; disons qu'en cet instant même, j'ai le goût de me dévouer entièrement à la bonne cause...

***

Félix entendit le bruit d'enfer que faisait le tacot d'Ernest. Il partait avec Simon pour leur rendez-vous.

Ils y étaient tous, à l'auberge: Gus le silencieux, l'observateur. Ernest le plus sage, un tantinet vieilli. Son fils Simon. Roland, le subtil, le pince-sans-rire. Jos, qui riait le plus facilement et le plus bruyamment. Et Bidou, le grand drôle, le clown.

Ils commentaient les derniers événements, parlaient de tout sauf du feu de la maison, des feuilles des arbres qui se décoloraient. Ernest se taisait et regardait l'heure. Roméo viendrait-il?

— Tiens, s'exclama Jos. Regardez qui arrive. De la visite rare. Une autre traite. Il faut fêter ça! Sept bières, Charles!

— Minute, minute, les gars. Toi, jeune homme, tu as quel âge?

— Moi, répondit Simon, la tête haute, j'ai vingt et un ans, aujourd'hui. Aujourd'hui même.

— Alors, siffla Bidou, ça veut dire quatorze bières!

Ernest donna une tape dans le dos de Simon.

— Donc tu es un homme!

— À ce qu'il semble! acquiesça fièrement Simon.

Roméo se souvenait des conseils d'Ernest. «Traite ton Félix comme un homme.» Il ne pouvait s'empêcher de songer que son ami était fidèle à ses convictions.

Simon refusa la deuxième bière et crut bon d'expliquer:

— La maudite boisson a brisé ma vie et celle de ma mère. Elle ne brisera pas la mienne. Je jure ici, aujourd'hui, devant vous tous, que j'ai bu ma première et dernière goutte de boisson.

— Ben, maudit! Moi, ça, ça me donne le goût d'en avaler une troisième!

Et le rire de fuser. Cette fois encore les joyeux compères sauvaient la situation. Ernest avait le cœur serré.

Roméo surprit Simon à jeter de temps à autre les yeux sur le fameux tableau noir qui indiquait le menu du jour.

— Tu as faim, fiston? lui demanda-t-il.
— Non, c'est le fichu pâté chinois... C'était mon plat préféré. Maman avait le don...
— Ah! Je vois.

Se retournant, il demanda à l'aubergiste:

— Est-ce trop tôt pour avoir du pâté chinois? Simon aimerait en avoir une bonne portion.
— Voyez-vous ça! Ça a peur de la bière et ça a des goûts de pâté communiste!

Simon échappa un rire lui aussi, ce qui effaça la tristesse sur son visage.

Monsieur Dumont, rusé, apporta l'assiette bien garnie. Sur le pâté brûlait une chandelle. On entonna l'éternelle chanson d'anniversaire.

Roméo souriait. «Ce que les hommes peuvent être beaux, s'ils le veulent!»

Ernest, assis en face de son fils, le regardait. Simon était heureux. Sans cette simple réunion avec des amis, la présence de sa mère, aujourd'hui surtout, lui aurait sûrement beaucoup manqué.

Roméo les observait. Le père et le fils avaient la même discrétion, les mêmes manies. Pourtant ils se connaissaient à peine. La ressemblance était si évidente que Roméo se demandait comment on ne devinait pas la vérité.

— Content de ta journée, Simon? demanda Roméo.
— C'était une idée épatante de venir ici aujourd'hui. Je craignais de m'ennuyer le jour de mon anniversaire. Merci, merci à tous.

Il se leva et tendit la main à chacun.
«Voilà, pensa Roméo. Une autre plaie qui se cicatrise lentement.»

— Tu rentres avec moi, Simon?
— Oui, monsieur Ernest.
— Écoute, tu es un homme, tu as tes vingt et un ans... Laisse tomber le monsieur, ça me gêne. Toi et moi vivons et travaillons ensemble. Laisse tomber le monsieur, veux-tu?
— Oui, Ernest.
— C'est bon, ça va mieux comme ça.
— J'ai...
— Je ne sais pas ce que tu as, mais je sais que, depuis cinq minutes, ça ne va pas. Allons, dis.
— J'aimerais... Peut-être que vous pourriez...
— Quoi?
— J'aimerais aller au cimetière quelques minutes me recueillir sur la tombe de maman, lui dire ma joie, lui dire qu'aujourd'hui, pour mon anniversaire, j'ai respecté la coutume de manger du pâté chinois...

Ernest tenait le volant de toutes ses forces tant il avait envie de crier. Le jour des funérailles, il avait dû détourner le regard pour ne pas éclater.

— Vous pensez, Ernest, qu'elle a tout vu, de là-haut?
— Comment savoir?

— Moi, je pense que oui.

— Allons là-bas. Moi aussi, j'ai quelque chose à lui dire, à ta mère. Si ça t'intéresse, je veux lui dire merci de t'avoir si bien élevé, d'avoir fait un jeune monsieur de mon... de toi. Elle va être fière quand elle saura que je suis content de t'avoir chez nous, que tu mets du soleil dans ma vie, que moi, Simon, je t'aime comme un père.

Un son rauque s'échappa de la gorge du garçon. Heureusement, ils étaient déjà à la porte du cimetière.

— Va, fiston, va, toi d'abord. Je vais dire une prière et faire brûler un lampion aux pieds du Christ, pour le repos de son âme. Va, fiston.

Ernest regarda son fils s'éloigner entre les monuments. Il savait fort bien que s'il pleurait, ce n'était pas seulement de peine.

Le lendemain, Roméo prit la liberté de faire brûler les vêtements qui lui avaient été remis à l'hôpital. Il remit l'anneau de mariage de la mère à Simon qui le regardait mais n'osait y toucher.

— Passe-le à ton doigt, fiston. Il te protégera.

Le bonheur s'installait à demeure chez Ernest aussi.

Chapitre 28

Les récoltes terminées, les réserves prêtes pour la saison froide, les bâtiments passés au peigne fin, on dressa une liste de travaux pour les mois à venir. Tous et chacun planifiaient, coordonnaient leurs efforts.

Patricia voulait s'assurer qu'elle ne se faisait pas d'idées, que ce qu'elle avait tant espéré était une réalité, pas un simple espoir. Combien de fois n'avait-elle pas failli se trahir par désir de partager sa joie! Mille fois elle avait choisi le temps et le lieu pour annoncer la bonne nouvelle. Mais en vain, les choses ne se passaient pas comme prévu.

Elle se leva, ce matin-là, marcha jusqu'à la fenêtre, laissa son regard errer sur l'immensité de la terre dépouillée de ses fruits. À l'inverse, la vie germait en elle, un bourgeon s'épanouissait. Elle ferma les yeux, son cœur se mit à battre plus vite. Sa foi, sa certitude grandissait. Sa joie voulait éclater. Elle brossa ses cheveux, se regarda dans le miroir. Elle se sentait inondée d'un bonheur fou: oui, aujourd'hui, au moment propice, elle annoncerait la nouvelle.

Elle descendit l'escalier. Félix et Roméo étaient là. Elle s'arrêta, se pencha sur la rampe et demanda:

— Elle est longue ici, la saison d'hiver?
— Peut-être dix jours de plus qu'à Outremont, badina Roméo.
— Bon, ça me rassure.
— Pourquoi cette question, ma femme?
— L'hôpital est loin.
— Quoi? Tu es malade?
— Non, non, malade non. Mais parfois, devant un cas urgent...

Roméo avait compris. Il sourit à Patricia qui poursuivit:

— Parfois les hommes s'absentent. Aujourd'hui, par exemple, vous avez ce rendez-vous important. Alors, si ça devait arriver alors que je serais seule...

— Tu comprends quelque chose à ce jargon, toi, papi? Oui? Alors tu as de la chance.

— Ce n'est pas un manque d'intelligence, c'est un manque d'imagination. Ne vous en faites pas, monsieur Boisvert. Peut-être est-ce simplement une façon de se retrancher derrière sa faiblesse, son refus de remplir ses devoirs conjugaux! Quatre-vingt-seize moins sept...

— Tiens, ce n'est plus cent huit... badina Roméo.

— J'abdique. Les énigmes ne sont pas ma spécialité, dit Félix en hochant la tête.

— Bon, je le savais. Tant pis. Je garderai mon secret.

— Félix, ta femme essaye de te dire qu'elle attend un enfant.

— Non! C'est pas vrai!

Il échappa sa tasse de café, éclaboussa la table, se leva prestement, courut vers Patricia, la prit dans ses bras, tourna comme une toupie, tourna, tourna, prononça des mots sans suite.

— Arrête, arrête, tu me donnes la nausée.

Roméo sortit, marcha vers la balançoire, ferma les yeux.

Simone, qui venait de terminer une tâche quotidienne, regarda Roméo.

— Quelque chose ne va pas, monsieur Boisvert? Vous semblez bouleversé.

— Non, rien de tout ça. N'entrez pas, Simone. Prenez congé aujourd'hui. Les jeunes ont des secrets à se dire.

— Ah! Je comprends. Félicitations, monsieur Boisvert. Je vous avais bien prédit ça, n'est-ce pas?

«Voilà qu'un rêve, qui m'a échappé à moi, est en train de se concrétiser. Je l'aurai, ma lignée de Boisvert, ici, à Saint-Firmin. Fasse le ciel qu'elle soit prolifique et prospère!»

L'heureuse nouvelle le bouleversait, remuait en lui une foule de souvenirs: des événements, des mots, des visages glanés au fil de sa vie.

Isidore avait permis ce miracle en lui confiant son fils... Un grand sentiment de reconnaissance et d'amour inondait son cœur. «Maman, là où tu es, partages-tu mon bonheur? Continue de veiller sur nous, sur nous tous!»

Il raconterait bientôt à sa bru l'histoire de sa naissance sur une nappe étendue sur le plancher du salon, avec, comme accoucheur, son grand-père qui avait pratiqué son art et pris son expérience auprès des animaux de la ferme.

***

— Patricia, nous devons sortir. As-tu besoin de quelque chose?
— De ta présence surtout, répondit-elle avec le sourire.

Félix promit d'être de retour le plus tôt possible. Il en profiterait pour acheter les plus belles roses blanches. Il embrassa sa femme et alla rejoindre Roméo qui l'attendait dans la Chrysler grise.

Patricia regarda l'horloge qui semblait ne servir que de simple parure, car elle ne donnait pas l'heure. «Si elle avait seulement besoin d'être remontée? Quelle poussière! Pourquoi Simone ne la décrotte-t-elle pas, elle qui est si minutieuse?»

Patricia ne connaissait pas la croyance tissée autour

de cet objet. Elle ne pouvait deviner que Simone avait été avertie de ne pas y toucher.

Elle tira une chaise, prit cette chose affreuse, alla la déposer dans l'évier et entreprit de la nettoyer. La beauté de l'horloge se dévoilait progressivement. Son bois était blond comme le miel. Les chiffres romains parurent derrière la vitre bombée. Elle se sentait fière de son œuvre. L'ayant retournée, elle ouvrit la porte à l'arrière, y découvrit la clef. Le mécanisme avait été protégé par l'étanchéité du boîtier. Patricia vit un levier sur lequel était inscrit le mot «silent». «Incroyable, pensa-t-elle, cette horloge est dotée d'un carillon.» Elle regarda le réveille-matin qui se trouvait dans la cuisine, mit l'horloge à l'heure, inséra la clef dans les trous, tourna, tourna, et un tic-tac vigoureux se fit entendre. «Je lui ai redonné vie!» Une véritable promesse de bonheur. Elle nettoya la tablette poussiéreuse, remit de l'ordre, se lava les mains et alla s'asseoir dans la chaise de Roméo.

«Ils vont en faire, une tête, ces messieurs. Je n'aurais pu choisir meilleur jour pour égayer la maison de son chant joyeux.»

Le troisième quart de l'heure tinta, vibra, jeta ses notes de gaieté. Patricia goûtait son bonheur. Elle attendrait encore quelques jours avant d'annoncer la nouvelle de sa grossesse à sa mère. Elle ne parvenait pas à croire qu'en son sein germait la vie, une vie toute neuve. Son cœur se gonflait d'amour.

Elle entendit venir l'auto, alla s'asseoir près de la table, souriant déjà à la pensée de leur surprise. L'état dans lequel Patricia avait trouvé l'horloge prouvait hors de tout doute que Roméo et Félix la croyaient bonne pour les rebuts depuis longtemps.

Ils entrèrent enfin. Félix déposa la gerbe de fleurs sur la table.

— Voilà, chérie, pour une maman en puissance.

— Quelle heure est-il?

Surpris, Félix répondit:

— Trois heures.
— Tu en es sûr?
— Moins une minute, pourquoi?

Patricia fit une moue. Qu'elles étaient longues, ces soixante secondes! Et, tout à coup, l'heure sonna.

— Qu'est-ce que c'est? demanda Roméo.
— Messieurs, j'ai entré chez nous les célèbres cloches du château de Westminster.

Elle tendit la main, désigna l'horloge.

— Tu n'as pas fait ça, Patricia? Malédiction!
— Zut, Félix, que tu es rabat-joie et supersticieux!

Roméo regardait droit dans les yeux un Félix tout à fait effrayé.

— Je m'attendais bien à cette réaction. Vous croyiez que ce bijou d'horloge était fichu. Eh non... Je l'ai remontée, nettoyée, j'ai libéré le timbre immobilisé par un levier qui indiquait «silent» («silence» en français) et le tour était joué. Des roses blanches et un carillon pour chanter mes heures de bonheur... Qu'avez-vous, tous les deux? Vous semblez éberlués!
— C'est que...

Et Roméo pouffa de rire.

— C'est ça, alors, l'explication, dit-il. Cette dame ne connaissait sûrement pas un mot d'anglais et elle a cru...

Félix riait à son tour en pointant l'horloge. C'était une véritable explosion de rire et de gesticulations.

Patricia commençait à se demander si les Boisvert étaient allergiques à leur horloge. Ils durent se calmer avant de pouvoir relater à Patricia les malheurs de cette dame causés par son ignorance de la langue de Shakespeare.

— Et tu l'as crue, toi, papi?

— Pas nécessairement. Son histoire était si pathétique, sa peine si grande que je lui ai fait la promesse de ne pas la remonter, de ne pas y toucher. Elle craignait d'être punie pour avoir vendu la maison. Tous les maléfices possibles étaient soi-disant contenus dans cet objet diabolique. Souvent, j'ai pensé à cette dame, seul, le soir, en regardant l'horloge.

Il hésita un instant, sembla se recueillir, puis dit simplement:

— Parce qu'un jour, sur le bord de la route, une jeune fille belle et charmante s'est penchée pour cueillir des pâquerettes, parce que je l'ai désignée à Félix, que Félix l'a tout de suite aimée, qu'elle n'est jamais partie et que, aujourd'hui, elle a, en son sein, un bébé Boisvert que nous aimons tous, on croirait que toutes les menaces de malheur s'écartent d'elles-mêmes une après l'autre...

Félix toussota et ajouta:

— Je ne te savais pas poète, papi.

— Pourquoi, monsieur Boisvert, ne vous êtes-vous jamais marié?

La réponse se fit attendre.

— La femme que j'ai aimée le plus au monde était

ma mère. L'autre, qui ressemblait à la fille aux pâquerettes, une jolie rousse, s'est mariée. La fille aux pâquerettes, elle, a aimé Félix. J'étais déjà trop vieux pour
rêver. Je ne regrette rien.

***

— Tu ne dors pas, Félix?
— Non.
— Trop d'émotions peut-être. Tu espérais sûrement
qu'un jour...
— Patricia, quand un grand désir longtemps inavoué
a germé dans le cœur et qu'il devient tout à coup une
réalité, il traîne avec lui une nuée d'incertitudes. D'où
proviennent nos désirs? De l'esprit? Du cœur? De l'âme?
— Je ne sais pas, répondit Patricia après quelques
instants de réflexion. Mais sûrement qu'ils émergent du
meilleur de nous-mêmes. C'est pourquoi ils traînent à
leur suite certaines incertitudes, comme celles que fait
naître l'inconnu. Au fond, ces désirs sont enrobés de
mystères. L'amour, oui, l'amour seul peut les dénouer et
faire jaillir les solutions. Je pensais comme toi jusqu'à
aujourd'hui. D'abord j'ai attendu d'être certaine, pour ne
pas te donner d'espoir fou. Puis là, devant la fenêtre, à
regarder les champs dénudés, au repos, temporairement,
prêts à recevoir après avoir tant donné, j'ai ressenti une
intense et profonde confiance en ce que nous sommes, en
nos possibilités, une vraie confiance en la vie. La fleur
annuelle, le rosier qu'on entretient, le sol qu'on ense-
mence... L'humain a tous les pouvoirs, il lui appartient de
choisir. C'est sous forme poétique que je voulais t'apprendre la nouvelle, dans un décor fleuri, avec bougies
allumées... La grandeur et la sérénité de la nature m'ont
fait bifurquer. Je suis descendue, je vous ai vus, toi et ton
père... La source, la sécurité, la vie, et je suis devenue
maladroite, gauche, une fillette qui lance des devinettes,

se donne des émotions... Écoute-nous, ce soir. La dimension a changé, nous en sommes à la relativité, aux quand, aux pourquoi, aux comment... Je crois même, Félix, qu'en ce moment, ton père pense la même chose que nous... Il est sorti. Par pudeur? Pour cacher sa joie? Pour assimiler en profondeur? Pour cacher son allégresse?

— Mon père! Mon père...

— Oui, Félix, ton père.

— Mon père!

«Un autre angle de la relativité», pensait Félix. Il se taisait maintenant, s'accrochait à cette idée. Patricia se tourna vers son mari, le vit perdu dans ses pensées, absent. Elle le regardait, ne bougeait pas, respectait son état d'âme.

Après un moment, elle se glissa hors du lit, enfila sa robe de chambre, descendit à la cuisine, se versa un verre de jus de fruits. Elle s'apprêta même à remplir celui de son mari dont elle sentit soudain la présence. De fait, il était là, dans la porte. Sans rien dire, elle lui désigna le verre vide.

— Oui, s'il te plaît.

Ils prirent place l'un près de l'autre, à table. L'horloge sonna une heure.

— Tu devrais dormir, à cette heure.

Patricia prit la main de son homme, la posa sur son ventre, sourit avant de répondre:

— Si les rêves doux peuvent se vivre éveillés...

— Patricia...

— Si tu préfères ne rien dire, si une pensée t'obsède, tu n'as pas à me la dévoiler maintenant. Ton bonheur et ta joie me comblent et me suffisent.

— Patricia, j'ai pris ce soir, grâce à toi, une décision majeure qui donnera beaucoup de sens à notre vie, à nous tous.

— Je te fais confiance, Félix. Allons dormir.

Ils remontèrent vers leur chambre lentement, appuyés l'un contre l'autre, leurs cœurs vibrants, en communion parfaite.

Le couple ignorait que, pendant tout ce temps, Roméo était assis dans la balançoire et que, sous le ciel étoilé, il laissait ses pensées vagabonder. Son bonheur trop grand avait pris la forme d'un kaléidoscope: des sensations vives et variées recréaient des images à partir de bribes de sa vie. Il passait en revue tous ces êtres qu'il avait côtoyés. Il pensa à Théodore qui avait tout donné, qui avait même perdu ses facultés, qui ne pouvait plus se souvenir, entendre les oiseaux chanter, ses petits-enfants pleurer.

Alors que, dans le ciel, la nuit luttait contre le jour qui la forçait à céder sa place, Roméo rentra et alla enfin se coucher.

Au matin, Félix disparut. Il laissait la tâche à Roméo. À son retour, ne voyant pas sa femme à la cuisine, il monta à leur chambre. Elle était couchée et rêvassait éveillée.

— Bonjour.
— Te voilà.
— C'est fait... ou presque.
— Heureux?
— Chérie!

Et le futur papa ouvrit tout grand son cœur, s'épancha, lui fit part de cette décision qu'il n'avait jamais osé prendre, mais qu'il avait souvent ruminée inconsciemment. Sachant quelle grande joie cela procurerait à Roméo, il venait de faire la demande officielle de changer son nom – Côté – pour celui de Boisvert.

— Chéri! Que je suis heureuse! Tu dois ressentir un profond contentement, tes yeux me le disent. Mais gardons notre secret encore quelque temps, tout au moins jusqu'à ce que tout soit réglé.

***

Elle est arrivée en douce, la saison automnale, faisant du charme pour qu'on lui pardonne son intrusion.

Dans ses replis, elle cachait l'art qu'il fallait déployer pour gagner les cœurs. Une nuit, s'attaquant au sol, elle le para sournoisement d'une légère gelée blanche et crispée que le soleil, espiègle, s'empressa de faire disparaître.

Puis elle s'attaqua doucement aux jours qu'elle rognait par les deux bouts.

Elle sortit ensuite sa palette de couleurs, fit saigner quelques feuilles au faîte des érables, pendant que les peupliers et les bouleaux tremblotaient; les arbres fruitiers tenaient tête, les chênes et les hêtres luttaient; alors elle s'impatienta. Brusquement elle cuivra, ambra, brunit, froissa le feuillage, en fit, avec un doigté miraculeux, de si magnifiques tapisseries que les yeux admiratifs en oubliaient le froid et la neige déjà prêts pour la grande rentrée.

Pins et conifères laissaient maintenant tomber leurs fruits et leurs aiguilles qui avaient osé roussir. Épinettes et sapins prenaient un air de plus en plus vert et altier à mesure que le vent dénudait ses voisins. Vanité ou espoir? Peut-être rêvaient-ils d'être choisis pour fêter, à la chaleur, un Noël en famille, enguirlandés, illuminés, avec le petit Jésus à leur pied?

Que de beauté! Les touristes et les résidants les moins blasés empruntaient les autoroutes vers les campagnes pour admirer tant de splendeurs.

Les enfants s'en donnaient à cœur joie. Ils prenaient les feuilles à pleines brassées et les lançaient pour les voir retomber en cascades colorées. Les sentimentaux, les artistes immortalisaient, qui sur pellicule, qui sur un tableau l'ingéniosité de la nature sans jamais parvenir à la surpasser.

Le grand manitou se fit généreux, cette année-là. Les premiers Canadiens, nomades ou sédentaires, auraient tout le loisir de chasser, sécher leur gibier, installer leurs tentes.

Le fermier aurait un répit sur la ferme; les autres aussi afin de se préparer pour l'hiver; cette halte de la nature permettait de parer aux durs coups de la saison froide.

Patricia n'avait pu qu'apprécier ces étapes sans en connaître le sens. La ferme connaissait l'activité d'une ruche. Les fenêtres de la cuisine étaient ornées de tomates qui n'avaient pas eu le temps de mûrir et qu'on retournait de temps à autre pour qu'elles absorbent les derniers rayons du soleil et arrivent ainsi à pleine maturité.

Elle sortit, alla rêvasser sous un bosquet, traîna ses pieds dans les feuilles craquantes. Son cœur, exalté, transmettait des messages d'amour à l'enfant qui grandissait en son sein.

Patricia se pencha, choisit les feuilles les plus belles et les plus chaudement colorées et forma un bouquet. Avec de jeunes branches cassées, elle fit une gerbe.

Seuls ses pas venaient troubler le grand silence en lançant dans l'air des cric-crac aigus.

En rebroussant chemin, elle croisa Félix, qui, l'ayant vue venir, s'était arrêté. Patricia ressemblait à un arbuste coloré, léger, ambulant. «Comme elle est belle!»

Elle lui sourit.

— Pour orner le salon, jeta-t-elle naïvement, sans pouvoir soupçonner l'émotion et le trouble qu'elle provoquait chez son homme.

Il lui rendit son sourire et s'éloigna après un geste amical de la main.

«Les mots, parfois, sont superflus, ou maladroits.» Il ne ressentait plus sa fatigue. Son bonheur lui donnait des ailes.

Patricia venait de faire son premier geste d'épouse de fermier. Papi et Félix étaient d'une activité fébrile. Un convoyeur montait les balles de foin sur le fenil. Là-haut elles étaient empilées. À chaque jour, on cueillait les légumes mûrs prêts à prendre place à la noirceur du caveau creusé à même le sol. Ceux trop mûrs ou un peu abîmés étaient placés dans la cuisine. Simone les mettait dans des boîtes de conserve qu'elle scellait à l'aide de la sertisseuse; tout ce qu'il en restait, dont les épluchures, était donné aux animaux. Rien ne devait se perdre.

Elle prit bientôt le rythme, s'intéressait, posait toutes les questions.

— Que de besogne à abattre! s'exclama-t-elle au souper.

— Ton premier devoir, chérie, est l'enfant.

— Vitaminé, il l'est. Je mange autant de légumes que j'en coupe. Je prends du poids.

— Si tu t'absentais quand nous ferons boucherie? Va visiter ta mère pendant quelque temps. Tu t'épargnerais de grandes fatigues.

— Que non! Je serais une saison en arrière sur mon apprentissage. Quand notre enfant sera là, le temps me manquera.

— Chère grande fille! Tu as grandi avec des ongles roses et te voilà en tablier de cotonnade!

— Je suis moi-même étonnée de ce qui m'arrive. Étonnée et ravie. L'ennui, à ce que j'en déduis, c'est une maladie qui fut inventée par les citadins.

— Tu ne dois pas prendre trop de poids. Papi insiste sur ce point.

— Avec tous les sacrifices que je m'impose pour ne plus me gaver de crème fouettée, il ne faut pas m'en demander trop!

Félix sourit. Sa femme coupait des carottes en dés et en grignotait une large part.

— Assieds-toi, je prends la relève.

Il affûta le couteau et se mit à la tâche. Patricia enleva son tablier et l'obligea à le mettre.
Simone sourit et prédit:

— Cette macédoine sera la meilleure.
— Alors j'abdique, jeta Patricia, boudeuse. C'est in-juste. Ah! ces hommes!

Mais elle restait là, à observer. La dextérité des gens expérimentés l'épatait.
Les boîtes groupées en lots passaient à l'étiquetage: contenu, date, etc. On irait tout classer dans la cave.

— Ce sera amusant de voir l'étalage.
— Oh, non! Pas toi, tu ne descendras pas.
— C'est à croire que je deviens impotente.
— Chérie, l'escalier n'est pas solide, le plancher non pavé et humide. Ce serait imprudent.

Simone y alla aussi de son grain de sel:

— Laissez-vous gâter, madame Patricia, la tâche s'alourdira avec les années.

Chapitre 29

À Outremont, Marie-Ève était découragée. Tout espoir semblait perdu. L'oiseau s'était volatilisé. À la peine avait succédé le désespoir. Puis, la haine.

Ce samedi, Patricia, au comble du bonheur, annonça la grande nouvelle à sa mère.

— Tu seras grand-mère, maman. J'en suis maintenant certaine. Ça te fait plaisir?

— Alors, chérie, viens partager ton bonheur avec moi. J'ai besoin de ta présence.

— C'est impossible, maman, je...

— Je, je, je... Tu ne penses donc qu'à toi? Je te dis que moi, j'ai besoin de ta présence.

— Maman! Ne me demande pas ça, Félix...

— Quoi, Félix? Serait-il jaloux?

— Félix, jaloux! Jamais de la vie! Félix est un ange. Et je ne veux que son bonheur.

— Encore je, toujours je...

— Maman, maman, je t'en prie, écoute-moi. Je ne peux pas partir maintenant. Il n'est pas question que je m'absente avant que...

— Tu veux rester avec ton fermier de mari, c'est ça?

— C'est parce que...

Roméo écoutait, Félix plissait le front. Patricia se mit à pleurer. Alors son mari s'approcha, prit le combiné. Roméo fila se réfugier dans sa balançoire après avoir pris soin de fermer la porte derrière lui.

— Madame Labrecque, ici Félix, votre gendre.

— Pourquoi ma fille refuse-t-elle de venir me tenir compagnie? Vous vous y opposez?

— Madame Labrecque, votre fille a essayé de vous expliquer pourquoi. Je vous en prie, ne l'attristez pas, laissez-la à sa joie. Je vous quitte, je dois la consoler. Au revoir, madame Labrecque.

Et Félix raccrocha.

— Ça va, Patricia, je crois que ta mère a compris. Il ne faut pas t'attrister, déjà elle est plus calme.

— Tu as bien raison, disait-elle à travers ses larmes. Maman a le don de gâcher tous les plaisirs, même les plus grandes joies. Je me souviens, avant ma venue ici, elle ne voulait pas entendre parler du bal de coton. Qu'est-ce que je n'ai pas eu à entendre! Elle ne peut concéder, accepter, ni même écouter. Tiens, toi, par exemple. Regarde-toi. Tu m'écoutes, tu me laisses parler, tu ne m'interromps pas au milieu d'une phrase pour me contredire ou m'épater ou m'expliquer. Elle détient le monopole de la connaissance, de l'expérience, elle veut l'attention de tous, elle est intransigeante. Puis, un instant plus tard, elle fait volte-face: elle devient douce, gentille, généreuse, agréable. À la longue, ça devient angoissant. Quel contraste avec la vie calme et l'harmonie qui règne ici, dans cette maison. Non, Félix, je ne veux pas subir ses jérémiades, ses sautes d'humeur. Soumettre mon enfant à de telles luttes, ce serait malsain.

Félix se taisait, caressait sa main. Il sentait que le trop-plein était déversé, qu'elle redevenait elle-même. Après un moment, elle laissa tomber:

— J'ai honte!

— Chut! Pas de regrets, c'est ton droit et ton devoir de te protéger. Il faut être bon mais pas débonnaire.

Félix parlait en connaissance de cause. Il avait été la victime d'une mère implacable. Seul Roméo avait su apaiser sa peine et tenté de lui faire comprendre les raisons de la conduite de sa mère. Coupable ou pas, responsable ou pas, les conséquences étaient les mêmes. Une enfant, sa sœur Carmen, avait compris et prévenu son père. Elle était pourtant très jeune, alors!

— Va t'étendre, Patricia, te reposer. Essaie de dormir un peu pour apaiser ta peine. Tu trouveras une solution, le juste milieu quoi. Veux-tu que je monte avec toi ou préfères-tu être seule?

— Merci, Félix, c'est bon de se sentir protégée, comprise. J'irai seule.

— Promets-moi de ne pas te mettre martel en tête. Ça n'arrangerait rien, ni pour toi ni pour ta mère.

— Tu as bien raison.

Patricia descendit une heure plus tard.

— Tu as dormi?

— Je me suis assoupie seulement. J'ai eu une bonne idée. Je vais téléphoner à tante Hélène, la prier d'aller visiter maman et de me laisser savoir ce qui se passe. Je saurai alors si c'est sérieux ou s'il s'agit d'un caprice.

— Bien pensé, Patricia. Tu as faim? Le dîner est au four.

— Quoi, ce n'est pas possible! L'horloge se trompe!

— Non, l'heure est juste.

— J'ai dormi alors!

— Dans votre condition, ma belle-fille, c'est très bien, c'est même recommandé de prendre beaucoup de repos. Le bébé se chargera de vous accaparer, plus tard. Mais il faut aussi manger, ajouta Roméo, taquin.

Patricia lui sourit. Elle avait recouvré sa sérénité.

***

Hélène n'entendait plus parler de Marie-Ève. Son amie ne lui téléphonait pas. Hélène n'allait pas se présenter chez elle sans lui avoir parlé au préalable. Peut-être filait-elle le parfait amour... Elle ne livra pas à Patricia le fond de sa pensée, connaissant bien l'exubérance de son amie. Si Marie-Ève n'avait pas dévoilé ses amours à sa fille, c'était que quelque chose ne tournait pas rond.

Elle téléphona donc et eut droit à une complainte des plus déroutantes. L'amoureux était en Europe, voyageait de Paris à Londres. Elle, Marie-Ève, avait le cafard, un cafard noir!

— Si nous allions flâner et souper au centre-ville, toi et moi? Un charmant tête-à-tête entre amies. Je t'invite, je prends la note. Ça te va? Disons, sept heures trente.

Marie-Ève espérait rencontrer son amoureux, le hasard aidant...

Elle se fit une beauté. Hélène devait la trouver radieuse, en femme amoureuse qu'elle était.

Au moment de mettre son collier de perles, elle l'échappa, se pencha pour le ramasser, passa la main sous le bureau et en sortit non seulement la parure mais aussi un carton d'allumettes. Intriguée, elle le regarda: «Chez Pierre, bar élégant, cuisine gastronomique.» «Personne d'autre que Paul ne peut avoir perdu ça ici, dans ma chambre. Pourtant, il ne fume pas.»

Elle termina sa toilette avec, dans le regard, une lueur nouvelle. Il lui fallait s'asseoir, l'émotion l'étreignait.

***

Rejointe par Hélène, Patricia fut réconfortée. Sa mère allait on ne peut mieux. Même que, ce soir, les deux amies iraient dîner ensemble au centre-ville.

— C'est vrai? Ah, tante Hélène, que je suis heureuse! Je vais vous confier un secret. Maman va sûrement vous en parler. Je crois que je suis responsable du cafard qu'elle ressent présentement. Tante Hélène, je suis enceinte.

— C'est vrai? Mes félicitations, Patricia, tu sembles comblée!

— Il n'y a pas de mots pour décrire mon bonheur. Mon mari est un être exceptionnel, plein de douceur et de bonté.

— Merveilleux! Et l'heureux événement, c'est prévu pour quand?

— Au printemps. Mais ne dites rien à maman. Donnez-lui l'occasion de vous l'apprendre elle-même. Maman grand-mère, vous pouvez imaginer ça? Moi, pas.

— J'envie Marie-Ève. Mes filles suivent la mode nouvelle: il faut d'abord payer la maison, deux voitures, creuser une piscine... Tu connais le refrain? Après, on aura les enfants.

On se quitta sur une note gaie. Patricia avait recouvré son aplomb. «Maman ne changera jamais et je ne pourrai jamais m'habituer à ses idées pessimistes. Je devrais me montrer plus compréhensive, être plus patiente. Pourtant, cette fois encore, je me suis emportée, j'ai cru à un désastre certain et voilà qu'il ne s'agissait que d'un feu de paille. Maman va souper au restaurant! Ça me servira de leçon. Je n'ai qu'à me montrer ferme, rester sur mes positions, ne pas la prendre trop au sérieux. L'ouragan finit toujours par passer.»

Patricia avait presque honte d'avouer à son mari qu'une fois de plus il s'agissait d'une tempête dans un verre d'eau, que sa chère maman se préparait à aller souper au centre-ville avec une amie.

Elle avait la naïveté de croire que cette invitation à souper avait pour but d'annoncer la grossesse de sa fille à son amie Hélène. Comme elle était loin de la réalité!

Sa mère avait décidé de visiter plusieurs endroits dans l'espoir de retrouver ce cher Paul à qui elle réservait toute une réception! Cette minute de vérité, elle l'avait si souvent tournée et retournée dans son cerveau qu'elle commençait à y croire. Et, en effet, cet instant si désiré, elle le vivrait très bientôt.

***

«Cette fois, j'ai une piste. Où est-ce qu'elle me conduira? Ce serait fou d'espérer le rencontrer dès ce soir, mais voilà sûrement un endroit qu'il fréquente. Relations d'affaires, sans doute. Nous irons, Hélène et moi. Je veux voir l'endroit. J'y retournerai seule, un autre jour. Peut-être qu'un garçon de table pourrait me renseigner sur ce vilain personnage. Et alors, alors là! Ce sera à ton tour de danser, mon cher gigolo.»

Le mot lui faisait mal. Elle espérait encore s'être trompée. Paul lui expliquerait tout. Ce n'étaient que de tristes malentendus.

Hélène arriva enfin. Marie-Ève faisait les cent pas en l'attendant.

— Toujours fidèle, chère Hélène. Ton appel m'a fait plaisir.

— Tu es d'un chic, ma chère. Es-tu à la recherche d'une autre conquête?

— Méchante femme! C'est ce qui arrive quand on s'éprend d'un mâle trop important, que les affaires l'appellent sans cesse au loin. C'est la solitude pour sa belle qui reste à la maison à se languir.

«Quel verbiage, pensait Hélène. Oui, cette chère Marie-Ève mijote quelque chose. Peut-être Patricia a-t-elle raison. Elle est heureuse et veut m'annoncer la maternité de sa fille.»

— Tu m'écoutes, Hélène?
— Bien sûr. Quelle direction prendre, maintenant? Tu as décidé?
— Chez Pierre. Si on allait chez Pierre. Apparemment, c'est très bien. On m'a fortement recommandé la cuisine française qu'on y sert.

«Tiens, l'amoureux est en France. Bon, je me situe...»

— Alors, chez Pierre, l'adresse?

Cette adresse, jamais Hélène ne l'oublierait. Huppé, l'endroit. Valet qui se chargeait du stationnement et tout le tralala.

— Tu as réservé?
— Voyons, Hélène! Je sors en femme du grand monde.

Elle sortit un billet de vingt dollars, le plia et le garda au creux de sa main. Elle le glisserait en douce à l'hôtesse qui demanda:

— Fumeur ou non-fumeur?
— Non-fumeur.
— Marie-Ève, tu sais bien que je fume!
— Excuse-moi, fumeuse, alors...

Marie-Ève n'avait pas les yeux assez grands pour tout voir. Elle scrutait chaque table. «Chic, ça oui, très chic l'endroit, tout à fait son genre.»

— Tu es distraite, Marie-Ève. Veux-tu un apéro?
— Non, la carte des vins, merci.

Déception! Monsieur brillait par son absence. Son enthousiasme tomba. Elle passa sa frustration sur le litre de vin. Tout à coup, elle réagit. «Paul ne fume pas, peut-être se trouve-t-il dans l'autre section, celle des non-fumeurs.» Oui, elle irait vérifier.

— Tu m'excuses, Hélène, je vais me poudrer le nez. Commande un autre litre du même vin.

Marie-Ève traversa la salle, s'engagea dans le hall et jeta un coup d'œil dans un bar en retrait où des clients prenaient une consommation en attendant qu'une table se libère.

Une jolie dame rousse, au chignon imposant, attira son attention. À la main qui tenait une coupe, elle portait une roche qui scintillait de mille feux. «Quelle élégance!» pensa Marie-Ève. Les regards des deux femmes se croisèrent. La rousse sourit et Paul se retourna pour voir à qui s'adressait ce sourire. Paul! Nul autre que le Paul de Marie-Ève!

— Oh! Arrêtez immédiatement cet homme! s'écria Marie-Ève. C'est le président du vice de la compagnie maritale, martinale, maritinale, c'est mon Roméo, Paul, pas Paul, je vais le prouver, j'ai son numéro de téléphone au presbytère du Saint-Cœur du saindoux de Marie de la compagnie vaginale internationale de marine!

Elle hoquetait. Toutes les têtes étaient tournées dans sa direction. Plus Marie-Ève hurlait, plus on riait. Paul riait tant que ses épaules sautaient, ce qui rendait la pauvre hystérique encore plus ridicule.

— Je vous le jure, il est à Toronto en congrès marital! poursuivait-elle. C'est par la police qu'il faut faire juger cet escroc...

L'élégante dame posa sa main diamantée sur celle de Paul. Ce fut le bouquet!

Avec la rapidité de l'éclair, une phrase prononcée au château Frontenac traversa l'esprit de Marie-Ève.

«Ce n'est pas un saphir, c'est une émeraude», avait-elle corrigé Paul qui avait, ce jour-là, volontairement commis une erreur, sans doute pour vérifier sa connaissance des valeurs.

Elle pointa la bague de la dame et s'exclama:

— Ce n'est pas un saphir, c'est une émeraude!

— Ah! non! rétorqua la dame rousse, en souriant. C'est un diamant, un véritable diamant!

Les rires recommencèrent à fuser. Rires qui couvraient les paroles enflammées de Marie-Ève.

— Toi, la fausse rouquine, bas les pattes, sinon je vais te faire avaler la motte que tu portes.

— Voulez-vous qu'on appelle la sécurité, monsieur?

— Non, non, je vous en prie, protesta Paul. Elle est trop distrayante. Embauchez-la plutôt pour donner des spectacles. Elle est douée.

Les explosions de rires attiraient les curieux qui venaient jeter un coup d'œil et retournaient à leur table, amusés.

Un voisin de table dit à Hélène:

— C'est une criarde, saoule ou cinglée, qui fait ce tapage. Pourtant, à la voir...

Hélène n'entendait plus, elle s'inquiétait. «Cette voix qui hurle et Marie-Ève qui ne revient pas des toilettes.»
Un serveur s'approcha et lui dit:

— Madame, votre amie...
— Voulez-vous dire que c'est ma compagne qui?... J'y vais.

Marie-Ève divaguait toujours. Certains semblaient bien s'amuser et badinaient, d'autres en avaient marre.

— Viens, chérie.
— Tiens, viens ici, tu es mon témoin. Tu sais cet appel au presbytère de Marie-du-Cœur-de-Jésus?
— Oui, bien sûr... Oui, viens, suis-moi. Je vais m'en occuper du presbytère.
— Tu es assommante, je...

Hélène avait réussi à attirer son amie. Le garçon ferma la porte du bar, coupant ainsi le pont entre les antagonistes.
La dame rousse demanda:

— Qu'est-ce qui lui prend à cette femme? Tu la connais?
— Ni d'Ève ni d'Adam! Simple méprise, ou trop de whisky. Tu me vois, toi, dans un presbytère?

Et Paul, riant aux larmes, ajouta sur un ton condescendant:

— Elle était plutôt amusante.

L'hôtesse s'approcha.

— Monsieur Bonenfant, votre table est prête.

Paul acquitta la note, donna un généreux pourboire.

Marie-Ève continuait de divaguer. Hélène pria l'hôtesse de lui apporter l'addition.

Le retour à la maison fut des plus moroses. Marie-Ève pleurait, pestait. Hélène, fort humiliée, prenait des résolutions fermes en ce qui concernait son amitié pour sa compagne. Elle était déçue: elle n'avait pas eu la présence d'esprit de regarder l'homme que Marie-Ève avait attaqué. Ironiquement, ce devait être lui-même qui avait commis l'erreur de lui recommander ce restaurant. «C'est sûrement la tombée du rideau sur ses amours», se disait Hélène.

La dame rousse ne reverrait jamais monsieur Bonenfant. Marie-Ève venait involontairement de faire une bonne action.

***

Cunégonde arriva tôt chez sa patronne. Elle profitait du sommeil de madame pour faire son travail, car, dès qu'elle se levait, elle lui empoisonnait l'existence. Marie-Ève devenait de plus en plus irascible. Cunégonde avait aussi des obligations personnelles, mais elle était au service des Labrecque depuis si longtemps qu'elle avait appris à supporter sa patronne et à s'oublier.

Après avoir mis de l'ordre dans la cuisine, elle sortit le plumeau, ses chiffons et se dirigea vers le salon. Horreur! Madame Labrecque, encore vêtue de son élégant costume, gisait là, sur le plancher.

Que faire? Crier ne servait à rien. Marie-Ève ne réagissait pas. Elle se pencha. Oui, elle vivait. Cunégonde lui appliqua des compresses froides sur le front, ce qui eut pour effet de lui faire ouvrir les yeux.

— Paul, murmura Marie-Ève.

— Madame, madame Labrecque.

Les compresses dégouttaient sur le tapis. Tout à coup, comme mue par un ressort, Marie-Ève s'assit et hurla:

— Vous, Cunégonde, que faites-vous ici?
— Je nettoie, madame, comme tous les jours.
— Oh! ma tête, ma pauvre tête!
— Vous voulez le sac à glace, des glaçons?
— Oui, des glaçons, un plein verre de glaçons. Aidez-moi à me relever, de grâce! Qu'est-ce que vous attendez?

Cunégonde, tremblante, apeurée, ne savait plus quoi faire.

— Voulez-vous que j'appelle madame Hélène?
— Jamais, jamais! Oh! ma tête, celle-là!

La domestique comprit: madame Labrecque avait bu, un peu trop cette fois. Alors Cunégonde décida d'expédier vivement son travail et de retourner chez elle. «Madame survivra... et moi aussi!»
Marie-Ève cria:

— Venez ici, Cunégonde, tout de suite.

Cunégonde fit la sourde oreille. Par acquit de conscience, elle dressa le couvert de madame, tâche qu'elle accomplissait chaque jour. La domestique n'eut de repos que lorsqu'elle ferma la porte derrière elle, après s'être assurée qu'elle était bien verrouillée. Dans son château fort, madame Labrecque pouvait hurler tout son soûl.
Pendant ce temps, Hélène était prise de remords.

«Je n'ai pas été gentille, pas du tout! La pauvre fille, elle se croit la victime de tout le monde alors qu'elle n'est victime que d'elle-même. Heureusement que Patricia n'est pas venue. Ce serait elle qui aurait écopé de la pénible obligation de l'accompagner au restaurant. S'il eût fallu que ça arrive, elle ne le lui aurait jamais pardonné. Chère Marie-Ève... Comment peut-on avoir si peu de maturité! Si elle savait quelle vieillesse elle se prépare! Elle éloigne tous ceux qui l'aiment. Je ne serais pas surprise qu'elle ait déjà trouvé l'occasion d'indisposer son gendre, de perdre ses bonnes grâces. Heureusement que Patricia a hérité du caractère de son père. Elle est calme et sensée. Elle saura protéger son bonheur. De fait, Marie-Ève ne m'a jamais parlé de son gendre ni de sa famille. Ah! Et puis zut! Je ne vais pas me faire un cas de conscience à chacune des maladresses de madame. C'est idiot, à la fin. Je veux bien servir d'intermédiaire entre Patricia et sa mère, mais je ne pourrai jamais devenir leur trait d'union!»

***

Puisque Géralda avait terminé ses études et ne retournerait pas au couvent, le bal de coton serait célébré à la date habituelle.

Tous se préparaient à la fête, chacun y apportait sa touche personnelle. Si bien que l'événement, d'une année à l'autre, présentait toujours un visage différent.

Patricia, qui n'avait vécu qu'une de ces fêtes, aurait bientôt l'occasion de prendre part à la suite.

C'est pourquoi, chez les Boisvert...

Chapitre 30

Appuyé contre le mur, Félix souriait. Patricia était penchée, puisait avec une cuiller dans la cocotte, soufflait, tentait de goûter, soufflait encore.

— Ne brûle surtout pas ton beau bec sucré, ma Patricia.

Elle tourna la tête, sourit.

— Tiens, tu es là, toi. Alors tu devras faire la dégustation, me dire si l'assaisonnement est à point.

Elle s'approcha, tendit la cuiller encore fumante. Félix retint sa main, la saisit par la taille et lui vola un baiser.

— Délicieux! Doux comme je les aime.
— Sorcier! Regarde ce que tu as fait. Et le fourneau qui est ouvert!
— Que contient-il?
— Un ragoût d'agneau.
— Quel fumet! La bonne odeur m'a attiré jusqu'ici.
— J'expérimente une nouvelle recette. Tu sais, Félix, j'adore cuisiner, ça me donne l'impression de travailler dans un laboratoire. Je peux improviser, varier, donner une touche personnelle aux mets...

Tout en parlant, elle avait arrosé de sauce la pièce de viande, fermé la casserole, ajusté la chaleur du four. Elle se lava les mains, se retourna:

— Voilà! Je suis toute à toi. Dans dix minutes, il ne restera qu'à servir.

— Papi n'est pas là?

— Non, il est allé à la poste. Il ne devrait pas tarder.

— Mais il y est déjà allé, hier.

— Sans succès peut-être. Viens, allons nous asseoir sur la galerie. Il fait si beau.

Elle passa le bras autour de la taille de son mari et ils se dirigèrent vers la balançoire.

— Tu es heureuse, Patricia?

Elle lui sourit, posa sa tête sur son épaule.

— Un peu plus chaque jour. Je m'émerveille. Rien qu'à la pensée de cette vie, de ce petit être qui prend forme en moi, un peu de toi et de moi confondus, un bourgeon de notre amour qui éclôt et deviendra notre soleil. Oui, je suis heureuse.

— Tu ne regrettes pas ta vie de luxe, la grande ville et ses attraits?

— Le bonheur ne se calcule pas à l'envergure de l'environnement, quelles que soient ses promesses...

Patricia tourna légèrement la tête, posa une main sur son cou, murmura tendrement:

— Un soir, à la campagne, un jeune homme s'est approché de moi, m'a saisie à la taille, a plongé son regard dans le mien, m'a soulevée de terre, entraînée dans une grande farandole. Je quittais le monde, j'entrais dans une autre dimension, celle des contes de fées; un prince me conduisait dans le plus beau des royaumes, celui de l'amour. Le reste de l'univers s'est estompé.

Elle s'était tue, trop émue pour poursuivre. Félix caressait tendrement ses cheveux, incapable, lui non plus, de prononcer un mot. Elle prit sa main, la plaça sur son ventre, frémit à la chaleur que son homme lui transmettait.

— Nous t'aimons, Félix.

Félix resserra son étreinte. Elle secoua la tête. Des larmes perlaient à ses cils. Son amoureux, tendrement, les sécha du bout de ses doigts: dans les yeux de sa femme, il retrouvait cette passion qu'il avait lui-même éprouvée le soir du bal.

Des instants bénis qui cimentent l'amour, des minutes précieuses qui font croître le bonheur, qui enrubannent les serments, élèvent l'âme.

— J'ai faim! dit-elle, grisée, d'une voix à peine audible. Mon ragoût...

— Sera délicieux, ma chérie. Viens.

Il s'était levé, lui avait tendu la main. Elle le regarda, ne trouva rien à dire.

— Viens, ma pâquerette.

Le soleil dardait, les oiseaux chantaient, la paix et l'harmonie de la campagne, une fois de plus, faisaient battre, très fort, les cœurs à l'unisson.

Silencieuse, Patricia dressa le couvert. Ses mouvements avaient quelque chose d'attendrissant, son bonheur se manifestait jusque dans ses gestes. Félix l'observait, ému.

Roméo entra. L'état de béatitude dans lequel se trouvait le couple ne pouvait lui échapper. Il déposa une lettre sur la table et se dirigea vers l'escalier.

— Le dîner est prêt, papi.
— Merci, ma fille, je me lave les mains et je descends.
— Tiens, une lettre de maman.

Elle l'ouvrit, lut les quelques feuillets, sourit et commenta:

— Maman s'inquiétera toujours. C'est à se demander sérieusement si elle croit au bonheur. Pourtant si elle savait!

Roméo revenait, joyeux lui aussi.

— Je ne sais pas ce qui nous sera servi, mais quel arôme!

Félix vint déposer l'immense plat au centre de la table et y plongea la louche.

Le repas était gai, l'atmosphère des plus agréables.

Au moment du dessert, Roméo sortit de son veston une enveloppe mystérieuse.

— Voilà, mes enfants. Ma façon de vous dire ma joie et mon amour.

Le couple échangea un regard. Roméo poursuivit, de la malice plein les yeux.

— Vous vous absenterez quelques jours. Un peu d'intimité vous fera du bien. Vous renouvellerez vos promesses à l'endroit même où vous vous êtes témoigné votre amour. Tout est réservé, payé. Et pas de protestations!

***

Roméo avait délibérément omis un détail important devant le couple: son ami Ernest l'avait prévenu que, le jour du bal de coton, le cortège s'arrêterait chez les Boisvert rendre hommage à Patricia et au roi détrôné qui devrait laisser les honneurs au nouvel élu.

Touché par cette surprise réservée à ceux qu'il aimait, il avait décidé de les éloigner quelques jours. Avec l'aide de Simon et d'Ernest, il en profiterait également pour repeindre et décorer la chambre destinée au bébé. Il ne restait plus qu'à prévenir Félix d'être de retour à temps pour la cérémonie. Bidou se chargerait de préparer la maison en conséquence.

***

Ce soir-là avait lieu le bal de coton. Roméo vit défiler les passants qui se dirigeaient vers la maison des Morrissette. Il pensait à Félix qui y avait trouvé la femme de sa vie. Ce soir, il était avec elle, à roucouler sans doute. Roméo souriait à la pensée de la tête que Félix avait faite en apprenant l'heureuse surprise de ce voyage planifié à son insu. Il avait l'intention d'ajouter du piquant à son extravagance. Il irait au bal saluer le maire, danserait un instant avec une demoiselle, après, bien sûr, avoir prié Tit Pit de jouer un slow. «Félix criera sûrement à la débauche.»

Ignorant tout des nobles aspirations de Géralda, c'est elle que Roméo invita à danser. Elle rougit et accepta.

— Vous m'excuserez, dit Roméo, je n'ai pas l'habitude. Prenez garde à vos orteils, je porte des bottines cloutées.

Géralda se pencha, lui regarda les pieds et pouffa de rire.

— Vous êtes comique!

— Si vous saviez ce qui attend mes jeunes, demain. Vous avez entendu parler de la chanson à répondre qu'on leur réserve?

— Oui, j'en ai fait des copies. Ce sera amusant. Félix n'est pas au courant, j'espère?

— Seulement pour l'essentiel. Patricia ne se doute de rien.

Pour taquiner Roméo, Tit Pit, moqueur, en plein milieu d'une chanson douce, s'arrêta subitement et fit frémir son archet en lui commandant un air endiablé.

— Vous et moi, Géralda, devrons mettre fin à notre plaisanterie. Ça, c'est au-dessus de mes possibilités. Merci, mademoiselle, dit-il en s'inclinant exagérément, la main sur le cœur.

Le maire, qui les observait discrètement, fut tout à coup saisi par un espoir. «Ce serait mieux que le cloître, même s'il n'est pas jeune...»

Roméo rentra tôt. Il irait organiser la réception, sortir le vin de pissenlit.

***

À Rivière-du-Loup, Patricia exprima le désir de prolonger leur séjour. Félix regrettait qu'ils ne puissent se le permettre.

— Car, chérie, papi est seul avec la besogne. Si tu étais gentille, pour me faire plaisir, tu porterais ta jolie robe rose. C'est ma préférée, celle qui te va le mieux.

Pendant ce temps, Bidou posait des banderoles de papier crêpé pour orner la galerie des Boisvert. Le soleil dardait, la fête était dans l'air.

***

À Outremont, Marie-Ève se remettait de son noir chagrin. Elle n'osait téléphoner à Hélène tant elle avait honte de sa conduite. Elle se faisait même douce et conciliante avec Cunégonde. Toute sa hargne allait vers Félix et Roméo qui lui avaient volé sa fille. Elle, Marie-Ève Labrecque, serait la grand-mère d'un enfant dont le père portait des bottes crottées, habitait le long d'une route où un fossé remplaçait le trottoir! Quelle misère! Elle verrait à ce que ça se passe bien! Peut-être qu'elle pourrait même décider la future maman à venir accoucher à Outremont, à y faire baptiser l'enfant, afin qu'il ait au moins l'honneur de posséder un document officiel qui témoignerait en sa faveur. «Dignité oblige», se disait-elle. Et si elle gardait Cunégonde dans ses bonnes grâces, c'était parce qu'elle aurait besoin d'elle.

Marie-Ève passait ses journées à ruminer. Personne à aimer, personne sur qui se défouler. C'était la grande et affreuse solitude. De son esprit, elle voulait chasser son Paul, ce dégoûtant personnage, qui lui avait refilé les notes du château Frontenac, avait profité de son hospitalité, candidement accepté une montre en or dix-huit carats, bu son meilleur cognac... Tout ça parce que Marie-Ève avait goûté au plaisir empoisonné de se faire laver le dos dans la douche par ses griffes de vautour!

Grâce à un carton d'allumettes oublié, il avait perdu la chance de finir de la ruiner.

«Mais quand même... songeait-elle. Il m'a subtilisé quinze mille dollars, en beaux billets roses! Si seulement ma fille n'était pas allée à ce bal de coton! Ah! Ce Félix de malheur!»

***

— Pourquoi consultes-tu si souvent ta montre, Félix?

— Une manie, je suppose. Je ne m'en rends pas compte.

— C'est tout de même bizarre. La dernière fois que nous avons fait ce trajet, tu me tenais étroitement contre toi et je m'inquiétais, car tu ne gardais pas tes deux mains sur le volant. Aujourd'hui, tu respectes le code de la route et moi, je me passe de ta tendresse!

— Je te prierais, ma belle, de prendre note que moi, je n'ai pas changé de place...

Il fallut quelques minutes à Patricia pour comprendre ce que signifiait la remarque.

— Je me console à la pensée que la journée n'est pas finie.

— Là, ma femme, tu as raison. Tiens, la route est fermée ici. Je dois faire un détour, je n'ai pas le choix.

— Ça ne te semble pas anormal?

— Ça arrive, occasionnellement.

À cause du détour, ils arrivèrent à la maison sans que Patricia ne soupçonne la présence de tout ce monde venu à la fête.

Roméo était sur le perron arrière. Il les attendait.

— Vous êtes venus par le petit chemin, à ce que je vois. Bonjour, mes enfants.

— Bonjour, monsieur Boisvert, dit Patricia. L'accès à la route était interdit.

— Étrange, non? fit Roméo. Entrons.

Félix klaxonna. C'était le signal.

Tit Pit, sur le parterre avant, entama la marche nuptiale. Roméo ouvrit la porte, laissant le passage au roi qui serait tantôt détrôné. Félix s'avança avec sa belle, rouge de surprise et d'émotion. La balançoire à trois places fut occupée par le couple, les cruches de vin jaune circulaient. On viendrait à bout de la réserve de Roméo! Tit Pit, dans son costume orangé, jouait malgré le tumulte.

Bidou se promenait d'un à l'autre, tentait de ramener l'ordre. Puis, voilà que l'on entonna une vieille chanson dont on avait changé le refrain. «Il n'y a qu'un Dieu qui règne dans les cieux» était devenu: «Il n'est qu'un heureux Félix qui règne en ces lieux.»

Il y a deux testaments, mais il n'est qu'un heureux Félix qui règne en ces lieux..

Il y a trois personnes en Dieu, deux testaments, mais il n'est qu'un heureux Félix qui règne en ces lieux..

Il y a quatre évangélistes, trois personnes en Dieu, deux testaments, mais il n'est qu'un heureux Félix qui règne en ces lieux.

Il y a cinq livres de Moïse, quatre... mais il n'est qu'un heureux Félix qui règne en ces lieux.

Il y a six urnes remplies de vin...

Il y a sept sacrements...

Il y a huit béatitudes...

Il y a neuf chœurs des anges...

Il y a dix commandements...

Il y a onze et une vierges folles...

Il y a douze apôtres, mais il n'est qu'un heureux Félix qui RÈGNE en ces lieux.

Ce fut un boucan terrible! Bidou, debout, chantant plus fort que tout le monde, prenait un plaisir fou à permuter les couplets. Il y avait, dorénavant, deux évangélistes, douze sacrements et trois apôtres. On ne chantait plus tellement on riait. Même Tit Pit ne pouvait garder son sérieux.

Raymonde, la jeune bouquetière, vint présenter un

énorme bouquet de pâquerettes à la future maman. On pria Patricia, puis le roi détrôné et Roméo à monter dans une *waguine* décorée à leur intention. Et la procession reprit la route.

On se rendrait bientôt chez l'élu du jour.

Patricia, tenant toujours ses fleurs, pleurait comme une enfant. Félix la tenait bien serrée contre lui. Roméo essuya furtivement quelques larmes. Le maire Morrissette épiait chaque mouvement de Roméo, cherchant à savoir s'il aurait un regard pour sa fille Géralda.

Tout Saint-Firmin sut, ce jour-là, que Dieu avait entériné l'union du couple et que l'Église aurait une âme de plus à sauver.

Les élus de l'année connaîtraient bientôt la décision du sévère mais juste Tit Pit. Cependant, pour seulement une petite poignée d'entre tous, ce jugement aurait un sens aussi profond et significatif que celui goûté l'année précédente par les Boisvert.

***

La fin du règne du roi Félix et de sa reine Patricia ne se terminerait pas sans un dernier honneur, puisque le roi avait été valeureux et avait assuré sa descendance.

Le cortège s'arrêta à la mairie. Cette fois, c'est Patricia qui recevrait les hommages.

La future maman était si joyeuse qu'elle se soumettait docilement, se laissait guider, sans prévoir ou imaginer jusqu'où irait la célébration.

Un certificat de citoyenneté de l'enfant attendu fut émis, signé par le maire et offert à la mère.

Le cercle des Fermières offrit ensuite un coffre rudimentaire fait de planches de bois de cèdre local. Il contenait une layette confectionnée des mains des membres de l'association, des langes aux chaussons, sans compter un faux drap sur lequel étaient brodées les armoiries du village de Saint-Firmin.

Patricia avait les airs d'une fillette exaltée qui s'émerveille devant un trousseau de poupée.

Depuis la mairie, le cortège se dirigea vers le foyer du futur roi au rythme du violoneux Tit Pit qui menait le bal.

C'est dans la limousine du maire Morrissette que le roi déchu et sa reine furent conduits chez eux. Des curieux étaient encore là qui saluaient, alors que, plus en avant, le cortège filait bon train.

**

Roméo avait aidé Félix à transporter le coffre de cèdre dans la chambre de l'héroïne. Patricia, épatée, regardait, un par un, les minuscules vêtements.

— Regrettes-tu toujours, ma femme, que nous n'ayons pas prolongé notre séjour à la ville?

— C'était donc ça, ta manie de consulter ta montre! Tu étais au courant de ce qui s'en venait!

— Bien sûr. J'ai grandi ici, moi. Je t'ai attendue ici.

— Et notre éloignement, monsieur Boisvert, c'était voulu aussi!

— Venez, Patricia.

Roméo ouvrit la porte de la chambre fraîchement repeinte.

Sur le plancher se trouvait un moïse qu'il faudrait habiller. Pour le moment, il contenait un bouquet de roses blanches.

Patricia resta là, muette de surprise.

— Ce n'est pas parfaitement au point, dit Roméo,

car je ne suis pas doué pour la décoration et le choix des bibelots.

— Et par délicatesse, vous avez peint deux murs roses et deux murs bleus!

Elle vint se pendre à son cou, l'embrassa sur les deux joues.

— Vous êtes adorable! Ah! vous deux, comme vous savez donner du bonheur.

— Tu ne vas pas pleurer, chérie! s'inquiéta Félix.

— De joie, c'est permis, dit Roméo en s'éloignant. Je prépare une tisane.

Ils se rejoignirent dans la cuisine.

— C'était bien, le bal chez les Morrissette, croyez-moi, dit Roméo.

— Quoi, veux-tu dire, papi, que tu y es allé?

— Bien sûr. Même que j'ai dansé, longtemps dansé.

— Avec qui?

— Une fille, voyons. Quels curieux vous faites! Mais je n'ai pas gagné le concours. Tit Pit est très mauvais juge!

Félix ouvrit les yeux tout grands et s'exclama:

— Ç'aurait été le bouquet!

— À propos, ce soir Simone ne sera pas là. Je lui ai donné congé.

— Simone! Mais elle est mariée!

— Oui, je sais, et alors? Ah! je vois... Ce n'est pas accompagné de Simone que j'ai dansé, non. Plutôt avec une jeune femme disponible... Tout ça pour vous dire que ce soir nous souperons à l'auberge.

— C'est impossible.

— Pourquoi, Patricia?

— En passant devant l'auberge, j'ai lu une pancarte sur la porte qui disait: «Fermé à cause de la procession».
— Oui, c'est normal. Mais ce sera ouvert dès sept heures. C'est le meilleur endroit pour finir la soirée. On y entend tous les commérages, les nouvelles récentes. Le patron réduit le coût de la bière et la fête se prolonge. J'ai hâte de savoir qui a remporté la palme. Enfin, puisque ce n'est pas moi, vaut mieux se résigner.

Patricia et Félix se regardèrent.

— N'oubliez pas: sept heures, là-bas.
— Nous partirons avec ou sans vous? demanda Patricia.
— Je me sentirais moins seul avec vous. Ce sera moins gênant si, par hasard, la jeune fille se trouve là. Je me sens, disons... rejeté.

Roméo s'éloigna, histoire de ne pas succomber à son envie de rire.

— Ça alors! entendit-il Félix s'exclamer depuis le couloir.

Une fois dans la cuisine, Roméo téléphona à Ernest, l'invita à souper à l'auberge.

— Amène-toi avec Simon. Je vous rejoindrai là-bas.

La famille Boisvert arriva au même moment que Bidou qui s'exclama:

— Vous avez encore le pied léger, monsieur Boisvert. Il s'en est fallu de peu pour que vous remportiez la palme!
— Merci, Bidou. Ce sera une autre année.

— Ainsi, c'est vrai, vous êtes allé danser? demanda Patricia.

— Oui. Tiens, Ernest est là. Je vais vous fausser compagnie. Dites à Félix que je me charge de la note.

Patricia s'empressa d'aller vers son mari:

— Hé! Félix, tu sais ce que je viens d'apprendre? Ton père...

Et Patricia de succomber à son envie soudaine de jouer les inoffensives commères.

Roméo, de belle humeur, se vantait à son tour de ses dernières espiègleries.

La tablée des cinq gais lurons habituels était portée à sept. Roméo et Simon s'y retrouvaient de plus en plus souvent.

Bidou se pencha vers Roméo et, avec le plus grand des sérieux, lui dit, assez fort pour que leur groupe entende:

— Ne vous tournez pas, monsieur Roméo, mais il se passe quelque chose derrière vous.

— Oui, ah! Quoi?

— Vous savez, la fille de Morrissette avec qui vous dansiez...

— Oui, et alors?

— Elle vient d'arriver au bras de son père. Jamais encore le maire n'était venu ici fêter. Les élections municipales n'auront pourtant pas lieu avant le printemps. Qu'est-ce qui l'amène ici, et avec sa fille encore, si ce n'est pas un coup d'élection?

Simon regardait dans toutes les directions, ne voyait pas le maire. Il allait ouvrir la bouche lorsqu'il reçut un coup de genou de Gus qui lui signifiait de se taire.

— Étrange, en effet, dit Roland.

— Étrange, répéta Jos. Même très étrange...

— À moins que...

— Quoi, quoi, Roland, à moins que quoi? demanda Roméo.

— Ben, votre danse avec sa fille... Qui sait, il a peut-être pensé, ou cru que...

— Écoutez-moi bien, vous autres. Faites ce que vous voulez, prenez n'importe quel moyen, mais sortez-moi de cette trappe à souris. La fille de Morrissette, voyons donc! Une enfant. Il est fou, le maire! Un homme de mon âge!

— Tenez-vous bien, monsieur Boisvert, ils viennent dans notre direction.

— Je vous le jure, j'ai le goût de me cacher sous la table.

— Faites donc, faites-le donc!

Bidou n'en pouvait plus. Patricia arriva, se pencha et dit à l'oreille de Roméo:

— C'est vrai, ça, que vous avec dansé avec Géralda hier soir? Vous ne savez donc pas qu'elle...

Bidou explosa. D'une main, il balaya la table, y posa sa tête, secoué d'un rire hystérique, un rire qui se communiquait. Même Ernest, le pondéré, riait rien qu'à voir la mine éberluée de Roméo.

— C'est vrai, Patricia, qu'elle est ici avec son père?

— Qui?

— Mais, Géralda!

— Mais non, pourquoi cette question?

— Toi, mon maudit Bidou!

Roméo lui montrait le poing.

Tous riaient maintenant dans la salle, sans en connaître la raison, bien sûr, mais à cause des grands drôles qui se tortillaient de plaisir.

— Alors, dit Patricia, voilà Félix vengé de vos manigances.

— Et nous aussi, précisa Ernest. Ça va coûter, pas trois, mais quatre traites à monsieur Boisvert.

Se levant, Bidou cria:

— Viens, Félix, viens voir la binette de ton père, viens profiter des traites! Vite, monsieur l'aubergiste, une chaise de plus ici pour madame Boisvert.

Pendant que les rires fusaient, un jeune garçon, qui mangeait des cacahuètes, s'étouffa. Il toussait, hoquetait, blêmissait à vue d'œil, incapable, malgré des efforts surhumains, de respirer.

— Hé! papi, dit Félix, regarde là-bas.

Roméo se tourna, comprit. S'avançant vers le jeune homme, il le força à se lever, se plaça derrière lui. D'un geste précis et brusque, il provoqua l'expulsion des arachides. Il était temps, le garçon bleuissait.

— Ça va, jeune homme?

«Oui», fit celui-ci de la tête.

— Ça va? répéta Roméo.
— Oui, monsieur, merci.

Le silence s'était progressivement installé. Roméo attendit un peu, tapa amicalement l'épaule du garçon et retourna à sa place. Après quelques commentaires, la conversation reprit.

— Vous, ma belle Patricia, dit Roméo, il faudrait peut-être aller vous reposer. La journée a été forte en émotions.

— Nous devons vous ramener avec nous, non?

— Dis, Ernest, je pourrais rentrer avec toi? Les enfants s'en vont.

— Et comment! répondit Gus. Il n'est pas question de nous filer entre les pattes avant d'avoir payé la dernière traite.

À Saint-Firmin, on se souviendrait longtemps de ce bal de coton.

***

Une fois au lit, le jeune couple bavarda un peu.

— J'aurais aimé, glissa Patricia dans la conversation, que maman soit avec nous, ici, aujourd'hui, pour partager notre joie. Je suis sûre qu'elle n'a jamais connu d'heures aussi douces où la simplicité et l'amitié conduisent à de telles manifestations de joie. Est-ce toujours aussi gai à la campagne?

— Non, bien sûr. Il y a toutes sortes de malheurs, ici comme ailleurs. Tu connais le drame de Simon. C'est un exemple. Cependant, la différence provient du fait que les gens sont plus simples, plus portés à se soutenir, à s'entraider, à s'aimer.

— C'est ce que j'ai ressenti dès que je suis arrivée ici. Les enfants sont mêlés aux adultes, se sentent acceptés par eux et ça leur permet de s'épanouir.

— Notre enfant, le nôtre, ma Patricia, je te jure...

Et Félix d'élaborer des projets à n'en plus finir.

— Surtout, il faudra aimer nos enfants, les aimer beaucoup.

— Comme le répète souvent papi: l'amour n'est pas un dû. C'est ce que j'aime de mon oncle, il ne se prend pas pour le nombril du monde ni le détenteur exclusif de la connaissance. Il est sans préjugés, accorde respect et amitié à tous. Aussi reçoit-il en retour. Ce qu'il a fait pour Simon est digne d'admiration. Et encore, peut-être qu'on ne sait pas tout. Il ne s'implique pas par intérêt ni pour se donner du prestige.

— Et j'ai toi, son émule.

— Émule! Émule! Attends donc, toi...

Il la décoiffa, l'embrassa, l'aima.

***

L'hiver débuta bientôt, avec ses intempéries, ses montagnes de neige envahissantes, diminuant l'univers des gens, les confinant chez eux, leur donnant l'occasion de tête-à-tête. Plaisirs intimes de la vie de famille, anecdotes, jeux de société...

Les voisins se visitaient. Si on projetait une soirée de cartes pour le samedi soir, on scrutait le ciel toute la journée du vendredi pour lire la température qu'il ferait le lendemain.

Même les bêtes, en enclos, semblaient plus affectueuses envers leur maître qui ne ménageait pas ses caresses et leur donnait des rations plus généreuses de nourriture. On parlait de la terre qu'il faudrait retourner au printemps.

Ernest et Simon traversaient souvent chez les Boisvert. Ernest faisait le récit d'événements locaux, lui qui n'avait jamais connu d'autres cieux que ceux de Saint-Firmin. Il parlait de sa famille, de sa mère qui le forçait à prendre de l'huile de foie de morue pour lui donner des forces, et une pleine cuillère à soupe de soufre mêlé à de la mélasse pour nettoyer le système et faire sortir les vers qu'on risquait d'avoir dans l'intestin.

— Ah! Mes vieux! Ça, c'était méchant à prendre, pouah! Il fallait marcher les fesses serrées et ne pas tousser trop fort en se rendant aux toilettes... Oh! Pardon, madame Patricia, ce ne sont pas là des propos de salon...

Patricia riait aux larmes. Alors Roméo renchérissait. Depuis que Simon était là, c'était extraordinaire de voir les changements s'opérer chez Ernest. Il était on ne peut plus heureux. Le rire de la jeune femme couvrit l'émotion qu'il ressentait maintenant, car c'était la première fois depuis leur visite au cimetière que Simon évoquait tout haut le nom de sa mère. Oui, Simon oubliait ses peines, avait une hâte folle de voir revenir le printemps. Il se documentait sur la culture du lin, avait appris des tas de choses: du lin on tirait une farine utilisée en médecine, une huile qui accélère le séchage de la peinture et du vernis, de la nourriture pour les animaux et, plus encore, de ses fibres on faisait du tissu, entre autres la toile de lin.

Il projetait d'ensemencer chaque pouce carré de la terre de ses parents et, si le succès espéré se réalisait, peut-être qu'Ernest ferait la même chose.

— Il y a des marchés pour tous ces produits. La demande est forte. Il n'y a rien qui se perd. Il y aurait une fortune à faire!

— Je vois déjà des faucheuses mécaniques, des moulins, des silos débordants, des machines à tisser, badinait Félix. Et le contrôleur Ernest qui gère les employés, le boss Simon assis derrière son bureau vitré, des camions qui se suivent à la file indienne sur la route, ici, en avant, pour transporter les produits finis vers la ville...

— Et pourquoi pas, monsieur Félix? Pourquoi pas? Donnez-moi une bonne raison qui nous empêcherait de réussir dans ce domaine?

Ernest se taisait. Tout ça parce qu'il avait sauvé une poche de graines de lin avant que ne brûle la maison maudite. Il pensa à sa belle, assise devant sa fenêtre, qui le saluait discrètement de la main.

De fait, dix ans plus tard, Saint-Firmin aurait, dans un des rangs, en arrière, une route pavée, une industrie prospère, avec nombre de produits diversifiés, portant le nom de Linerie Simon où les jeunes trouveraient un travail bien rémunéré, n'auraient pas à fuir vers la ville.

Félix verrait ça, lui. Et Félix se souviendrait: «La Linerie Simon, oui, ça a commencé tranquillement, l'année de la naissance de mon fils.»

Chapitre 31

La grande et luxueuse maison de Marie-Ève devenait de plus en plus lugubre. La pauvre femme alternait entre le désespoir et la confiance. Avec les jours qui passaient sans nouvelles de son amoureux, elle en vint à admettre qu'elle avait été victime d'un parfait voyou, ce qui ajoutait à sa honte de s'être si facilement fait avoir. «Je ne peux m'être trompée de personne. Quoi qu'en dise Hélène, je le reconnaîtrais entre mille. Ce soir-là, j'étais trop furieuse. Il m'aurait fallu être plus adroite, le faire suivre par un détective privé, savoir où il loge, et agir ensuite.»

Après la terrible mésaventure au café Chez Pierre, Cunégonde avait un matin trouvé sa patronne complètement abrutie. Elle était assise sur le sol et coupait avec une paire de ciseaux les fameux draps de satin. Affolée, la bonne avait téléphoné à Hélène.

— Devrais-je prévenir madame Patricia qui attend un enfant? Ça me semble infaisable, inhumain.

Hélène était accourue. Marie-Ève était-elle ivre? Mais non, elle ne l'était pas. Elle était au plus profond de son désespoir qui se traduisait par un comportement étrange qu'elle ne savait contrôler. Hélène demeura avec elle, la força à se confier, lui fit tout confesser. Marie-Ève fut sincère, ne chercha pas d'excuses. C'était un grand pas de fait. Mais que de larmes!

— Tu souffres du mal de l'ennui, tu en as tous les symptômes.
— Si Patricia...

407

— Non, non. Je t'en prie, Marie-Ève, pas ça, ne fais pas de projection. C'est la tienne, ta solitude profonde qui fait mal. Pas parce que, pas à cause de; si tu ne comprends pas ça, si tu n'admets pas ça, rien ni personne ne pourra t'aider, quoi qu'on fasse. Laisse ta fille tranquille là où elle est. Prends-toi en main, toi. Je suis là, à tes côtés, tu n'es pas seule. Cunégonde fait son possible pour t'aider. N'agis pas de manière à éloigner ceux qui sont près de toi. Tu as eu la même réaction au décès de ton mari, tu te souviens? Tu as dû mettre ta fille au pensionnat par crainte de la traumatiser.

Marie-Ève annonça tout à coup à son amie la grossesse de sa fille. Hélène se garda bien de lui dire qu'elle le savait.

— Tu vois, Marie-Ève, ta fille ne pourrait pas t'aider à supporter ce que tu traverses. Laisse-la à son grand bonheur et, de grâce, sois gentille avec elle.
— Je le suis.
— Tu en es bien sûre? Sans mesquineries, sans reproches?
— Tout de même, Hélène! Je ne suis pas un bourreau!

Hélène resta plus d'un mois auprès de son amie, à l'écouter, à la consoler, à la conseiller.

— Au fond, tu as eu de la chance. Ce bandit aurait pu te ruiner jusqu'au dernier cent. Tu as eu affaire à un être sans conscience, sans valeurs morales, un antisocial qui ne doit même pas ressentir de culpabilité. Un psychopathe rusé en plus.
— Tu penses que je ne le sais pas? J'ai compris le soir où je l'ai vu avec sa rousse. C'est ça qui m'écœure le plus. Combien de poupées embobine-t-il en même temps?

Marie-Ève se mit à pleurer.

— Et tu pleures pour cette sorte de brute! Tu n'as pas de fierté.

— Comprends ma peine...

— Non, je ne comprends pas ta peine. Ce n'est pas de la peine, c'est de la frustration, de l'orgueil de femme déçue. Aurais-tu par hasard le syndrome des femmes battues, qui fuient et reviennent vers leur bourreau sous prétexte que, au moment où ils se retrouvent, tout est beau, merveilleux, avant que l'œil ne soit encore une fois poché. Et ça continue et ça recommence, jusqu'à ce que, bien souvent, il soit trop tard! Marie-Ève! Tu es une femme intelligente, sensée. De grâce!

— Tu es dure, mais je sais que tu as raison.

— Marie-Ève, il faut crever l'abcès si on ne veut pas qu'il nous empoisonne! Ce serait bien plus positif si tu t'efforçais de penser à autre chose, de cesser de ruminer, de te distraire. Sortons, allons au théâtre, il y a des tonnes de choses à faire plutôt que de s'apitoyer sur son propre sort.

— Galilée aussi tâtonnait.

— Voilà! Enfin, un brin d'humour, ce n'est pas trop tôt!

Pas à pas, le bon sens cheminait, prenait le dessus.

— Un jour très prochain, tu te féliciteras de t'être réveillée à temps, d'avoir traversé l'épreuve qui deviendra un mauvais souvenir à balayer de ton esprit. Tu as une fille merveilleuse, pleine de cœur, qui est heureuse. Bientôt, tu seras grand-mère! Tu ne crois pas qu'il soit grand temps d'agir en adulte?

— Oui, mère supérieure.

— Ne redeviens pas cinglante, Marie-Ève, je pourrais me lasser.

— Excuse-moi.

— Oui, mais ne recommence pas. Si tu crois que c'est drôle d'avoir à traverser ces étapes avec toi. Non, ça n'a rien de bien gai.

Hélène savait que la ligne dure était la seule valable. Si elle tenait là, devant elle, le crapuleux personnage, Marie-Ève elle-même aurait peur. Hélène était d'un réalisme sain et tolérait mal la stupidité.

***

Un après-midi, les deux amies se rendaient au musée voir une exposition d'œuvres d'art.

— On dit que c'est extraordinaire, des pièces fines, des objets sans prix, des... Eh! Qu'est-ce que tu as, Marie-Ève? Regarde-moi. Regarde-moi, Marie-Ève! Pourquoi ce long visage triste? Quoi, tu pleures? Non!

Hélène ralentit et fit un virage à gauche.

— Où vas-tu?

— Je te ramène chez toi, tu y brailleras à ton goût. Il fait un beau soleil, j'ai réservé et acheté les billets. Tu préfères brailler, c'est ton affaire. Moi, je veux voir et entendre d'autres choses que ton attitude de Mater Dolorosa et tes éternelles lamentations de Jérémie. J'en ai jusque-là! Si tu étais plus sincère et plus franche, tu me préviendrais que ton humeur est massacrante, ainsi je ne perdrais pas mon temps et je ménagerais mes nerfs.

— Tais-toi, tais-toi, j'ai compris, j'ai compris, Hélène.

— Disons plutôt que tu t'es essayée. Ne joue pas au plus fin avec moi. Je te connais trop bien, Marie-Ève Labrecque, ça ne prend pas.

— Bon, ça va, comme tu veux.

— Ça non plus, ce n'est pas sincère, tu ruses encore! Tu ne comprends donc jamais, sainte misère?

Hélène avait arrêté son automobile en bordure du chemin. Derrière elle, on klaxonnait. Elle était si furieuse qu'elle ne s'en rendait pas compte.

— Je t'en prie, Hélène, retournons, allons là-bas.
— C'est la dernière fois, la toute dernière fois que tu me joues ce genre de mélodrame. Tiens-toi-le pour dit.

Cette fois, la leçon semblait porter fruit. Marie-Ève sortit son poudrier, reprit ses allures de grande dame et fut de bonne compagnie tout l'après-midi. Hélène était si furieuse qu'elle avait peine à se contenir. Elle devait se l'avouer: la chipie avait du charme et savait l'utiliser. Elle s'arrêtait devant chaque objet, en discutait, posait des questions pertinentes au guide et s'extasiait à bon escient.

Hélène ne pouvait s'empêcher de se demander si autant de verve et d'intérêt subits n'étaient pas un autre genre de manipulation. «Est-ce humainement possible qu'une femme de son âge, si intelligente et gâtée par la vie, n'ait pas réussi à se sortir des frustrations qui l'ont marquée dans son enfance? C'est tout simplement aberrant et désespérant!»

***

Patricia, qui ne se doutait de rien, était ravie d'entendre sa mère qui, après des semaines d'apparente morosité, ne parlait plus que concert, musique, cinéma et lecture; mieux encore, elle s'informait de Félix, du bébé à naître.

Elle en était venue à la conclusion que son départ lui avait causé un grand traumatisme dont elle ne se remettait que maintenant.

411

Roméo avait écouté sa bru prononcer ce diagnostic, mais il doutait de sa justesse. Selon lui, Marie-Ève était allergique à la sérénité.

***

Les mois avaient fui, prenant avec eux la neige. On devrait passer aux travaux des champs.

Ernest s'était empressé d'aller racler les cendres de la maison détruite sous prétexte, avait-il dit à Simon, d'enrichir le sol. De plus, les cendres de bois faisaient déguerpir les fourmis.

La herse entra en opération. On se levait avant le soleil, on s'endormait tard, épuisé. Quand les semences seraient finies, Dieu ferait le reste du travail. Il ne resterait plus qu'à cueillir!

Voilà qu'une bien mauvaise nouvelle circulait. Madame Morrissette était très malade. On avait dû faire venir l'ambulance et elle avait été transportée à l'hôpital. Patricia était consternée.

— Que pourrais-je faire pour aider cette famille? Je leur dois tant!

— Toi, ma femme, rien. Dans le moment, c'est à toi et à notre enfant que tu dois penser.

— Tout de même!

— Plutôt si, une chose est possible. Raymonde, tu l'aimes bien?

— Oui, pourquoi?

— N'a-t-elle pas une sœur, une brunette?

— Lucie, oui.

— Que dirais-tu d'inviter ces deux fillettes à venir habiter ici? Ça libérerait leur mère qui, elle, prendrait charge de la maison de ses parents. Qu'en penses-tu?

— Formidable. Tu es formidable, Félix. Et vous, monsieur Boisvert?...

— Moi, de la marmaille, il n'y en aura jamais assez!
— On verra bien si vous penserez encore comme ça dans onze ans.

Les deux sœurs s'avéraient être de véritables rayons de soleil. Leur rire et leur gaieté enchantaient les Boisvert. Roméo les avait baptisées les fées des étoiles. Il les berçait, leur chantait des ritournelles d'autrefois, leur jouait de vilains tours. C'était de la joie plein la maison. Jamais Félix n'avait vu son oncle aussi joyeux.

— Vous allez les rendre impossibles! lui lançait Patricia.
— Qu'est-ce à dire? C'est un reproche, une mise en garde ou quoi?
— Je ne comprends pas.
— Mais si, mais si, ma bru, vous comprenez.
— Ma bru!
— Oui, vous me tenez exactement les propos d'une bru, pas d'une fille ni d'une belle-fille: d'une bru, irascible et mesquine.
— Non, mais! Tu ne dis rien, toi? demanda-t-elle à son mari.

Félix fit un clin d'œil.

— Vous voyez, il comprend, lui, dit Roméo. C'est pourquoi il reste muet. Alors je m'explique: madame prépare le terrain, madame a peur. Elle attend un enfant. Tenez-vous bien, madame. Si vous croyez que l'amour que j'ai pour ces fillettes est trop fort, attendez de voir ce que ce sera quand arrivera au monde mon petit-fils ou ma petite-fille. Là, alors là! Vous verrez comment un Boisvert peut aimer.
— Cher monsieur Boisvert, vous êtes adorable.

Pendant les quinze jours que dura le séjour des fillettes chez eux, Roméo ne trouva pas une minute pour aller visiter Ernest et Simon. Par contre, Patricia et Félix se rendaient à pied chez la famille des grands-parents, histoire de faire de l'exercice et d'aller aux nouvelles.

— Je me rends compte, Patricia, que j'ai été égoïste. Je t'ai gardée pour moi seul tous ces longs mois. Tu dois ressentir le besoin de présences féminines parfois.

— Non, ça ne m'a pas manqué. Mais si tu veux savoir le fond de ma pensée, j'aimerais bien que l'aînée de nos enfants soit une fille.

«Papi se tromperait-il?» pensa Félix.

***

Madame la mairesse allait mieux. La pneumonie aiguë était sous contrôle mais exigeait beaucoup de repos. Patricia insista pour garder les fillettes chez elle. «Ça fera plaisir à mon beau-père qui vit une véritable histoire d'amour.»

De fait, lorsqu'elles quittèrent les Boisvert, Raymonde et Lucie connaissaient tous les contes de Perreault et les chansons que Réjeanne chantait à Roméo lorsqu'il était enfant.

— Tu la connais, toi, la maman de Patricia?

— Oui, Marie-Ève.

— Elle est belle comme son nom, Marie-Ève. Tu l'aimes?

— Bien sûr et toi?

— Oh! oui, elle est si gentille. Regarde, mes beaux souliers en cuir verni. C'est elle qui me les a envoyés, par la poste.

— Ce qui t'a fait grand plaisir. Alors dis ces choses à Patricia, elle sera contente.

— Moi, dit Raymonde, j'ai eu des cadeaux aussi...
«Compliments à ma bouquetière», c'était écrit sur la
carte. De plus, j'ai écrit à ma marraine, tante Élisabeth.
Elle est américaine, parle en anglais, est très belle. Je
lui ai demandé des souliers comme ceux de Lucie.
J'avais fait un dessin de mes pieds, comme ma sœur.
Ma tante Élisabeth a téléphoné à maman, puis à moi,
m'a promis des souliers, beaux comme ceux de Lucie.
— Elle est belle, tante Élisabeth?
— Comme un ange!

Roméo moussait les sentiments des fillettes, aimait
leurs répliques puériles et colorées. Il créait des quipro-
quos, intervertissait les noms. Marie-Ève devenait la marraine de Raymonde, tante Élisabeth la maman de Patricia.
Les bambines de s'horrifier, Roméo de sourire. Il
pensa au jour où il avait demandé à l'aubergiste:

— Où suis-je?
— Ben, à Saint-Firmin, voyons!

Oui, il était à Saint-Firmin et n'avait aucun désir de
s'en éloigner.
Ce soir-là, Marie-Ève téléphona.
Roméo donna la main aux fillettes et ils allèrent
s'asseoir dans la balançoire.

— Qu'est-ce que j'entends? Il y a des enfants, chez toi?
— Oui, maman.

On parla de madame Morrissette.

— Je vais lui envoyer des fleurs.

Ce qui fit sourire Patricia. «Maman et ses solutions
simplistes...»

— Parle-moi de toi, du tien, ton enfant? Raconte un peu. Tu es inquiète?

— Mais non, je n'ai pas de raison. Ma santé est excellente.

— La date, enfin... approximative de cette naissance, tu m'as dit... quoi au juste?

Après une hésitation, Patricia répondit:

— Au début de l'été.

— C'est donc dire que tu es en état de voyager. Tu pourrais venir accoucher ici. Je te promets un baptême extraordinaire, avec champagne et tout. Fais-moi plaisir. Il n'y a personne comme une mère auprès de soi dans ces occasions.

— Simone sera présente tant et aussi longtemps que j'aurai besoin d'elle.

— Tu n'as pas réfléchi ou tu ne sais pas ce qui t'attend. Une mère sait, elle, crois-moi.

— Je croyais, maman, que tu avais accouché à l'hôpital.

— Oui, bien sûr, mais...

— Mais quoi, maman? Je n'irai pas accoucher à Outremont sans mon mari, et ici on est en pleine saison. J'ai eu tout l'hiver pour me reposer.

— Et maintenant que l'hiver est fini, qu'est-ce que tu fais? C'est quoi, une pleine saison?

Patricia allait répondre sottement: «Celle des cataclysmes.» Mais elle se retint. Sa mère n'aurait pas su saisir le sens humoristique d'une telle réplique.

— C'est la saison des semences.

— Semences de quoi?

— Je ne sais pas. Légumes, céréales, le foin...

— Vous semez du foin? Il y en a partout, dans tous les champs, pourquoi en semer?

— Maman, je suis debout. Attends un instant, je prends une chaise.

— Patricia! hurla sa mère.

— Bon, je suis là.

— Tu as levé une chaise! Tu fais tout pour le perdre, cet enfant-là. Où est donc ton fermier de mari?

— Il sème, maman, répliqua Patricia d'une voix ennuyée.

— Celui-là, celui-là! Il devrait se contenter de ne semer que dans le champ, justement, s'il n'est pas capable de rester auprès de sa pauvre femme enceinte. Tu ne dis rien, Patricia?

— Je t'écoute, maman.

— Tu entends mieux debout qu'assise, à ce que je crois comprendre. Ta Simone, c'est une fermière aussi?

— Elle a trois enfants, maman.

— Je n'appelle plus ça semer!

— Maman, est-ce normal, sur la fin d'une grossesse, d'avoir souvent besoin d'uriner?

— Comment veux-tu que je me souvienne de ça? Demande ça à ton docteur. As-tu un bon docteur, au moins? Moi qui paye un jardinier pour ne pas que mon gazon prenne l'allure du foin et il y a des imbéciles pour en semer! Attends que je raconte ça à Hélène, elle ne me croira pas.

— Dis-lui aussi que Saint-Firmin fournit les patates, les endives et les asperges aux épiceries d'Outremont...

— Ils le faisaient avant que tu ailles vivre là-bas. Alors toi, fais ta valise, plie bagages et viens-t-en ici.

— Bon, je vais y penser... Je dois faire ma sieste. Je te ferai savoir.

— Tu vois, tu es à bout! La sieste! Va, mais téléphone-moi au plus tôt. Je prépare ta chambre, les faux draps brodés et tout.

— Bien, maman. Bonjour, maman.

«Ouf!» laissa tomber Patricia. Puis elle pouffa de rire, un rire nerveux, causé par la lassitude. «Cette chère maman, elle est impayable. Elle n'a pas deux onces de maturité, ne peut même pas distinguer le badinage du sérieux. Elle fait un drame de tout. Si elle croit que je vais aller accoucher à Outremont sous prétexte qu'ils ont des trottoirs là-bas! Je lui ai menti... délibérément menti; il le fallait pour la paix de son esprit et la mienne.»

Patricia monta dormir. L'air était lourd, c'était humide, elle se sentait tout à coup très lasse. La pluie commençait à tomber. Elle s'attarda à la fenêtre. Aussi loin que portait son regard, elle voyait des sillons très droits et, sur les buttes parallèles aux tranchées, des pousses encore fragiles qui montraient à peine leur tête. «Quelle image de simplicité, de paix et de beauté!» Elle s'étendit et le sommeil vint la cueillir.

En elle aussi la semence faisait son œuvre grandiose.

***

C'était le dernier souper avant le départ des fillettes.

— Tous ceux qui videront leur assiette auront droit à un bon dessert.

Lucie se dandinait sur sa chaise. Les légumes n'étaient pas ce qu'elle préférait.

— Moi, je les aime, indiqua Félix.
— Les hommes, ils mangent toujours tout et boivent du thé, pouah!
— C'est quoi le dessert?
— Je le sais, moi, tante Patricia me l'a dit, affirma Félix.
— Patricia, ce n'est pas ta tante, c'est ta femme. La preuve, elle va avoir ton enfant.

— Et ça, toi, qui te l'a dit?

— Ben, voyons, Félix, regarde.

Et Raymonde de pointer avec sa fourchette le ventre de la future maman.

— Raymonde! On ne pointe pas ses ustensiles comme ça!

— Pourquoi?

— C'est pas gentil.

— Pas poli, dirait maman. Pas poli du tout.

— Moi, j'ai fini, j'ai tout mangé.

Patricia plaça le gros gâteau au chocolat sur la table, apporta ensuite des coupes pleines de glace.

— J'en ai moins que les autres, dit Félix, en faisant la moue.

— Pleure, bébé!

— Toi, Raymonde!

— Quand vous aurez lavé vos becs et vos mains, nous partirons. N'oubliez pas de prendre toutes vos choses avec vous.

Patricia et Félix, debout sur la galerie, les regardaient grimper dans l'auto en se chamaillant pour obtenir le privilège de s'asseoir à côté du grand-papa.

Roméo lança en l'air une pièce de monnaie, la couvrit de sa main. Raymonde céda la place, Lucie avait gagné.

— Je n'ai jamais vu papi aussi heureux, dit Félix.

— Grâce à qui?

— Grâce à Duplessis!

— Où es-tu allé chercher cette expression-là?

— Ça se disait, dans la Mauricie, quand j'étais jeune.

Mais, ne crains rien, je ne te ferai pas une leçon de politique... C'est juste une expression.

— Parlant de leçon, quelqu'un a voulu me la faire aujourd'hui.

— Comment ça? Qui?

— Maman.

— Raconte.

— Des endives et des asperges, ça pousse dans cette région-ci?

— Je serais bien en peine de te répondre, pourquoi?

Patricia raconta tout ce qui s'était dit de pétillant plus tôt. La remarque sur les champs de foin amusa bien Félix. Patricia n'insista pas sur les faux draps ni sur l'invitation pressante.

— Félix, une chose reste à discuter. Que ce soit un garçon ou une fille, notre enfant doit avoir un parrain et une marraine.

— Je croyais que c'était décidé selon le sexe de l'enfant.

— Supposons, et alors?

— J'ai trouvé. Si c'est un garçon, Tit Pit.

— Pouf! laissa échapper Patricia qui éclata de rire. Tit Pit en habit orange, de toutes les personnes possibles, je n'aurais jamais pensé à lui. Sérieusement?

— Papi, bien sûr.

— Et... papi et qui?

— Ta mère, non?

— Tu vois bien que ce n'est pas une question de sexe! J'avais pensé à ta charmante sœur Carmen...

— Tant et aussi longtemps que maman vivra, ce ne sera pas possible.

— Il faudra bien leur apprendre la nouvelle de cette naissance.

— Si tu crois que ça ne me tourmente pas!

— C'est triste, très triste, ces histoires de famille qui font mal si longtemps.

— Ce n'est pas triste, c'est cruel et dégoûtant.

— Le bonheur est fragile.

— Eh! ma belle, reviens dans le présent, oublie tout ça, prenons soin du nôtre, notre bonheur. Il y a de quoi s'occuper. Si toi et moi montions là-haut...

— Et ton père qui ne revient pas!

— Sans doute s'est-il attardé à conter fleurette à Géralda.

— Elle aura sourde oreille...

— Qu'en sais-tu? Ils ont dansé ensemble au bal de coton et il semble qu'elle s'amusait follement.

— Peut-être, mais j'en doute.

— Tiens, secrets de femme.

— Géralda, c'est entre nous, veut prendre le voile.

— Non! Ah!

— Chut! Je n'ai rien dit. Alors tu crois que ton papi...

— Mais non, mais non, je badinais.

— Pas le maire, en tout cas. Lui, il n'est pas content.

— Tu n'es pas sérieuse? Où as-tu pris cette idée-là?

— En l'observant, à l'auberge, le jour où on t'a détrôné.

— Alors il était bien là!

— Il vaudrait mieux qu'on file à notre chambre avant son retour. Roméo Boisvert en amour, chose impossible.

— Improbable peut-être, mais impossible, ça!

Ils entrèrent, allumèrent la lumière extérieure. L'horloge sonnait la demie de neuf heures.

— C'est frisquet, viens vite me réchauffer de tes bras.

Félix pensa à sa mère qui portait toujours un châle sur ses épaules. Il irait en choisir un, le plus beau, et l'offrirait à Patricia le jour où elle mettrait leur enfant au monde.

***

Après la conversation téléphonique qu'elle venait d'avoir avec sa fille, Marie-Ève se rendit chez son amie Hélène. Il lui fallait se défouler, crier sa colère. Elle allait éclater. C'était trop injuste à la fin!

Hélène comprit, en la voyant, que quelque chose ne tournait pas rond. Elle prit la résolution de se montrer douce et patiente.

— Tu ne sais pas ce qui m'arrive, Hélène!
— Non, raconte.
— Ce satané Félix...
— Ton gendre?
— Oui, mon gendre.
— Tu lui as parlé?
— Non.
— Alors?

Marie-Ève fondit en larmes.

— Ma fille m'a oubliée, me garde à distance, ne veut pas venir accoucher ici.

Et ce fut le déluge, des phrases sans suite. Un mot ici et là perçait à travers les sanglots. Il était question d'endives, d'asperges et de foin, de bébé épuisé et de fille sans cœur assise à faire une sieste.

C'eût été plus clair si Marie-Ève avait parlé chinois.

Hélène tendait les mouchoirs de papier, Marie-Ève se mouchait, les roulait, les jetait sur le plancher, les remplaçait et ça recommençait. Pour finir, le bébé naîtrait à Saint-Firmin, dans cette contrée d'horreur où la roue de sa voiture avait tué un mouton et où un fou édenté avait insulté Cunégonde.

— Cunégonde?
— Oui, ma chère, ma ménagère!

Au travers de ce charabia, Hélène avait fini par comprendre que Patricia refusait d'accoucher en pays soi-disant civilisé.

— Marie-Ève, ma pauvre! Quel drame! C'est d'une tristesse.
— Tu es d'accord, n'est-ce pas, Hélène? Répète que tu es d'accord avec moi.
— À cent pour cent.
— Voilà, je le savais. Ma chère! Si tu pouvais seulement imaginer la profondeur de mon désespoir, c'est horrible. Pauvre bébé, pauvre petit bébé! J'ai la chair de poule rien qu'à y penser. C'est un monstre, ce Félix.
— C'est lui qui...
— Lui, non, elle. Lui, il plante du foin, c'est «la pleine saison». Je n'ai jamais encore entendu parler d'une saison vide. Ce sont ces sortes de choses qu'il lui enseigne et qu'elle répète. Des atrocités, des stupidités, et ma fille, ma propre fille qui a fréquenté les meilleurs collèges, les répète. Ils sont là-bas en pleine saison. Que maman Marie-Ève crève, tant pis! Eux, ils sont en pleine saison.

Dieu avait pourtant promis qu'il n'y aurait plus de déluge. En moins d'une heure, Hélène en subirait deux. Et on recommença, mouchoir, boule, mouchoir.

— Tu ne dis rien?
— Je suis tout simplement horrifiée. Évidemment, s'ils sont en pleine saison...

— Je pensais qu'ils cultivaient des choux et des patates, mais non, du foin!

— Du foin...

— C'est inimaginable. Du foin!

Hélène avait décidé de ne pas la contredire. La
recette semblait réussir. Selon toute vraisemblance,
Patricia était bien déterminée, et Marie-Ève ne pourrait pas la faire fléchir. D'après ce que lui avait dit
Patricia, la naissance ne pourrait beaucoup tarder.

— Donne-moi un cognac.

— Non.

— Tu ne vois pas ma peine?

— Ah! oui.

— Donne-moi un cognac, s'il te plaît, Hélène.

— Non.

— Bon, alors je vais partir.

— Bien, tu es très lasse. Tu fais bien d'aller te reposer dans ta belle grande maison. Écoute de la musique,
détends-toi. Préfères-tu que j'aille te reconduire?

— Non.

— Alors va, ma grande.

— Du foin, du foin...

Marie-Ève partit sur ces mots angoissants. «Quel
dommage! songea Hélène. Il fallait qu'elle rencontre
un homme de la pire espèce. Elle crève d'ennui. Cette
pauvre Marie-Ève n'est pas le genre de femme à vivre
sans un homme. Elle n'a pas de moelle dans les os!»

Hélène ramassait les chiffons qui jonchaient le sol.
Aujourd'hui, elle n'avait pas eu le courage de jouer le
rôle de moraliste. Elle se demandait si, au fond, Marie-
Ève n'était pas tout simplement une comédienne qui
prenait un plaisir fou à tout dramatiser.

«Ce n'est pas moi qui blâmerais Patricia de rester

auprès de son mari pour attendre son enfant dans le calme et la paix, malgré tout ce foin! Qu'est-ce que ça peut bien être cette histoire de foin et d'endives? Chère Marie-Ève! Elle ne parvient plus à démêler ses sentiments. À l'entendre, les épreuves lui tombent dessus sans relâche. Elle passe de l'exaltation à la dépression. Ça tournera mal, j'en ai peur. Mais, tant et aussi longtemps qu'elle ne dérangera pas la société, on ne se souciera pas d'elle. Elle devient une lourde charge à porter! Il n'est pas facile de freiner ses élans. Si au moins elle réussissait à canaliser son énergie! J'espère que la naissance de cet enfant donnera un sens à sa vie. Elle souffre, sa solitude est trop profonde.

Les remontrances et les conseils d'Hélène n'avaient rien changé. Marie-Ève s'indignait, avait un désir fou de mettre son gendre en pièces. Non, elle bouderait sa fille, qui serait ainsi mieux punie. Puis, non, il ne fallait pas. Ce bébé, après tout, serait son petit-fils! Il n'était pas responsable, lui, que sa mère ait une cervelle d'oiseau et soit allée lui dénicher un papa aux confins du monde! «Je chercherai, je trouverai bien! Ce satané bal de coton! Ce mariage, cette réception sans style, l'amour, l'amour, parlons-en! Lui, le beau-papa, à la fois flegmatique et pimpant! Issu d'une famille de religieux! Les promesses d'amour de Saint-Firmin, la belle blague! L'escogriffe de don Juan qui m'a royalement embobinée pour ensuite me ruiner! L'amour! Parlons-en!»

Elle arriva chez elle, plus furieuse qu'au départ, pleura, pleura, oublia de dîner et s'endormit.

Chapitre 32

Le jour, Félix surgissait dans la maison sous mille prétextes, avait l'œil attentif, s'inquiétait pour sa femme. Roméo ne pouvait-il le rassurer? Comment savoir à quel moment elle accoucherait?

— Normalement, après neuf mois.
— Normalement, oui, mais dans les autres cas?
— Certains signes ne mentent pas.
— Voilà! C'est ce que je surveille.

Roméo ne trouvait rien à redire. C'était plutôt attendrissant, ces attentions. Il s'y ferait avec le temps, Félix, aux signes avant-coureurs.

— Papi, j'ai jasé du sujet avec ma femme. Entre nous, je peux bien te le mentionner. Je sais que ce ne serait pas de tout repos, mais le choix n'est pas grand... Il faudra se résigner à l'idée que madame Labrecque sera là pour le baptême.
— Parce que, bien sûr, je serai le parrain.
— Naturellement!
— Dans ce cas, Félix, pour avoir cet honneur et cette joie, j'accepte volontiers le sacrifice de supporter la marraine.

Ils pouffèrent de rire. Ils s'étaient compris. Roméo reprit son sérieux.

— Félix, je suis un homme comblé. Merci. Mais fais-moi la faveur de dire à ta femme d'informer sa mère maintenant. Je ne suis pas nécessairement l'escorte que madame choisirait. Vaut mieux la prévenir au plus tôt, afin qu'elle ait le temps de digérer la nouvelle.

Patricia téléphona à sa mère qui exprima vite un regret.

— Quel dommage que ton père ne soit plus là!
— Papi sera un bon parrain, il adore les enfants.
— J'espère que le tien, ton enfant, ne suivra pas l'exemple des membres de la famille de sa femme...
— Que veux-tu dire, maman?
— Il m'a dit, le jour de ton mariage, qu'ils étaient tous entrés dans les ordres.

Patricia essayait de comprendre.

— Dans les ordres, maman?
— Oui, oui, tous des religieux... Mais revenons-en à ce baptême...

Un peu coincée à cause de son mensonge au sujet de la date de la naissance, Patricia assura à sa mère qu'elle serait prévenue dès les premières douleurs qui se manifesteraient avant même le départ pour l'hôpital, à Rivière-du-Loup.

— De toute façon, maman, le baptême ne se célèbre pas le jour de la naissance.
— Bien sûr, je sais. Ainsi, toi...

Patricia raccrocha, heureuse. Sa mère avait manifesté sa joie à sa manière, sans répliques acerbes.

— Papi a-t-il été marié, Félix?
— Non, jamais.
— Étrange! Il aurait dit à maman...

— Je t'en prie, attends que la cérémonie ait eu lieu avant d'en parler. Ne provoquons rien. Tu connais papi, il aime parfois se payer la tête des gens.

— Demain, je demanderai à Géralda si elle accepterait d'être porteuse.

Il n'y avait pas d'autres sujets de conversation chez les Boisvert. Tout tournait autour de cet enfant tant attendu.

Bien sûr, sa venue prochaine occasionna à Marie-Ève, la grand-maman, une course à travers les grands magasins.

Roméo espérait parfois que l'enfant naisse le jour de son anniversaire, le 7 juin, mais pas dans les mêmes conditions...

— Pourquoi souriez-vous, monsieur Boisvert?

— Une banalité sans importance.

— Mais heureuse si je me fie à la lueur brillante que je vois au fond de vos yeux.

— Pourtant, ce jour-là, je ne riais pas, je pleurais...

— Vous m'intriguez.

— Plus tard, ma fille, plus tard.

Il éclata de rire et ajouta:

— Peut-être que le jour du baptême, je vous raconterai ça.

Il imaginait la tête que ferait la marraine, la grand-mère. «Et moi, qui serai-je aux yeux de cet enfant? Oncle, je suis devenu papi. Parrain, peut-être deviendrai-je pépé, ou pépère?»

Là-bas, à Outremont, Marie-Ève avait réfléchi. Sa place était auprès de sa fille. Elle serait là quand l'heure de l'hospitalisation serait venue. Elle prendrait une chambre dans cette ville où se trouvait l'hôpital, mais qui avait un nom pas très rassurant. «Rivière-du-Loup... Cette bête qui hurle la nuit, quand la lune est pleine... Cette fois, j'aimerais mieux que cette ville porte, elle aussi, le nom d'un saint!»

***

— Félix, il est temps de faire tes courses, l'heure de la délivrance approche à grands pas.
— Il n'est pas imprudent que je m'éloigne, papi?
— Non, ce n'est pas pour l'immédiat.

La parole de Roméo ne suffisait pas. Il questionna sa femme:

— Ça va, Patricia?
— Moins bien qu'hier, mieux que demain.
— Ne badine pas. Sérieusement, crois-tu que je peux m'absenter une heure?
— Bien sûr, à moins que ce bébé soit un espiègle qui aime jouer des tours. Sérieusement, Félix, va en paix, tout est calme, au beau fixe.
— Tes choses sont prêtes pour le départ vers l'hôpital?
— Oui, tout est là, dans ma valise. Va, va, papa gâteau. Je suis raisonnable et j'ai un beau-père bien doué. Alors? Où est le danger? Je t'attendrai.
— Je reviens au plus tôt. Sois prudente.

Félix s'éloigna. Patricia posa ses mains sur son ventre: «Toi, bébé, tu as entendu ce qu'a dit papa? Sois sage, il ne tardera pas.»
Patricia s'interrogea. Comment savoir si l'heure était venue? Elle n'osait aborder le sujet avec son beau-père. La pudeur l'en empêchait. Elle avait pensé avoir un

entretien, un tête-à-tête avec madame Morrissette, cette mère expérimentée et bonne. Mais la maladie était venue changer ses plans. «J'ai l'impression de vivre dans un monde d'hommes. Dire que les filles de mon âge se plaignaient de leur rareté. Au couvent, elles badinaient, disaient craindre que les hommes deviennent une espèce en voie d'extinction. Alors qu'ici, à Saint-Firmin, ils dominent en nombre. Si maman voulait se remarier...» Elle souriait à cette pensée. «Maman, que ferait-elle d'un nouveau mari? Jamais personne ne pourrait remplacer mon père. À ses yeux, il était le mâle idéal. Elle ne doit pas même penser à l'amour, ni physique ni autre. Hé! bébé, sois sage, tu t'agites trop. Seule une fille peut remuer ainsi! Et si c'était le contraire?»

***

Marie-Ève avait quitté la maison très tôt, prenant soin d'apporter des gâteries pour l'occasion. «Si l'on croit que j'arriverai là-bas seulement au moment du baptême, on se trompe!»

Marie-Ève tempêtait: Cunégonde souffrait d'une crise aiguë de goutte, alors qu'il lui fallait aller à Saint-Firmin. Il ne serait pas dit que son idiote de fille mariée à un fermier accoucherait à la maison, en paysanne. Tant pis, elle irait seule, et dès qu'elle serait là, elle verrait à tout.

— Quelle idée aussi d'être allée se terrer dans ce coin reculé!

Sa colère alourdissait son pied sur l'accélérateur. Sans s'en rendre compte, elle roulait bien au-delà de la limite permise. Une sirène retentit. Marie-Ève dut s'arrêter au bord de la route et s'expliquer.

— Ma fille m'a appelée à l'aide. Elle va accoucher d'un instant à l'autre.

— Elle est seule?

— J'espère que son idiot de mari est près d'elle!

— Où vous rendez-vous ainsi?

— À Saint-Firmin.

— Saint quoi?

— Vous voyez? Même vous, un policier, vous ne savez pas où c'est. Un trou, je vous le jure. Ma fille a quitté notre gracieuse ville d'Outremont pour aller vivre dans un rang poussiéreux dans le bout d'en bas. Je rage.

— Je vois.

Le patrouilleur sortit son carnet, dressa contravention au code de la route.

— J'espère, chère madame, que votre fille vous aura attendue. Voilà la preuve manifeste de votre hâte d'être à ses côtés. Un conseil, ralentissez pour arriver là-bas en une seule pièce. Vous rouliez à une vitesse folle!

— Mon mari... serait, lui aussi, horrifié.

Il retourna à sa voiture, se fit un malin plaisir de la suivre. «La chipie! Ce qu'elle doit pester.»

Marie-Ève jetait de temps à autre un coup d'œil dans le rétroviseur, choquée que ce malappris soit toujours là.

— Si mon mari vivait... Et cette idiote de Cunégonde qui souffre du mal des riches et des évêques. Je vais la bourrer d'épinards, d'abats de toutes sortes. Elle va danser, son gros orteil ne fera jamais assez mal à mon goût. Et l'amende, ça va me coûter quoi?

Elle saisit le billet, le chiffonna et le lança par la fenêtre.

***

Félix revenait chez lui. «Ah! le châle!» Il fit un détour et se rendit à cette boutique d'artisanat que Patricia lui avait un jour désignée. Il fit son choix: une longue pointe crochetée, à motifs de coquilles, avec tout autour une frange de soie torse qui lui donnait un cachet luxueux. Félix s'attarda aux bottillons qu'il regardait en souriant: les pieds de son bébé, si petits, tiendraient là, dans le creux de sa main. Était-ce possible? La commis profita de l'attendrissement de ce futur papa qui multiplia ses achats, le cœur en fête.

***

Roméo se balançait sur la galerie. Il avait promis au mari anxieux de ne pas s'éloigner de la maison.

Patricia apparut soudainement dans l'embrasure de la porte. Elle le regardait d'un air embarrassé.

— Ça va, Patricia?

«Non», fit-elle de la tête en pointant l'index vers la cuisine.

Roméo se leva. Patricia recula et s'appuya contre le mur. Le sol était mouillé.

— Ma chère fille, le moment est venu. Pas question de penser aller à l'hôpital. Venez, appuyez-vous sur moi, nous allons monter à l'étage. Laissez porter tout votre poids sur moi, doucement, une marche à la fois. Ça va? Reprenez votre souffle. Ça ira.

On atteignit enfin l'étage.

— Oh! s'exclama la future mère.
— Ici, entrez dans ma chambre.

Il la dirigea vers son lit. D'une main, il renversa les couvertures et l'aida à s'allonger. Après un bref examen, il conclut:

— Nous y voilà.

Il ouvrit sa garde-robe, en sortit le petit sac noir depuis si longtemps négligé. C'est la douillette qui servirait de nappe, cette fois.

— Oh! s'écria Patricia.

Roméo, habitué aux accouchements, la tendresse aidant, assistait la nouvelle mère.

— Une chatte, ma chère Patricia, seule une chatte fait aussi vite et bien ce que vous... Le voilà, comme ça, doucement. Mettez vos mains sur les barreaux de la tête du lit, serrez-les fort et poussez, poussez. Hé! c'est fait, il est là, notre petit ange.

***

Marie-Ève avait atteint le village de Saint-Firmin. Elle remonta le rang, repéra la maison. Comment pourrait-elle oublier?
«Étrange, pensa-t-elle, la porte est grande ouverte.» Elle entra et ferma la porte. C'est alors qu'elle entendit crier un bébé. Elle appela:

— Patricia! Patricia! Ma fille!

Elle grimpa les marches quatre à quatre, vit un

homme qui tenait par les pieds un bébé glaireux, lui donnait des pichenettes sur les fesses et là, sur le lit, les genoux repliés, les fesses à l'air, nulle autre que sa Patricia qui pleurait de joie.

Roméo se retourna. Marie-Ève le regarda, reconnut Roméo, hurla:

— Cochon!

Et elle glissa sur le sol, évanouie.

— Tu devras attendre, mémère, je suis occupé, marmonna Roméo qui enveloppa le bébé dans une serviette et le déposa contre sa maman.

Il puisa un verre d'eau dans le bassin qui servirait à la toilette de l'enfant et le lança au visage de la grand-mère qui reprit ses sens. Elle ouvrit les yeux, vit le soi-disant salaud qui trifouillait dans les fesses de sa fille. Son regard se voila. Elle retomba dans les pommes en laissant échapper un grand aaaah...

Le bébé reçut les ablutions d'usage, retourna dans une grande serviette et fut de nouveau déposé près de sa mère.

— Je m'occupe maintenant de votre maman, Patricia.
— De qui?

Patricia n'entendit pas la réponse. Elle s'était endormie. Enfin ranimée, la chère dame d'Outremont se remit à vociférer.

— Chut, vous allez réveiller ma bru.
— Bru, quel mot horrible! Où est passé son imbé-cile de mari qui n'a pas le cœur d'être là, au moins, à titre de témoin.

— Il est allé acheter des biberons. Après quoi il devrait se rendre à l'église faire brûler des lampions à saint Gérard Majella.

— Saint qui? Et pourquoi? De grâce, parlez!

— Le petit nous a pris par surprise...

— Êtes-vous en train de me dire qu'il est prématuré? Dieu du ciel, tous les malheurs m'arrivent. Vous étiez-vous lavé les mains, au moins? Je suis dégoûtée! Il n'y a donc pas de médecin dans cette paroisse!

— Non, mais des sages-femmes.

— C'est pour ça que vous vous tournez vers votre saint George Chinchilla... Ma fille, ma propre fille, accouchée par un habitant, après la truie, la vache, la jument peut-être.

La porte d'entrée venait de s'ouvrir. Félix criait:

— Patricia chérie, où es-tu?

Avant que Marie-Ève n'ait eu le temps de prononcer un seul mot, Roméo s'avança et dit, du haut de l'escalier:

— Monte, Félix, une belle surprise t'attend.

— Oui, monsieur, oui, dit Marie-Ève. Une bonne surprise. Je suis là pour vous dire ce que je pense de vous.

Elle sortit dans le passage. Roméo ferma la porte de la chambre. Voyant que Marie-Ève était sur le point de piquer une autre crise d'hystérie, ce qui menaçait de retomber sur Félix en qualificatifs très peu reluisants, Roméo la saisit par les épaules, la secoua, la regarda droit dans les yeux et, d'un ton ferme, jeta:

— Je suis médecin, madame.

Elle ouvrit la bouche, écarquilla les yeux.

— Inutile de perdre la boule une troisième fois. Descendez, j'ai besoin d'un café, vous aussi.

— Que se passe-t-il donc, où est Patricia? s'écria Félix.

— Là, derrière cette porte.

— Quoi? Patricia est dans ta chambre?

— On n'a pu se rendre plus loin. Entre, elle dort, ton fils aussi. Ne les dérange pas. Tout s'est bien passé, ton fils est un gaillard.

Roméo, heureux comme un roi, gonfla le torse, prit la main de Marie-Ève, et ils descendirent dans la cuisine.

***

Félix avait fermé la porte derrière lui. Il resta longtemps à observer Patricia qui dormait paisiblement avec, à ses côtés, un poupon tout rose emmailloté dans un drap de bain.

Il approcha une chaise, s'assit à côté de ces êtres qu'il aimait tant. Le bébé, si frêle et déjà bien vivant, grimaça dans son sommeil. Avec une infinie tendresse, Félix déplaça une mèche collée au front de sa femme. Elle ouvrit les yeux.

— Félix... Oh! Félix, c'est la première fois que je te vois pleurer.

Elle se rendormit.

Dans la cuisine, Roméo rompit le silence:

— Madame, voilà que nous avons enfin quelque chose en commun...

— J'en doute fort.

— Et moi pas. Nous avons, tous deux, un petit-fils: le même qui dort là-haut, près de sa maman. Vous m'excuserez, je dois sortir.

— Sortir? Vous n'y pensez pas! Et si Patricia avait besoin de vous?

— Vous êtes là, chère madame.

— Attendez, ne partez pas, si des complications devaient survenir? Sait-on jamais, ça s'est déjà vu, des fièvres «pleurielles» ou quelque chose comme ça, j'ai oublié le nom. Vous n'allez pas nous laisser seules?

— Son mari est aussi là, auprès d'elle.

— Mais il ne connaît rien à tout ça!

Un instant, il la prit en pitié. Il la rassura, promit qu'il serait bientôt de retour.

Il allait prévenir la bonne qu'elle devait venir. Elle s'y connaissait aussi, puisqu'elle était déjà mère trois fois...

Quand Marie-Ève se fut calmée, il partit. Elle leva la tête, tendit les oreilles. Là-haut, c'était le silence le plus complet.

«Cette maison est ensorcelée. Tous ceux qui y mettent les pieds semblent perdre la tête. Il se dit médecin, je l'aurai à l'œil, j'en saurai plus long...»

Pendant ce temps, Simone interrogeait Roméo:

— Madame partira bientôt pour l'hôpital?

— Non, ce ne sera pas nécessaire, le bébé est déjà là.

— Ça alors! Qui est auprès d'elle?

— Sa mère et son mari.

— Donnez-moi cinq minutes et je me rendrai chez vous. Un garçon ou une fille?

— Secret...

— Un garçon, je gagerais n'importe quoi! Mais je suis là à bavarder...

Roméo se rendit à la ville voisine. «Être grand-père, ça se fête.» Il avait mis un enfant au monde, ses mains n'avaient pas tremblé. Seule l'émotion l'avait troublé: un petit-fils, il avait un petit-fils!

Il s'acheta une pipe. De bruyère, s'il vous plaît. Il se procura aussi les accessoires qui vont de paire et une blague à tabac qu'il bourra. «Un grand-papa, ça fume la pipe!» se dit-il en humant l'arôme particulier du Rhum and Maple.

À Félix, il offrirait une boîte de cigares qu'il pourrait distribuer aux amis au moment de ses vantardises. Il se rendit chez le fleuriste, choisit les plus belles roses blanches.

Il était heureux, si heureux. Il voulait être seul pour savourer la grande joie qu'il ressentait! La belle-mère d'Outremont ne lui gâterait pas ces moments d'allégresse!

À son retour, il pouffa de rire quand Félix lui demanda, à voix basse:

— Qu'est-ce que c'est que cette histoire de Georges Chinchilla?

— Une invention de toutes pièces pour calmer ta belle-mère. Elle n'a rien compris.

— Elle dort, dans la chambre des visiteurs. Où vas-tu dormir, toi, ce soir, papi?

— Dans le tien, ton lit, Félix. Gardez ma chambre, c'est celle des maîtres. Le petit a déjà pris possession de tout l'espace en y naissant. Tiens, tu distribueras des cigares... Et Patricia?

— Au pays des rêves.

— Je ne savais pas que ça se passerait ainsi, mais j'ai déjà pris des arrangements avec une des filles de madame Brochu. Je l'ai prévenue de l'arrivée du bébé. Elle servira, en somme, d'infirmière. Félix... un avertissement: ta femme est solide, elle pourra avoir bien des enfants, elle semble avoir toutes les qualifications requises, il faut agir en conséquence. C'est un sujet à discuter avec ta femme.

— Après le départ de ma belle-mère... Sinon, ouf! S'il fallait qu'elle se foule l'autre cheville...

— Quoi qu'il en soit, cheville ou pas, il nous en faudra du courage!

***

Marie-Ève avait changé d'attitude. Ainsi il était médecin. Il avait droit, le faux habitant, à son plus grand respect. Mais, diable, pourquoi ne pas le lui avoir dit avant la noce? Qu'est-ce que ça cachait de louche, ce mystère? Aurait-il été radié de sa profession? Pourquoi? Un docteur habitant, non, un habitant docteur, ce n'était pas normal. Quoi qu'il en soit, il avait accouché sa fille. Elle crut soudainement avoir deviné: «Il est vétérinaire, médecin des animaux. Il a pratiqué sur les bêtes. Ma pauvre fille!»

Elle posait des questions qu'elle croyait adroites: la vache accouchait-elle de la même façon? Roméo rectifiait: une vache n'accouche pas, elle met bas. Comment savait-il réagir quand il s'agissait d'une femme, demanda-t-elle, en baissant le ton, n'osant pas prononcer le nom de sa fille.

Roméo, rusé, comprenait ses allusions. Il se payait sa tête, elle était épouvantée.

— Tout est dans la nature, madame. C'est une question d'habileté.

— Mais tout de même, un être humain... a une âme.

— Cachée dans le corps, l'équivalent, chez la bête, est l'instinct, souvent, hélas! plus vif que le raisonnement humain.

— Ce qu'il ne faut pas entendre! Je comprends maintenant la réaction de mon gendre qui est allé à l'église faire brûler des chandelles devant votre Georges Chinchilla. Quelle torture morale pour ce jeune homme!

— Pas de doute que saint Georges m'a prêté main forte.

Marie-Ève fit le signe de la croix. Roméo, n'en pouvant plus devant ce geste pieux qui exprimait sa reconnaissance au généreux saint, dut s'éloigner pour ne pas lui rire au nez.

**

Marie-Ève souleva une autre polémique quand vint le temps de choisir le prénom de l'enfant. Surtout que Félix eut l'idée farfelue de suggérer Georges, en l'honneur de saint Georges Chinchilla. Il avait volontairement massacré le prénom en zézayant et en roulant le r comme c'était la coutume dans la région.

Marie-Ève avait échappé un soupir horrifié, écarquillé les yeux, ouvert la bouche en cul de poule. Elle ne parvenait pas à émettre un son. Ce fut l'hilarité.

Le calme revenu, Patricia trancha:

— Le prénom, mon mari et moi l'avons déjà choisi: vous le saurez dimanche, jour du baptême à l'église.

Roméo baissa la tête. À cela, il n'avait pas pensé. Il lui était venu à l'esprit, plus tôt, une chose qui le frappait maintenant: lui qui comptait tant de neveux et de nièces, il n'avait jamais eu l'honneur d'être sollicité par sa sœur ni aucun de ses frères.

L'horloge se mit à carillonner... Roméo leva les yeux. C'était l'heure où, précisément, était décédée sa mère. Il se leva, sortit de la maison, alla marcher seul dans le silence et la paix. «Merci, maman, tu es venue te manifester une autre fois, merci. Continue de veiller sur nous tous.»

Pour être sincère, Roméo se devait d'admettre que même s'il avait beaucoup souffert, la vie lui donnait aujourd'hui sa part, plus que sa part de bonheur. Ce n'était pas qu'un simple retour des choses, il avait eu aussi de la chance. «Le bonheur n'est dû à personne. Il en va ainsi de l'amour. Nul n'est obligé de m'aimer. Peut-être que j'ai fait trop d'efforts pour gagner l'amour des miens, qui me méprisaient, de toute façon, je le sentais... Tout ce que j'ai eu en retour n'a été que haine et trahison. Je dois faire taire ces peines si profondément enracinées dans mon âme. Le martyre d'Isidore a dû être plus cuisant! Il a perdu un fils, à cause de la haine de sa femme.»

Le souvenir de la belle Luce vint un instant le troubler. «Patricia a ses qualités de cœur, sa délicate gentillesse, même si elle est moins jolie. Aurais-je aimé Luce? Qui sait? En d'autres circonstances, peut-être.»

Il était revenu vers la maison. Il n'entra pas tout de suite, se rendit au-delà du potager, s'appuya contre un arbre. Il savourait sa joie.

Cet enfant encore sans nom était pour Roméo un faisceau de rayons de bonheur: non seulement il l'avait mis au monde, avait été témoin de son premier cri, mais encore il était son neveu, presque son fils; il habiterait ici auprès de lui, un gage d'amour vivant, un cœur d'enfant pur et bon.

Marie-Ève l'avait vu passer et marcher vers ces grands bâtiments sombres qui l'intriguaient mais desquels elle n'aurait pas le courage de s'approcher. Là devaient vivre ces bêtes énormes qu'elle avait parfois entrevues.

Elle profita de son absence pour harceler son gendre de questions.

— Dites donc, Félix, votre père a-t-il souvent ces

crises de solitude? Il s'éloigne de nous, est parfois taciturne.

— Mon père, madame, est un grand homme. Bon et sincère.

— Honnête aussi, je présume?

— Oui! madame. Je ne croyais pas avoir un jour à répondre à une telle question. Il y a partout de bonnes gens, moins fortunées en raison de la condition financière de leurs parents, mais qui ont aussi bon cœur et de grandes qualités. Nous m'excuserez, j'ai moi aussi tout à coup une crise de solitude. Patricia dort, mon enfant aussi; je vais aller marcher. Excusez-moi.

Les deux mains croisées derrière le dos, il arpentait la route sans trop s'éloigner. Seul le silence convenait à la joie qui l'inondait. Certains bonheurs ne peuvent s'exprimer. La naissance de son enfant était de ceux-là.

***

Roméo avait affirmé que Patricia était bien, qu'elle pourrait assister au baptême à l'église. Marie-Ève faillit riposter, mais le regard intimidant du «vétérinaire» l'en empêcha.

Enfin, elle eut un geste délicat: elle avait dans ses bagages l'ensemble de baptême porté autrefois par sa fille. «Oui, ma chère!» Rubans et dentelles, joli bonnet, jupons festonnés, châle de laine fine ajourée. «Le fils de l'habitant» avait allure d'un seigneur d'Outremont.

Le parrain fut généreux avec le sacristain. Les cloches de Saint-Firmin s'époumonaient, les yeux de Patricia et de Marie-Ève étaient noyés de larmes, Félix gonflait le thorax, Roméo avait un air grave, la Chrysler brillait, c'était la fête.

— David sera son nom, avait dit l'officiant.

On avait préparé le goûté, étalé les plats sur la nappe, la fameuse nappe blanche qui n'avait pas servi depuis si longtemps, sur laquelle le grand-père était né... Roméo regarda Marie-Ève. Si seulement elle pouvait soupçonner!

Le champagne était à point. Après l'avoir sorti de ses valises, Marie-Ève l'avait furtivement glissé dans le réfrigérateur.

— Félix, sortez les coupes, voulez-vous? Qu'est-ce que c'est ça? Ne vous ai-je pas fait parvenir des coupes à champagne à l'occasion de votre mariage?

— Oui, c'est vrai, j'ai fait erreur.

Il se dirigea vers le vaisselier.

— Ces autres verres ne sont plus utilisés que pour servir le vin de pissenlit, avait riposté Roméo.

— Quoi? Du vin de...

Marie-Ève faillit s'étouffer.

— Avez-vous dit du vin de pissenlit?

— Oui, une tradition de famille, fait de la carotte des pissenlits.

— Vous voulez dire ces mauvaises herbes, qui empoisonnent la vie de mon jardinier?

— Exactement. De la carotte on fait le vin, de ses feuilles une délicieuse salade, et les oiseaux adorent la jolie fleur jaune qui est, pour eux, un véritable délice et un léger somnifère.

— Ma parole!

Le champagne rendait Marie-Ève de plus en plus conciliante.

Quelque chose dans son attitude avait changé. Elle

ne contrariait pas Patricia, ne critiquait pas le prénom choisi, s'attardait auprès de Roméo, l'observait mine de rien, soulignait ses mots d'esprit.

Félix, qui s'en était rendu compte, se garda bien de le manifester. Elle était gentille, rien d'autre ne comptait. Pendant ce temps, elle épargnait Patricia.

— Vous me prêtez votre berçante, pépère? demanda Marie-Ève. Je bercerais mon petit-fils.

Roméo céda sa place.

— Je vous en prie, madame. Quelle belle image vous faites, tous les deux!
— Ce que vous êtes gentil!

«Ma foi, pensa Félix, elle roucoule! Oh! Oh! Papi va prendre la route d'Outremont.»

Patricia, si occupée à jouer les mamans, ne se rendait pas compte de cette nouvelle attitude. Ce n'est que le jour où sa mère exprima le désir d'accompagner Roméo aux bâtiments qu'elle remarqua un changement et s'en étonna.

— J'aimerais voir de mes yeux ce que signifie l'expression «faire le train», disait Marie-Ève.

«La campagne gagnerait-elle aussi le cœur de maman?» Patricia posa la question à Félix, le soir, avant de dormir. Il lui répondit en riant:

— La campagne, non, mais le cœur d'un médecin, ça, ça pourrait intéresser ta mère!
— Tu n'es pas sérieux?
— Observe-la un peu.

Devant le silence de sa femme, il demanda:

— Tu ne dis rien?
— Je réfléchis.

De fait, Patricia avait décidé d'en avoir le cœur net. Au souper du lendemain, elle demanda:

— Que penses-tu de la décision prise par mon beau-père de délaisser la pratique de la médecine pour devenir fermier?
— Moi, je... enfin... je ne crois pas que ce soit sérieux. La médecine a sa noblesse. Un médecin, c'est... c'est, disons, le prêtre des corps, c'est...

Roméo leva les yeux et dit, rieur:

— Cas unique, n'est-ce pas, madame Labrecque?
— Je... oui... Mais j'avoue que je n'ai pas encore compris exactement...

Se tournant vers Roméo, Marie-Ève balbutia:

— Euh... à propos... Quel est votre prénom? Il me semble que, vous et moi, avec les liens qui nous unissent...
— Vous avez raison. Mon prénom est Roméo.

Elle faillit s'étouffer.

— Quoi?
— Vous n'aimez pas? Mon prénom vous embarrasse?
— Vous vous appelez vraiment Roméo? Ce n'est pas une plaisanterie?
— Pas du tout.

Le malaise de Marie-Ève était flagrant. Elle s'assombrit, prétexta une migraine et monta à l'étage.

***

On frappa à la porte. Un homme entra en coup de vent.

— Oh! pardon, il y a fête ici.
— Qu'est-ce qui se passe, tu es tout essoufflé?
— C'est mon père.
— Il est malade?
— Non, c'est la jument, il y a des complications... Il demande votre aide.
— Donne-moi deux minutes, le temps de me changer, nous irons en auto. Attends-moi ici.

Roméo descendit, fila vers la porte.

— Eh! Pépère...
— Oui, madame?
— Ne lui donnez pas le prénom de David, celui-là est réservé...

Elle éclata d'un rire sonore.

— Maman! tonna Patricia. Un peu de respect, je t'en prie.

La mère ajouta, toujours en riant:

— Il peut toujours l'appeler Georges de Chinchilla, son poulain. Hé! Doc! Votre stéthoscope et votre sarrau?

De fait, la jument, même si elle l'ignorait toujours, avait été aidée par un médecin, alors que celui qui l'avait appelé à l'aide croyait s'adresser à un simple voisin toujours prêt à rendre service. Un homme bien avenant, ce monsieur Boisvert.

Roméo rentra tard. Tous étaient déjà au lit. Il se fit une tasse de thé, grignota un peu et alla dormir.

«Quelle belle journée! Un filleul à aimer, un poulain déjà debout sur ses pattes et Roméo Boisvert devenu docteur vétérinaire.» Il s'endormit avec le sourire.

***

Aujourd'hui, Marie-Ève accompagnerait son hôte aux bâtiments. Roméo s'attendait à en entendre de belles. «Je serai patient et conciliant», s'était-il juré.

— C'est la première fois que vous venez aussi près des animaux de la ferme, je présume?

— Je ne me sens pas très brave, croyez-moi. Heureusement que vous êtes là, ça me rassure.

— Voyez cette vache, ma brune. Elle est affectueuse, comme un enfant.

— Tout de même! En venez-vous à confondre humains et bêtes? Une vache est une vache.

— Celle-ci, entre toutes, est très généreuse.

— Où est le lait?

— Vous voyez, sous la panse, l'énorme sac? Il contient le lait et porte le nom de pis.

— Ah! Je vois, la vache pisse le lait, pouah!

— Pisse, oh non! dit Roméo en riant.

Il prit un banc et le plaça à l'endroit stratégique.

— Si vous voulez voir le processus, asseyez-vous ici et je vais vous enseigner le truc. Vous voyez ces tétines, alors, regardez bien. Un bon lait encore chaud, mêlé de crème va en sortir. C'est le même principe que pour le lait maternel...

— Ah! non, merci! Je préfère le lait de l'épicerie. Cette sorte de lait, pouah! C'est dégueulasse. Chez nous le lait est une chose, il vient en pinte. La crème, c'est autre chose. J'en utilise dans mon café. Non, décidément, je préfère le lait de la ville! Mais, dites-moi, pourquoi la vache mâche-t-elle sans arrêt?

— Elle rumine.

— Décidément, vous confondez tout! Pour ruminer, il faut avoir la faculté de penser.

— Vous parlez de ruminer au sens figuré. Moi, je parle de ruminer au sens propre du mot: elle mâche parce que, ayant plus d'un estomac, elle doit ruminer. Sa nourriture va d'un estomac à l'autre et... caillette...

— Suffit, j'ai compris: son lait finit par cailler, c'est une vache à lait caillé. J'ai vu ça dans certains livres de recettes. Je me demandais d'où ça provenait.

— Ma brune fournit...

— J'ai deviné: du lait au chocolat. Notre marchand nous fournit ça aussi et c'est moins compliqué.

— Mais, d'ajouter Roméo en tournant le dos pour cacher son besoin fou de rire, le principe est toujours le même. Le pis est une grosse mamelle, en tous points semblable aux seins de la femme.

— Quelle horrible monstruosité! J'aurai tout entendu.

— Ce ne sont pas des conversations de salon, j'en conviens, chère dame, mais ça fait partie du métier de fermier. Il faut savoir le pourquoi de tout. Venez au poulailler. Une poule a couvé, venez voir comme c'est merveilleux. Là, cette poule blanche, et là, ce sont ses poussins qui l'entourent. Ils sont jaunes.

— De quelle race est donc le père?

— Je ne le sais pas, je vous avoue. Demandez à votre gendre. Il pourra peut-être vous répondre.

— En tout cas, ne venez pas me présenter à vos cochons.

— Eux aussi sont sympathiques. Dans ma lointaine enfance, mon meilleur ami était un jeune cochon, très maussade, qui jouait de vilains tours. Je pleurais à l'idée...

— C'est ce que vous projetez d'offrir à David comme avenir? Le culte des cochons! Le pauvre enfant!

— David, madame, aura le choix de faire la vie qu'il veut, où il le veut. Il choisira, en toute liberté, en connaissance de cause. Ne mêlez pas David à tout ceci. Mon petit-fils, madame, a droit à tous les respects, au respect de tous! Si vous voulez retourner à la maison, je finis mon travail, je me douche, et j'irai vous rejoindre là-bas.

— Vous vous douchez ici, dans ce merdier?

— Suivez-moi à l'écurie. Ici c'est l'étable.

Il sortit, elle lui emboîta le pas. Dans une stalle se trouvait un cheval. Roméo lui fit une caresse. La bête hennit.

— Bonjour, mon vieux, dit Roméo.

Et il ouvrit une porte.

— Voici le coin des ablutions.

Là se trouvait une magnifique installation: toilette, douche, murs et planchers de céramique brillante, serviettes souples, salopettes de rechange, etc.

— Vous voyez? Quand nous retournons à la maison, nous sommes purs comme des nouveaux baptisés!

— Bon, vous avez le bon sens d'éviter la contamination.

— Et la souillure!

Roméo avait fini de la trouver amusante.

***

— Qui est votre patron? demanda Marie-Ève à la bonne. Le docteur Roméo ou monsieur Boisvert?

— Ni l'un ni l'autre. Madame Patricia est ma patronne.

— Je vois. Le docteur ne vous fait pas trop de misère?

— Lui? Jamais. C'est bien dit, «le docteur»: vous auriez dû entendre monsieur Crépeau nous raconter la naissance du poulain. Il s'est présenté par les pattes. Crépeau a eu bien peur de perdre sa jument. Même qu'elle a tourné de l'œil, à un moment donné. Pauvre monsieur Boisvert. Le sang... les chairs de l'animal déchirées...

— Taisez-vous, vous allez me faire vomir! De grâce, taisez-vous.

— J'ai pas voulu vous effrayer. Les animaux ont aussi des problèmes. Ce n'est pas toujours rose, mais c'est naturel.

— Assez! Tuez-les dans des cas aussi terribles.

— Et qu'est-ce que vous allez manger?

— Assez!

Marie-Ève voyait sa fille allongée sur le dos et l'accoucheur de jument qui plongeait allégrement les mains à l'endroit le plus secret de son être. Elle frissonnait. S'il avait fallu que son petit-fils eût la fantaisie de présenter les pieds d'abord! «Non, c'est impossible. Ça n'arrive qu'aux bêtes, ces maladresses!»

— Vous dites, madame?

— Rien.

***

Couchée dans la chambre d'invités d'une maison de campagne, dans un rang au chemin de gravier, alors que tout était silence, que la profondeur de cette nuit sans étoiles lui faisait presque peur, Marie-Ève méditait.

Ce stupide Roméo lui avait rappelé l'autre, son Paul. «Le jour du baptême, j'ai failli me compromettre. Le champagne ne me va pas. Mieux en tout cas que m'irait le vin de pissenlit. Je me vois mal dormir avec un homme qui sauterait en bas du lit la nuit pour aller accoucher, ah! pardon, mettre bas une vache. Brrr! Rien qu'à penser qu'il me toucherait, qu'il oserait me toucher! Horreur! Non, je ne m'attarderai pas ici. Patricia semble si à son aise, si heureuse! Ce bébé, un bébé attachant... Parce qu'il est petit. Ils le sont tous, à cet âge, incontestablement. Non, inutile d'y penser. Accoucher une jument, est-ce le bon terme? Une jument met-elle bas?»

Marie-Ève s'endormit.

***

Le lendemain, elle descendit déjeuner avec cet air hautain et dédaigneux qu'elle semblait avoir retrouvé.

— On ne vous a pas appris que la lame du couteau doit être placée du côté de l'assiette, mademoiselle?

— Non.

— Voilà. Vous venez d'apprendre quelque chose. Dis-moi, Patricia, je peux utiliser votre téléphone? Je voudrais parler à Hélène.

— Bien sûr, maman.

— Pourquoi ce machin-là est-il au mur? C'est plus convenable et plus pratique sur une table, tu ne crois pas?

— C'est le seul que vous ayons, maman, je regrette.

— Tu ne te plains pas, ma pauvre fille, mais ce qu'il a dû être pénible pour toi d'avoir à t'ajuster à toutes ces choses étranges! Tu n'as pas peur de ces bêtes monstrueuses qui entourent cette maison. Je n'ai vraiment pas de chance. Un escroc et un vétérinaire, deux Roméo!

— Un escroc? Tout de même, maman! Pourquoi deux Roméo? Tu en connais un autre?

— Non, non, j'allais dire...

— Quoi, maman?

— Paul, mais enfin. Je divague.

Marie-Ève se rendit au téléphone, parla à Hélène. Patricia écoutait, distraite. Dans ses bras, elle tenait son bébé qui tétait. Ses petits doigts enroulaient l'auriculaire de sa mère. Lorsque Patricia se retourna, Marie-Ève se scandalisa.

— Quoi! Tu ne te caches pas pour faire ces choses? Devant la bonne et le vétérinaire également, je suppose? À quoi penses-tu, ma fille? Ton mari tolère ça! Dieu du ciel! Moi, jamais, en présence de qui que ce soit, même de ton père...

— Maman, je t'en prie, tais-toi. Ne gâte pas les plus beaux moments de ma journée!

— Bon...

— Maman!

— J'ai compris. De toute façon, je dois retourner à Outremont. Hélène a besoin de moi.

Marie-Ève monta à sa chambre. Elle plierait bagage. Patricia vint s'asseoir sur le pied du lit et engagea une conversation convenue.

Marie-Ève poussa la condescendance jusqu'à aller embrasser son gendre occupé dans le potager et tendit la main à Roméo qui essuya d'abord la sienne sur sa salopette.

— Votre cheville, elle ne vous a plus jamais fait souffrir?

— Non. Si j'avais su alors que vous êtes... docteur, je me serais épargné bien des craintes.

— Chut! madame Marie-Ève. C'est un secret dans la région. Merci, pour tout, vous avez été si généreuse. N'est-ce pas qu'on se souviendra longtemps de ce vingt-neuf mai. Ce cher David, je l'avais pourtant supplié d'attendre au sept juin, qui est la date de mon anniversaire. Oh! mais c'est aujourd'hui!

— Dites donc, mais je suis ici depuis dix jours!

— Les beaux jours sont toujours très courts.

— Qui chantait ça, Trenet?

Marie-Ève s'éloigna en chantonnant. Elle retournait à Outremont, convaincue tout de même que sa fille avait épousé le fils d'un vétérinaire. «Fils de médecin, dirait-elle à des amies, futur héritier d'un magnifique domaine dans la lointaine région de Québec.» Ça faisait plus impressionnant que le Bas-du-Fleuve!

Elle n'imaginerait jamais que ceux de là-bas aimaient et s'ennuyaient de ce paradis quand ils devaient s'en éloigner.

Elle partait, espérant que Cunégonde se soit rétablie. Car il lui faudrait bientôt inviter ses amies de son club de bridge chez elle. Sa fille était heureuse, elle n'en doutait pas. Elle avait maintenant un enfant à *catiner*, ça la garderait bonne.

Ce qu'elle lui en avait fait vivre, des heures d'inquiétudes, sa Patricia! Peut-être que son petit-fils choisirait d'être docteur en médecine... Un vétérinaire! «Ce qu'il faut être bête pour tant aimer les bêtes! Moi, je les aime, bien sûr, mais sous la forme de côtelettes ou de rôtis, même que mon boucher m'est sympathique.» Lorsqu'elle ramenait les choses à sa petite personne, elle savait enfin avoir de la complaisance.

***

Roméo avait oublié son anniversaire, mais il était le seul. Au souper, un énorme gâteau au chocolat avait été déposé au centre de la table, ainsi que des verres remplis de vin de pissenlit. On parla de cette naissance, de la chambre de David qu'on venait de repeindre et de l'ameublement qui attendait dans la remise que bébé soit trop grand pour dormir dans son moïse.

Ce soir-là, Patricia apprit tout de la naissance de papi. Un accouchement beaucoup plus coloré que celui des derniers jours. Les noms d'Elzéar, de Léandre et de Réjeanne revenaient souvent dans la conversation: de véritables voyages d'amour dans le temps. La naissance d'un enfant éveillait en chacun le besoin de remonter la source, d'évoquer les aïeux, de resserrer les liens. C'est ainsi que se transmettent les us et coutumes dans chacune des familles. On met des noms sur les visages des parents, sur les visages de ceux qui furent nos ancêtres. À différentes étapes de la vie, ces êtres reprennent soudain forme en nous. Ils redeviennent plus présents, nous parlent, comblent notre soif de connaître nos racines et assurent ainsi la pérennité de la famille.

— Léandre, avait dit Patricia. C'est un joli prénom à retenir.

Puis, changeant de propos, elle demanda:

— Comment ma mère a-t-elle réagi aux animaux qu'elle redoute tant?

— En couventine scandalisée, pleine d'exclamations et d'étonnement... Je crois que ce qui l'a le plus surprise est la salle de bains dans l'étable.

— Croyez-vous qu'elle soit partie convaincue que vous êtes réellement médecin?

— Peut-être. Mais si j'en juge par ses regards interrogateurs que je sentais souvent peser sur moi, peut-être pas.

— Vous avez été gentil. Elle est partie plus rassurée que la dernière fois. Elle finira sans doute par se faire une raison que ma vie est ici. Je suis si heureuse, si heureuse!

***

Félix disparut mystérieusement. Roméo rentra dîner.

— Votre mari n'est pas là?
— Non, il a reçu un appel téléphonique et est sorti.
— À votre ton et à votre regard joyeux, je crois qu'il n'y a pas lieu de s'inquiéter.
— On ne peut rien vous cacher. De toute façon, dit-elle après avoir consulté l'horloge, je crois qu'il ne devrait pas tarder.
— Alors je retourne terminer mon travail et nous mangerons quand il sera là; qu'en pensez-vous?
— Pas la peine, il arrive.

Félix entra, tout excité. Il tenait une enveloppe brune qu'il brandissait fièrement.

— Papa, consultez ce document.

Roméo ouvrit, lut, relut et ferma les yeux. Félix avait obtenu réponse à ses démarches légales pour changer de nom.

— Merci pour ce beau geste, fiston.
— Ça ne change rien, mais légalise la situation. Vous avez toujours été mon père. La pensée m'est venue le jour de notre mariage, quand j'ai signé le registre à l'église. Dorénavant, le «Côté alias» tombera. Officiellement, il n'y aura ici qu'une lignée, celle des

Boisvert, tel qu'il se doit. C'est, papi, le plus beau cadeau fait à notre enfant.

On se mit à table, mais Roméo n'avait pas d'appétit. Son estomac s'était noué.

— Je n'aurais rien fait si mon père n'était pas décédé, ajouta Félix.

Patricia avait posé sa main sur la sienne.

— Tu es d'une droiture louable, Félix.
— Je suis heureux, si heureux. Ça devient facile d'être à la hauteur de la situation. J'aurais aimé pouvoir vous donner cette joie le jour de votre anniversaire, papi...

Roméo s'excusa et sortit de table.

— Tu lui as donné un bonheur indescriptible, Félix. Tu te souviens, le soir où nous en avons discuté? Tu ressentais alors ce qu'il ressent aujourd'hui. Il doit d'abord assimiler avant de pouvoir saisir toute la profondeur de ton geste. La relativité, tu l'avais évoquée... Elle existe toujours.

***

La semaine qui suivit, Roméo retourna le sol devant la galerie avant, en fit deux grands rectangles qu'il ensemença de pâquerettes. Des symboles nouveaux s'ajoutaient au blason de la nouvelle branche des Boisvert.

Le prochain anniversaire serait celui de Félix, le 24 juillet. D'ici là, la nappe magique irait reprendre sa place dans le grand tiroir du bahut.

Ce soir, Roméo irait visiter Simon et Ernest, ce qu'il n'avait pas fait depuis les événements émouvants des derniers jours.

Il prit sa pipe, qu'il déposait toujours sur la tablette de l'horloge, et sortit. Il ne fumait que dehors, dans la balançoire. Il traversa la rue, le cœur heureux.

Il trouva ses voisins en grande conversation. C'était le même sujet, toujours: la récolte du lin.

— Il faut de l'argent, des fonds. Tout faire de ses propres mains prend trop de temps. Et ce temps est perdu, si on considère le manque à gagner.

— Nous avons fini les semences, dit Roméo. Si ça peut vous aider, venez chercher notre charrue motorisée et préparez votre terrain pour le printemps prochain en attendant la moisson. Ce sera ça de fait. Au printemps, il n'y aura qu'à herser et semer. Ce qui sauve une saison. La récolte de cette année suffirait-elle à tout ensemencer?

— Sans doute, si on ne la vend pas, répondit Simon.

— Elle rapporterait quoi, cette vente?

— Si on est chanceux, dans les cinq cents piastres.

— Bon, je les avance, vous gardez votre récolte.

Ernest s'adossa, allongea les jambes. Il réfléchissait, la fumée de sa pipe montait haut vers le plafond tant il expirait fortement. Il finit par dire:

— Qu'est-ce que tu en penses, fiston?

— Que les Boisvert, c'est pas du monde ordinaire!

— À la deuxième récolte, Boisvert reviendra chercher son dû, répondit Roméo.

Simon ouvrit son cahier, entreprit des calculs. Roméo fit un clin d'œil à Ernest.

— Ça marcherait, oui, c'est ça. Vois-tu, Ernest...

Le père et le fils avaient repris leur conversation où Roméo les avait interrompus, mais cette fois avec, dans la voix, l'ardeur des gens qui ont confiance.

— C'est trop beau pour être vrai.
— Si ça marche, Simon, je m'associe à toi. On fait la même chose sur ma ferme. Le lin, c'est le passé, c'est le présent, c'est l'avenir. Tu as vu? Même dans les magazines de mode féminine, on parle de vêtements en lin. Ce ne sont plus que les nappes et les linges à vaisselle, c'est partout. En médecine, en usine... On va trouver de bons débouchés commerciaux. Je vais consacrer mon hiver à faire des recherches là-dessus.

Simon écoutait, prêt à tout croire. L'enthousiasme du jeune homme épatait Ernest. Roméo les observait et se demandait s'il serait aujourd'hui possible de séparer ces deux êtres si semblables, avec le même sens pratique, la même façon de voir et de dire les choses.

Roméo venait de s'offrir, un peu en retard, un beau cadeau d'anniversaire: faire la joie de ses amis.

Lorsqu'il rentra chez lui, il trouva une note sur la table: «Nous sommes tous invités à souper chez les Morrissette demain soir. Félix.»

Chapitre 33

David avait fait ses rots et dormait comme un bien-heureux. La gardienne reçut mille et un conseils et on s'était dirigé vers la résidence du maire.

Raymonde, Lucie et Marc-André avaient eu une permission spéciale: venir embrasser monsieur Roméo et rentrer vite à la maison.

Il était assis, une fillette sur chacun de ses genoux et reprenait, à leur grande joie, ses jeux, ses blagues, ses calembours et ses histoires.

— Et qu'est-ce qu'il fit, Moïse, sur la montagne?
— Lucie dit qu'il est tombé en bas et s'est noyé.
— Voyons, riposta leur jeune frère, c'est pas ça.
— Tu n'y étais pas, tu ne le sais pas.
— Je l'ai appris à l'école.
— Alors, raconte, dit Lucie.
— Euh! Il a traversé le pont avec son armée, a allumé la dynamite, le pont a sauté, et les ennemis qui les poursuivaient se sont noyés! Vous riez, vous ne me croyez pas?
— Tu es sûr que c'est ça qu'on t'a appris à l'école?
— De toute façon, si je vous le disais, vous ne le croiriez pas non plus!
— De la dynamite, voyons donc! Il n'y avait pas ça dans l'ancien temps.

Monsieur Morrissette rectifia:

— Il a traversé la mer à pied sec, car il portait de bonnes bottines.

459

Il y eut quelques bousculades et Marc-André disparut avec les fillettes en riant de la repartie du grand-père.

On passa à table.

— Mademoiselle Géralda, puis-je solliciter l'honneur de m'asseoir près de vous?

— Et comment! Mon danseur préféré.

Après le dessert, les enfants sortirent de table et allèrent jouer. Le café chaud fut servi, on passa aux choses sérieuses. Géralda annonça qu'elle renonçait au monde, entrait dans les ordres. Il y eut un silence que Patricia rompit:

— Toi, toujours si sérieuse et mystérieuse à la fois! Ta grande piété m'a toujours impressionnée. Tu as une âme d'apôtre.

— Dieu sait s'attacher ceux qu'il aime le plus, dit madame la mairesse.

— Peut-être que l'aumônier sera bon valseur, dit Roméo pour amenuiser le malaise qui planait.

Monsieur Morrissette ne prisa pas la plaisanterie. Il le fit sentir à Roméo:

— Vous avez toujours le don de trouver des solutions, vous, n'est-ce pas, monsieur Boisvert?

Le maire était frustré et amer.

Roméo se remémora la mise au point le lendemain du drame du jeune Simon. Il comprit très vite que le papa n'était pas d'accord avec la décision de sa fille.

Sans badiner cette fois, il admit:

— Vous avez raison, je m'excuse, j'ai parfois la faiblesse de mal réagir dans les grandes occasions. Le
choix de mademoiselle votre fille mérite tout notre
respect et notre admiration. Je vous fais mes vœux les
plus sincères, mademoiselle. La communauté que vous
aurez choisie aura trouvé en vous une perle. Et sur ce,
monsieur le maire, si nous allions fumer une pipe en
marchant dehors.

Le maire se leva avec un certain empressement.
Roméo le libérait d'une pénible épreuve: avoir à sourire alors qu'il bouillait intérieurement.

— Si j'ai bien compris, dit Roméo, vous souffrez à
l'idée de voir votre fille prendre le voile. Vous auriez
préféré qu'elle reste parmi vous tous?
— La maudite marotte: entrer au couvent! On se
sacrifie pour payer les écoles et voyez où ça mène! Et
ce, au moment où les monastères se vident!
— Ce n'est pas à moi qu'il faut dire ces choses. Le
sacrifice pour payer ses études, j'ai connu ce calvaire.
Croyez-moi, respectez son désir. Elle est mystique, le
monde ne lui dit rien. Elle serait malheureuse, autrement...
— Ma femme me tient les mêmes propos. J'ai fléchi, j'ai fini par fléchir!
— Aviez-vous le choix? Sondez votre cœur de père.
Ma mère disait toujours que les enfants ne nous sont
que prêtés.

Ils se turent et rebroussèrent chemin. Avant de rentrer, monsieur Morrissette dit simplement:

— Vous êtes les premiers à l'apprendre. J'ai mal
réagi. Il ne faut pas m'en vouloir.

Lorsqu'ils furent de retour, tous les regards se tournèrent vers eux.

— En tout cas, dit le maire, si l'aumônier danse mieux que Roméo Boisvert, il ne pourra pas le battre en ce qui a trait aux bons sermons...

— Géralda, crut bon d'ajouter Roméo, dans votre livre de prières, mettez bien en tête de liste le nom de notre adorable petit David que vous avez tenu sur les fonts baptismaux.

La soirée se termina dans la détente et la bonne humeur. Les Boisvert devaient partir, car c'était l'heure du boire du nourrisson.

Le lendemain, Félix demanda:

— Pourquoi avoir provoqué Morrissette, hier, papi?

— Provoqué est le mot! Tu n'as pas remarqué, à notre arrivée, la tête de condamné à mort qu'il avait, et la tristesse dans les yeux de sa fille? Madame Morrissette a décidé de nous inviter: c'était un cri de détresse, une demande à l'aide qu'elle nous lançait. Il est si vaniteux et si autoritaire. Souviens-toi qu'il avait retardé la date du bal de coton parce qu'il avait encore espoir. Alors sa femme s'est aujourd'hui servie d'une autre astuce pour briser l'entêtement de son époux: l'obliger à se prononcer officiellement; alors seulement il plierait l'échine. Elle a joué sur son point faible, l'orgueil.

— Alouette, papi. Lis-tu toujours dans les âmes comme ça?

— L'expérience de la vie, mon cher Félix, ça allume bien des lumières.

— Et, bien sûr, tu ne manques pas une occasion de t'impliquer!

— Avons-nous le choix? C'est notre modeste participation au corps mystique de la communion des saints, duquel découlent certaines obligations morales.

C'est chez les Boisvert qu'aurait lieu la réception d'adieu de Géralda; oncles, tantes, neveux, nièces, tous seraient invités. On ne servirait pas de vin de pissenlit en ce jour, ce serait la joie des jeunes qui donnerait à l'atmosphère le ton empreint de gaieté; le visage radieux de l'appelée de Dieu parviendrait peut-être à consoler le papa qui souffrait.

David, pour sa part, gazouillait et souriait, indifférent à ces histoires du grand monde qui n'avaient pas de sens pour lui. Son pèlerinage terrestre ne faisait que commencer.

Chapitre 34

Roméo adorait l'heure de la sieste. Il avait le bébé pour lui seul. Patricia le déposait dans ses bras et allait dormir.

Il faisait un temps magnifique. Quelques cumulus éparpillés çà et là dans le ciel bleu tamisaient momentanément les rayons ardents du soleil. Le bébé répondait aux caresses de papi par des risettes. Roméo racontait certains passages de sa vie au marmot, sachant pertinemment qu'il n'était pas compris, mais ça lui permettait de penser tout haut.

«Tout me porte à espérer que tu auras un petit frère qui aura le prénom de Léandre. Ton grand-papa paternel s'appelait ainsi. Léandre, fils d'Elzéar, celui-là même qui m'a mis au monde, sur le plancher. Oui, David, dans le salon, s'il vous plaît. On n'avait pas le droit d'aller y jouer. Pourtant, moi, j'ai osé y naître. J'aurais dû raconter cette histoire à mémé Marie-Ève, question de la voir pousser des hauts cris.

«Connaîtras-tu un jour l'autre branche des Boisvert, qui habite la rive opposée du fleuve, là-bas, en Mauricie? Certains sont très gentils: cousine Francine, cousin Alexandre, tante Luce, si chouette, au teint de crème fraîche. Et tante Carmen, qui sera peut-être la marraine de Léandre. Mais pas un ne te surpassera jamais dans mon cœur, mon cher petit ange.

«Tu en as de la veine d'avoir un jeune grand-papa. Je me souviens à peine du mien. Maman m'a raconté qu'il me berçait aussi, comme je te berce, toi.

«Peut-être que, dans leur voyage extraterrestre, ces ancêtres nous voient, toi et moi, cachés derrière ces beaux nuages et ce soleil arrogant. Oui, peut-être qu'ils s'arrêtent, nous regardent, nous protègent... Je n'irais pas jusqu'à leur demander de faire pousser le lin pour Ernest et Simon... Oh! Et nos pâquerettes! Allons leur jeter un coup d'œil... La première qui se montrera, je te l'offrirai. Tu la remettras à ta maman pour la remercier du bonheur qu'elle nous donne.

«Peut-être qu'un jour tu iras, toi aussi, danser au bal de coton pour y choisir une princesse qui ressemblera à ta maman. Puisque tu es sage, je vais te raconter une autre histoire: un jour, un gentil monsieur, Isidore était son nom, a frappé à ma porte. Il venait me confier un petit garçon adorable qui s'appelait Félix... Ah! David, quel bonheur m'a donné cet enfant merveilleux qu'était ton père! Il a changé toute mon existence, m'a donné le goût de vivre, d'être heureux. Comme je l'ai aimé! Je l'ai vu grandir, s'épanouir, devenir un homme, fier, bon, vaillant, au cœur vibrant.

«Il a aimé une belle princesse qui cueillait des pâquerettes, tu sais? Ces pâquerettes sur le bord de la route. Alors est survenu un autre miracle: de mes mains, j'ai, plus tard, à mon tour, cueilli une fleur dans mes bras, si frêle, si délicate, qui grandira aussi, deviendra un homme, un autre fleuron ajouté au blason des Boisvert. On se passera le flambeau.

«Tu dors, paisible et content, alors que là-haut, par-delà les nuages, grand-père Isidore et les autres aïeux se baladent, nous regardent et nous aiment.»

À quelques pas d'eux, Patricia écoutait le monologue de Roméo.

Lorsqu'il se tut, elle fit remarquer:

— Vous l'avez si bien charmé qu'il aurait oublié l'heure de la tétée!

Était-ce la voix de sa maman? David se réveilla,

agita les mains et les pieds. Son visage tourné vers sa mère rayonnait d'un grand sourire, un sourire d'ange.

— Hé! grand-papa, rendez-moi mon petit homme.

Les yeux de Roméo débordaient d'amour, ceux de Patricia brillaient de fierté.

Après une caresse, il remit l'enfant à sa mère avec toute la délicatesse qui s'imposait.

Sur la route, une voiture avait ralenti et l'occupante avait observé la scène. Patricia entra avec l'enfant. L'auto s'immobilisa, recula, s'engagea dans l'allée de la maison. La dame quitta le volant et s'approcha de la galerie après avoir enfilé ses souliers qu'elle tenait à la main.

Roméo se leva, l'œil interrogateur. La rutilante décapotable M.G. faisait tache claire dans le décor. La jeune femme était coiffée d'une tourmaline retenue par une gorgerette de soie champagne qui retombait sur une robe soleil marine ornée de points d'Alençon ivoire.

La démarche empressée de l'inconnue, ses yeux rieurs, sa désinvolture, son teint ombré... tant de grâce eut l'effet d'un coup de vent virulent qui paralysa Roméo.

— Bonjour, grand-papa.
— Euh! s'exclama-t-il, comment savez-vous?

Après un éclat de rire, elle tendit la main et se présenta:

— Élisabeth Coulombe Heins. J'étais là, j'ai vu...

De la main, elle indiquait la route.

— Je peux?

Elle désignait maintenant la balançoire. Sans attendre de réponse, elle prit place, ôta ses souliers, sortit un mouchoir de papier, essuya le dessous de ses pieds et se rechaussa.

— Les Morrissette, vous connaissez?
— Euh, oui.

Elle rit encore.

— Vous exprimez-vous toujours ainsi? En monosyllabes, je veux dire. Je vous en prie, faites comme chez vous, venez vous asseoir.

Élisabeth refaisait la boucle qui retenait sa coiffure, flattée de l'effet qu'elle provoquait chez ce paysan qu'elle savait charmer.

— Votre accent? demanda-t-il maladroitement.
— Ah! c'est ça! Je vis aux U.S.A. Je suis un peu confuse. Je veux me rendre chez les Morrissette. Je crois avoir manqué une fourche. Pouvez-vous me remettre sur le bon chemin?

Roméo baissa la tête. Il semblait fouiller dans ses souvenirs. Élisabeth... Les Morrissette...

— Vous, Élisabeth, la femme aux souliers!
— Pardon?

Elle se regarda les pieds, expliqua qu'elle conduisait sans eux lors des longs parcours.

— Je ne pensais pas à ceux-ci, mais aux autres. Je sais que, dans vos bagages, vous avez des chaussures qui ne vont pas à votre pied. Des souliers d'enfant, disons, en cuir verni.

Un silence se fit. Roméo était ravi de voir son étonnement.

— Êtes-vous malin ou devin?
— Ni l'un ni l'autre, tout simplement bien informé. Vous venez sans doute visiter votre nièce pour lui causer une grande joie. Je suis heureux de vous rencontrer. Je me présente: Roméo Boisvert.

Elle tendit la main.
Suivirent les explications. Oui, Roméo connaissait bien les Morrissette. Des amis... Puis ils s'entretinrent de sujets anodins. Patricia entendait fuser les rires. Elle entrouvrit la porte, les regarda un instant et s'éloigna. «Oh! pensa-t-elle, papi a la piqûre pour cette jolie dame rousse venue dans un carrosse tout aussi fascinant. Aurons-nous une invitée à table ce soir?»

— Êtes-vous de la région? Nous ne nous sommes jamais croisés.
— Non, mais j'ai grandi dans les environs, puis la vie m'a parachutée çà et là. Et vous, alors?
— J'habite ici depuis presque vingt ans.
— Vingt ans... une vie. Je vous comprends d'avoir choisi cet endroit. Saint-Firmin est un patelin bien sympathique. J'y venais autrefois lors des bals de coton. Mais, depuis dix ans, des obligations m'ont accaparée. J'ai renoncé à ce plaisir.

Elle consulta sa montre.

— Oh! Le temps passe... Et je vous accapare.

— Voulez-vous utiliser le téléphone pour prévenir de votre arrivée?

— Ce n'est pas une mauvaise idée.

— Suivez-moi, Élisabeth. Je vous présente ma belle-fille, Patricia, la mère de mon petit ange. Patricia, madame Élisabeth Coulombe. L'appareil est là.

— Il y a du thé chaud, papi. Vous en voulez?

— Non, merci.

Papi était beaucoup plus intéressé par cette dame et gardait les yeux dans sa direction.

Après les exclamations de joie, Élisabeth demanda à brûle-pourpoint:

— Qu'est-ce qui mijote dans tes casseroles, Éva?

— Ton plat préféré.

— Pâté au poulet! Avec betteraves maison... c'est ça?

Madame Morrissette riait. Élisabeth ne changerait jamais.

— Dis-moi, il y en a assez pour me permettre d'inviter un ami?

— Tes amis sont les nôtres. Vous arriverez bientôt?

Élisabeth se retourna, regarda Roméo, lui fit un sourire. Il répondit par un clin d'œil approbateur.

— En moins de temps qu'il t'en faudra pour dresser le couvert. À bientôt, bonne bise.

Elle avait raccroché.

— Vous ne m'en voulez pas, Patricia, de vous enlever grand-papa?

— J'ai la certitude qu'il sera en bonne compagnie.
— Vous êtes charmante, Patricia...
— Je change de chemise et je reviens, dit Roméo.

Dès qu'il eut quitté la pièce, Élisabeth chuchota:

— Votre beau-père, Patricia, adore ce bébé.
— Il vous a parlé de mon fils?
— Non. Je vous ai vue, de la route, tendre les bras pour le reprendre et ce geste de Roméo qui le retenait un instant de plus.

En entendant la dame utiliser le prénom de son beau-père, Patricia conclut qu'ils se connaissaient déjà.
Roméo revint, pimpant.

— Ce soir, Patricia, vous souperez en tête-à-tête avec votre mari.

Roméo posa sa main sur la taille de la jeune femme et la dirigea vers la porte de sortie.

— Je vais prendre mon auto, dit-il. Vous n'aurez qu'à me suivre. Ça va ainsi?

Ils s'engagèrent sur la route. Roméo observait la dame dans le rétroviseur: «Elle me donne l'impression d'une libellule qui se dandine sur une feuille de nénuphar avec son grand chapeau qui bat de l'aile et ses rubans qui voltigent dans le vent.» Une libellule qu'il avait l'impression de connaître depuis toujours!
Raymonde, assise sur la première marche de l'escalier, se leva à leur approche, ouvrit la porte, cria «Ils arrivent!» et se précipita dans les bras de sa tante.
Pendant les premiers moments que durèrent les embrassades, le maire lui-même parut et s'exclama:

— C'est vous, l'ami... Alors vous vous connaissiez, vous deux?

— Ni d'Ève ni d'Adam, monsieur le maire, pourtant!

Monsieur Morrissette, incrédule, fronça les sourcils.
Déjà Roméo s'empressait d'aider la jolie dame à vider la valise de sa voiture. Tante Élisabeth sortit un sac enrubanné, le remit à Raymonde qui trépignait d'impatience.

— C'est pour toi, ma chérie. Comme tu as grandi!

Assise sur ses talons, Élisabeth faisait des mamours à sa filleule rose de plaisir. La fillette s'échappa de l'étreinte et fila vers la maison. Sa mère tenta de calmer son élan, mais l'enfant n'entendit rien.

— Je t'en prie, Éva, laisse-la à sa joie. Demain seulement arriveront les surprises pour chacun. Cette chétive bagnole peut à peine contenir plus que le soleil.

Lucie avait pris la main de Roméo, tout heureuse à l'idée que ce soir elle pourrait enfin avoir toute son attention sans avoir à la partager avec Raymonde.

— Tiens, lança allégrement Élisabeth. J'ai une rivale ici...

— C'est ce qui arrive quand on néglige trop longtemps ceux qu'on aime, ma chère, fit monsieur Morrissette en jetant un œil moqueur à Roméo.

— Tu as besoin de te rafraîchir, Élisabeth? demanda madame Morrissette.

— Non, seulement hâte de goûter la cuisine de chez nous. J'ai eu un bon moment de détente auprès de Roméo.

— Cachottier, lança la mairesse. J'ignorais que vous connaissiez ma sœur.

Le bruit des chaises, le va-et-vient, les exclamations d'Élisabeth devant le décor champêtre et la table ornée de fleurs firent que la remarque resta sans réponse.

Raymonde prit place auprès de sa tante après avoir montré ses beaux souliers. Lucie se faufila, si bien que les nouveaux amis furent doublement séparés.

Roméo était partagé entre l'intérêt que les enfants lui manifestaient et la conversation des adultes. Néanmoins, il saisit suffisamment d'informations pour comprendre que cette dame avait un fils marié, qu'elle habitait la Louisiane, menait grand train de vie et voyageait beaucoup.

— J'espère, Élisabeth, que cette fois nous pourrons te retenir quelque temps auprès de nous.

Élisabeth jeta un coup d'œil en direction de Roméo.

— Possible, oui, si ce cher Roméo veut bien me seconder dans mes intentions.

Mais «ce cher Roméo» était occupé avec les fillettes qui argumentaient.

— J'ai entendu mentionner mon nom, dit-il. Que disiez-vous, Élisabeth?
— Que j'aurai besoin de vous soumettre mon plan plus en détail.

Ce fut à son tour de froncer les sourcils. De quel plan s'agissait-il? Il l'ignorait.

«Le fieffé menteur», pensa monsieur Morrissette devant un Roméo mystifié.

***

Pendant ce temps, Félix s'étonnait.

— Papi est absent?

— Oui, son amie est arrivée et ils sont partis chez les Morrissette.

— Qui est arrivé, quel ami?

— Une jolie dame, rousse, du prénom d'Élisabeth.

— Une rousse? Élisabeth?

— Ils semblent bien se connaître. Elle l'appelle par son prénom. Je les ai entendus jaser et rire sur la galerie. J'ai même cru un instant qu'elle souperait ici.

— C'est étrange... Une rousse? Quel âge a-t-elle?

— L'âge de maman, peut-être. Elle conduit une M.G. décapotable, a des rubans à son chapeau, parle français avec un accent anglais et paraît avoir de la vie dans le corps. Il me semble qu'il a déjà fait allusion à elle, un jour, au cours d'une conversation. Tu te souviens? C'est vague, mais ses cheveux roux m'ont rappelé quelque chose en ce sens.

— Ce n'est pas moi qui m'en plaindrai. C'est charmant, ce repas dans le grand silence et l'intimité...

— Doucement, doucement. Il ne faut pas penser au dessert avant d'avoir vidé son assiette.

***

Chez les Morrissette, le repas traîna en longueur. Les enfants furent tolérés à table plus longtemps que d'habitude à cause de la tante venue de si loin. Les nouvelles concernant la famille, le départ de Géralda pour le couvent, les prouesses de Tit Pit, un résumé des bals de coton, quelques mots délicatement choisis pour décrire le mariage du fils de Roméo... Même si les voix s'exprimaient parfois en même temps, Élisabeth écoutait tout avec des yeux pleins de joie.

Roméo se taisait, revivait mentalement ces fêtes

joyeuses de son enfance, au milieu des siens, quand ses parents vivaient.

L'idée ne lui était pas venue qu'il était un importun. Il se sentait à l'aise. La présence de la jolie Américaine, dont il ne connaissait que l'origine, semblait à elle seule lui donner certains droits. Aussi n'intervenait-il pas, se contentant d'écouter et de se réjouir.

Quand Élisabeth exprima le désir d'aller se reposer, il ne restait plus sur la table que le vase de fleurs. Tout était mystérieusement disparu par les soins des aînées. Mais Roméo n'avait pas eu un instant de tête-à-tête avec sa belle, sauf qu'au moment de son départ, dans un geste impromptu, Élisabeth s'approcha, battit des cils, tendit la main, se hissa sur la pointe des pieds et effleura la joue de Roméo de ses lèvres gourmandes. Roméo dut faire un effort surhumain pour garder son allure désinvolte. Troublé, il s'éloigna.

«Le maudit Boisvert!» pensa monsieur Morrissette.

Lorsqu'il revint chez lui, Roméo fut accueilli par la lumière de la galerie laissée allumée à son intention. Il méditait encore les mots lancés bien simplement concernant «un plan à détailler». Il avait beau retourner en tous sens leur conversation du début, rien ne cadrait logiquement avec ces allusions.

Après s'être douché, il se glissa sous les couvertures. Couché sur le dos, les bras croisés derrière la tête, les yeux rivés sur le plafond rendu invisible par la noirceur, il voyait défiler ces femmes qu'il avait connues: sa mère vénérée gardait la priorité de ses amours; Marie-Ève – «d'Outremont, ma chère» – le faisait sourire; Patricia le charmait, mais c'était sa belle-fille, et les sentiments de Roméo n'avaient rien d'équivoque. Luce, par contre, vibrante, rieuse s'imposait. Puis, aujourd'hui, son double: cette merveilleuse Élisabeth, attirante, entière. «J'aurai besoin de vous soumettre mon plan plus en détail.» Plan... en détail... Ses lèvres sur sa joue, l'air déterminé du moment... Un geste calculé?

Roméo s'endormit. Il se réveilla, léger, fringant, au chant du coq. Il se dirigea vers les bâtiments, se fit presque tendre auprès de ses bêtes, toujours réceptives à ses caresses. Il était un homme envoûté.

— Bonjour, papi, belle soirée? Et cette beauté enrubannée?

— Ah! Élisabeth. C'est la sœur de madame Morrissette.

Il s'éloigna. Félix se gratta le front. «Ouf! la guêpe l'a piqué. Il se promène avec son venin... La sœur de madame Morrissette?»

Mais elle ne donna pas signe de vie, ce jour-là. Ni le lendemain. Roméo ne s'éloignait pas de la maison, tournant en rond, sous l'œil amusé du couple. «De deux choses l'une: son plan s'est réalisé sans moi ou il est tombé à l'eau. C'est l'histoire de ma vie: je fais fuir les femmes ou je ne suis pas dans les bonnes grâces de Cupidon.»

Lors des rares occasions où il s'était permis des relations frivoles avec des femmes entreprenantes ou délurées, il en était sorti lassé, désabusé. Le sexe pour le sexe n'était pas son péché mignon. La base solide, l'amour, n'était jamais au rendez-vous. Il en était venu à préférer sa solitude et jetait son dévolu sur les siens. Cette fois, sans qu'il s'en rende compte, son cœur avait changé de rythme, avait battu plus fort et plus vite, s'était pâmé en présence d'Élisabeth. Il refusait de se résigner, ne cherchait pas à oublier, s'accrochait à l'image qui s'était gravée dans son esprit. Ce n'était pas sa beauté, son élégance, sa désinvolture parfois exagérée, son entrain frétillant, c'était plus, c'était tout ça et plus: une entente implicite, un tout coordonné, un désir physique d'autant plus inavouable qu'il était d'une puissance troublante.

Il était loin de se douter que, tout près de là, celle qui l'avait charmé avait des pensées similaires.

***

Élisabeth Coulombe avait dix-sept ans quand elle rencontra l'homme de sa vie.

— Tu es trop jeune, avait tonné le père.

— Ne m'oblige pas à faire des gestes dont tu serais le seul à devoir rougir, car tu auras été prévenu. Que ça te plaise ou non, je vais l'épouser incessamment.

Le papa dut abdiquer. Leur union fut bénite à l'église. Le couple se réfugia dans un humble logis et y vécut son grand roman d'amour. Bientôt l'homme d'Élisabeth eut du succès. Son mérite reconnu lui valut promotion sur promotion. De simple agent, il devint boursier. Ses capacités en mathématiques firent de lui un homme-clef, celui par qui passait la réussite. Leur grand amour durait. Élisabeth se chargea de leur vie mondaine et ouvrit son salon qui devint bien vite un endroit où l'élite aimait être invitée.

Les priorités d'Élisabeth convergeaient vers le bonheur de son mari. Leur élégante demeure de Mont-Royal faisait la fierté de l'épouse. Un fils leur fut donné, ce qui avait cimenté plus fermement leurs sentiments.

Le couple nageait en plein bonheur. Annuellement, les amoureux partaient vers d'autres cieux. «Une autre lune de miel», aimait bien répéter Élisabeth. Les deux parcouraient le monde en tous sens. Le Proche et le Moyen-Orient, si colorés, les attiraient. C'est au Koweit, peu après la fameuse découverte du pétrole du golfe Persique, qu'une amitié intime entre l'homme d'affaires et un émir permit qu'une fortune colossale vienne s'ajouter aux biens déjà acquis.

Le couple entrait à peine d'un voyage en Inde. Leur fils en était aux études supérieures. Le bonheur de cette famille unie ne s'était jamais démenti.

Un bon matin, au moment de quitter pour le bureau, François eut soudainement une attaque cardiaque. Il s'affaissa lentement, soutenu par Élisabeth qu'il venait d'embrasser. Elle poussa un cri de détresse, trop effrayée pour réagir. Francis accourut, appela à l'aide.

Sur la recommandation du médecin traitant, il fut entendu que le convalescent prendrait une retraite anticipée.

L'hiver se faisait long pour cet homme actif qui acceptait mal d'être devenu subitement «une loque humaine», comme il s'entêtait lui-même à répéter. Élisabeth prit une décision, l'en prévint, refusa de discuter sur le sujet et passa à l'action. La demeure princière fut vendue, le mobilier expédié au grand complet à la Nouvelle-Orléans. Là-bas, le climat serait plus doux. Il permettrait à son mari de faire l'exercice recommandé et peut-être même de reprendre ses bâtons de golf. Elle donnerait à leur nouvelle résidence le même décor, le même cachet afin qu'il ne se sente pas dépaysé.

Six mois plus tard, le mal le terrassa de nouveau. Sans sursis cette fois.

Élisabeth traversa stoïquement l'épreuve et vint se terrer quelque temps chez les Morrissette. Elle avait un besoin urgent de s'entourer d'êtres aimés.

Cette année-là naquit Raymonde. La marraine idéale était là. Le bébé reçut des triples doses d'amour.

Son fils Francis commençait là-bas sa carrière, marchant sur les traces du papa. Élisabeth était retournée chez elle, avait chéri la jeune femme qu'avait choisie Francis et était devenue grand-mère.

Le jour où elle reçut une courte lettre maladroitement écrite et qui contenait un dessin de pieds, elle décida de revenir au Canada. Elle achèterait une propriété non loin de chez sa sœur. Elle reconstituerait une troisième fois l'ambiance de jadis avec toutes ces «vieilleries» que sa bru repoussait du revers de la main. Élisabeth avait très mal accepté le terme employé par la femme de Francis, mais n'avait rien répliqué.

C'est le hasard qui la conduisit devant la maison des Boisvert. Elle vit Roméo, alla s'informer de la direction à prendre. C'est alors qu'à nouveau son cœur s'émut, qu'elle ressentit une grande soif d'aimer.

Lorsqu'elle eut l'occasion d'être seule avec sa sœur, Élisabeth demanda:

— Dis-moi, Éva, qui est Roméo Boisvert?
— Quoi, tu ne le connais pas?
— Non, hier seulement...

Elle relata les faits tels qu'ils s'étaient passés. Madame Morrissette éclata de rire pour ensuite se scandaliser:

— Mais tu l'as embrassé!
— Mouvement impulsif. Parfois, mon cœur me joue des tours.

Entre deux éclats de rire, madame Morrissette dit à Élisabeth qu'elle avait de la chance de ne pas avoir posé la question à son mari.

— Quelle question?
— Mais, celle que tu viens de me poser au sujet de monsieur Boisvert.
— Pourquoi?
— Ils sont comme chien et chat, s'épient, se méfient

l'un de l'autre, se réconcilient. Encore hier, mon mari avait des soupçons au sujet de vous deux.

— Mais, pourquoi?

— Pour être franche, je ne le sais pas vraiment.

— Serait-il malhonnête?

— Que vas-tu chercher là! Deux têtes fortes qui s'affrontent, tu connais? Ça ne te rappelle pas papa et toi?...

— Ouf! tu me rassures.

— Toi, tu as le béguin. Il faut dire que vous semblez bien vous entendre, tous les deux. À quelques reprises, il a failli flancher, mais il s'est vite et bien repris; particulièrement quand tu as parlé d'un plan commun et au moment où tu l'as embrassé. Écoute, Élisabeth, je sais qu'il est difficile pour une femme de vieillir seule, surtout après ces années de bonheur que tu as connu auprès de Francis. Ici, la vie est plus simple, plus modeste. Honnête, il l'est, c'est sûr. Mais saura-t-il combler tes besoins, tes élans? Donne-toi un peu d'espace et de temps. Recueille-toi, réfléchis. Tiens, la porte d'entrée. Peut-être est-ce ce bon Roméo qui arrive.

Élisabeth s'éloigna en souriant. Un messager venait livrer des colis. Élisabeth signa le récépissé en ne pouvant s'empêcher de penser que le moment n'aurait pu être plus opportun. Avec une joie enfantine, elle étala les cadeaux sur la table de la cuisine.

— Vérifie bien s'il y a un présent pour chacun, veux-tu, Éva?

Madame Morrissette lut chaque carte, se scandalisa de ces dépenses folles.

— Tiens, c'est bizarre...

— Qui ai-je oublié?

— Mais voyons, monsieur Boisvert!

— Moqueuse! Il me pardonnera.

La journée se passa allégrement. Les pensées d'Élisabeth allèrent bien vagabonder deux rangs plus bas à quelques reprises, mais le bonheur qui régnait chez les Morrissette finissait par la distraire.

Avant de s'endormir, elle décida, plongée dans ses réflexions, de suivre les conseils de sa sœur, mais pour une raison tout autre: elle laisserait monsieur Boisvert la désirer... Aussi frémit-elle alors qu'au souper du lendemain son beau-frère s'exclama:

— Incroyable! Je pensais que la Chrysler de ce Boisvert de malheur serait stationnée à ma porte.

— Tu ne l'aimes pas? demanda Élisabeth.

— Ouais! Ouais! Je l'aime bien, c'est un bon gars. Mais, parfois, ce qu'il peut être emmerdeur!

— Grand-papa! protesta Raymonde. Moi, tante Élisabeth, je l'adore.

La tante baissa les yeux. Un sourire à peine perceptible se dessina sur ses lèvres. Elle venait de prendre sa décision, complètement rassurée.

Chapitre 35

Roméo rentrait de l'étable. Après le rituel de la douche, il avait enfilé une salopette d'une blancheur immaculée.

On bavardait au salon. Il marcha vers la fenêtre de la cuisine et vit la décapotable stationnée près de son automobile. Son cœur fit un bond.

— C'est toi, Félix? demanda Patricia.
— Non, c'est moi, répondit Roméo.
— Alors, venez, papi.

Il se sentait gauche, le pauvre célibataire. Elle l'avait embrassé. Quelle attitude devait-il maintenant prendre?

— Bonjour, je suis ravi de vous revoir.

Patricia se leva.

— Puisque vous voilà en bonne compagnie, Élisabeth, je vais aller donner le sein à David. C'est l'heure.

La jeune mère quitta la pièce.

— Elle est plaisante, cette Patricia, dit Élisabeth. Je l'aime bien.
— Vous aussi.

Dieu qu'il se sentit stupide! Un collégien maladroit. Comment réparer la bévue?

— J'ai voulu dire que vous me plaisez aussi, balbu-
tia-t-il.
— Je sais!

Cette fois, il se sentit tout à fait dérouté. Il lui fallait
faire bifurquer la conversation. Les yeux moqueurs de
la femme brillaient.

— Heureuse de vous retrouver parmi les vôtres?

Élisabeth parla de sa joie de passer du bon temps à
la campagne, de goûter à la détente auprès des enfants,
de se gaver des gâteries de sa grande sœur Éva.

— L'autre jour, vous m'avez dit que vous aviez un
projet en tête, hasarda Roméo. Que puis-je faire pour
vous aider?
— Vous connaissez Métis Beach?
— Non.
— Saint-Patrice, Notre-Dame-du-Portage, Cacouna,
près de Rivière-du-Loup. Des endroits de rêve.
— Oui.
— Ça vous plaît?
— Très chic, ces riches propriétés rustiques, ces
courts, la verdure, sans compter la présence de ce beau
fleuve et cet horizon festonné de montagnes et de
vallons d'un bleu emprunté au ciel et qui crée un effet
mystérieux.

D'une voix très basse, elle dit:

— Continuez...

Il ne put rien ajouter, elle venait de le museler.
Élisabeth se leva.

— Venez. Nous pouvons utiliser votre automobile?

— Bien sûr, je vais chercher mes clefs et nous partons.

Il avait tout oublié, même le vêtement qu'il portait. Lorsqu'il revint, elle se balançait sur la galerie.

— Allons.

Elle prit sa main et l'entraîna. Une fois à bord, elle dénoua ses rubans, enleva son chapeau, le lança sur la banquette arrière, passa les doigts dans ses cheveux pour assouplir les bouclettes. C'est alors que Roméo demanda:

— Où allons-nous?

— Dans les environs. À Métis, la ligne d'horizon est trop éloignée et n'inspire pas les poètes.

— S'agirait-il par hasard de la phase première de votre plan?

— Vous devinez bien. C'est un vieux projet que j'ai dû mettre en attente. Je vais vous expliquer la situation, vous me donnerez votre opinion.

Elle parla du décès de son mari, du mariage de son fils, de sa solitude là-bas. Elle avait des amis, évidemment, et la famille de son fils, mais tous avaient une vie à eux, bien occupée.

— Je me sens seule dans mon immense maison. Cette idée m'est venue au décès de mon mari, mais comme Francis projetait de prendre sa relève, je lui ai donné l'occasion de poursuivre ses études. Habituellement, je suis plus impulsive, je ne rêve pas, car, à rêvasser, on amenuise nos plus chers désirs. Plus tard, je me rapprocherai des miens.

Élisabeth révélait l'autre facette de son caractère, ce côté réfléchi, sérieux, capable d'aimer, de s'émouvoir, de souffrir. Elle dissimulait ce qu'elle croyait être de la faiblesse derrière une apparence décontractée, une allure insouciante.

Ce qu'elle ne saisissait pas encore, c'était l'impact qu'avait suscité en elle la rencontre de Roméo. Son deuil avait duré toutes ces années. Et maintenant, une autre étape, troublante, commençait. L'amour venait d'élire à nouveau domicile dans son cœur libéré.

Ils avaient atteint l'endroit de leur destination. Roméo, par respect pour l'épanchement d'Élisabeth, s'était garé le long du fleuve et écoutait.

— Et voilà que je vous ennuie avec mes boniments de bonne femme! Pourquoi? Qu'est-ce qui m'arrive? Qu'est-ce qui me prend? C'est scandaleux!

— Auriez-vous peur, Élisabeth, de ressentir et de démontrer le plus humain de tous les sentiments: la confiance?

La question l'avait surprise. Elle inclina la tête. Pour lui épargner l'embarras d'une réponse, il jeta négligemment:

— Passons à la deuxième étape, le choix d'une demeure dans les environs. Je dois vous avouer qu'il serait bon de vous savoir proche...

Il retira la main qu'il avait passée sur la sienne, remit l'auto en marche et, en silence, ils reprirent la route. Elle regardait droit devant elle, plus profondément troublée que jamais.

— Regardez... dit Roméo.

Elle était là, bien cantonnée sur ses fondations, un peu en retrait de la route. Du plus pur style Tudor, face au fleuve. Devant, un rectangle de verdure avec en plein centre des installations diverses pour le tennis, le croquet, le fer à cheval.

— Si tout ça fait partie de la propriété, ça va coûter une petite fortune! Mais quel site enchanteur!

Élisabeth ouvrit son sac à main, prit un stylo, marcha vers la maison, nota le numéro de téléphone inscrit sur la pancarte qui disait «For sale». Elle revint, prit place sur la banquette et, après un moment:

— Continuons.

En silence, ils firent la traversée du village, les yeux inquisiteurs. Revenus à Saint-Firmin, Roméo dit:

— Vous aimeriez que vous allions à cet endroit, à Métis?
— Oui, mais pour une autre raison. Là, je vous ferai admirer un des plus beaux jardins de notre pays. Une véritable oasis à laquelle une femme, amoureuse des fleurs, a consacré toute une vie. Chaque plan, chaque floraison et chaque couleur qui y figurent ont été choisis avec discernement, patience et un souci exceptionnel du détail.

Elle tendit le bras, saisit son éternel chapeau, regarda Roméo.

— Merci.
— Pourquoi ce regard subitement assombri, Élisabeth?
— Un mauvais souvenir.

— En parler le dissiperait peut-être?

— Je le croyais enterré!

— Mais il vous hante.

— La vieillesse, ce n'est pas joli!

— La vieillesse, vous?

— Oui, quand on évoque la solitude pour dissimuler une autre peine qu'on enrobe d'un bulbe pour ne pas blesser ceux qu'on aime, quand on se tait, quand on a honte de le dire tout haut pour ne pas blesser l'enfant adulte à qui l'on se confie et quand cette décision rencontre peu d'objections de la part de ceux de qui l'on s'éloigne... Ils vous disent bien sages, vous félicitent. Ça libère leur conscience, on reste là, surpris d'avoir laissé échapper les mots, un goût amer dans la bouche. À partir de cette minute, on ne peut plus reculer... on cherche alors à se consoler, à se répéter tout haut que, de fait, la décision était sage... La mort dans l'âme, on regarde autour de soi... on s'accroche à mille et un détails de ce qui a été notre vie... qu'il faudra sacrifier: cette chaise encombrante, cette table trop grande où les marmots ont crayonné, le service de vaisselle en semi-porcelaine, dont on a pris un soin jaloux et qui ne servait qu'aux dîners d'apparat; il ira finir dans l'armoire de cuisine de la bru... elle qui a de la porcelaine accepte bien de le prendre... comme second. Les fauteuils de peluche ne cadrent plus dans les appartements modernes et exigus... les lampes d'autrefois, peintes à la main, sont vieux jeu, les livres de la bibliothèque sont poussiéreux et désuets. J'étais bien «in» pourtant, le jour où j'ai acheté un matelas king size. Personne n'en veut aujourd'hui. «Qu'est-ce que j'en ferais... j'ai mon lit d'eau», m'a répondu ma belle-fille quand je le lui ai offert. On m'a assurée que j'obtiendrais facilement cinquante piastres pour le piano... La dame qui projette de louer ma maison a refusé rideaux et tringles. Elle fera installer des stores vénitiens. Elle se dit horrifiée de la couleur des murs et du papier peint... Vlan, vlan, vlan, à grands coups de mises au point qui me font réaliser que je me faisais des illusions en ce qui concerne ma maison, si jolie, à laquelle j'ai donné tant de soins, pour laquelle j'avais tant d'amour... Je réalisais peu à peu qu'il valait mieux tout donner à l'armée du salut. Au moins, on ne me ferait pas de mal en discréditant mes affaires. Il ne me restait qu'à m'accrocher à ce que je garderais, car ce serait petit, si petit, là où j'irais. Eh bien! non, Roméo, ce ne sera ni petit, ni minable, ni triste. Je vais les glaner, les vieilleries, les témoins des étapes de ma vie, mon vieux piano de cinquante dollars, mon amour de service à dîner en semi-porcelaine, acheté avec le premier boni qu'avait reçu mon mari après notre mariage, mes vieux fauteuils de style victorien et régence, mes brocarts, et cette punaise de décapotable pour épater! C'est fini, fini, bien fini. Tout va reprendre la route du retour, depuis Nouvelle-Orléans vers mon pays, ici. Tout, tout!

Élisabeth fondit en larmes. Elle se battait maintenant avec son sac à main, cherchait des papiers mouchoirs. Roméo tendit le sien, prit Élisabeth dans ses bras, l'attira à lui.

— Pleure, petite fille, pleure.

Il lui tapotait les épaules, passait la main dans ses cheveux, attendait la fin de l'orage.

«Ainsi, pensait-il, succès, fortune ou pas, rien n'assure le bonheur, qui n'est, en somme, qu'une disposition d'esprit, qu'un état d'âme.»

Voilà que les larmes laissaient place au rire, un rire nerveux d'abord, de plus en plus sonore, puis léger, cristallin.

— Que je suis bête!

Elle épongeait ses yeux, mouchait bruyamment son nez, échappait des soupirs profonds. Elle s'apprêtait à descendre. Roméo la retint un instant.

— Élisabeth, gardez aussi votre punaise rutilante.

Elle s'éloigna sans se retourner. Elle avait honte de s'être si stupidement confiée à cet homme, qui lui plaisait énormément, mais qu'elle connaissait à peine. «Il va croire que je suis une hystérique, une exaltée. Qu'est-ce qui m'a pris de me dévoiler ainsi?» Fâchée contre elle-même, elle prit la résolution de se taire à l'avenir. Mais le mal était fait.

***

Après cette conversation, Élisabeth resta ébranlée et confuse. Comment avait-elle pu ouvrir ainsi son cœur et s'épancher aussi bêtement? «J'ai été d'un ridicule grotesque! Quel manque de retenu! Quelle idiote! Je devrais avoir honte. Je me suis stupidement mise à nu.»

Elle conduisait sa voiture tout en essayant d'approfondir ses sentiments. Rendue à destination, elle ralentit, puis, n'ayant pas le courage d'affronter les siens, elle poursuivit sa route, erra çà et là dans cette campagne où le calme, le grand air, la simplicité des lieux convenaient à merveille au besoin de sérénité qu'elle cherchait. Elle se retrouva au sommet d'une côte qui offrait une vue magnifique sur le fleuve et, par-delà, l'horizon bleu du ciel était embrasé par le soleil couchant.

Elle se rangea au bord de la route et se surprit à contempler tant de beauté. «Elle est ici, la paix, cette paix dont j'ai soif. Ou serait-ce que j'ai peur de sombrer dans la solitude? Cette belle maison me fait rêver. J'ai ici une sœur, des nièces adorables, on m'aime bien. Mes enfants là-bas sont aux prises avec leurs obligations personnelles. Je ne peux les accaparer, devenir un boulet.»

Elle repassait sa vie, ces années à seconder son époux dans la poursuite du succès pour ensuite souhaiter de tout cœur celui de son enfant. Des années de dévouement. «Les plus heureuses!» se disait-elle.

Elle eut une pensée pour ses parents, maintenant décédés, qui avaient connu ce même déchirement, chose à laquelle elle ne s'était jamais arrêtée avant aujourd'hui.

«Voilà où j'en suis, murmura-t-elle à mi-voix. En sourdine, la solitude s'installe, le vide se fait, il faut le meubler à sa manière, garder le cœur jeune, le sourire vivant!

«Il faut se taire, laisser les jeunes faire leurs erreurs afin d'en tirer leçon... et d'apprendre.»

Certains souvenirs la faisaient sourire. Elle se remémorait le premier dîner auquel sa bru l'avait invitée. Elle n'avait pas osé lui indiquer que la volaille manquait de cuisson, que l'étiquette veut que la nappe soit repassée au moment d'en recouvrir la table afin de faire disparaître les plis formés par le temps passé dans le tiroir. Astucieuse, elle avait offert au couple une nappe crochetée qui ne présente pas cet inconvénient. Alors seulement elle les avait informés de la règle à suivre.

Son fils, elle se permettait de le redresser au besoin, en tête-à-tête. «Mais la bru, oh là là! Avec elle, il fallait porter des gants blancs. La chère enfant! Elle invitait belle-maman à dîner pour la première fois. Je me souviens des transes que j'avais endurées moi-même autrefois avec ma propre belle-mère. J'avais tout nettoyé, astiqué, j'avais transpiré, pensé et repensé au menu. Malgré toute ma bonne volonté, le plat de service ne ressemblait en rien à celui qui figurait dans mon livre de recettes!»

Le sourire était revenu sur son visage. Son maladroit de fils lui avait suggéré de renseigner sa jeune femme inexpérimentée sur l'usage, le choix et le dosage des épices. Élisabeth s'était indignée. «C'est un sujet très personnel, chéri. Le goût de chacun diffère. L'utilisation va de pair avec la personnalité du cuisinier. Ce dîner-ci est excellent!»

Les yeux de sa belle-fille avaient brillé et elle s'était exclamée: «Merci, belle-maman!» Grâce à sa présence d'esprit et à son tact, Élisabeth s'était vue grimper d'un échelon dans l'estime de sa bru.

Malheureusement pour elle, afin de confirmer ses dires, elle avait dû beaucoup manger et, ce soir-là, elle les avait quittés saoule de nourriture. Mais elle était certaine que la jeune femme avait développé un sentiment de confiance en elle-même. Voilà ce qu'était l'amour désintéressé: l'amour d'une mère.

Là-bas, le soleil avait disparu. Quelques rayons mordorés semblaient jaillir de l'horizon et laminaient la voûte céleste. «Que c'est beau, pensa-t-elle. Ce spectacle doit se répéter jour après jour devant cette magnifique demeure.» Malgré elle, Élisabeth pensa à Roméo, à sa sécurisante compagnie. Elle avait besoin de réfléchir.

Elle fit demi-tour et rentra.

— Qu'est-ce qui t'arrive, Lisa? demanda madame Morrissette en voyant entrer sa sœur qui venait d'enlever ses souliers et s'était laissée tomber dans un fauteuil du salon.

— Dis, Éva, ça t'ennuierait que je prolonge un peu mon séjour chez toi?

— Quelle question! Qui s'en plaindrait? Tu es un vrai rayon de soleil.

Élisabeth éclata de rire et se défendit:

— Je n'ai sûrement pas la beauté de ceux que je viens de voir s'étioler lentement dans la nuit naissante!

— Serais-tu amoureuse, Élisabeth?

— Moi? Pourquoi me demandes-tu ça?

Ses yeux s'écarquillèrent, son sourire s'évanouit.

— À t'entendre, tu serais poète, alors, dit Éva.
— Rien de tout ça. J'avoue que j'ai un projet en tête.
Il est trop tôt pour en parler. Je te réserve la surprise.

***

Le lendemain, Élisabeth prit rendez-vous avec les propriétaires du domaine. Ils habitaient Toronto. Les quelques jours qui précédèrent cette rencontre, Élisabeth les passa auprès de sa famille, à la grande joie de sa filleule, qui ne la quittait pas d'une semelle.

Lorsqu'elle se rendit à Cacouna pour la visite tant attendue des lieux, il lui vint un instant à l'idée de prier Roméo de l'accompagner. Mais cette pensée lui parut déplacée. Elle n'allait pas s'imposer. Après tout, leur rencontre avait été fortuite. De plus, elle avait agi si sottement lors de leur dernière sortie qu'elle craignait de paraître incapable de prendre seule une décision.

Il faisait un temps magnifique. La jolie maison était invitante. Élisabeth fut accueillie dans un immense salon doté d'une cheminée formidable. Après les présentations d'usage, on fit le tour de la propriété. La cuisine était sans cachet particulier, n'était ni moderne ni de style recherché.

Mais les autres pièces impressionnaient par leurs dimensions autant que par leur ameublement fastueux.

L'escalier qui menait à l'étage était un chef-d'œuvre artisanal, taillé dans le chêne aux veines ocrées. Les marches s'étaient patinées avec les ans. Les tapis de laine aux tons sombres se mariaient élégamment au style des meubles. Les murs étaient de pin de la Colombie et ceux des chambres étaient recouverts de papier peint.

Élisabeth était impressionnée. Déjà cette maison l'envoûtait. Tout, en ces murs, se faisait sécurisant. Bâtie au début du siècle, des meilleurs matériaux, bien entretenue, elle gardait, malgré les ans, toute sa grâce et un air de fraîcheur.

On lui expliqua que la famille, depuis plusieurs générations, ne venait ici qu'aux vacances d'été. Plusieurs de ces résidences princières étaient propriétés de grandes familles. On parlait même des MacDonald et autres premiers ministres du siècle dernier, de richissimes Anglais d'autrefois qui avaient élu domicile saisonnier dans quelques villages du Bas-Canada.

— Et les meubles? demanda Élisabeth.

— Ah, ces vieilleries, si vous n'en voulez pas, on pourra les offrir à un musée.

Élisabeth fronça les sourcils. Une phrase lui revenait à l'esprit: «Tu obtiendrais bien cinquante dollars pour ton vieux piano.»

— Et vos livres?

Il y avait là une pleine bibliothèque. Trois des murs étaient couverts de rayons. Deux bergères, auprès desquelles se trouvaient deux torchères aux abat-jour signés Tiffany, et une énorme table d'ébène, recouverte d'un lamé d'or protégé par une plaque de verre, complétaient l'ameublement. De livres désuets elles ne voulaient pas...

— Les seuls objets que nous désirons conserver sont le sabre de notre aïeul et le contenu de cette caisse que vous avez dû remarquer dans la salle à manger. Elle contient des vases en verre de Murano. Notre décision a été prise avant la mise en vente de la maison qui n'est plus d'aucun intérêt pour nous. De toute façon, nous ne l'avons pas occupée depuis une décennie.

— Pourtant, tout est si propre, si bien rangé.

— Nous avons un intendant qui se charge de ces détails. C'est avec lui que vous aurez à transiger si la propriété vous intéresse. Votre appel est arrivé au moment même où nous projetions de venir. C'est une heureuse coïncidence, ce qui est, je crois, de bon augure. Si vous voulez bien, venez, nous allons vous montrer certains coins fabuleux.

Une serre magnifique, dans laquelle le soleil plombait, les espaces avant qui s'étendaient jusqu'à la mer, avec un jeu de croquet, un court de tennis et, sur la rive, un bassin creusé, que l'eau de mer venait remplir ou vider au caprice de la marée.

Élisabeth s'arrêta en bordure de la route, regarda la maison à distance, se sentit à la fois ravie et inquiète. «Aurai-je les moyens de m'offrir cet endroit de rêve? La seule chose qui est en ma faveur est leur parfait désintéressement et l'âge de cette maison luxueuse cachée dans un endroit perdu. C'est un domaine extraordinaire!»

— La route nationale a isolé la propriété. Vous pourriez vivre ici en toute quiétude. C'est une retraite épatante pour une personne fatiguée des grandes villes. Je crois que vous n'êtes pas de la région. Vous parlez anglais de façon impeccable et sans accent.

Elle allait leur répondre que pourtant si, elle était native d'ici, mais se retint. Les deux femmes avaient un air dédaigneux qui l'irritait. Élisabeth garderait ses distances. Elle se fit remettre les coordonnées de l'intendant et exprima le désir de revoir les lieux. Les dames se firent discrètes et restèrent en retrait. Élisabeth erra d'une pièce à l'autre, lentement, pesant le pour et le contre. Elle s'arrêta devant une fenêtre au deuxième étage, promena son regard du côté de la mer, sur les jardins, qui n'étaient pas immenses, mais qui, entretenus, devaient être prodigieux.

Ses yeux tombèrent sur un pouf qui semblait avoir été oublié là. Un bijou, invitant, aux couleurs fanées qui le rendaient encore plus précieux. Une tapisserie au point d'aiguille le recouvrait. Des tons de rose atténués, du feuillage bleuté.

Elle ne put résister. Elle le souleva et descendit avec l'objet dans les bras.

— Il était seul, là-haut, dans le passage. L'avez-vous mis de côté dans le but de le prendre?

— Non, pas du tout. Il a sans doute été déplacé par mégarde.

— Tant mieux, je l'adore.

— Vous aurez encore de ces surprises, je suppose, si vous achetez cette propriété.

— Mesdames, ça m'a fait plaisir de vous rencontrer. Vous aurez de mes nouvelles dès que j'aurai eu un entretien avec votre intendant.

— Nous logeons à l'hôtel pour le moment. Nous profitons du bon air quelques jours. Nous nous reverrons peut-être.

Élisabeth tendit la main et s'éloigna. Sa première pensée fut de se rendre chez Roméo, de lui faire part de son enivrante aventure, puis elle se ravisa.

«Non, mais je deviens cinglée ou quoi? Non, une fois c'est assez, je ne me rendrai pas plus ridicule!»

Mais ce qu'il lui en fallut de la volonté pour ne pas s'arrêter devant sa maison et lui faire part de ses impressions sur cette merveilleuse résidence, parfaite en tous points.

Dès qu'elle eut réussi à surmonter son obsession d'aller vers Roméo, elle se sentit soudainement envahie par une immense mélancolie. Ces dames, du revers de la main, balayaient le passé, reléguant aux oubliettes leur jeunesse heureuse en ces lieux. Tous ces objets étaient devenus des vieilleries dont elles voulaient se défaire. Pour elles, rien ne valait la peine outre un sabre et des vases.

«J'en pleurerais!» Et voilà qu'une fois de plus elle pensait à Roméo, à sa crise de larmes, à son désespoir qu'il avait su calmer. «Mais, il est là, mon problème! Il se résume à ça: j'ai peur, peur de vieillir seule, peur de l'avenir!»

Cependant, Roméo n'était pas là pour la réconforter. Alors la tristesse l'accabla davantage. Elle se refusait de croire que, elle, Élisabeth, pût être victime de ses propres craintes, elle toujours si forte, si volontaire, rieuse et foncièrement heureuse. Elle ne prenait pas conscience qu'elle était entrée dans sa ménopause, avec tous les impacts qu'elle peut entraîner et qu'il faut apprendre à identifier et à surmonter. Pour la première fois de sa vie, son métabolisme lui jouait de vilains tours, influait sur ses réactions. Élisabeth avait quarante-six ans. Elle était belle, pétillante, avait toujours été sans crainte, sans gêne, sans peurs.

— Tu es triste, Élisabeth, pourquoi? demanda sa sœur au souper.

— Je ne le sais pas.

— C'est à peine si tu as touché à ton assiette.

Le maire faillit dire tout haut ce qu'il pensait tout bas. «C'est ce satané Boisvert qui la met dans cet état.» Mais, devant l'air misérable de sa belle-sœur, il se tut.

Dès qu'elle quitta la table, Élisabeth monta à sa chambre, et sa grande sœur l'y suivit.

— Élisabeth, quel âge as-tu?

— Quarante-six ans, pourquoi?

— Ah!

— Quoi, ah?

— C'est sans doute que tu traverses l'étape pénible de la ménopause.

Les deux sœurs en discutèrent, l'une avec l'expérience pertinente, l'autre perplexe. Élisabeth sortit de cette longue conversation rassérénée. Elle fit un retour en arrière et dut admettre que son état d'âme actuel coïncidait avec les affirmations et les explications de sa sœur.

— Raison de plus pour ne pas devenir vindicative ou, pire, acariâtre. L'ennemi est en moi, je dois le vaincre. À moi de choisir: l'amour, l'intérêt pour ce que la vie offre de merveilleux ou le gouffre de l'amertume chronique.

Très tard dans la nuit, elle pesa le pour et le contre, sépara le réel de l'imaginaire, eut une pensée pour Roméo, cet homme serein. Elle songea à cette belle grande maison, à son site enchanteur, à la proximité des siens, et s'endormit bien décidée à donner suite à son projet, qui était, en somme, la solution adéquate à ses besoins intimes. «Bref, il s'agit d'un cheminement sage et normal, même s'il m'est dicté par la peur de la solitude. Je dois surmonter ces inquiétudes et aller de l'avant.»

Au matin, elle contacterait l'intendant.

***

Avant même de prendre son petit-déjeuner, Élisabeth avait eu une longue conversation avec John, l'intendant, qui se fit des plus rassurants sur l'état de la propriété. Il fut question du prix, de tous les détails de la transaction, de l'existence d'un inventaire complet des biens meubles, des titres, et, au fil de la conversation, John devint Jean, car il était de la région. Il offrit ses services et se dit heureux que cette résidence extra-ordinaire puisse ressusciter.

Un long moment après cet entretien, Élisabeth te-nait toujours le combiné tellement elle était plongée dans de profondes réflexions.

Puis elle téléphona à sa belle-fille, histoire de con-naître sa réaction. Élisabeth laissa aussi entendre qu'elle leur léguerait sa demeure américaine. Mais elle prit soin de souligner qu'elle garderait tout son ameuble-ment et ses objets personnels.

Les objections spontanées et sincères de la jeune femme plurent à Élisabeth. Bien sûr qu'elle parlerait aussi à son fils. «Mais l'épouse doit avoir son mot à dire, car c'est elle, surtout, qui vit entre les murs du foyer.»

Se dirigeant ensuite vers la cuisine, elle passa son bras autour de la taille de sa sœur et, avec sa voix enjôleuse, demanda:

— Tu crois, Éva chérie, que tu pourrais te libérer entre trois et quatre heures? J'aurais besoin de toi.

— Enfin! Je crève de curiosité. Toi et tes mystères!

— Je vole un verre de lait.

«Elle ne changera jamais, mon Élisabeth!» songeait la grande sœur qui roulait des tartes.

À l'heure convenue, installée au volant de sa voi-ture, coiffée de son éternel grand chapeau, Élisabeth ouvrit la boîte à gants, en tira un fichu de soie, le remit à sa sœur en lui disant:

— Couvre tes cheveux.

Chemin faisant, Élisabeth en dévoila un peu plus sur son projet. À Cacouna, elles entrèrent dans la mai-son dont la porte était ouverte. Deux garçonnets s'acti-vaient au nettoyage.

— Cachottière, chuchota madame Morrissette.

On fit le tour du domaine. Une fois dans la cuisine, Éva s'extasia:

— Je n'ai jamais vu rien de semblable. Pense donc! Toutes ces marmites de fonte suspendues au plafond au-dessus d'une table de travail. Tant d'espace de rangement, et là, le seul accessoire moderne, quoiqu'un peu vieillot, ce frigidaire perdu dans un décor ancestral!

Avec plus de recueillement, elle ajouta:

— On a l'impression d'être dans un autre monde.

En silence, elles se rendirent jusqu'à la plage.

— C'est beau à couper le souffle. Qui ne pourrait croire que tel luxe nous côtoie sans qu'on en soit conscient.
— Je pense sérieusement à en faire l'acquisition. Je veux me rapprocher de vous.
— Et moi qui te croyais amoureuse!
— Mais de qui, grand Dieu?
— De ce Roméo.
— Roméo Boisvert? Je le connais à peine. Mais je dois t'avouer que c'est grâce à lui si je me suis attardée à cette propriété. J'ai failli passer outre.
— Maintenant, que pense-t-il de tout ceci?
— Rien. Il ne l'a pas encore visitée. Il n'a vu que l'extérieur.
— Ah!

Elles retournaient maintenant dans le rang Huit. Élisabeth était de nouveau volubile, élaborait ses beaux grands projets. Sa décision était prise: elle passerait chez le notaire signer le contrat d'achat.

***

Élisabeth, debout devant la fenêtre, s'émerveillait. Des centaines d'oiseaux, gros et petits, plus beaux les uns que les autres, tournoyaient dans le ciel, venaient s'ébattre dans les champs, partaient et revenaient, faisaient un concert de leurs cris variés et charmeurs.

Le magnifique tableau la faisait rêver. Elle avait connu cela, autrefois, petite, et avait depuis oublié tant de charmes, ceux de la vie simple et sereine de la campagne.

Inconsciemment, ses pensées revinrent à Roméo qui offrait, lui aussi, l'image de la grande simplicité et du bonheur paisible. Elle chassa cette idée. Elle ne voulait pas s'y attarder, combattait instinctivement l'emprise que cet homme exerçait sur elle. Aussi évitait-elle de le rencontrer, le gardait à l'écart, allait jusqu'à le chasser de son esprit.

Élisabeth oubliait naïvement que le cœur est souvent plus fort que la raison.

Madame Morrissette entra dans la pièce, s'approcha de sa jeune sœur, passa un bras autour de sa taille.

— Joli spectacle, n'est-ce pas?

— Qu'est-ce qui explique un tel rassemblement d'oiseaux?

— C'est la saison des grenailles.

— Des grenailles?

— Après la moisson, ils récupèrent dans les champs les rebuts de graines et tout ce qui peut servir de nourriture aux oisillons qui sont dans leur nid. Ça image un peu la manne dont parle la Bible.

— C'est pour ça qu'ils piètent ainsi avant de s'envoler?

— Pour revenir ensuite emplir leur bec. Bientôt ils

partiront vers le sud, à la recherche d'un ciel plus clément, pour nous revenir au printemps. Sauf, bien sûr, nos moineaux et tous ceux adaptés à notre climat.

— Ne trouves-tu pas étonnant qu'avec le nombre d'oiseaux qui nous entourent, on n'en voie pratiquement jamais morts, sur le sol.

— Peut-être est-ce vrai, après tout, que les oiseaux se cachent pour mourir.

Elle avait énoncé cette réponse tout en marchant vers le téléphone qui sonnait.

C'était Patricia. Intriguée par l'attitude de son beau-père qui se tenait de plus en plus autour de la maison, elle avait deviné que la joyeuse camaraderie d'Élisabeth lui manquait et avait décidé d'aller aux nouvelles.

On parla de choses et d'autres et, bien sûr, de David.

— Il est en amour, radicalement, au sens le plus profond du mot.

— Précoce, ce cher petit! blagua madame Morrissette.

— Mon beau-père est en train de le pourrir.

— Roméo a toujours adoré les enfants.

Avant cette réplique, madame Morrissette, moqueuse, s'était tournée vers sa jeune sœur pour observer sa réaction. Élisabeth s'était redressée et avait tendu l'oreille. Puis il fut question de Marie-Ève et du bonheur de Géralda qui faisait son noviciat. On échangea des invitations, et lorsque madame Morrissette raccrocha, Élisabeth était disparue. «Tiens, tiens! C'est plus grave que je ne le croyais. Ma petite sœur se fait violence. Elle jure pourtant que c'est de nous qu'elle veut se rapprocher.»

***

Malgré l'acharnement que mettait Élisabeth à étouffer les élans de son cœur amoureux, elle ne ménageait pas les efforts pour atteindre ses nouveaux objectifs.

Lorsque lui furent remis les titres de la maison, elle ressentit une joie peu commune.

Les documents étaient rédigés à la main, avec l'art, le zèle et le souci des détails de la fin du siècle dernier. Datées de dix-huit cent quatre-vingt-dix-huit, dans le Bas-Canada, les bornes étaient nettement désignées, en hectares, et touchaient le fleuve. Élisabeth lisait et relisait le texte avec fierté, avait l'impression de reprendre racine dans son pays d'origine avec un rien de dignité et d'élégance. Elle se sentait presque posséder un titre seigneurial.

Son fils s'était engagé à lui expédier le contenu de sa maison du sud où le destin l'avait jadis dirigée. Elle était heureuse et l'affichait allégrement.

Ce soir-là, elle s'était mise à table avec, dans l'œil et dans le teint, une joie et un bonheur qui irradiaient. À son beau-frère, elle confessa:

— La note d'interurbains sera salée. N'oublie pas de me la refiler.

Le visage du maire s'assombrit. Derrière tout ça, il sentait l'influence de ce chenapan de Boisvert.

— Il sait bien miser, l'animal!
— L'animal?
— Ton Roméo, avec ses airs désintéressés, ses passes en douce!

Élisabeth éclata de rire.

— Serais-tu jaloux? Il ne donne pas l'impression de vouloir se présenter à la mairie pourtant. En ce qui me concerne, il ne figure pas dans mes décisions, «mon

Roméo», comme tu le dis... avec hargne d'ailleurs, à ce qu'il semble. Qu'as-tu contre lui?

— Rien de précis. C'est ce qui m'agace.

— Et encore?

— Son charme, ses secrets!

Élisabeth riait aux larmes.

— Je croyais que ces mesquineries relevaient de la gent féminine! Rassure-toi, mon cher... son charme... tout de même!

Elle surprit le regard de sa grande sœur qui plissait les yeux et retenait un sourire.

«Nous y voilà! pensa le maire. Ce maudit Boisvert a fini par enfirouâper la belle-sœur! C'est du joli.»

— Sainte merde! fulmina-t-il.

— Que dis-tu? demanda Éva. Tu n'as jamais tenu tel langage. Qu'est-ce qui t'arrive, coudonc!

Monsieur Morrissette venait d'envisager une possibilité très peu réjouissante: si ce crétin épousait sa belle-sœur, lui, le maire, deviendrait son beau-frère. Boisvert, un membre de la famille! Et il répéta:

— Sainte merde!

Puis il continua de marmonner, mais Élisabeth ne réagissait pas. Elle rêvait d'une somptueuse maison de style Tudor qui faisait face au fleuve. «Il ne lui manque qu'un toit de chaume. On pourrait alors croire qu'elle s'est échappée d'un vieux quartier de banlieue londonienne et est venue s'échouer ici.»

***

Plus de quatre jours s'écoulèrent. Élisabeth ne donnait pas signe de vie. Enfin, à l'heure du dîner, le téléphone sonna.

— Bonjour, Roméo, ça va? Êtes-vous libre?
— Oui, en réponse à vos deux questions.
— Alors soyez prêt. Nous partons en randonnée. J'arrive en punaise, dans vingt minutes.

Elle avait raccroché. Roméo monta se raser, se changea. Il redescendait à peine qu'un klaxon se faisait entendre.

— Si je tarde, Patricia, ne m'attendez pas pour souper. Nous allons visiter un jardin.

Il était déjà dehors.
«Visiter un jardin? Pourquoi visiter un jardin? se demandait Patricia, le sourire aux lèvres. Il ressemble bien plus à un Roméo qu'à un papi, depuis quelque temps!»

— Montez, laissez-vous conduire, dit Élisabeth.
— Nous allons à Métis visiter cette merveille de terrassement?

Élisabeth appuya sur l'accélérateur. La punaise s'élança. Roméo tenta inutilement de se recroqueviller. Il avait l'impression que ses cheveux se faisaient la guerre.

— Vous voulez mon chapeau? criait Élisabeth en riant.

Et ils prirent la direction de Cacouna.
Ils roulaient, en silence, aux prises avec leurs pensées. Le vent jouait dans leurs cheveux, fouettait leurs visages.
La joie d'Élisabeth n'avait d'égale que son excita-

tion. Ses émotions fortes avaient balayé sa morosité, écarté les aléas de la ménopause.

Pour Roméo, ce téléphone tant attendu était enfin devenu réalité. Il crut tout bonnement que sa belle le mènerait à Métis Beach, visiter de magnifiques jardins. Peut-être que ses élans pour l'achat d'une maison dans la région n'étaient qu'un rêve, un mirage dont il était l'instigateur. Indulgent, il pensait aussi qu'elle regrettait un peu de lui avoir dévoilé la faiblesse de son âme à travers ses larmes et ses confidences. Il ressentait un frétillement intérieur en revoyant son beau visage, ses boucles rousses libres à tout vent. Dans sa tête, l'image se confondit un instant avec le souvenir de l'impétueuse Luce de sa jeunesse.

À la croisée de la grande route, Roméo s'exclama:

— Je croyais que Métis était en direction est.

N'obtenant pas de réponse, il la regarda et comprit, à son expression, qu'elle lui réservait une surprise. Il n'allait pas crever le ballon de ses illusions et attendit.

Rendus à destination, Élisabeth fouilla dans son sac à main, sortit un trousseau de clefs, ouvrit la porte, lui céda le pas.

— Ouf! s'exclama Roméo, quelle désolation! Une tornade est passée?

— Voilà, c'est pour ça que vous êtes là. C'est un appel à l'aide.

— Je ne comprends pas...

— Soyez le bienvenu chez moi.

— C'est vrai?

— Aussi vrai que dans quelques heures arrivera une autre cargaison de vieilleries des États-Unis.

— Et, tout ceci?

— C'est le nœud du problème. Allez, allez, ne restez pas planté là à m'observer avec votre petit air incrédule. Faites le tour du domaine.

Et elle se laissa tomber dans un fauteuil en s'exclamant:

— Je suis fourbue rien qu'à y penser! Je m'en remets à vous et le temps presse.

Il hocha la tête, passa une main dans ses cheveux et s'éloigna. Son cœur battait un peu plus fort. À quelques reprises, Élisabeth l'entendit s'enthousiasmer. Elle était ravie. Il monta à l'étage, elle lui emboîta le pas.

— Le charme extérieur ne laissait pas prévoir tant de somptuosité.
— N'est-ce pas? Vous aimez?

De la fenêtre, il regarda la mer et la fresque de montagnes bleues de l'horizon.

— Vous allez entendre le murmure enveloppant que font les marées. Vous serez gavée de cet air salin qui colorera et protégera votre teint. Vous goûterez une joie profonde et salutaire.

Instinctivement, elle s'était rapprochée de lui. Il avait passé son bras autour de sa taille. Ils étaient là, muets, les yeux perdus dans l'infini et, sans s'en douter encore, échangeaient des serments.
Il fut le premier à sortir de ses songes. Il s'éloigna doucement et s'exclama:

— Par où faut-il commencer?
— Choisir ma chambre!

Elle regretta la spontanéité de sa réponse qui lui semblait maintenant fort osée.

— Vous avez raison, c'est primordial, car vous aurez besoin de repos avec tout ce travail qui vous attend!

***

Dix jours passèrent. Les préposés aux jardins apportaient leur aide. Dans une des chambres arrière, on entassait les choses inutiles, dans l'autre les «décisions non encore prises». «Heureusement que la saison des récoltes est passée, songeait Roméo. Il faudra vérifier la cheminée et le système de chauffage. Où donc est passé le marteau?»

Peu à peu on y voyait clair. L'horloge grand-père s'était réveillée et le carillon chantait les heures – des heures joyeuses. Éva et Patricia emplissaient les paniers qui assuraient le ravitaillement. Elles en étaient venues à la même conclusion: ces deux-là s'adoraient. Mais, pour le moment, Roméo et Élisabeth préféraient dire qu'ils s'entendaient à merveille et s'en réjouissaient.

— Relâche, ce soir, Élisabeth.
— Ah oui, et pourquoi?
— Nous sommes fatigués. Allons nous détendre. Je vous emmène dîner. Si vous aimez le pâté chinois, vous serez bien servie.

L'aubergiste, ravi, accueillit Roméo à bras ouverts.

— Les énergumènes ne sont pas là?
— Occupés ailleurs, faut croire. Vous auriez dû me prévenir de votre visite. Alors, c'est cette jolie dame qui vous éloignait de nous?

Élisabeth pouffa de rire.

— S'il pouvait seulement se douter à quel point je vous accapare, dit-elle pendant le repas. Vous avez le toupet en broussailles, les ongles effrités, et bientôt vous souffrirez de courbatures!

— Élisabeth, vous voyez cet endroit, simple, sans prétentions aucune. J'y ai logé quelque temps. C'est ici que j'ai été mis en contact avec Saint-Firmin, que j'ai choisi d'y habiter à cause, précisément, de la paix et du bonheur qui s'y trouvent. C'est également ici que j'ai été conquis par la mer et sa perpétuelle symphonie, ses couchers de soleil grandioses. J'ai subitement désiré vous faire voir tout ça, afin que vous preniez conscience du charme des lieux et du bonheur que vous goûterez dans votre home.

Ces bribes de confidences venaient ajouter à leur entente mutuelle, resserraient les liens.

***

Chez Élisabeth, dès que les chaudrons de fonte furent remplacés par les casseroles d'acier inoxydable dans la cuisine, ils se surprirent à faire la popote ensemble. Tout semblait vouloir les unir.

Un soir tout particulièrement doux, au début de septembre, ils bavardèrent tard, bien calés dans les chaises de la galerie. Le ciel leur offrait un écran d'étoiles scintillantes et la mer, ses murmures saccadés.

— Parle-moi de ta mère, Roméo.
— Maman, un ange. Un ange incarné.

Lorsqu'il se tut, elle demanda:

— Et ta femme, parle-moi de ta femme.

— Je n'ai jamais été marié. Je suis ce que l'on appelle un célibataire endurci.

— Alors, et David?

— Fils de mon fils Félix. En fait, Félix est mon neveu. C'est une longue histoire. Je me réjouis que cet enfant ne soit pas en âge de comprendre, car il t'en voudrait de m'éloigner de lui. Il faut l'entendre quand il me voit partir. Il piaffe et fait la moue.

— Éva m'a dit à quel point vous aimez cet enfant. Vous êtes bon, généreux aussi. Roméo...

Elle s'était tue. Une étoile filante en profita pour changer sa course et traîner sa poussière lumineuse dans le ciel.

Élisabeth tendit la main vers Roméo, écarta le petit doigt. Comme il connaissait le jeu, il y accrocha le sien, formulant en esprit le vœu que l'on souhaite voir s'accomplir.

Après un instant, elle resserra l'étreinte, se pencha, posa sa tête sur son épaule et murmura:

— Marions-nous.

Il resta bouche bée. Avait-il seulement bien entendu? Elle répéta:

— Épousez-moi, Roméo.

L'haleine chaude de la femme le caressait. Il sentit croître en lui une flamme qu'elle venait d'allumer.

— Élisabeth!

Si les étoiles continuèrent de s'émanciper, ils ne le virent pas. Leurs yeux s'étaient fermés et leurs lèvres rejointes.

La mer aussi pouvait se taire. Leur cœur battait la mesure.

Avec une douceur infinie, il se sépara d'elle, se leva, demanda:

— Quand?

Sans attendre de réponse, il sauta en bas de la galerie, monta dans sa voiture et fila vers sa maison, le cœur enivré.

Lorsqu'il rentra, tous semblaient dormir. Il fit de la lumière à la cuisine. Il avait envie d'un café. Sur la table, il y avait une note.

«Élisabeth me prie de t'informer que la réponse à ta question est samedi. Je crois que c'est urgent, car elle a téléphoné et m'a semblée bouleversée. Félix.»

Ce n'était plus d'un café dont il avait besoin. Il monta prendre une douche glacée.

Deux mots tournaient dans sa tête avec une vitesse vertigineuse: six jours, six jours, six jours! Pourtant, tout ce qu'il avait souhaité en accrochant son auriculaire au sien, c'était de lui voler un baiser!

Là-bas, Élisabeth fouillait dans sa garde-robe, cherchait ce qu'elle revêtirait ce jour-là, contrôlait ses papiers. Elle dénicha son baptistaire. Elle se répétait sans cesse la même chose: «Ne pas hésiter, ne pas chercher, ne pas publier la nouvelle. Se marier en catimini, à Québec, sans en informer personne. Ainsi je n'aurai pas à affronter les taquineries d'Éva, je n'aurai rien à expliquer à mes enfants là-bas, et tout le fla-fla! Ce sera plus sage et de mise à notre âge. À propos, quel âge peut-il bien avoir?»

Roméo tournait dans son lit, encore sous le choc: six jours! «Mais, tonnerre, j'y pense, il faut choisir une alliance. Non! Elle a choisi le mari, elle devra accepter l'alliance qui lui sera offerte.» Il éclata de rire et s'endormit.

Chapitre 36

«Je m'absente quelques jours, Félix. Je te laisse tout le boulot.»

Félix sourit. Il y avait déjà plusieurs jours que Roméo les délaissait. Il lui répondit, narquois: «J'ai l'impression que le sort en est jeté, que tu fais à ta tête, que tu t'en vas dans un refuge pour gens âgés. Ça explique la valise que tu tiens à la main.»

Roméo baissa la tête.

— Prends bien soin de David. Je ne badine pas, cette fois. Embrasse Patricia pour moi.

— Nous attendrons votre retour.

— Que veux-tu dire? fit Roméo en sortant.

Mais il était déjà parti, craignant de devoir s'expliquer.

Sa vie prendrait un autre tournant qui n'oublierait pas de traîner derrière lui ses écueils.

La dernière fois qu'il avait suivi cette route, il était un jeune homme. Aujourd'hui, il était d'âge mûr et brisait le serment qu'il avait fait autrefois de ne plus traverser de pont. La vie s'était faite conciliante. Il avait pardonné, mais ce souvenir revenait le hanter. Par bonheur, sa compagne, toujours éblouie et épatée, parvenait à le distraire de ses pensées.

Ils s'épousèrent dans la chapelle privée de la Basilique, sans foule, sans musique, seuls avec l'officiant et les témoins de circonstance, dont la présence légitimait le serment solennel. Dans l'intimité de leur âme, chacun d'eux avait des pensées douces; des souvenirs refaisaient surface. Mais leur visage resplendissait d'un bonheur profond, d'une grande quiétude.

Roméo promit d'offrir une bague à sa belle qui ne voulut rien entendre, heureuse qu'elle était du mince anneau d'or rose dans lequel était gravé «À toi, ma Lisa».

Ils flânèrent dans la capitale provinciale, dégustèrent de bons plats sur les terrasses nombreuses, se mêlèrent aux touristes, flânèrent sur la rue du Trésor et s'offrirent des peintures faites par des artistes locaux. Un soir, ils eurent la fantaisie de se balader en calèche. Ils furent conduits dans un restaurant achalandé où l'on pouvait savourer de bons mets québécois. La place semblait avoir été prise d'assaut. Roméo signa la feuille de réservation et on leur servit un cocktail qui leur permit de patienter.

Élisabeth, langoureuse, faisait des mamours à son mari, d'une manière apparemment distraite, mais c'était pour l'embarrasser. Roméo s'émerveillait de sa puérilité et de sa gaieté.

— Je crois que je t'aimerai avec autant d'ardeur que j'ai aimé... maman.

Sa voix s'était légèrement brisée. Élisabeth avait serré sa main, puis passé les doigts sur son cou, caresse banale qu'elle semblait priser.

Comme les jours précédents, ils s'endormirent au moment où les oiseaux se réveillaient et reprirent leur course des magasins le lendemain.

— J'ai l'impression de faire l'école buissonnière, dit Roméo. Élisabeth, jamais je n'ai vécu des jours aussi merveilleux. Tu es extra, extraordinaire.

Et il lui remit quelques fleurs qu'il tenait cachées derrière son dos. N'hésitant pas, elle s'immobilisa, se hissa sur la pointe des pieds et lui donna un baiser passionné, là, au beau milieu du trottoir. Les gens qui les croisaient souriaient devant l'effusion de tendresse.

Il leur fut difficile de revenir à la maison, conscients qu'ils auraient à partager leur temps avec des tiers, ce que les amoureux ne prisent pas toujours quand la flamme est brûlante.

Patricia et Éva n'étaient pas dupes, mais elles jouaient volontiers le jeu, et, à tout hasard, elles préparaient toutes sortes de bonnes choses pour leur retour.

Le maire entra chez lui et s'exclama:

— Quel arôme? Que prépares-tu de spécial?
— Une couronne de porc farcie de pommes.
— J'ai faim.
— Doucement. Ce plat ne sera servi qu'à l'arrivée des nouveaux mariés.
— Que je connais?
— Ma sœur Élisabeth et son mari, Roméo Boisvert.

Il pouffa de rire.

— Tu rêves en couleur.
— Pourquoi?
— Boisvert, se marier? Tu n'y penses pas. Il ne se mouille pas les pieds. Il va saisir une occasion de bien s'amuser, mais n'ira pas plus loin.
— Non, mais! Quelle calomnie dans la bouche d'un homme de ta classe! Tu devrais avoir honte, ah! et puis, bas les pattes.
— Quoi? Mille fois tu m'as repoussé à cause de la présence des enfants. Maintenant que nous sommes seuls, madame prépare une couronne pour un beau-frère qu'elle veut ennoblir. Vas-y, ça lui ira bien, une couronne de porc.
— Tu es un monstre et un monstre jaloux. C'est vilain.

Éva Morrissette était habituée aux excentricités de sa jeune sœur. Chaque matin, elle lui téléphonait, mais n'obtenait pas de réponse. Lors de leur dernière conversation, les propos d'Élisabeth avaient confirmé les soupçons d'Éva: la maison était enfin viable, tout était installé et rangé, mais les jardins, eux, attendraient...

Puis, madame Morrissette avait questionné Patricia qui lui apprit que son beau-père était parti, valise à la main... Il n'en fallait pas davantage à Éva: elle aurait parié sa dernière chemise que ces deux-là reviendraient avec la bague au doigt.

Au moment même où le couple Morrissette argumentait, Élisabeth, assise sur le bord de la table, ses souliers enlevés, annonçait la grande nouvelle à son fils Francis, là-bas aux U.S.A.

— Oui, chéri, je t'assure qu'il est formidable, tu l'aimeras.

— ...

— Gentleman farmer.

— ...

— Comme un cœur.

Élisabeth, de sa main libre, lançait des baisers à son mari.

***

À Sainte-Marthe s'élevait dans le ciel un épais nuage noir qui propagerait la tempête plus à l'est, chez nos amoureux.

François était à un poste d'essence en train de faire le plein. Sur la banquette arrière dormait une fillette dont il avait la garde pour la journée. Deux jeunes femmes étaient en grande conversation. Le nom de son frère fut mentionné. Il dressa les oreilles.

— Ah oui? À Québec, dis-tu? Es-tu certaine qu'il s'agissait bien du docteur Roméo Boisvert, notre docteur Boisvert?

— Écoute, je l'ai vu si souvent dans mon enfance alors qu'il venait visiter maman. Je n'aurais pu me tromper. Plus que ça, j'ai lu son nom inscrit sur la feuille des réservations. Il avait signé juste avant moi.

— Est-il toujours aussi beau?

— Oui, ma chère. Tu aurais dû voir la jolie rousse qui l'accompagnait, oh là là!

— Il s'est marié, peut-être.

— Pas si j'en juge par leur attitude. Ça ressemblait plus à une conquête à faire qu'à des propos de couple. La dame ne cessait de rire et de s'extasier.

— Tu ne crois pas que tu exagères? C'était un homme sérieux, dans le temps.

Le sang de François ne fit qu'un tour. Luce était justement à Québec avec Rita, sa belle-sœur. Mais, dans l'état d'esprit où l'homme se trouvait, ces détails ne comptaient pas. Il rentra chez lui et se mit à arpenter la cuisine en jetant de nombreux coups d'œil à l'horloge. Sa fureur prenait de l'ampleur avec le temps qui passait. La fillette s'était réveillée et était joyeusement retournée à ses jeux dans la cour arrière de la maison. Comme elle refaisait irruption dans la maison, François l'apostropha rudement:

— Que veux-tu, toi!
— Faire pipi.
— Vas-y et fiche le camp!
— Tu es fâché, grand-papa?
— File, je ne le répéterai pas.

Affolée, la fillette resta là, figée, urina sur le plancher et, honteuse, sortit en courant. Assise sur les marches du perron arrière, elle pleurait. Si seulement sa mère venait la chercher!

Rita et Luce arrivèrent sur ces entrefaites. Rita aida sa belle-sœur à sortir de la valise les sacs qui contenaient leurs achats faits à Québec et rentra chez elle.

Luce n'avait pas franchi le seuil de la porte que François se précipita sur elle et lui arracha ses sacs.

— Où étais-tu! demanda-t-il en criant.
— À Québec, tu le sais bien.
— Parle! Où à Québec, avec qui?
— Que veux-tu savoir? Bon sang, qu'est-ce que tu as?
— Moi! Qu'est-ce que j'ai, moi!

Il la saisit par les épaules, la colla contre le mur, appuya son genou sur son abdomen tout en hurlant comme un possédé. Incapable de se défendre, Luce hoquetait tant la douleur était grande. Alors, sans cesser de vociférer, il la frappa en plein visage. Un filet de sang s'échappa du nez. François continua de frapper. Au plus fort de sa rage, il la saisit par un bras et la projeta brutalement sur le plancher.

L'enfant, épouvantée, entendait les hurlements. Elle s'approcha de la porte, l'entrouvrit au moment même où Luce s'écroulait, le visage couvert de sang.

La fillette s'éloigna, traversa la cour en courant et se réfugia dans la maison voisine, le doigt pointé vers l'endroit où se déroulait la tragédie. À travers ses mots mal articulés, on ne pouvait que saisir: «Grand-maman, sang, tombée, tuée...»

L'homme comprit à demi-mot qu'un drame se déroulait chez le voisin. Il appela du secours, prit l'enfant dans ses bras et s'efforça de la calmer.

— Tout doux, ma petite, tout doux!

Elle tremblait de tous ses membres. L'homme pensait bien appeler des voisins, mais redoutait d'amplifier le drame.

Bientôt le cri des sirènes emplit l'air. Une voiture de police suivie d'une ambulance arrivaient sur les lieux.

Rita entendit et vit passer les véhicules, pensa qu'un accident était survenu, plus loin, dans le rang. Mais, comme les sirènes s'étaient subitement tues, elle sortit de chez elle, marcha jusqu'à la route et scruta l'horizon.

«Étrange, pensa-t-elle, on croirait qu'ils sont chez François.» Mais elle en arrivait à peine. Certaine de se tromper, elle rentra et s'affaira à préparer le souper.

Luc, qui était au champ, se fit plus curieux. Il traversa la cour au pas de course, bifurqua vers l'orme et arriva enfin à la maison de son frère. Quel ne fut pas son étonnement d'y apercevoir les véhicules de secours. Ignorant que sa femme était revenue, il prit peur, se précipita à l'intérieur.

Le spectacle qui s'offrait à lui le figea: un médecin était penché sur Luce, une civière placée tout près, en attente. Un policier retenait François qui se débattait et résistait alors qu'un autre lui passait les menottes. Les yeux de son frère étaient exorbités. Était-ce la colère ou la frayeur? Luc promena son regard, fit demi-tour, voulut sortir. Puis la pensée que Rita pût aussi être blessée l'assaillit. Il n'avait rien compris, ne pouvait croire au drame qui se déroulait sous ses yeux.

— Un instant, intervint un policier. Qui êtes-vous, que faites-vous ici?

— Où est ma femme? demanda Luc en regardant son frère. Où est Rita?

Il dut s'expliquer, s'identifier. Peu à peu sa panique prenait des proportions effarantes. Il assista au départ de Luce, toujours inerte, qui respirait dans un masque à oxygène.

On le libéra enfin et il s'éloigna, la mort dans l'âme. On ne lui avait rien dit. Il ne pouvait qu'émettre des hypothèses. Une autre voiture de police arrivait au moment où il s'éloignait. Intriguée, Rita était sortie et venait en sens inverse. Elle tomba sur son mari, pâle comme un suaire. Il ouvrit les bras, l'obligea à s'arrêter.

— Qu'y a-t-il, Luc? Qu'est-ce qui t'arrive?
— Luce...

Mais il ne put en dire plus.

— Luce? Je la quitte à peine. Pourquoi l'ambulance? Pourquoi tous ces policiers? Une attaque cardiaque ou quoi? Parle, bon sang!

Et ce fut elle qui ouvrit les bras pour y retenir son mari frémissant, incapable de prononcer un traître mot. C'est à ce moment que Rita put voir son beau-frère qui, sous escorte, prenait la route qui le mènerait à l'ombre, là où il aurait tout le loisir de calmer sa hargne, ruminer sa rage, trouver des motifs réels de se créer des angoisses et de les vivre.

— Grand Dieu! Luc, et la petite qui était là-bas? Luce m'a dit qu'on la lui avait confiée...

Elle ne termina pas sa phrase, partit en courant. Mais le voisin, qui les avait vus de sa fenêtre, vint les rejoindre avec la fillette assoupie dans ses bras.

Cette nuit-là, la famille Boisvert connaîtrait de cruels tourments allant de l'inquiétude à l'effroi.

***

Aucun d'eux n'aurait pu subodorer un tel événement. On avait remarqué que François négligeait sa terre, l'exploitait à peine et ne pouvait en tirer suffisamment pour assurer sa pitance et celle des siens. Il préférait le travail rémunéré à la pièce, aimait dormir tard. Il s'offusquait aisément, était d'une méfiance maladive, mais Luce s'était efforcée de taire ces vérités. Elle n'avait jamais parlé de ses misères qu'elle cachait derrière son sourire. Elle ne vivait que pour ses enfants qu'elle adorait.

À travers les années, François avait appris à contrôler son tempérament de feu, car sa femme lui avait lancé un ultimatum à la suite d'une correction excessive qu'il avait administrée à un des enfants.

— Lève encore la main sur l'un d'eux, François Boisvert, et je te démolis à tout jamais! avait juré Luce. La confiance qu'on met en toi sera détruite, et, qui plus est, quand j'en aurai fini avec toi, tu seras obligé de te réfugier sous d'autres cieux comme a dû le faire ton frère Roméo, que vous avez détruit à coups de mesquinerie et d'injustice.

Elle avait hurlé. Dans le regard de son impitoyable mari, une lueur noire avait brillé.

— Ta mère m'est témoin que je ne badine pas, avait-elle poursuivi. C'est mon dernier avertissement. Tu ne touches plus jamais à aucun des enfants. Demain, le docteur l'examinera. De son diagnostic dépendront mes décisions.

Luce avait parlé avec tant de fougue que l'enfant qu'elle tenait dans ses bras avait refoulé ses larmes.

Luce le serrait sur son cœur, caressait la petite tête affolée: une tigresse qui protège sa portée.

François avait reculé, subitement désarmé. Luce s'était rendu compte qu'elle avait fait une sombre découverte: son homme était un lâche qui s'attaquait aux plus faibles.

Luce était la droiture même. D'une nature rieuse, spontanée et sincère, elle avait aimé François sans réserve. Il lui en avait fallu du temps pour comprendre, pour voir le côté possessif et arbitraire de son beau mari qui l'avait habilement manipulée, lui avait imposé ses volontés et avait brimé ses aspirations les plus profondes. Elle l'avait laissé longtemps la berner.

Puis il avait commis l'erreur de l'atteindre dans ce qu'elle avait de plus précieux: un de ses enfants.

Elle avait décidé d'enfouir sa peine au plus profond d'elle-même. Et, dorénavant, son amour aurait des réserves, ne serait plus aveugle. Elle changerait ses priorités, et ses élans de tendresse iraient d'abord et avant tout vers ses petits.

François n'était pas sans avoir observé une brisure. Se sentant menacé, il avait dû plier l'échine peu à peu. Le désintéressement qu'affichait sa femme à son endroit était devenu une habitude qui eût pu devenir intolérable si Luce n'avait su doser sa rancœur avec discernement.

Auprès de Rita, sa belle-sœur, elle avait trouvé une saine échappatoire.

À l'instar de sa belle-mère, Réjeanne, elle s'était tournée vers l'association des Dames fermières pour meubler ses loisirs. Habile en couture et en décoration, elle se spécialisa, avec son talent artistique naturel, dans le dessin et la reproduction de poupées vêtues de costumes folkloriques de différents pays.

Tout ce que lui rapportait son travail était investi pour payer les études de ses enfants et leur assurer un avenir décent.

Situation qui ne réjouissait pas tout particulièrement François.

Un jour, il avait fait un rapprochement avec Roméo.
Ses longues études, encouragées avec dévotion par sa
mère, étaient devenues à la longue un véritable cauchemar pour toute la famille. Il se souvenait des sacrifices
que tous avaient dû s'imposer. Et la juste part des
choses n'ayant jamais été faite, la plaie ne s'était pas
cicatrisée.

Il avait tâtonné, puis, délicatement, abordé le sujet,
sans lever le ton, avec des mots choisis, mijotés.

Une fois de plus, il avait fait fausse route, avait
perdu une précieuse occasion de classer une fois pour
toutes sa hargne et son complexe de persécution.

Luce l'avait vu venir, avait écouté, senti ce bouillon-
nement de colère en lui; elle avait gardé les yeux rivés
sur la délicate poupée à laquelle, de son pinceau, elle
donnait une touche finale.

Il s'était tu un moment. L'autoclave allait sauter. Le
regard avait ce reflet noir qu'elle connaissait. Elle avait
posé son petit chef-d'œuvre sur la table, s'était levée,
lui avait tourné le dos, avait placé dans la corbeille les
délicates dentelles et ses colifichets.

— Tu m'écoutes, Luce, ou tu joues les insignifiantes?
— Ni l'un ni l'autre, François, avait-elle répliqué
d'une voix neutre. Je croyais tout simplement que tu
réfléchissais à haute voix. Alors je vais te répondre par
le truchement de ma conscience: j'ai adoré, respecté,
honoré ta mère. Tu peux déblatérer contre elle tant
que tu voudras, mais trouve d'autres oreilles que les
miennes pour t'écouter. Les enfants dorment, ne lève
pas le ton.

Elle était montée se coucher, tenant à la main ses
trésors par crainte de les voir piétiner si elle les laissait

dans le sillage de son mari agressif. Elle s'était dirigée vers la chambre de ses filles où elle avait dormi.

Le temps s'était écoulé, les enfants avaient pris la voie de leur destinée respective. Luce était devenue grand-mère. Le couple ne s'était pas réconcilié. La vie commune n'avait plus de sens réel et profond. Et François demeurait chiche et soupçonneux.

Luce donnait tout son temps à ses enfants et à son travail, souvent bénévole, qui avait l'avantage de l'occuper. Autour de sa table, on se réunissait souvent. Les petits l'adoraient. L'exemple de sa belle-mère continuait de la soutenir.

Une de ses gâteries était le bol préféré de Réjeanne dans lequel elle gardait toujours une salade de chou finement coupé et aromatisé que les enfants avaient le droit de manger sans permission. Quand elle le voyait vide et bien rincé, elle comprenait que l'un d'eux était venu en catimini et, avec amour, elle le remplissait. «Mémé était la plus belle et la plus aimée des mémés.»

Puis, ce jour-là, en revenant de Québec, une fois de plus victime du caractère violent de son mari, de son innommable jalousie, son visage – ce beau visage dont elle prenait un soin jaloux grâce à l'eau de riz recommandée par sa belle-mère – fut la cible de coups furieux qui causèrent des dommages irréparables.

Sur l'évier, un bol vide attendait d'être rempli...

***

La nouvelle s'était répandue. C'est chez Luc et Rita que se rassembla la famille pour en savoir davantage.

Les pourquoi pleuvaient. Personne n'avait de réponse. Du moins pas encore. On se perdait en conjectures. Luc, d'une voix brisée, relatait ce qu'il avait vu.

Anita avait écouté puis harcelé Rita, qui devait bien

avoir une idée de ce qui était arrivé, puisque les deux femmes étaient très liées et qu'après tout elles avaient passé la journée ensemble.

Lucienne fronçait les sourcils. Elle écoutait, incrédule. Cette chipie d'Anita n'avait rien appris, tiré aucune leçon du passé. Elle serait donc toujours hargneuse et mesquine?

Tout à coup, Lucienne se leva, alla se braquer devant elle.

— Tu ne pourrais pas te taire? Tu m'assommes avec ta fausse compassion pour ton bon petit frère François, le François au grand cœur. Ne pourrais-tu pas penser à Luce? Les Boisvert détiendraient-ils la bonté en exclusivité? Nous, les belles-sœurs, ne serions que des parias? Tu me dégoûtes, Anita Côté. Toi et plusieurs autres.

Elle se tourna vers son mari et jeta froidement:

— Jules, tu restes ici à pleurer sur ton frère? Moi, j'en ai assez.

Sans mot dire, Yolande se leva et se dirigea elle aussi vers la porte. Rita pleurait à chaudes larmes.

Pendant ce temps, à l'hôpital de Trois-Rivières, Luce se débattait avec le spectre de la mort, alors que François, à l'abri derrière de solides barreaux, allongé sur son lit, frissonnait de peur.

Ailleurs, les enfants de Luce se tenaient, écrasés par la douleur, les uns contre les autres. On les avait oubliés.

Rita, dès que la famille se dispersa, se rendit à l'hôpital. Sa nièce Jacinthe, l'aînée de Luce, s'y trouvait. Assise derrière une vitre, elle gardait les yeux rivés sur sa mère auprès de qui on s'affairait.

Rita mit une main sur son épaule, Jacinthe sursauta. Plus d'une heure s'écoula. On n'osait parler ou pleurer tant la pauvre Luce était dans un état pitoyable.

Un médecin sortit enfin de la chambre. Rita s'en approcha.

— Pour le moment, son état semble s'être stabilisé. Je vous conseillerais d'aller dormir. Si des changements devaient survenir, nous vous aviserons.

— Je vous en prie, docteur, parlez à sa fille, elle est profondément affectée.

Le médecin fit un examen sommaire à la jeune femme, lui remit un calmant à prendre au moment de se mettre au lit.

Le chemin du retour se fit en silence.

— Je repars pour l'hôpital, dit Rita. Je serai là, aie confiance, offre tes souffrances à Dieu. Sur elle Il fera rejaillir sa grâce.

Jacinthe ouvrit la portière, allait descendre, s'arrêta, se retourna et, d'une voix profondément triste, dit:

— Merci, tante Rita, d'être là. Et, aussi et surtout, de ne pas m'avoir assaillie de questions.

— Va, mon ange, va. Tes peines et tes secrets t'appartiennent. Ta mère doit être fière de toi.

Rita attendit qu'elle se soit éloignée et reprit la route de l'hôpital.

Jacinthe rentra chez elle. Elle fut contente et réconfortée d'y trouver sa tante Yolande. Les enfants dormaient paisiblement.

— Comment va ta mère?

— Son état est stable, mais vous savez...

— Ton mari a téléphoné. Il devrait rentrer bientôt. Je dois te l'avouer, j'ai demandé au docteur de venir voir ta fille. Le choc émotif m'inquiète. Il s'est fait rassurant. Il lui a parlé en tête-à-tête. Le voisin est aussi venu. Il a tenu sa main jusqu'à ce qu'elle s'endorme. Je t'ai préparé un goûter. Le café sera prêt dans un instant.

Yolande avait connu l'horreur de la souffrance au moment de la noyade de son fils et savait qu'un appui moral était primordial en des circonstances aussi pénibles.

Le drame de Jacinthe était d'autant plus lourd à supporter qu'il impliquait à la fois sa mère, son père et sa fille. On ne pouvait se consoler à la pensée qu'il s'agissait d'un accident et accuser la cruelle fatalité d'être responsable de la situation.

Le poids de la tragédie était trop lourd, l'âme était attaquée à la racine. Seule la pureté des cœurs pouvait soigner une aussi profonde blessure. L'amour désintéressé, compréhensif et, surtout, généreux était le seul remède. La famille Boisvert était mise à l'épreuve. Les lendemains risquaient d'être noyés par le chagrin si la douce Luce ne devait pas survivre.

***

À Cacouna, le nouveau couple s'affairait à enjoliver son intérieur, à lui donner un cachet douillet et confortable. Roméo et Élisabeth se découvraient, étaient ravis de cette harmonie naturelle déjà très palpable entre eux. Ils se consultaient, discutaient, se mettaient d'accord même pour ce qui semblait être des banalités alors qu'elles étaient, en fait, déjà le sel de leur vie en commun.

Heures douces partagées à s'aimer, bavarder, s'exta-sier, enveloppés qu'ils étaient dans les langes d'un amour simple et grandissant.

— Comment ai-je pu vivre si seule pendant toutes ces années? demandait Élisabeth.

— J'imagine que tu attendais de me croiser sur ta route...

— Ce soleil magnifique est invitant. Je vais passer la journée au jardin. Nous ajouterons à la liste des choses à faire au printemps. J'ai de beaux projets.

— File, je m'occupe de tout ranger et je te rejoins.

Élisabeth s'avança vers Roméo, lui vola un baiser et partit au pas de course en riant.

— À ce soir, pour le dessert.

Il hocha la tête de plaisir. «Quelle enjôleuse!» Ses pensées allèrent vers sa mère, à qui Élisabeth s'appa-rentait de plus en plus. Même amour de la vie, même droiture et spontanéité, mêmes sentiments absolus pour les siens.

Le téléphone sonna.

Était-ce Éva ou Patricia? Les amoureux étaient avares sur les visites. Ils se terraient dans leur nid. «Si j'étais dehors, je n'entendrais pas la sonnerie, songea-t-il, mais je ne le suis pas.»

Il sécha ses mains et marcha vers l'appareil. C'était Félix.

— Un policier est venu ici. Il veut te voir, dit te connaître. Je lui ai donné ton adresse. Il ne devrait plus tarder...

— C'est étrange, un policier, mais pourquoi?

— Il insistait pour te voir.

— Bon, je l'attendrai.

— Tu...

— Oui, bien sûr. Il n'y a rien à redouter. Je te ferai savoir. Merci, Félix. Bons becs au marmot.

Roméo fit le tour des fenêtres et ne vit pas sa femme. De fait, elle était au bord de la mer, à l'autre bout de la propriété, et s'amusait à faire rebondir des cailloux sur l'eau.

Une voiture de police s'arrêta. Un agent vint frapper à la porte.

Roméo ouvrit, le reconnut, tendit la main et l'invita au salon.

— Visite officielle ou d'amitié?

— Officielle.

— Ah! Mauvaise nouvelle?

— Pouvez-vous me dire, docteur Boisvert, où vous étiez en date du quatorze du mois courant?

— Oui, aisément: à Québec.

— Dans la ville de Québec?

— Exactement.

— Qui y avez-vous rencontré?

— Des tas de gens.

— Plus particulièrement?

— Je vous avoue qu'en dehors de ma femme, je n'ai porté aucune attention aux gens là-bas.

— Votre épouse vous accompagnait?

— Mieux encore, nous nous sommes mariés là-bas. Nous étions en lune de miel.

Le policier prenait des notes. Élisabeth entra, vint vers eux.

Elle portait un chapeau de paille, des vers fumés, était gantée, tenait une bêche à la main.

— Chérie, je te présente le sergent détective Masse de la Sûreté du Québec.

— Bon, je vous laisse.

— Non, madame. J'aurais besoin de vous entendre dire où vous étiez précisément le quatorze septembre dernier.

Elle déposa son outil, ôta ses gants, enleva son chapeau qu'elle lança sur une chaise: ses bouclettes s'éparpillèrent élégamment autour de son visage serein.

— N'est-ce pas ce soir-là, Roméo, que nous sommes sortis en calèche et allés manger des mets canadiens dans un petit bistro sympathique, la Queue de bœuf, je crois?

— Peut-être as-tu raison...

— En voyage de noces, vous savez, sergent, on a négligé de prendre des notes sur notre emploi du temps.

La réponse fit sourire Roméo que ces questions rassuraient de moins en moins. Il pensa à sa famille et l'inquiétude le gagna.

Le policier compléta ses notes, ferma son calepin.

— Je peux partir? demanda Élisabeth.

— Oui, madame.

— Je vous laisse en tête-à-tête.

Elle rassembla ses affaires, ferma doucement la porte et s'éloigna.

Une fois de plus, Roméo admira sa délicatesse.

— Docteur Boisvert...

— Je vous écoute.

— Il s'agit d'un membre de votre famille. Votre belle-sœur, Luce, est décédée.

— Vous n'êtes pas venu ici m'annoncer simplement un décès. C'est plutôt les circonstances, j'imagine...

Il se sentit traversé par un horrible frisson. Luce...

— Votre frère François est sous les verrous.

Roméo figea sur place. Les coudes sur les genoux, la tête cachée entre les mains, il se sentit sombrer dans un insondable désespoir. Il n'entendit plus les mots prononcés par le policier, ne le vit pas s'éloigner, ne sut pas qu'il avait prié Élisabeth de venir lui tenir compagnie, ne la vit pas entrer au salon. Il n'était tout bonnement plus là. Son passé refaisait surface et il était transporté brutalement dans le temps.

— Le docteur Boisvert a besoin de votre présence, dit l'enquêteur, avant de prendre congé.
— Le...?

Mais Élisabeth, frappée de stupeur, avait refoulé sa phrase. Ainsi Roméo était médecin... Et quoi d'autre?
Elle s'approcha de son mari dévasté. Il n'entendait pas sa voix, ne levait pas la tête, ne réagissait à rien. Assise devant lui, elle l'observait, attendait. Puis, de le voir ainsi pétrifié lui devint intolérable. Elle téléphona à Félix, le supplia de venir.
Félix partit en coup de vent et fit irruption chez Élisabeth à peine quelques instants plus tard.

— Il est en état de choc, il faut faire quelque chose! s'exclama Élisabeth. Appeler à l'aide, je ne sais pas!
— Non, fit Félix. Il a surtout besoin de nous, de notre amour. Il est sous le coup d'une douleur très vive.

Il se pencha vers Roméo:

— Papa, papa, c'est moi, ton fils, Félix. Parle-moi, fit-il en martelant ses mots. Que voulait ce policier?

Roméo leva la tête, regarda autour de lui, hagard.

— Je t'en supplie, papa, parle.
— Luce...
— Quoi, Luce, quoi?
— Elle est morte.
— Un accident?
— Non, François... Si je le tenais, je te jure que...
— Papa!

Roméo se mit à sangloter. Félix l'obligea à se lever, le fit s'allonger sur un divan, invita Élisabeth à le suivre.
Dans l'autre pièce, Élisabeth demanda:

— Qui est Luce?
— Ma tante, qu'il a beaucoup aimée.
— Et François?
— Mon oncle, son mari. Le frère de papi...

Élisabeth se souvint des mots de Roméo: «Félix est mon neveu. Je n'ai jamais été marié...» Puis de ceux de l'agent: «Le docteur Boisvert a besoin de vous, le docteur Boisvert...»
Elle souffrait. «Il ne m'a pas vue, pas regardée, songeait-elle. Il est disparu derrière l'écran de son passé où je n'ai pas de place...»
Et les allusions de mon beau-frère, le maire... Tous savent quelque chose, sauf moi! Roméo a si souvent répété que c'est ici, à Saint-Firmin, qu'il avait trouvé la paix.
Inconsciemment, elle serrait les mains contre le rebord de la table. À en avoir mal. Une foule de sensations confuses se bousculaient en elle. Elle ne savait

pas, ne savait plus. Perplexe, elle constata que les sanglots de Roméo ne l'émouvaient pas.

Elle monta à sa chambre, d'un pas lent, mal assuré, s'efforça de garder son calme. La vue du grand lit où elle avait goûté au bonheur lui noua le cœur. «Tromperie, abus de confiance, de la frime, du toc. Toute cette douceur derrière un paravent d'hypocrisie!»

Elle se rendit à la fenêtre. La mer était grise, les vagues houleuses subissaient le ressac de la marée qui baissait. L'horizon était sombre. Ce soir, d'autres étoiles fileraient dans le ciel, traîneraient d'autres fausses promesses, d'autres désirs fabriqués. Son manoir avait soudain perdu tout son charme et sa magie.

Elle s'attabla devant son meuble préféré qui, ironiquement, portait le nom de bonheur-du-jour. Elle prit une feuille, traça des mots qui lui demandaient du courage: «Je te laisse à ta grande peine. J'ai aussi besoin de solitude. Je reviendrai.» Elle hésita encore et signa simplement «Lisa».

Elle prépara une malle, y jeta pêle-mêle quelques vêtements, descendit, les yeux pleins de larmes, et dit à Félix:

— Je crois devoir m'absenter quelque temps. Aimez-le bien.

— Pas autant qu'il vous aime, Élisabeth. Je ne saurais pas.

— Merci.

Elle déposa les clefs de la maison sur la table et sortit. Le moteur de la M.G. vrombit un instant, couvrant les sanglots de Roméo.

Ce n'est qu'à son réveil, le lendemain, qu'il eut l'intuition du gouffre dans lequel il était plongé.

Ce même jour, les médias se penchaient sur ce drame familial qui avait coûté la vie d'une mère de famille. Le mari, accusé d'homicide involontaire, était toujours derrière les barreaux et avait été confié aux soins d'un psychiatre.

Brisée de fatigue, Élisabeth s'était arrêtée à Drummondville et avait loué une chambre pour la nuit. Dans le silence, elle ressassait les heures pénibles qu'elle venait de vivre, ne parvenait pas à comprendre, à mettre en place les morceaux du casse-tête. «Pourquoi cette enquête policière? Comment Roméo pouvait-il être impliqué de près ou de loin?» Plus étranges encore étaient les réponses de Félix. Et Roméo qui en voulait tant à son frère... Félix était-il le fils de cette Luce et de son Roméo? Était-ce la clef de cette histoire monstrueuse? Et François venait-il de le découvrir? Roméo avait-il fui avec l'enfant? Avait-il abandonné la médecine pour mieux se cacher? «Et surtout, surtout, pourquoi ne m'avoir rien dit? Ce manque de confiance m'accable. Je me sens... trahie... Trahie?»

La culpabilité se glissait subrepticement en elle. Elle se sentait lâche et mesquine d'être partie sous le coup de l'émotion.

«Ah! et puis, non. Je n'aurais pu être d'aucun secours. Ce drame ne me concerne pas!»

Elle envisageait un autre problème: où aller? Sûrement pas affronter les siens, avoir à écouter leurs doléances, à se faire reprocher sa course folle au bonheur, à se faire radoter des «je t'avais prévenue» par son beau-frère!

Avec le temps et la distance, la poussière finirait par retomber. Si leur amour était sincère et profond, il survivrait à l'épreuve. Ils en ressortiraient plus unis que jamais! «Je vais laisser à Roméo toute la latitude dont il aura besoin. Il peut se passer de mes questions, de mes doutes et d'une pitié gênante. Il souhaite sûrement qu'on fasse autre chose pour lui qu'aggraver sa peine. Quel que soit son passé, il lui appartient. Son amour des enfants, de David en particulier, me permet de continuer de croire en lui, d'espérer.»

Elle se revoyait à ce bistro, le soir qui s'était avéré fatidique pour Luce. Élisabeth s'appliquait à le taquiner. Lui en riait gaiement, sans lui reprocher ses enfantillages. Au contraire, son attitude semblait le charmer.

Après avoir enduré une ambivalence déchirante, après avoir cherché à établir des liens entre ce présent funeste et les premiers jours magiques de leur grand amour, épuisée, elle finit par s'endormir.

Le lendemain, elle téléphona à Félix pour prendre des nouvelles de Roméo.

— Il n'est pas là. Il est parti aux funérailles de ma tante. Ce soir, j'irai le rejoindre.

«Quel est le prénom de votre mère?» avait-elle failli demander. Mais elle s'était reprise à temps.

Là encore, Roméo ne se soustrayait pas à ses obligations. Ce qui fit un bien immense à Élisabeth.

— Embrassez-le de ma part, Félix.
— Je n'y manquerai pas. Il en aura bien besoin.

Pour calmer les inquiétudes possibles, elle griffonna quelques cartes postales. À Éva et à ses enfants, elle écrivit qu'elle partait, comme les oiseaux migrateurs, dans les mers du Sud. Pour Roméo, elle fut plus brève: «Je t'aime.»

***

En arrivant à Sainte-Marthe, sans hésiter, Roméo se rendit directement chez Éphrem Genest. Il avait confiance qu'entre ces murs, où il avait vécu en relation si étroite avec sa mère, il trouverait le courage de vivre l'épreuve qui l'attendait.

Monsieur Genest l'accueillit avec chaleur.

— J'ai pensé à vous. J'espérais vous voir. Soyez le bienvenu. Vous camperez ici. J'ai bien besoin de compagnie présentement.
— À cause de...?
— Oui...
— Que s'est-il passé?
— Vous ne savez pas?
— Peu de choses.
— Vous ignorez que c'est vers moi que la petite est venue crier à l'aide?
— Oui.

Et monsieur Genest fit, dans le détail – du moins ce qu'il en savait –, le récit des terribles événements.

— Avez-vous dit que mes belles-sœurs revenaient de Québec? Lesquelles?
— Luce et Rita. Elles y allaient parfois acheter des...

Roméo ne parvenait toujours pas à s'expliquer la visite du policier. Monsieur Genest se tut, regarda Roméo.

— Qu'avez-vous? Vous êtes d'une pâleur extrême.
— Je vous en prie, donnez-moi un verre d'eau.
— Un verre d'eau!

Il sortit un flacon de brandy, en versa une rasade et donna le verre à Roméo.

— Buvez ça!

Roméo l'avala d'un trait et s'excusa:

— Je vous ai interrompu.

Les noms de Yolande et de Rita revenaient souvent. Une fois de plus, Anita et ses frères faisaient piètre figure.

— Chère maman! s'exclama Roméo. Ma très chère maman.
— Votre nièce Jacinthe est une grande dame.
— Et les funérailles de Luce?
— Demain, onze heures. Si vous voulez dormir, vous connaissez les lieux. Choisissez votre chambre et soyez bien confortable. Vous resterez ici le temps qu'il faut. Ce sera moins désolant pour vous d'habiter ici, dans votre maison natale.

Roméo monta dormir. Dans sa tête tournaient sans cesse les mots «revenaient de Québec». Mais il ne parvenait pas à faire le lien avec le drame. Peut-être Rita pourrait-elle l'éclairer? Il allait de soi que François n'était pas allé à Québec surveiller les allées et venues de sa femme, puisqu'on lui avait confié la garde de sa petite-fille...
Puis, l'effet du brandy finit d'appesantir ses idées.

***

Jacinthe décida de retourner chez ses parents, dans cette maison où elle avait grandi, où était survenu le drame. Son rang dans la famille lui dictait d'accomplir ce devoir.
Son mari voulut l'accompagner, mais elle s'y objecta. Elle ne souhaitait surtout pas se laisser influencer ou attendrir.
Les premiers moments furent les plus pénibles. Il lui fallut se concentrer, se faire violence. Elle découvrit

les sacs que tenait sa mère au moment de l'agression. Il contenait des tissus, des dentelles, du fil d'or, un croquis...

Elle monta là-haut. Tout était rangé. Cependant, sur le lit se trouvait sa robe de chambre et, sur le sol, ses pantoufles usées.

Sur le bureau, Jacinthe aperçut une corbeille qui contenait les dernières poupées que sa mère avait confectionnées. Un guerrier grec, un garde royal de la cour d'Angleterre, un zouave au pantalon bouffant qu'elle s'apprêtait sans doute à coiffer de son turban, car une aiguille était piquée sur la tête. Elle avait dû interrompre son travail...

Elle ouvrit le tiroir de la commode. D'autres poupées y étaient rangées. Elle les garderait en souvenir de sa mère. À tante Rita, elle donnerait les garnitures pour qu'elle puisse les utiliser. Avec respect, elle déposa le tout dans la corbeille. Une passementerie résista, ce qui déplaça la feuille de papier brun qui couvrait le fond du tiroir. C'est alors que Jacinthe découvrit une enveloppe sur laquelle elle reconnut l'écriture de sa mère.

La lettre, cachetée, était adressée au docteur Roméo Boisvert. Jacinthe la tournait et la retournait, intriguée. Que faire? Pourquoi sa mère ne l'avait-elle pas postée? Que souhaitait-elle qu'elle fasse, aujourd'hui, dans les circonstances actuelles?

Le silence de la pièce, le poids de sa peine, les traces encore fraîches du drame, son père qui devait être perclus de remords, les enfants candides qui voudraient savoir et toute la famille Boisvert qui cherchait des explications! Jacinthe pleurait.

Finalement, elle glissa le mystérieux pli dans son sac à main. Plus tard, elle prendrait une décision.

***

Félix était ébranlé par la souffrance de Roméo. Il ne comprenait pas, ne parvenait pas à s'expliquer les liens entre les événements et l'intensité de la douleur de son oncle.

D'autre part, les réactions d'Élisabeth le troublaient. Ses décisions et son impuissance apparente à l'aider laissaient supposer qu'elle était sérieusement atteinte, elle aussi, par ce drame qui prenait des proportions alarmantes.

Il s'effrayait à la pensée que c'en était fait de Roméo, d'Élisabeth et de leur bonheur. Par contre, la détermination de Roméo d'aller là-bas, d'être présent aux funérailles de Luce donnait un peu d'espoir à Félix.

«Mais j'aurais dû l'accompagner, ne pas le laisser affronter seul la meute...»

C'est Patricia qui s'était objectée fermement à cette idée:

— Arrête, Félix, de te battre contre des fantômes. Ta place est ici! Fais confiance à papi.

Ce soir-là, à l'heure du souper, Ernest se présenta chez Félix.

— Je dois parler à votre père.
— Il est absent pour quelques jours. Je pourrais vous aider?
— Non! Votre père seul pourrait peut-être...
— Dès qu'il rentrera, je lui transmettrai votre message. J'espère, Ernest, qu'il n'y a rien de grave. Vous semblez bouleversé.
— Grave, pas encore, mais je suis inquiet.

Après le départ d'Ernest, Patricia fit une remarque qui poussa Félix à réfléchir:

— Ne trouves-tu pas que ton père semble doué pour endiguer le malheur de tout le monde? On s'en remet toujours à lui!

— Et il ne s'en plaint jamais. Ses jours de bonheur, il les a mérités, chèrement payés.

Félix pensait au départ d'Élisabeth.

***

Éphrem Genest et Roméo arrivèrent à l'église au moment où se formait le cortège funèbre. Roméo répondit discrètement aux quelques salutations qu'on lui faisait et se mêla aux membres de sa famille, invitant, d'un geste de la main, monsieur Genest à le suivre.

Le glas égrenait son timbre lugubre. Luce était portée vers l'autel. Le jumeau Robert, Isidore, Réjeanne, Léandre, le grand-papa... Aujourd'hui Luce! Dans le cœur de Roméo, Réjeanne et la belle Luce occupaient toute la place. Subitement, une image s'imposa à ses pensées: Élisabeth, en présence du policier, qui ôtait son chapeau et ses boucles rousses qui apparaissaient dans toute leur splendeur. Roméo se rappelait soudain avoir remarqué une curiosité subite dans le regard de l'enquêteur, voire une certaine stupeur.

— Ah! s'exclama-t-il, tout haut.

Quelques têtes se tournèrent. Monsieur Genest posa la main sur la cuisse de Roméo et appuya fermement.

Anita se pencha en direction de son frère, le foudroya du regard. Mais il n'avait rien vu, trop absorbé qu'il était à essayer de faire des rapprochements. Luce et Élisabeth... Rousses toutes les deux! Mais ça n'expliquait pas les faits. Tous ici ignoraient son mariage.

Le regard de Jacinthe croisa celui de Roméo, cet

oncle dont elle n'avait même pas le souvenir, dont jamais Luce n'avait parlé, le soi-disant méchant de la famille dont on ne mentionnait jamais le nom.

Jacinthe avait la logique et l'âme droite de sa mère. Si Luce n'avait pas expédié la lettre, elle devait avoir de bons motifs. Mais le seul fait de l'avoir écrite et gardée exprimait bien sa volonté de la lui faire parvenir un jour.

Après le service religieux, Roméo retourna chez Éphrem Genest. Le jour même, il ferait couvrir la tombe de gerbes de fleurs et irait le lendemain prier où reposaient ceux qu'il avait tant aimés.

— Vous avez toujours ces objets que j'ai laissés chez vous?

— Oui, là-haut, dans un placard. J'aurais aimé vous les remettre dans des circonstances plus heureuses.

— Nous ne sommes pas maîtres du destin. La petite-fille de Luce... Est-elle remise du choc?

— Oui, à ce qu'il semble. Bien sûr, on évite le sujet. À cet âge, les cicatrices se ferment vite si l'enfant est vraiment aimé et protégé.

— Elle allait souvent chez Luce?

— Oui, elle et les autres. De bons enfants.

— François avait l'habitude, alors, de garder les enfants? Je veux dire...

— Oui, il les promenait, jouait volontiers avec eux. Une seule fois mon attention a été attirée de ce côté. Il y a de ça plusieurs années. Mais, ce jour-là, c'était votre belle-sœur qui avait élevé la voix.

Il hocha la tête, sourit, puis ajouta:

— J'étais en train de relever un piquet de la clôture. Croyez-moi, il faut se méfier des petites femmes rousses et prendre garde de les malmener. Elles ont l'ardeur de la flamme de leurs cheveux!

— Je viens d'en épouser une. Si je vous disais que leurs colères n'ont d'égales que leur capacité d'aimer. Luce devait avoir des raisons graves de s'être laissée emporter.

— J'ai cru comprendre que son mari avait un peu trop rudoyé un des enfants.

— Vous voyez! C'est ce que je veux dire. Des passionnées en jupon.

— Je vous aurai averti, docteur Boisvert, je vous aurai averti!

— Je serai prudent, ajouta-t-il avec un sourire triste.

***

Roméo plaça dans son automobile les choses qui autrefois avaient tenu tant de place dans sa vie. Il se recueillit au cimetière sans se rendre compte de la présence de Jacinthe qui l'observait, mais n'osait s'approcher. Ne sachant rien de ce qui séparait Roméo des siens, elle ne voulait pas se lier à lui. La pensée de son père si souvent acariâtre lui inspira subitement une pitié profonde pour cet oncle honni qui, agenouillé, couvrait son visage de ses mains.

Roméo fit ses adieux aux lieux de sa jeunesse. L'orme dans la cour avait réveillé en lui certains souvenirs. Oui, il oublierait. Il partirait sans regret. Avec la mort de Luce s'éteignaient pour de bon les moments pénibles de son existence. Il commençait déjà à surmonter sa peine. Il retournerait chez lui, attendrait son doux amour.

Il eut une pensée pour ceux qu'il laissait derrière, souhaitant ardemment que, cette fois encore, on ait oublié de prévenir Ginette.

Il se rendrait directement chez Félix, saisi qu'il était par le désir intense de serrer David dans ses bras.

Félix s'étonna de le voir arriver aussi rayonnant,

tout à fait dégagé, libéré de ce passé qui avait cessé de le faire souffrir.

— Je les ai tant aimés, Félix, soupira Roméo. Je les ai tant aimés!

Roméo regardait David dormir. Le visage angélique de l'enfant reflétait la paix, la douceur. Lorsque Patricia le prit pour aller le mettre au lit, il se réveilla, sourit et retourna au monde des rêves.

— Papa, Ernest est venu en ton absence. Il veut te voir. Je crois que tu auras un autre problème à affronter.
— Je suis cuirassé, Félix. Plus rien ne peut me surprendre ni m'effrayer. J'ai atteint le fond du gouffre et je m'en suis sorti avec un élan, une ferveur toute nouvelle. Je vais de ce pas chez Ernest, puis je retourne là-bas où j'attendrai Élisabeth. Elle reviendra. Nous nous aimons ardemment.

Roméo se rendit chez son ami. Voyant son désarroi, il lui demanda, de but en blanc, ce qui n'allait pas. Ernest regarda Simon.

— Alors, Simon, c'est toi qui as des problèmes? dit Roméo. Je te croyais heureux, plein de ferveur et d'entrain.

Devant le mutisme du jeune homme, Roméo s'adressa de nouveau au père:

— Que lui arrive-t-il?
— La déprime! Une maudite.
— Pourquoi?
— La honte. Il se croit responsable de la mort de sa mère. Il se trouve aussi coupable que son père et dit

que le sang qui coule dans ses veines est le sang d'un meurtrier. Il a peur! Il a peur des gens, de faire mal aux animaux, de les faire trop travailler, il a peur, peur!

— Sapristi! Mais tonnerre de Dieu, qu'est-ce que tu fais, toi?

— Moi?

— Oui, toi!

— Que veux-tu que je fasse?

Simon s'était levé pour sortir. Roméo le saisit par un bras, le força à pivoter sur lui-même. À Ernest, il cria:

— Parle, parle sapristi! Ouvre ta grande gueule, crache ton secret, sauve ton fils! Dis-lui quel sang coule réellement dans ses veines!

Ernest fondit en larmes, se laissa tomber sur une chaise, cacha sa tête dans ses bras repliés sur la table.

— Quoi? s'écria Simon. Toi! Toi, Ernest, tu serais mon père?

Éberlué, Simon répétait:

— Toi, toi, toi... mon père...

Roméo secoua les épaules, libéré d'un autre secret. Il s'éloigna et rentra chez lui. «Moi aussi, se promit-il, j'expliquerai tout à Élisabeth qui, sans doute, a aussi très peur!»

***

Ce soir-là, à Sainte-Marthe, Jacinthe partagea son secret avec son mari.

— Jacinthe, lui dit-il. Après ce qui s'est passé, je crois qu'il est de ton devoir de faire parvenir cette lettre à son destinataire.

***

Quelque part, dans les Caraïbes, Élisabeth remerciait la mer de la garder prisonnière. Toutes ses pensées restaient accrochées à Cacouna. À chaque escale, elle avait lutté pour ne pas revenir sur ses pas. Le lendemain, on atteindrait la Barbade. La Croix du Sud brillait dans le ciel en compagnie de la voie lactée, avec ses banderoles d'étoiles, si basses et si nombreuses. Élisabeth avait le sentiment de n'avoir qu'à tendre les bras pour les saisir.

«Comme ce bonheur qui m'attend là-bas!»

Elle quitta le pont, s'engagea dans le long corridor, au pas de course, fit ses bagages. Demain, elle quitterait sa retraite, prendrait l'avion qui la ramènerait à Cacouna.

***

C'est Félix qui reçut la lettre provenant de Sainte-Marthe. Mais elle était, bien sûr, adressée à Roméo. Il hésita un moment à la pensée d'aller la lui remettre. Il craignait de voir encore surgir un spectre du passé. Il se rendit pourtant là-bas. Voyant la bonne humeur et la confiance de son cher père adoptif, il lui tendit le pli.

— Tiens? dit Roméo. De qui ça peut bien être?

Il brisa le cachet.

— C'est de Jacinthe, la fille aînée de Luce. Elle me remercie d'avoir été présent aux funérailles de sa mère.

— Alors, papi, je te laisse. Je suis content, je redoutais une autre mauvaise nouvelle.

Félix s'éloigna et Roméo poursuivit sa lecture.

«Parmi les objets ayant appartenu à ma mère, écrivait Jacinthe, j'ai trouvé la lettre ci-jointe qui vous est adressée.»

Ému, Roméo ouvrit. La missive datait de plus d'un an. Elle avait été écrite avant le mariage de Félix:

«Très cher Roméo,

«Quelques mots pour te dire mes regrets de ne pouvoir être auprès de vous tous en ce jour heureux. Mes pensées sont avec vous. Ce Félix a de la chance d'avoir grandi auprès de toi. Je suis certaine que tu as été à la hauteur et que tu as parfaitement joué ton rôle de père. Comme ta mère, tu sais aimer et être bon.

«J'ai déniché ceci, que pourtant j'hésite à te faire parvenir de peur d'ouvrir quelques cicatrices. Ça provient du cahier des comptes que ta mère tenait autrefois. Je t'en prie, ne me demande jamais comment c'est arrivé en ma possession, mais je sais que, pour toi, ce sera d'un grand réconfort.

«Avec toute ma tendresse,

«Luce, ta belle-sœur.

«N.B. Mes meilleurs vœux, à toi et aux époux.»

Bouleversé, Roméo passa au feuillet suivant. Il reconnut la calligraphie de sa mère. C'étaient des notes brèves qu'il était le seul à pouvoir comprendre:

«Rendez-vous chez le notaire Bizaillon, 3 h 30.

«Prendre titres de la propriété et assurance-vie

«Peinture à rembourser à François (18,40 $).»

Roméo déposa la lettre sur la table, les mots tracés

par sa mère lui soulignaient une fois de plus son sens de la justice, la profondeur de ses convictions.

«Aurait-elle discuté avec François de son intention de tester en ma faveur puisque chacun de mes frères avait reçu sa quote-part du patrimoine familial?... Son décès l'aurait empêchée de donner suite à sa décision et François aurait décidé de faire disparaître ce début de preuve qui lui semblait une menace? Pourtant... les travaux pour rafraîchir la maison avaient été faits... Mes autres frères étaient-ils informés? Pourquoi tant me haïr, grand Dieu!»

Il ferma les yeux. Le crayon mâchonné par sa mère que lui avait remis François le jour du partage... «François m'avait remis le crayon mais avait gardé le cahier de maman!» Puis il eut une pensée pour Luce, elle, toujours radieuse, qui, une fois encore, par l'intermédiaire de sa fille, lui témoignait sa tendresse et son appui.

Peu à peu le brouillard du passé s'évaporait car il tenait là, dans sa main, ce qui représentait pour lui, une autre manifestation des sentiments de sa mère, le plus grand des réconforts. En prime, sa mère lui livrait un ultime message, lui faisait une promesse: la femme de son cœur reviendrait.

De fait, au même moment, Élisabeth prenait la route du ciel, protégée par Réjeanne. Les bras de Roméo l'accueilleraient bientôt. Ainsi, l'étoile filante aurait enfin arrêté sa course folle et comblé le vœu secret des deux amoureux.

De la même auteure:

MARTHE GAGNON-THIBAUDEAU

PURE LAINE PUR COTON

ROMAN

MARTHE GAGNON-THIBAUDEAU

Chapputo

ROMAN

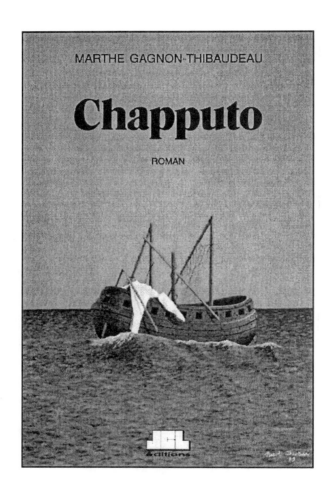

JCL
éditions

Le
MOUTON NoiR
de la famille

roman

MARTHE GAGNON-THIBAUDEAU

AUTEURE DE *PURE LAINE, PUR COTON*

éditions

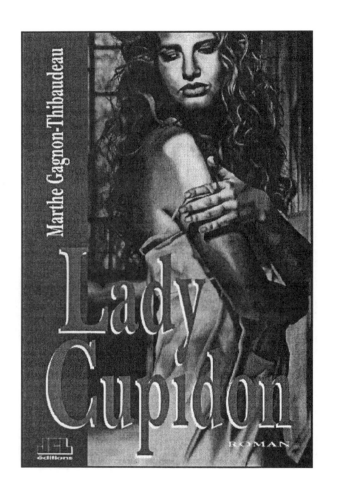

Marthe Gagnon-Thibaudeau

Lady
Cupidon

ROMAN

JCL
éditions

MARTHE GAGNON-THIBAUDEAU

Nostalgie

ROMAN

éditions

MARTHE
GAGNON-THIBAUDEAU

LA

ROMAN

BOITEUSE

MARTHE
GAGNON-THIBAUDEAU

Au fil des jours

Suite de LA BOITEUSE

éditions

ROMAN

MARTHE
GAGNON-THIBAUDEAU

LA PORTE
INTERDITE

ROMAN

LES ÉDITIONS JCL

MARTHE GAGNON-THIBAUDEAU

Le commun des mortels

ROMAN

LES ÉDITIONS JCL

DISTRIBUTEURS EXCLUSIFS

Distributeur pour le Canada et les États-Unis
LES MESSAGERIES ADP
MONTRÉAL (Canada)
Téléphone: (514) 523-1182 ou 1 800 361-4806
Télécopieur: (514) 521-4434

Distributeur pour la France et les autres pays
HISTOIRE ET DOCUMENTS
CHENNEVIÈRES-SUR-MARNE (France)
Téléphone: 01 45 76 77 41
Télécopieur: 01 45 93 34 70

Distributeur pour la Suisse
TRANSAT S.A.
GENÈVE
Téléphone: 022/342 77 40
Télécopieur: 022/343 46 46

Dépôts légaux
1er trimestre 1998
Bibliothèque nationale du Québec
Bibliothèque nationale du Canada